Felix Ludwig Sophus Dahn

Die Kreuzfahrer

Erzählung aus dem dreizehnten Jahrhundert

Felix Ludwig Sophus Dahn

Die Kreuzfahrer
Erzählung aus dem dreizehnten Jahrhundert

ISBN/EAN: 9783742813466

Hergestellt in Europa, USA, Kanada, Australien, Japan

Cover: Foto ©Andreas Hilbeck / pixelio.de

Manufactured and distributed by brebook publishing software
(www.brebook.com)

Felix Ludwig Sophus Dahn

Die Kreuzfahrer

Die Kreuzfahrer.

Erzählung aus dem dreizehnten Jahrhundert

von

Felix Dahn.

Erster Band.

Berlin,

Verlag von Otto Janke

1884.

Druck von Breitkopf und Härtel in Leipzig.

Frau Katharina Boscarolli

auf Schloß Rametz bei Meran

zu eigen.

Erstes Buch.

Am Saum der Wüste.

———

Berichtigungen.

S. 89 Z. 3 von oben statt „rusen": ruft.

„ „ „ 9 „ „ statt „Und Hezilos gelber Krauskopf
guckte": Hezilo guckte 2c.

„ 174 „ 12 „ statt „und den Panzer darüber": und
auf diesem den Panzer.

Erstes Capitel.

Das Kreuzheer, welches Kaiser Friedrich der Zweite, der Enkel des Rothbarts, in das gelobte Land führte, war, von Cypern aus überfahrend, am siebenten September des Jahres zwölfhundertachtundzwanzig in Akkon gelandet und von hier die Küste hinabgezogen gen Süden bis nach Joppe.

In dieser Stadt machte man Halt, alsbald wurden Verhandlungen eröffnet: Sultan Alkamil von Ägypten hatte vor Kurzem seinem Neffen, dem Emir Annaßir Daud von Damaskus, die heilige Stadt Jerusalem und ein Stück von Syrien entrissen und schickte sich an, das ganze Emirat Damaskus zu erobern.

Diesen in Krieg auflodernden Erbstreit unter den beiden Häuptern der Ungläubigen hoffte Friedrich, der

Statskunst nicht minder als der Feldherrnschaft ein
Meister, verwerthen zu können: Verträge sollten dem
Kreuzheer das Waffenwerk wesentlich erleichtern.

Aber Vorsicht war geboten.

Ob die Verhandlungen glücken, ob sie scheitern
würden, — Niemand vermochte das vorher zu sagen.
Und im Heere wußte man gar nicht, welcher der bei=
den Parteien der undurchschaubare Sohn Heinrichs
des Sechsten, der den Geist überlegener Statskunst
von seinem Vater geerbt hatte, sich schließlich zuneigen
werde, mit wem er die geheimnißvollen Botschaften
austausche, welche seine bis in den Tod ihm ergebnen
und tief verschwiegnen sicilianischen Araber aus dem
Lager vor Joppe in die Wüste hinein trugen, in un=
bekannter Richtung verschwindend . . . . . .

Einstweilen aber — das war allbekannt —
rückten die Heere der beiden Fürsten, das ägyptische
von Süden, das damascenische von Nordosten drohend
gegen Joppe heran. Kam es nicht zur Verständigung,
so konnten der Oheim oder der Neffe — oder viel=

leicht, nach einem der in diesem Lande so häufigen Um-
schläge der Interessen oder der Stimmungen, beide —
plötzlich über die kleine Streitmacht des Kaisers her-
fallen, ihren bisherigen Hader in den gemeinsamen
Haß gegen die „Franken" versenkend. Deßhalb hatte
der kriegskundige Staufer nach den beiden bedrohten
Seiten hin Vorposten ausgeschickt, welche, ein par
Tagmärsche vor Joppe, in günstiger Stellung jede
Annäherung der Feinde beobachten und rechtzeitig
melden sollten nach rückwärts.

Gegen Nordosten, wider Annasir Daud, hatte man
nur ein par schwache Fähnlein ausgesendet: deutsche
Kreuzfahrer waren es: Ritter aus dem Allgäu, aus
Vorarlberg, aus den Thälern von Inn und Etsch: —
meist königliche Dienstmannen, Ministerialen des Reichs,
mit ihren berittenen Knechten.

Sie hatten Stellung genommen auf dem letzten
sanften Höhenzug, der dicht vor dem Saum der großen
Wüste hin lief.

Ein dünnes Rinnsal salzigen, kaum trinkbaren

1*

Wassers sickerte hier durch Sand und Steine zu
Thal.

Auf der Hügelkrone wiegten drei Palmen ihre
stolzen, Federn gleichenden Äste leise, wie träumerisch,
im Abendwinde. —

Im Westen, im Rücken des deutschen Lagers,
sank rasch die Sonne: ein dunkelrother, matt glühen-
der Ball, ohne Strahlen: Dunst und Qualm, aufsteigend aus dem Hitze brütenden Boden, umschlossen
bleigrau die glanzlose Scheibe.

Ein Aasgeier, den langen, nackten Hals weit
vorgestreckt, flog mit trägem Flügelschlag, hin und
wieder heiser kreischend, langsam der Wüste zu.

Unter den Palmen hatte man auf dem heißen
Sande, den kein „Franke" hätte unbeschuht beschreiten
können, mittelst eines alten Segels und einiger gekreuzt eingerammter Speere ein höchst einfaches Zelt
aufgeschlagen: es war ein dürftig Obdach: — fast
nur ein Schattenwinkel.

Außer den an Stamm und Blättern vom Wüstenstaub gelbbraun überkrusteten Palmen: — ringsum, so weit das Auge sah, keine Pflanze.

Nur an dem salzbrakigen schmalen Geriesel reckten hie und da spärliche Halme des Wüstenhafers ihre stachligen Rispen starr empor.

Von dort her schritt eine hohe, schlanke Gestalt langsam gegen das Zelt hin: es war der Ritter, der hier befehligte.

Er führte am Zügel ein Roß, das, müde zum Sterben, den Kopf hängte.

Den schweren Sattel trug er, an dem Speer befestigt, sammt dem langen schmalen Schild auf dem Rücken; oft bückte er sich, brach wählerisch einzelne saftigere Halme, rieb sorgfältig die scharfen Rand-spitzen an der Scheide seines breiten Schwertes ab und reichte dann auf der flachen Hand das magre Kraut dem edeln Thier, das mit dankbarem Blick sein Auge suchte.

Vor dem Zelt angelangt, übergab er Schild, Speer, Sattel und Zügel einem jungen Burschen in

grünem, nur bis an die Kniee reichenden Woll-
Wamms, der eilig aufgesprungen war von dem braunen
Lodenmantel, darauf er geruht. Lichtblonde, fast weiße
Haare umstanden ihm das runde Haupt, ganz kurz-
und kraus-gelockt, fast einem Vließe vergleichbar, kaum
niedergehalten von dem niedrigen Barett, von dem
der Busch des Silberreihers nickte: seine lachenden
Blau-Augen waren das einzige Heitere, was hier zu
sehen war weit und breit.

„Herr", rief er zu dem Hochragenden hinauf,
„der Abendtrunk steht längst bereit. Der Wein wird
schal —, das kostbare Wasser wird lauwarm! Wie
würde Frau Wulfheid schelten, ließet Ihr Euch daheim so lang erwarten! — Wo wart Ihr?"

„Vorn."

„Was? Abermals bei der Außen-Wache? Das
sind fast zwei Stunden Weges: Wüstenweges! Und
— ich seh's an dem Sand auf den Fuß-Schuppen
bis an die Kniee hinauf — um den Braunen zu
schonen: — zu Fuß!"

„Haft du den Abendtrunk schon gemischt, Hezilo?
Nein? So theile den Reft von Kyperwein: bringe die
eine Hälfte, daß wir dem Gaul die Nüftern reiben.
Morgen muß er ruhen, sattle morgen das Reisepferd.“

Der Knabe holte aus dem Zelt in silbernem
Becher eine arme Reige starkduftenden Weines.

„Hier. — Und die andere Hälfte?“

„Die bring' ich dem kranken Herrn Heinrich von
Eppan hinaus, wann ich ihn ablöse.“

Beide waren nun eifrig beschäftigt, dem matten
Streitroß Nüftern und Bug feft mit dem edeln Naß
zu reiben.

„Wie? Ihr wollt heute Nacht wieder die Lager=
wache halten? Das ift die vierte Reihe, die Ihr für
Andere übernehmt.“

„Sie waren krank, — alle drei.“

„Ihr habt das Fieber selbft!“

„Nicht ftark.“

„Laßt mich heute Nacht für Euch —“

Da schlang der Ritter den Arm um den Kraus=

kopf und drückte ihn an den befetteten Panzer: „Nein,
Hezilo! Du mußt mir lebfrisch bleiben! Soll ich auch
deine Schelmen-Augen vom Fieber verglast sehen?
Das wäre mir zu viel! Und hab' ich's doch dem
Trinelein in die Hand versprochen, für dich zu sorgen."

„Ich werd' es ihr erzählen," sprach der Jüngling
mit Dank-leuchtenden Augen, „was Ihr für mich gethan. — Aber — was nehmt Ihr nun zum Nacht-
mahl, Herr Friedmuth?" —

„Das Beste, was es giebt an Speise: heimbacken Brod!"

Der Ritter griff in eine dem schweren Sattel
eingefügte Tasche und holte ein Stück steinharter Brod-
rinde hervor.

„Deine Katharina reichte mir bei'm Abschied
einen runden Laib Roggenbrod. ‚Nehmt, mahnte das
Kind. Nichts heilt auf der Heerfahrt Hunger und
Heimweh wie heimbacken, herdbacken Brod. So lehrte
mich der Großvater: 's ist ein alter Spruch.' — Und
ein wahrer", schloß er und biß hinein.

„Dann sind Hunger und Heimweh bei Euch schwächer als bei mir," lachte der Knabe. „Freilich, mein Heimweh gilt dem Irinele. — Man kann wohl nicht ebenso stark Heimweh haben nach — Frau Wulfheid."

Herr Friedmuth furchte die Brauen.

„Hüt' die Zung', sonst schüppl' ich dir die krause Wolle. — Sie ist unter der Sonne die wackerste Frau."

„Und die Herbste! — Wie schad', daß sie kein Mann geworden!"

„Sie hat im Wolfsbühler Walde den Eber ge= speert, der dich schon angehauen hatte. Du dankst ihr's Leben."

„Ich dankte es lieber jedem andern Menschen= kind. Sagt selbst: weßhalb keine Seele sie lieb hat auf der ganzen Welt? — Ausgenommen natürlich: — Ihr!" fügte er langsam bei.

Der Ritter sah nachdenksam vor sich hin; der Blick der großen, offnen Augen von schönem, dunk=

lem Blau war in das Leere gerichtet. Dann sprach
er bedächtig: „Weßhalb? — Weil sonst keine Seele
ihren Kern erkennt."

Und er bengte das hohe Haupt, um durch den
Vorhangspalt in das niedre Zelt zu gelangen.

„Ja, die Schale braucht Beißen!" lachte der Junge
ihm nach), während er das Pferd völlig in den
Schatten des Zeltes führte und die Zügel um die
Schnüre und Pflöcke der Stangen knüpfte; den drei=
spitzigen Schild und den langen Eschen=Speer des
Herrn lehnte er an die Seitenwand.

Als er eintrat, fand er den Ritter hingestreckt
auf dem dunkelblauen Mantel, der den Sandboden
statt eines Teppichs bedeckte.

Er hatte den schweren glockenförmigen Helm
neben sich gesetzt; das blonde goldfarbige Haar hing
ihm schlicht, ungelockt herab: über der Stirne war es
wagrecht geschnitten: die streng regelmäßigen, schönen,
ob zwar nicht gerade fein geschnittenen Züge waren so
von dem Haupthaar auf drei Seiten geradlinig um=

rahmt. Auch der etwas heller blonde Bart war eine Hand breit unter dem starken Kinne quer abgeschnitten: so sahen Haupt und Antlitz strenggebunden, fest bemessen aus; der gerade, offne, redliche Blick verstärkte den Eindruck schlichter Kraft und stäter Treue. Er stützte das Haupt auf die Hand und reckte die starken Glieder.

„Der Panzer, die Kettenringe drücken," meinte Hezilo, der neben ihm kauerte. „Laßt mich nur die heißen, staubigen Fußringe lösen."

„Auf der Vorhut?" schalt der Ritter und schlug die geschäftige Hand mit sanftem Streich zur Seite.

„Auch den Bart solltet Ihr scheeren — oder scheeren lassen," begann der Jüngling. „Kein Ritter läuft doch heut zu Tage mit solch breitem starkem Bart unter die Leute: ,Lange Locken, glattes Kinn heischt jetzt zarter Frauen Sinn'."

„Ja wohl," lachte Friedmuth. „Weil wir hier so viele zarte Frauen haben! Für die heidnischen beritteuen Pfeilschützen bei Tag und für die Schakale bei Nacht bin ich zier genug zu schauen.“

Eine kleine Weile vertrug Hezilo das Schweigen. Aber nicht lang. Dann hob er, das Federbarett zurechtrückend, an: „Herr! —: Ich weiß was.“

„Nicht eben viel!“ lachte der. „Falken kirren und Herrn Walthers Lieder singen: aber falsch!“

„Wohl, wohl! Und das Trinelein küssen, bis es nimmer weiß, ist es ein Mädel oder ein glühend Eisen. Das Alles zusammen ist auch schon was. Aber — ich weiß noch was.“

Herr Friedmuth schien nicht gespannt auf des Falkners weitere Wissenschaft.

„Ich weiß,“ fuhr dieser lauter fort — denn es verdroß ihn, nicht gefragt zu werden — „weßhalb der graue und braune Mönch schon zweimal nach Euch gefragt hat, nicht scheuend den weiten Weg, den teufelgesegneten, von Joppe bis zu uns. Beide Male traf er Euch nicht: — Ihr wart gegen die arabischen Reiter ausgezogen. Wißt Ihr, was der von Euch will?“

„Ich will's gar nicht wissen," lachte der Ritter.

Hezilo schwieg, beleidigt. Er sog an einer Citrone, welche er im Gürtel trug. Ein braunes, halbnacktes Heidenkind auf der letzten Karawanenstation hatte die Frucht dem schönen Franken-Knaben, wie er vorüber trabte, an den Kopf geworfen: halb als Geschoß, halb als Geschenk der Gunst.

„Herr," hub er nach einer Weile wieder an, „aber was Andres weiß ich nicht, was ich gern wissen möchte. Und das wißt Ihr, glaub' ich, auch nicht. Und nicht der weise Herr Hermann, des Kaisers und Euer Busenfreund, und — verzeih' mir's der heilige Albuin von Brixen! — ich meine, der großmächtige Kaiser Friedrich weiß es auch nicht!"

Herr Friedmuth mußte lachen, so drollig sah der Schalk darein. „Nun: was wissen wir denn Alle nicht".

„Warum wir hier sind! In diesem vielgepriesenen heiligen Land, in dem wahrlich nichts zu holen als heiße Hiebe und kaltes Fieber. Zwar, warum

ich gerade hier bin, — das weiß ich)! Und in
dem Stück ist Hezilo wieder einmal klüger als der
römische Kaiser und all sein Heer. Ich hole mir von
Gohen das Trinele — Frau Sälde küsse ihre lichte
Stirn! — nicht zwischen der Etsch und Passer, —
zwischen Jordan und dem Meer. Aber der Herr
Kaiser — und Ihr — und gar Viele im Heere haben's
nicht nöthig, sich ein Weib zu holen: — hat Mancher
an der Seinigen mehr als genug, und ist einsam
unter die Heiden gefahren behufs einer Erleichterung!
— Und ein Trinelein gewinnt doch Keiner. Denn
es giebt nur Eines. Und das gehört mir!" — Er zog
aus dem Brustlatz des grünen Wammses eine mehrere
Finger breite Zopf-Flechte hellblonden Haares, hielt
sie vor seine leuchtenden Augen, küßte sie herzhaft —
zweimal — und barg sie wieder mit Sorgfalt. —
„Aber Ihr, Herr," fuhr er fort, — „was thut Ihr
hier zu Lande?"

„Ei, meine Pflicht."

„Wie überall und immer! — Kein Mensch hat

je von Euch was Andres gesehn! Nun ja — Ihr
seid des Kaisers Dienstmann. Aber warum ruft er
Euch gerade hieher."

„Ist des Kaisers Sache, nicht die meine."

Bevor der Jüngling, eine Erwiderung fand,
schlug ein Reisiger die Zeltvorhänge auseinander und
meldete:

„Bruder Sebastian. Zum dritten Male kommt
er von Joppe." Friedmuth machte eine unwillige, ab=
weisende Handbewegung. Aber der Reisige fuhr fort·
„Er sagt, er bringt ein Schreiben Herrn Hermanns." —

Da flog ein Strahl heller Freude über Fried=
muths offne Züge: er winkte rasch Gewährung.

Hezilo rückte einen niedern Fuß=Schemel zurecht
und verließ das Zelt.

— — ———

Zweites Capitel.

Es war eine verwundersame Gestalt, die sich nun langsam durch die Vorhänge des Eingangs hereinschob.

Kaum mittelgroß, behäbig, nicht gerade fett, aber auch wahrlich nicht mager: ein recht wacker gepflegtes, doch nicht unmäßiges Bäuchlein wiegte sich auf etwas zu kurz gerathenen und nicht sehr geraden Beinen. Das vollwangige, beinahe feiste Gesicht strahlte vom Glanz der Gesundheit: die kleinen runden Äugelein blitzten recht lustig, ja verschmitzt in das Leben hinaus; die Nase war von so alteingewurzeltem Roth, daß die kurze Kreuzfahrt auch unter der Sonne der Levante die Farbe unmöglich so tief gesättigt haben konnte. Seltsamen Gegensatz zu dem weltlustigen, pfiffigen Gesicht bildete die frisch geschorene Tonsur in dem dickzottigen und bereits mit Weiß gesprenkelten Braun= haare — die Kapuze und, darüber gebunden, den flachen, breitkrämpigen Sonnenhut trug er auf dem Rücken: — und das halb graue, halb braune Mönchs= gewand, das viel zu eng schien für des Trägers ge= deihlichen Leib, und der lange Pilgerstab mit den daran klappernden Jordan=Muscheln in den fleischigen dicken Fingern des kreuzfahrenden Bruders.

Mit halb staunenden, halb unwilligen Augen maß ihn der Ritter, ohne die Ehrfurcht, die er sonst Trägern dieses Gewandes, dieser Gelübdezeichen nie verweigerte: „Ihr bringt einen Brief des Herrn Her= mann", rief er ihm kurz entgegen — „Gebt!"

Der Mönch schnaufte. „Verstattet, daß ich mich auf den Schemel niederlasse, den Ihr mir soeben an= zubieten — vergaßet. Uff! Der Weg ist weit — und heiß — und es ist ein durstig Land, wo der Herr gewandelt."

Er blinzte hinüber nach dem Becher, der zu Friedmuths Häupten stand: da er sah, daß derselbe leer war, fuhr er fort: „aber auch dies Dürsten wird uns als ein erheblich Marter-Leiden angerechnet werden am jüngsten Tage."

„Den Brief!"

„Ja," schmunzelte der Mönch, mit dem Ärmel über die heiße Stirne fahrend, „freilich der Brief! — Je nun, so recht im Sinne der Schreiber — einen schriftlichen Brief, was man so gewöhnlich einen Brief nennt, habe ich nicht. Aber —"

„Was?" rief der Ritter, zornig auffahrend. „Als Bringer eines Briefs ließt Ihr Euch doch melden? —"

„Seid klug wie die lieben kleinen glatten Beiß-würmer, heißt es in den zehn Geboten. Nicht da? Wirklich nicht? Nun — dann wo anders! Das ist gleich."

„Ihr seid mir eine sonderbare Art von Mönch!"

„Und ohne solchen Glauben hättet Ihr mich wahrscheinlich abgewiesen."

„Sehr wahrscheinlich! Und ich sehe: — ich hätte Recht daran gethan! Ihr lügt ja, frommer Bruder."

„Selten. Und wirklich niemals ohne etlichen
Grund. — So auch jetzt! Hört mich an. Ihr wißt
— ich bin der Beichtvater der Fürstin von —"

„Weiß ich nicht! Was gehn mich die Sünden
fremder Weiber an!"

„Mehr als Ihr ahnt. — Aber ich bin auch bei
des Kaisers gewaltiger Person sehr wohl gelitten.
Wiederholt traft Ihr mich in seinem Zelte.

„Hat mich jedesmal sehr gewundert."

Der Mönch lachte. Dann sagte er: „Hört ein=
mal, Schloßherr von der Fragsburg, grob seid Ihr
aber schon wie —

„Wie ein Etschthaler," brummte Friedmuth.

„Ja, zwischen Etschthalern und Isarthalern that
dem Teufel einmal die Wahl weh, als sie um den
Weitpreis der Unhöflichkeit vor ihm wettschimpften."

„Welches Stammes seid denn Ihr?" forschte der
Ritter. „Ihr sprecht auch mit oberdeutscher Zunge!
Ich mein', Ihr seid ein —"

„Gesalbter des Herrn," fiel der Mönch rasch ein.

2*

„Also ich komme im stillen Auftrag des Kaisers und
einer gar vielschönen Fraue."

„Wird wohl wieder gelogen sein," meinte Fried=
muth ganz gutmüthig.

„Diesmal nicht, wie Ihr einräumen werdet, so=
bald Ihr Fürst von Paluzzo und Gemahl des pracht=
vollsten, süßesten, minniglichsten, allerwunderholdesten
Weibes seid, das je Frau Sonne grüßte."

So begeistert, so lebhaft sprudelte er die letzten
Worte heraus, daß ihm der Schweiß wieder ausbrach.
Er wischte sich die triefende Stirn.

„Seid Ihr toll? Was bedeutet das?"

„Das bedeutet, daß Gioconda von Paluzzo zwan=
zig Jahr alt ist." Er schwieg.

„Nun und?"

„Und seit zwei Jahren Wittwe." — Er schwieg
wieder.

„Und?"

„Nun und? Das ist schon viel, recht viel für sich
allein! — Da Ihr aber für ein ausgewachsenes

Mannsbild erstaunlich fischblütig von Natur und in Folge dessen recht langsam von Ahnung seid, füge ich bei: Wittwe des alten Fürsten von Paluzzo, dem man das Kind „vermählt" hatte. Ihr Urgroßvater konnte er sein, der Treffliche. Frau Berahta verzeihe mir die Sünde, daß ich solchen Gräuel Vermählung nenne."

„Frau Berahta? Ei, frommer Bruder — was geht Euch die an? Soll ja eine Königin oder Göttin der Heiden gewesen sein! Stünd' Euch besser an, der Jungfrau Maria zu gedenken."

Und mit einem schönen Blick in die Höhe fügte der Ritter bei: „Gesegnet sei ihr Name für und für." —

Der Mönch war roth geworden; ungeduldig riß er an dem abgegriffenen Rosenkranz, der von seinem Gürtelstrick herabhing und rief: „Ach, was versteht die von der Minne! Rein gar nichts! Wie wollte sie auch? Ihr aber, Herr Ritter, seid lediglich Laie und habt einen geweihten Priester, einen Geschornen des Herrn, nicht zu meistern, sondern mit ehrdienigem

Gehorsam zu ihm auf zu schauen — Also die liebe junge Frau Fürstin! — Ach ist sie schön! Ist sie's etwa nicht?" schrie er zornig. „Habt Ihr je ein so schönes Geschöpf gesehn?"

Nach einigem Nachdenken sagte der Ritter, der Alles sehr streng und genau nahm: „Nein. Ich glaube nicht. Aber es ist mir gleichgiltig."

Der Mönch sah ihn mit leisem Kopfschütteln von der Seite an: „Erstaunlich!" — sagte er zu sich selbst. „Kurzum," fuhr er dann laut fort, „ich bleibe nicht mehr Beichtiger der süßen Frau. Ich kann es nicht mehr aushalten. Mein letztes gutes Werk in ihrem Dienst aber ist, daß ich Euch sage, was sie Euch nie sagen würde — eher spränge sie in einen brennenden Kohlenmeiler — und was zu merken Euch der Himmelsherr den Verstand, will sagen die Gnade verweigert hat: sie liebt Euch!" Und befehlend, drohend, fuhr er fort, „und Ihr werdet sie heirathen. Es ist beschlossen, sagen die Moslim, die gar nicht so übel sind."

„Hoho", lachte der Ritter laut auf, „dazu ge-
hören zwei: — Dank Gott und den Heiligen!"

„Ja gewiß: Ihr und sie. Sie will. Und Ihr
müßt. Bald werdet Ihr sehr wollen, ach wie sehr.
— Sagt, Fragsburger, seid Ihr denn wirklich so —,
nun ich will's nicht nennen! Habt Ihr denn nichts
gespürt unter Euren Rippen, als neulich das Wonne-
weib, diese Frau Venus — aber dabei jungfräulich
wie der Alpenschnee des hohen Ortlers — sich nach der
Reiher-Beize von Euch vom Zelter heben ließ und
gar den Weg nicht mehr fand aus Euren Armen
herab auf die Erde? Und sie will ja nicht, wie so
viele schöne, üppige und vornehme Frauen, die das
Hoflager des Kaisers füllen —"

„Ja, leider!" zürnte Friedmuth und seine keuschen
Augen leuchteten.

„Kurze Lust von Eurem Kuß genießen! — Sie
stürbe vor Scham, wüßte sie, was ich Euch verrathe."

„Also das ist ihr stiller Auftrag durch Euch an
mich, Lügenmönch?"

Allein dieser fuhr zornig fort: „Haltet das — Schweigen. Es gilt das Glück des schönsten Erdenweibes. Tausend Lügen lög' ich darum! Aber der Kaiser selbst — macht Eure tauben Ohren auf — hört Ihr?" und er schrie jetzt so, daß über das Gehörtwerden kein Zweifel möglich war — „des römischen Kaisers Majestät, der der schönen Jungfrau wohl näher als durch bloße Vormundschaft verbunden ist — ja, Jungfrau sag' ich! — Denkt nur nicht Übles von Eurem Kaiser, rath' ich! — — und Eures großmächtigen Freundes, Herrn Hermanns, Weisheit — wollen, daß Ihr sie heirathet."

Der Mönch schnaufte nun gewaltig. Aber er sah nicht widrig, nicht häßlich aus, sondern von ehrlicher Überzeugung fortgerissen; ganz jugendlich machte den wohl bald fünfzigjährigen der Eifer.

„Wieder gelogen," sagte Friedmuth ruhig, „was Herrn Hermann betrifft. Und dem Kaiser sagt, was er nicht weiß, aber was ich Euch hier zeige" — und nicht gerade sehr sanft stieß er ihm den Rücken der rechten Hand gegen die Nase — „kennt Ihr das? Ein Ehering! Ich habe schon ein Weib. Das scheint mir entscheidend.“

Und unmuthig warf er sich auf die andere Seite, Sebastian den Rücken kehrend.

„Meint Ihr?“ fragte der Mönch unverzagt weiter. „Da sieht man Eure laienhafte Unwissenheit. Für uns: das heißt für mich, den Kaiser und die Kirche: ist das gar nichts. Ich will diese Ehe, weil — ich an der schönen Fraue was gut zu machen . . . — weil ich es nicht aushalte, daß sie liebt, ohne geliebt zu werden. Der Kaiser, weil er — alle Ursache hat, seine herrliche Mündel glücklich zu wünschen. Er wollte sie schon dem Herzog von Österreich vermählen, bis er durch mich der schönen Wittwe Wunsch erfuhr.“

„Das nennt Ihr Beichtgeheimniß?“

„Sie hat mir's nie gebeichtet! Denn so, wie sie Euch liebt, darf sie Euch lieben sonder Sünde.“

„Ich habe schon eine Frau!“ rief Friedmuth sehr ungeduldig.

„Das ist gerade, was wir bestreiten! — Das heißt.
— Ihr habt eine, so lang Ihr wollt. Nur von
Euch hängt es ab: — ein Wort, ein Wink, und Frau
Wulfheid wird sehr klar gemacht, daß sie keinerlei
Recht an Euch, über Euch, gegen Euch hat. — Bitte,
laßt mich ausreden und werft mich erst dann aus
diesem Zelt. — Es ist ja ganz richtig: Ihr seid vor
fünf Jahren in der Capelle des heiligen Albuin zu
Brixen mit der Erbtochter der Fragsburg bei Markt
Meran im Etschthal getraut worden. Und Ihr heißet
seither Ritter von Fragsburg, statt wie ehedem von
Schänna. Ich will nun hinunterschlucken, daß die
herbe Frau ihre guten sieben Neujahrskerzen mehr geopfert hat — wenn sie nicht zu geizig war! — oder
doch opfern konnte, als Ihr. Ich will auch die Kinder hinunterwürgen, die sie Euch nicht geboren
hat —"

„Was geht das Euch an!"

„Allerdings, mich weniger als Euch. — Aber
man hat, Fleisch und Blut und Menschenart betrachtet,

alle Ursach' anzunehmen — ‚der Most riecht stark nach seinen Trauben‘ — sagen wir Weinschänken."

„Was?"

„Ich war nämlich," fuhr Sebastian hastig fort, „im Zustand meiner sündhaften Weltlichkeit jenem feuchten und allerlei Lastern zugänglichen, aber nicht langweiligen Gewerk zugezünftet. — Also, man hat Ursach', anzunehmen, daß —! Nun, Euere nächsten Freunde, Herr Hermann und Herr Walther, haben es dem Kaiser, der Einem Alles aus der Seele Grunde fragen kann, wenn er es mit seinem Adlerblick darauf anlegt, einbekannt, daß recht leichtlich eine andere Frau gefunden werden möchte, die besser zu Euch paßte als des gestrengen Herrn Wulfgang gestrengere Frau Tochter. Ja, man flüstert: noch niemals haben Leute, die euch beide beisammen gesehn, gefunden, Ihr seiet gut gepart. — Nun wohlan: es kostet Euch nur ein Wort — nein, nicht ein Wort, wenn Ihr es nicht gern ausfprecht — nur einen Wink — nur ein Blinzeln mit dem einen Auge — mit dem rechten — so!

— oder mit dem linken — sehet so! — und sie
wird von der Kirche für nichtig erklärt, diese Schein=
ehe."

„Scheinehe?"

„Ja, Un=Ehe. Denn Ihr beiden seid vor Eurer
Verlobung Pathen des Kindes des Grafen von Tirol
gewesen. So ist Eure sogenannte Ehe, sobald Ihr
wollt —"

Er konnte nicht vollenden.

Der lang angesammelte Zorn des Ritters brach
jetzt los: er schien ihm in die Fäuste gefahren zu sein:
wenigstens entlud er sich hier: mit einem kräftigen und
wenig ehrerbietigen Stoß schleuderte er den erstaunten
Redner an die Eingangslücke des Zeltes; hier blieb
der niedere Schemel liegen: sein bisheriger Besitzer
flog noch etwas weiter; er ward im Zelt nicht mehr
gesehen.

Ein ziemlich ungeistlicher Fluch ward draußen
vernehmbar.

Friedmuth warf sich mürrisch auf die andere
Seite.

„Alle sagen sie's: wir passen nicht zusammen.
Aber wirklich, Alle. — Ach was! Ich habe noch
Keine gesehen, die besser zu mir paßte." —

Drittes Capitel.

Da scholl von ferne her Trompetenschall: und Hezilo meldete, eine kleine Schar Reiter, Boten des Kaisers, reite soeben in das Lager ein. Friedmuth eilte ihnen entgegen. Es war nun ganz dunkel.

Aber der Führer der Reiter, von weißem Mantel umflattert, hatte ihn, da er in den Bereich eines Wachtfeuers trat, wohl erkannt: er hielt das edle Roß an und stieg ab. „Friedmuth!" rief er mit tieftöniger Stimme, ihm die gepanzerte Rechte hinstreckend.

„Herr Hermann!" antwortete dieser mit lautem Freudenruf, umarmte den Ankömmling und küßte ihn auf die Wange. „Welche Freude! Viele Wochen — ja Monde! — haben wir uns nicht mehr gesehn!"

„Ja, mein Freund. Seit wir auf Cypern wieder

unter Segel gingen, haben uns Kriegsdienst und Ge=
sandtschaften weit auseinander geführt."

„Wohl, wohl," lachte Friedmuth. „Auf Gesandt=
schaft verschickt man keinen plumpen Etschthaler. Aber
du freilich! Du mußt alle feinsten Knoten bald schür=
zen, bald lösen: wie im Abendland, in Rom oder in
Mailand, so im Morgenland: zu Byzanz, zu Jeru=
salem, bei den abgefeimten Templern, bei den stolzen
Hospital=Herrn, bei Christen und bei Heiden. Du,
des Kaisers vertrautester und weisester Rath."

„Wenigstens sein redlichster," seufzte der Andre.

Langsam gingen unter diesen Worten die Freunde
zu Friedmuths Zelt. Die Reiter hatten aus den
kaiserlichen Vorräthen Wein und, in Schläuchen von
Kamelhaut, Wasser, auch süßes Brod und geräucherte
Fische mitgebracht. Dankbar nahmen die karg ver=
pflegten Vorposten die seltnen Bissen entgegen.

Im Zelte hatte Hezilo einstweilen für Erleuch=
tung gesorgt: mit Öl gefüllt hingen zwei schlank=
halsige Gefäße von schwarzem Thon — uralt ägypti=

schen Stils, die die Töpfer zu Akkon und zu Joppe immer noch genau in derselben Form bildeten, wie man sie in den Pyramiden findet — an Schnüren von der Spitze der niedern Stange herab, welche das Zelt im Innern stützte: eine Art Cederfaser glimmte an der Mündung als Docht: süßer Duft stieg aus dem Öl und zog durch den engen Raum.

Der Gast legte den Glocken-Helm, das aus Maschen genietete Panzerkleid, das er nun „abschüttete", auch den weißen Mantel mit dem schwarzen Kreuz und das Schwert ab: beflissen' half ihm dabei Friedmuth, ihm den Wappenrock von schwarzem Sammet zurecht-streichend, während er das edle, ernste Antlitz des bedeutend älteren Freundes mit Liebe, mit ernster Ehrerbietung betrachtete.

„Lieber, ich meine," sprach er dann mit innigem Empfinden, — „dein dunkles Haar ist gar grau geworden in diesen Monaten. Und so tief waren früher die Falten nicht auf deiner Stirn."

„Kein Wunder, mein Friedilo!" und die gewal-

tigen, meergrauen, durchdringenden Augen trübte
tiefe Sorge. „Die beiden Häupter der Christen=
heit: der Papst und unser großer, herrlicher, vielge=
quälter Herr liegen im grimmigsten Streit. Und dieser
Templer Wuth gegen meinen Orden! — Aber du
bist wenig neugierig. Du fragst gar nicht, weßhalb
ich komme. — So recht. Dein Mantel genügt für
uns beide." Damit ließ er sich nieder. — „Haben wir
doch schon auf manch blutigem Feld, von meinem
weißen Ordensmantel zugedeckt, geruht."

Da lachte Friedmuth, strich den lichtblauen
Waffenrock, der unter der Brünne vortrat, bei Seite
und schmiegte die schlanke, geschmeidige Gestalt auf
den äußersten Streifen seines Mantels, der den Sand=
boden deckte, den breiten, mächtigen Gliedern des
Freundes vollsten Raum überlassend.

„Ei, wenn ich dich seh' und hab', vergeß' ich vor
Freude alles Fragen."

„Rathe, was ich dir bringe."

„Dich selbst: das ist das Beste."

„Doch nicht! Ich bringe dir des Kaisers Gruß und wärmsten Dank."

„Mir?" fragte Friedmuth in hellem Staunen. „Ja, wofür?"

„Für deine tapfre und überaus kluge Wacht im Norden, auf unsrem linken Flügel: — für deine trefflichen, grundgescheuten Warnungen. Schlief deine Wachsamkeit, nein, leistetest du nicht viel mehr als von dir verlangt war, — eines Feldherrn statt eines Vortrabsführers Pflicht! — so war vielleicht das ganze Heer verloren. Diese falschen Morgenländer sind manchmal selbst für Kaiser Friedrich zu fein. Er glaubte ihren Friedensgelöbnissen, während sie die ganze Masse ihrer ungezählter Reiterhorden immer näher heranzogen. Und seit der Neffe, Annasir Daud von Damaskus, merkte, daß wir zugleich mit ihm und seinem Oheim und Feind, Alkamil von Ägypten, verhandeln —"

„Ei, ei! Das versteh' ich nicht. Das ist ja" —

„Statskunst, Friedilo, von der du wirklich nichts

verstehst. — Seitdem hat der Emir, offenbar für den
Fall, daß wir mit seinem Oheim handelseinig wür=
den, beschlossen, uns zu überfallen mitten im Waffen=
stillstand."

„Waffenstillstand!" lachte der Fragsburger. „Ei,
alle Tage giebt's Gefechte!"

„Nur deine Wachsamkeit hat uns gerettet."

„Nun, das freut mich tief in's Herz hinein, daß
ich doch einmal zu etwas nütze war. Mein Kaiser
und mir danken!"

Und er erröthete über und über. Es stand ihm
schön.

„Und das, meinst du nun, sei Alles? Wie jung
du noch bist mit deinen fünfundzwanzig Jahren! Ich
bin ein Greis im Vergleich mit deiner kindlichen Seele.
Der Kaiser wollte dir sofort als Lohn das nächste heim=
fallende Grafenlehn in deiner Heimat geben. Aber ich
habe ihn gebeten, es zu unterlassen. Ich will dich nicht
noch festere Wurzeln schlagen lassen in jenem friedlich
behaglichen Etschthal, wo nichts zu schaffen ist mit

3*

Schwert und Rath. Ich habe ganz andre Dinge, —
höhere — mit dir vor, mein allzubescheidener Friedilo.
Und ganz wo anders als zwischen Etsch und Passer.
Daher ersuchte ich den Kaiser, seine Lehen zu behalten
und dir — oder lieber noch mir für dich: denn ich
kenne dein wahres Heil viel besser als du selbst! —
einen Wunsch, eine Bitte an ihn frei zu geben, die
er zu erfüllen habe, was sie auch fordre. Er lächelte:
sein edles, gewaltiges und doch so fein gebildetes
Antlitz leuchtete von Geist und Güte, da er, als
Pfand solcher Gewährung, diesen Ring von seinem
eignen Finger zog und, den schönen rothbraunen
Bart streichend, wie er gerne thut, sprach: ‚So gut
möchte ich es wohl auch einmal haben, daß Kaiser
Friedrich mir gewähren müßte, was mein Herz be=
gehrt! Mir schlägt der Gestrenge alles ab, was mein
Herz am liebsten hätte‘. Hier ist der Ring — ein
schöner Amethyst! — bewahr' ihn wohl. Wer weiß,
was er noch für dich bedeutet.“

Friedmuth steckte den Ring ehrerbietig an: „Den

Stein hat meines großen Kaisers Hand geehrt —: ich
werd' ihn treulich und als ein hohes Kleinod wahren.
Einen Wunsch aber? — Ich werde nie etwas zu
wünschen haben."

„Das sage nicht, mein Freund!" sprach der
Ältere und hoher Ernst blickte aus seinen Augen, die
tief unter hochgeschwungenen Brauen lagen. „Das
Leben, — das Schicksal, — wie du's nennen willst!
— sind unergründlich reich an allerlei — wie soll
ich sagen? — Heimsuchungen, ja an unlösbarem Wi=
derstreit."

Aber Friedmuth schüttelte das goldig blonde
Haupt. „Für Kaiser und Könige: ja! Und für die
Vertrauten ihrer Geheimnisse, welche der Völker Ge=
schicke lenken — wohl nicht immer, wie du, nur mit
ehrlichen, schuldlosen Mitteln. Aber mir — dem
schlichten, allzeit geraden Mann! Ich wüßte nicht,
was es mir Schweres auflegen könnte, das „Schick=
sal", wie du's nennst. Ich aber sage lieber: der
gute Himmelsherr da oben in seiner Weisheit und

Gnade lastet einem schlichten Herzen nicht mehr auf, als es tragen kann —: nur von Schuld halte die Seele frei und das Gewissen rein, so mahnte die liebe, frommselige Mutter. Und das, — ich rühme mich ja dessen nicht: denn mir ist nie eine Versuchung gekommen! — das hab' ich gethan von Kindheit an. So daß ich oft nicht wußte, was von Sünden ich dem guten weißbärtigen Thomas, dem Einsiedler zu Kains, vorjammern sollte, wann die vierwöchige Beicht wieder herankam. Ja, ich habe manchmal am Fasttag nur deßhalb ein Stück Fleisch gegessen, damit ich doch was zu beichten hätte! Es freute ihn immer so, den Alten, wenn er mir was zu verzeihen hatte und ein par Vaterunser als Buße auflegen konnte. Wenn ich aber sagen mußte: „Ja Vater, ich weiß nicht, was ich beich= ten soll. Ich habe nicht einen unrechten Gedanken gehabt, nicht einmal ein weniges geflucht: da konnte der Liebe so wild werden, so zornig, daß ich mich schier fürchtete vor seinem Schelten." Und er lachte hell auf in der Erinnerung.

Draußen war es nun tiefe Nacht und sehr still geworden. Zwar hatten die Krieger Feuer angezündet, die Raubthiere zu verscheuchen. Aber doch drang, vom Südost hergetragen, ganz deutlich in das Zelt das häßliche Geheul und Gewinsel der Schakale, das dem Schreien kleiner Kinder gleicht.

Hermann horchte auf. „Üble Schlummerlieder singt ihren Gästen die Wüste."

„Man gewöhnt es," meinte Friedmuth. „Anders freilich klingt es, wenn der Geisbub die Ziegen heimtreibt vom Hochsulfen, nachdem die Sonne zu Golde gegangen hinter dem Marlinger Berg."

„Hast du nie Heimweh?"

„Nach meinen Bergen? Ja, manchmal!"

„Nicht nach deinem Weib?"

„Frau Wulfheid braucht mich nicht! — Ihre Gedanken und Hände haben genug zu thun, den weiten Besitz zu verwalten: — ‚das Sach', wie sie gern sagt, — zu wahren und zu mehren. Ihre bösen

Vettern, Herr Griffo von Greifenstein und Herr Rapoto von Naturns — Griff und Raff hab' ich sie umgetauft — werden ihr Arbeit genug machen."

„Greifenstein? Ah, bei Terlan, mittäglich von Euch. Aber Naturns?"

„Oder Maturnes, wie man früher sagte und noch schreibt: — aber es sprechen die Leute jetzt Naturns."

„Ja: Maturnes! So kenn' ich's aus der Urkunde des Königs Heinrich: im Vintschgau, oberhalb des Markts Meran und oberhalb der alten Töll?"

„Ja wohl: von unten und von oben drängen sie auf die Fragsburg."

„Aber wie das? Mit welchem Recht?"

„Mit wenig Recht, aber vieler Gier. Du weißt ja: die Fragsburg ist ein Spindel-Lehn."

„Ich erinnere mich: die Fragsburg ist ein bedingtes Weiberlehen. Doch: wie bedingt?"

„Die Fragsburg ist ein altes Dienstmannenlehn

des Reichs, zunächst im Mannesstamm erblich; erlosch
der Mannesstamm, folgt die Erbtochter: doch nur
unter der Bedingung, daß sie einen rittermäßigen
Gemahl auf die Burg heirathet, der als Stellver=
treter den Lehnsdienst versieht. Des letzten Frags=
burgers, Herr Wulf, einzig Kind ist Wulfheid.
Zwischen den Fragsburgern, unsern Nachbarn, und
unserem Geschlecht, den Burgherrn auf Schänna, tobte
alter Streit: zumal um das Jagdrecht und das
Recht auf den Hau im Bannwald an der Naif und
über viele Almen auf dem Iffinger. Um den langen
Zwist durch Vergleich zu schlichten, vertrugen Herr
Wulf von Taufers auf Fragsburg und mein Vater,
Herr Friedbert zu Schänna, sich dahin, daß ihre einzigen
Kinder sich heiratheten. Ich aber und meine Söhne
sollten fortab den Namen von der Fragsburg führen,
da wir Schänna verkauften."

„An wen?"

„An den Grafen Albert von Tirol."

„An den! Ein gewaltiger Herr! Und mächtig greift

der um sich), wird bald über alles Land dort in dem
Thal gebieten! Er ist gut staufisch. Der Kaiser will
ihn zum Burggrafen machen und seine Rechte mehren."

„Leider blieben uns aber Kinder versagt, — ich
habe sie so gern, die kleinen Krausköpflein! — Sterbe
ich nun, so verliert Frau Wulfheid alle Rechte an
dem Lehen: es sei denn, sie heirathet wieder einen
Ritter auf die Burg."

„Und thut sie's nicht?"

„So folgen in das Lehen ihre beiden nächsten
Vettern, der Naturner und der Greifensteiner. So
lautet der Vergleich, der am Laurentiustage vom
Grafen Albert auf seiner Burg Tirol zwischen uns
vertragen ward. Aber ihre Vettern haben den Vertrag — ohne Rechts = Grund! — bestritten und
gleich von Anfang die gierigen Hände nach Frau
Wulfheids Gut gestreckt. Heiße Fehde hatte ich gegen
beide zu führen, sobald ich das Lehen erheirathete. Wie
werden sie jetzt die Alleinstehende bedrängen! Aber
mir ist nicht bang um sie. Sie hat männlichen

Muth. Wird sich waidlich wehren. Ich erhalte, denk' ich, bald Nachricht. Es war verabredet, daß sie unsern Burgwart, den alten Oswald, mir nach= senden solle in des Kaisers Lager. Und neulich hörte ich: eine Galeere mit deutschen Pilgern, überholt von einer raschsegelnden Salandria, sei von dieser in Joppe als demnächst zu erwarten angemeldet worden. Ge= wiß ist Oswald auf der Galeere! Dann werd' ich auch hören, ob wieder so viele Bären von Hoch=Rhä= tien herüber gekommen sind wie im vorigen Herbst. Es wär' mir so leid, daß ich fern bin! Denn ich jage von allem wehrhaften Wild am liebsten Meister Brun! Davon verlangt mich am meisten, etwas zu erfahren."

Hermann sah prüfend in das offene Antlitz des jungen Freundes. Dann sprach er kopfschüttelnd:

„Lebte meine liebe, schöne, süße Hausfrau noch, — wie heiß, wie inbrünstig würde ich mich nach ihr sehnen, nach ihrem Kuß, ja nach dem Blick ihres Auges! Sehne ich mich doch, seit sie gestorben,

ihr in's Grab zu folgen. Statt in das Grab, trat
ich in meinen Orden. Liebst du denn Frau Wulf=
heid nicht? — "

Friedmuth sah einen Augenblick schweigend vor
sich hin.

„Doch! Gewiß, ja, ja! Sie ist das tüchtigste
Weib, das ich kenne. Ich glaube nicht, daß man noch
solche Hausfrau und Burgherrin findet zwischen Etsch
und Elbe."

„Und das ist Alles? Und das nennst du
lieben?"

„Ich weiß von keiner andern Liebe! Wie sollte
ich auch! Kaum zwanzig Winter zählte ich, da be=
schlossen mein Vater und Frau Wulfheids Vater, uns
zu vermählen. Ich wurde nicht viel gefragt; ich fragte
mich selber nicht: ich kannte sie vorher nicht. Es gefiel
mir nicht, als ich sie nun sah, daß sie so viel älter
war als ich und nicht ihrer Stimme herrischer Klang:
aber ihre wackere Kraft sagte mir zu. Und, wie ge=
sagt, mein Vater — Gott setze seine Seele in der

Ewigkeit! er starb mir, wie die fromme Mutter, all=
zufrüh! — hat mich gar nicht lang gefragt. Wenige
Tage nach der Verlobung war die Hochzeit: ich zog
auf ihr Lehnschloß und hatte gleich so viel Kriegs=
arbeit mit ihren Vettern, daß ich gar nicht Zeit fand,
über Liebe und Ehe nachzudenken, — und ob mir
etwas fehle. — Zwar: wissen möcht' ich's schon: ist
nun das, was Frau Wulfheid und ich aneinander
haben, Alles, was es zwischen Mann und Weibe giebt?
Ist das die Minne, von der mein Walther singt —
und noch viel heißer der Meister Gottfried? Dann
muß ich wirklich sagen: es ist nicht der Mühe werth,
so wild und süß immer wieder davon zu singen. Und
gar so viel! — Auch muß ich dir gestehen, daß meinem
schlichten, wohl allzuderben Sinne gar Vieles arg miß=
haget, was der Minnedienst erheischt. Herr Ulrich von
Lichtenstein zum Beispiel scheint mir — verzeih's mir
der heilige Udalrich! — ein Narr. Und wenn ich, —
wie Herr Gahmuret seiner Herzeloide, — meiner
Frauen Hemd auf meinem Ringpanzer tragen und,

nachdem es recht zerhauen, ihr wieder anziehen wollte:
— wie würde Frau Wulfheid über Vergeudung schelten!
— ich schämte mich ob solcher Thorheit zu Tode. Ich
diene und fechte für den Herrn Christus und den
Herrn Kaiser, für meiner Seele Heil und für des
Reiches Recht und Ehre: — aber nicht für meiner
Ehefrau — oder gar für andrer Männer Ehefrauen!
— Minnedank."

„Hast recht, Friedilo. Es muß entweder für
Gott oder für das Reich was heraus kommen bei
jedem Dienst: — sonst ist es Thorendienst."

„Oder weiß ich es nur nicht?" fuhr Friedmuth,
laut denkend, fort, „daß mir etwas fehlt? Auch gut!
Dann fehlt mir's ja nicht!

„Aber horch! Was ist das?" fragte der Deutsch-
ritter, „das klingt anders als der Wüstenwölfe Geheul."

Von der Ferne her, immer näher dringend, ward,
manchmal durch das Wiehern eines Rosses, durch
den Erzklang auf einander schlagender Waffen unter-

brochen, durch die Stille der Wüstennacht von gar melodischer Stimme gesungen:

> „Unter der Linden,
> Auf der Heiden,
>> Wo ich mit meinem Trauten saß,
> Da mögt ihr finden,
> Wie wir beiden
>> Blumen brachen und das Gras.
> Vor dem Wald mit hellem Schall,
> Tandaradei,
>> Sang ihr Lied die Nachtigall."

Viertes Capitel.

„Beim reichen Gott im Himmel," rief Friedmuth, „das ist Herrn Walthers Stimme!" Er sprang hastig auf und eilte aus dem Zelte, dem Ankömmling entgegen; langsamer folgte Herr Hermann.

Bald schritten ihm jene Beiden Hand in Hand entgegen.

Der neue Gast zählte gut über fünfzig Jahre. Aus der offenen Kesselhaube, welche über dem Stirndach zwei fliegende Lerchen im blauen Felde wies, quoll das lange Haar, das noch in Fülle das edle Haupt, das freundliche und heitere Antlitz umrahmte. Das Gelock war schön kastanienbraun, aber schon stark mit Grau gemischt: noch mehr der krause Bart, der auf dieser Fahrt gar lang und breit gewachsen war. Der kluge, herzgescheute und herzge-

winnende Blick des goldbraunen Auges war aber noch
so jugendlich und noch so warm! Um den fein ge=
schnittenen Mund spielte Güte und heitere, schalkhafte
Laune: reichtönig und weichtönig erklang die schöne,
die vielgeübte Stimme.

„Gott willkommen, edler Herr Walther! Welch
guter Wind hat Euch gerade hierher geblasen?“

„Das Herz, mein hoher Herr von Salza,
hat mich hergezogen. Friedilo und ich, wir sind
alte gute Gesellen und Herzensfreunde, ob ich gleich
sein Vater sein könnte, und Nachbarn seit vielen
Jahren.“

„Nun: nähere Freunde als Nachbarn,“ fiel dieser
ein. „Aber zum Freund ist's niemals weit und gar
oft hab' ich frohe Rast gehalten und reiche Weide ge=
funden, als wär' ich selbst ein Falke und vom Kaiser
Herrn Walther zur Pflege überwiesen, im guten Haus
zur Vogelweide.“

„Leider ist's arm, das Häuselein, und gar karg
sind seine Zinse. Hab' ich nur einmal, um das ich

schon gar manchen Fürsten und drei römische Kaiser
angesungen, hab' ich nur erst ein Lehen, — dann sollt
Ihr den Walther als milden Wirth erkennen. — Als
ich nun in Eurer holden, buchengrünen Heimat, Herr
Hermann, im Thüringlande, fahrend, vernahm, der
Herr Kaiser habe die Reichsministerialen des Etsch=
landes zur Kreuzfahrt aufgemahnt, — befehlen kann
er's ja nicht! — da wußte ich, daß der Fragsburger
nicht säumen werde. Und so schloß ich mich, die lang
von mir gelobte Fahrt nun endlich anzutreten, der
kleinen Schar an, welche der junge Landgraf, Herr
Ludwig — frohe Tage hab' ich gelebt auf seiner wald=
umrauschten Wartburg! — durch Baierland über die
Alpen und durch mein Eisackthal führte. Mein Dienst=
herr, der von Gufidaun, sah mich zwar ungern ziehen:
aber zuletzt gab er mir doch Urlaub und schenkte mir
zur Fahrt diesen grünen Waffenrock von Flander=Zeug:
— und dies wackere Hemd von Eisen=Schuppen und
Maschen, in dem ich stecke vom Scheitel bis zur großen
Zehe. Auch die Etschthaler Dienstmannen zogen Herrn

Ludwig zu und wie warm empfing mich zu Bozen
dieser Friedilo! So ritten wir denn zusammen die
Etsch entlang nach Wälschland hinein, nur kurze Zeit
getrennt bei Genua, wo hin mich der Kaiser entbot
und wo ich damals Euch, Herr Hermann, traf. —
Bei Perugia traf ich mit Friedmuth wieder zusammen
und wir blieben bei einander bis zur Lagerung vor
Joppe. Von da aus ward der junge Held hier=
her geschickt, zur äußersten Vorhut an der Wüsten=
Mark. Mich Alten behielt der Herr Kaiser bei sich
zurück."

"Er wußte wohl warum," lachte Friedmuth.
"Er liebt die edle, die frohe Kunst: und wer in seinen
weiten Reichen, wer singt, seit die Nachtigall von
Hagenau, Herr Reinmar der Alte, verstummt ist, so
süß wie dieser Liedermund?"

"Ja wohl," bestätigte der von Salza, "hat doch
selbst Gottfried von Straßburg — "

"Den hat Frau Minne selbst gelehrt!" unterbrach
Walther.

4*

„Nach Reimars Tod gesungen:

„Wer leitet nun der Sänger Schar
Im süßen Minnesang?
Ich finde die, ich bin nicht bang,
Die würdig unser Banner trag':
Die Meisterin, die wohl das mag,
Die von der Vogelweide."

Da fuhr Friedemuth fort:

„Wie schallt ihr Lied so wundervoll
Hin über Flur und Heide!
Wie reich sie wandelieret,
Wie fein sie moduliret."

„Und wie sie jetzt sich schämet,

Zu reich mit Lob verbrämet!" lachte Walther.
„Als ich nun aber erfuhr, daß zu den Scharen links
von dir Verstärkungen geschickt werden sollten, erbat
und erhielt ich die Erlaubniß, mit zu reiten. Ich
bog nach rechts ab, als ich von ferne dein Lager-
feuer sah: ich wollte dir doch wieder einmal in die
stäten Augen blicken. Morgen früh reit' ich hinüber
auf meinen Posten."

„Und ich mit Euch," fügte Herr Hermann bei; „ich hab' einen Auftrag an den Führer."

„Was sind's für Ritter und wer ist der Führer?" fragte Friedmuth.

„Schwaben vom Lech und Allgäuer von der Iller; und es führt sie der Freyberger."

„Wie? Der Freyberger? Der vieledle Herr von Eisenberg?"

„Ja wohl, Herr Julius."

„Den segne der lichte Himmelsherr!" rief Friedmuth.

„Er hat ihn schon gesegnet," sprach feierlich der Herr von Salza. „Denn er hat ihm das reinste Herz gegeben." —

„Mir aber hat heute der milde Gott hellste Freude gegönnt," rief Friedmuth. „Er schickt mir die zwei liebsten Menschen, die mir auf Erden leben."

„Gut, daß dich nicht Frau Wulfheid hört, die vielgestrenge," lachte Walther. „Sie trägt mir ohnehin wenig Gunst! Ein Sänger däucht ihr ein Tage=

dieb in Gottes Welt und die Harfe gar unnützer Hausrath."

„Ach ja," meinte Friedmuth gutmüthig. „Darüber gab es wohl oft Streit. Aber darüber auch allein. — Sie mag nichts von der Dichtung hören. Und mir — mir ist sie so theuer! Mir selber ist ja Lied und Sang gänzlich versagt, — aber ich hör' es gar so gern! Ein edles Lied, zumal dieses Vogelweiders da, könnte mich fortziehen, fortreißen, berauschen wie edler starker Wein: aber nur zu guten Werken."

„Und das," lachte Walther, „war Euer einziger Streit? Höre, Friedilo, du bist gar zu vergeßlich! Oder gar zu gut! Eifersucht ist ja Frau Wulfheid so unentbehrlich zum Leben — so nothwendig ihrer Art, — wie — ja wie Athemholen! Da ihr nun der getreueste aller Ehemänner nie auch nur die Möglichkeit des Argwohnes wegen eines Schürzleins giebt, wirft sich ihr unbeschäftigter Zorn auf seine Freunde."

„Ja," meinte Herr Hermann lächelnd, „in Eifersucht um ein **Weib** möchte ich die tapfre Tochter Herrn Wulfs nicht gerne sehen. War sie doch einmal ziemlich unwirthlich gegen mich, nur weil ich ihr zu viel von ihres Mannes Gunst und Gedanken für mich zu nehmen schien."

„Ja wohl! Ist sie doch sogar auf Thiere eifersüchtig! Schenke ich dem guten Friedmuth da, weil ich weiß: er hat die Vöglein gar lieb — wie jedes sinnige Menschenkind muß: wer Vöglein nicht mag, der ist dumm oder bös oder beides zumal! — schenk' ich ihm einen Steinröthel: ich sag' Euch, Herr Hermann, einen Vogel — ich hatt' ihn selbst gezogen — viel gescheuter als die meisten Menschen, einen Vogel wie ein liebes Engelein! So zahm, so zutraulich! Und gesungen hat er — schöner als die Chorknaben im Dom. Hat denn auch Friedmuth große Freude an dem klugen Thier gehabt und hat ihm das Futter selbst aus Hand und Mund gereicht und hat es gestreichelt — so! über die Flügeldecken hin! — und hat oft gar lange seinem herrlichen Gesang gelauscht.

— Nun kurz: wie ich wieder auf die Tragsburg komme, ist der Vogel fort und Frau Wulfheid sagt mir: — im Glauben, ganz recht gethan zu haben: sie hat nämlich immer Recht! — das dumme Vieh habe ich fliegen lassen, weil sich Friedmuth mehr mit ihm abgegeben hat, als mit mir!"

„Das ist nun einmal ihre Art, zu lieben!" entschuldigte Friedmuth.

„Die lohne ihr der üble Höllenwirth," lachte Walther.

Hermann sah, daß des Freundes offnes, heiteres Antlitz sich leise umwölkt hatte: er lenkte ab.

„Wo habt Ihr Streitroß und Reiseroß gelassen?" fragte er Walther.

„Bei den Knechten. Die letzte Strecke ging ich zu Fuße neben dem Reisegaul. Ich hatte unterwegs ein Lied eingefangen — oder das Lied mich! — das in der Nachtluft flog. So die erste, die Grundgestalt eines Stückleins sinniret sich ganz gut im Sattel: aber Reim und Gegenreim findet man besser zu Fuß.

So ließ ich mir denn die kleine Harfe vom Kamel
— denn auch ein solches gab uns der Kaiser mit —
herunter reichen: — die hat's auch nicht geahnt, da
sie der Meister zu Wien baute, daß sie einmal auf
eines solch ungefügen Thieres Rücken liegen werde! —
und hob an, zu greifen. Die Handschuh' an dem
Schuppenhemd des Gnsidanners habe ich mir längst
abgehackt: nun trag' ich sie über den Sattel gehängt:
denn sonst mußt' ich mich immer erst bis auf's
Wamms ausziehen, wenn mir was einfiel und ich es
auf den Saiten fingern wollte. So ging ich denn zu
Fuß im tiefen Sand und sang dazu, als ob ich mit
der Herrin auf grüner kühler Heide zöge."

"Weißt du's noch, Walther, wie du, so zu Fuße
wandernd und „steile Stiege stapfend", — da wir
über den Jaufen stiegen, auf der Bärenjagd im Wal=
tenthal, aus dem Stegreif ein Lied sangst? Wie war
es doch:

Teutsche Männer sind wohlgezogen,
Recht wie Engel sind die Frau'n von Art."

„Ja! Das war dazumal!"

„Ja! Und Herr Lentold von Saeven war der Dritte! Weißt du noch, wie der dich damals ansang?"

„Höre, Walther, wie's mir steh,
Mein Trautgeselle von der Vogelweide!"

„Wohl, wohl! Aber wer war doch der Vierte?"

„Das war dein Schüler, der eifrigste von allen, die dir nachstreben: der junge Herr von Rubein."

„Freilich! Der ist so eifrig, daß er manchmal, ohne es zu merken, meine Reime in die seinen mengt! Nun! Schadet nichts! Ich mach' halt neue!"

„Der träumt von dir am hellen Tage. Weißt du noch — wir andern schliefen nach dem Jagd= Schmaus — da hatte er ein langes Loblied auf dich ersonnen und trug's uns vor. Ich glaub', ich kann's noch, so oft mußt' er mir's später wiederholen."

„Wann ich nicht dabei war!"

„Nun einmal," meinte der Herr von Salza, „könnt Ihr's mir zu Liebe wohl aushalten. Sag mir's, Friedilo, wenn du's noch weißt."

Und Friedmuth hob an:
Kein liebes Vöglein kommt zu Leide,
    Das Dir in Garn und Schlaghaus geht!
Im Winter, wann durch Wald und Heide
    Der Eiswind und der Hunger weht,
Da trifft in Deiner Halle Weide,
    Was zierlich Schopf und Zittig dreht:
        Frei, sonder Käfig, hüpfen sie
        Auf Harfe dir, auf Buch und Knie.

Dann ruhst Du, deckend Bein mit Beine,
    Das Kinn geneigt zur Hand geschmiegt,
Bei mattem Wintersonnwendscheine
    Durch Hänflingsang in Lenz gewiegt,
Indeß nach Donau, Mur und Rheine
    Gedenken früher Zeit Dir fliegt,
        Gedenken, wie Du rangst und strittst
        Und wie Du minntest, sangst und littst.

Doch, wann der Frühling kaum vom Weiten
    Den scheuen Gruß der Halde beut,
Wann in dem rothen, eisbefreiten
    Geknosp der Saft sich schwellend neut,
Wann schüchtern um die Dämmerzeiten
    Zuerst die Amsel lockt — wie heut'! —:
        Dann schließt Du auf die Winter=Veste
        Und hui! entschwirren Deine Gäste. —

Und Undank ist nicht Vöglein Weise!
　　Sie kennt Dich gut, die lust'ge Schar:
Ziehst du im Mai auf grüne Reise,
　　Wirst Du geleitet wunderbar.
Das singt und flattert laut und leise
　　Zu Häupten dicht Dir um das Har
　　Und grüßt: „Herr Wirth der Winterrast,
　　Im Wald bist Du nun unser Gast."

Und nun hebt's an.　In Äther=Reine
　　Trillirt der Lerchen Morgen=Chor,
Schwarzköpflein singt im Busch, das Feine,
　　Herr Fink schlägt schmetternd Dir in's Ohr,
Bachstelzlein wippt auf feuchtem Steine
　　Und aus dem Eichstumpf lugt hervor,
　　Mit silbertönigem Gepiep,
　　Zaunköniglein, der kleine Dieb.

Ja, rings im Buchhag schwankt kein Reislein,
　　Von dem kein: Waldwillkomm! dir hallt:
Im Klopfen rasten Specht und Meislein,
　　Pirol, der flötet, daß es schallt,
Durch's nied're Weidicht schreit das Zeislein:
　　„Herr Walther kam zum grünen Wald."
　　Und Nachtigall setzt sich zu ruh'n:
　　„Du kamst und singst: — so schweig' ich nun."

Fünftes Capitel.

„Ja," meinte Walther, „damals ist's gar schön gewesen. Und so viel Jahre weniger grau war ich auch! Und dort weht ein besser Lüftlein als in diesem Land: sie heißen's das Gelobte! Das Verfluchte sollten sie's nennen!" schalt der Sänger.

„Was? Wie!" riefen da Herr Hermann und Friedmuth zugleich.

„Ei, Herr Walther," neckte der Erstere. „Widersprechen sich die Sänger so leicht, so bald?"

„Ja, ja, Freund! Wie hast du doch schon zu Schiff, und gleich nach der Landung dies Land gerühmt! Wie lautete das doch anders! Gieb Acht, ob ich's noch weiß:

„Von allen Landen, allen Reichen,
Die je ich schaute, schön und hehr —"

Da fiel Herr Hermann ein:

> „Kann keines sich mit dir vergleichen,
> Du Land vor allen reich an Ehr'."

Aber Walther selber fuhr fort:

> „Wo eine Jungfrau einst gebar,
> Hoch über aller Engel Schar."

Und Friedmuth schloß tief feierlich:

> „Solch Wunder sah man nimmerdar!"

„Nun und? Ihr zeiht mich ohne Grund des Widerrufs," sprach Walther. „Was hab' ich denn an diesem Land gepriesen? Doch wahrlich nur, was jeder Christenmensch mit Schauern der Ehrfurcht preisen muß! „Solch Wunder sah man nimmerdar." Ist das etwa nicht wahr? Und hab' ich etwa gesagt, daß hier ein gesunder Ruch und Wind wehe? Daß hier gut wohnen sei und daß wir Deutschen hier bleiben sollten? Sanct Georg soll uns davor bewahren! Unser Herrgott hat es auch nur gewählt, darin gemartert zu werden — dafür ist es freilich gut! — und darin zu sterben, nicht um so recht vergnügt darin zu leben.

Was wir hier sollen, weiß nur der Teufel: und unser Kaiser, der ja des Teufels Wahlsohn ist, wie von allen Kanzeln die Pfaffen predigen. Ich aber stehe doch zu ihm: „mir ist nicht bang um meine Seele, steh' ich zum Kaiser und zum Reich."

Aber nun nahm Herr Hermann das Wort: „Ihr wißt, der Papst hat ihn vor Jahr und Tag gebannt, weil er, erkrankt, nicht binnen vorgesteckter Frist den früher, in jungen Jahren, versprochenen Kreuzzug ausführte!"

„Nicht ausführen konnte!" unterbrach Walter. „Ich war dabei! Ich könnte dem heiligen Vater als Augenzeuge eiden, wie der Herr Kaiser, der schon das Schiff bestiegen hatte, gleich dem lieben Herrn Landgrafen Ludwig von Thüringen von der bösen Lagerseuche befallen wurde: beide mußten wieder landen bei Otrantum. Der fromme Landgraf — der jugendschöne Herr, noch nicht achtundzwanzig Jahre war er alt! — starb gleich darauf. Gott lohnt ihm jetzt seine Milde im Himmel: aber auf der Wartburg geht

gar traurig unter Wittwen-Schleier die reine Frau
Elisabeth! — Und der Kaiser war recht nahe daran,
ihm nachzufolgen. Wie wankte, vom Fieber gerüttelt,
die herrliche, die hohe Staufer-Gestalt! Wenn das
der „Grimmige Gregor" nicht glaubt, — ich kann's
betheuren."

„Euch würde er auch nicht gerade sehr viel
glauben," lächelte der Hochmeister. „Eure Sprüche
wider Rom sind so unsanft —"

„Wie seine Briefe! Ist der Mann doch über
achtzig Jahre. Er sollte Friede halten."

„Er ist versippt dem großen Innocenz und will
dessen Werk vollenden. Sich aus dem Bann zu lösen,
hat nun — zumal auf meinen dringenden Rath! —
unser Herr dies Jahr die Meerfahrt angetreten. Denn
aus dem Bann muß er sich lösen: sonst sprechen ihm
die unbotmäßigen Fürsten daheim die Krone ab: und
obenan mit Schein des Rechtes! Nun hat der heilige
Vater aber den Bann erneut, weil ein Gebannter
das Kreuz nicht tragen dürfe."

„Ja, ja," zürnte Walther. „Er hat uns nach=
gerufen, der Kaiser sei ein Diener Mahommeds! Und
nicht als Pilger, als Seeräuber — piratae nennt
man das! — zögen wir über die See. Du weißt
es, — reicher Gott! — was ich bisher dabei ge=
raubt habe!"

„Und nur allzuviele im Lager," fiel der Deutsch=
meister bei, „sind froh, ihren Ungehorsam wider den
Kaiser durch des Papstes Gebot gerechtfertigt zu finden.
Außer seinen Haustruppen, vor allen seinen Arabern,
sind ihm fast nur noch die Pisaner und die Genuesen
treu: — deren Gonfaloniere half mir wacker —."

„Und die Deutschen," meinte Walther.

„Das versteht sich von selbst," sagte Friedmuth.

„Leider nicht, mein Sohn," seufzte der Hoch=
meister. „Er hat der Feinde genug daheim im
Reich. Aber die Deutschen im Lager halten noch
aus: hatte doch der Papst mir zugemuthet, an Stelle
des gebannten und jedes Rechts entkleideten Kaisers
die Deutschen und die Lombarden zu befehligen:

meine scharfe Weigerung hat denn auch manche Lom=
barden dem Kaiser treu erhalten."

„Und hohe Zeit war es dazu," rief Walther.
„Denn der heilige Vater hat zwei Mönche von den
Franciscanern — des Papstes Jagdhunde nennen sie
sich mit Stolz! — uns nachgeschickt nach Syria.
Die haben — ich sah sie selbst in Akkon: recht
lieblich waren sie! Der eine glich einer alten Nebel=
krähe, der andere einem jungen Wiedehopf! — Die
haben überall den Bann verkündet und dem Patriar=
chen, den Ordensrittern, den Deutschen, ja allen Chri=
sten verboten, des Kaisers Kriegsbefehl oder Gerichts=
bann zu gehorsamen. Und haben ferner ausgerufen:
allen Kreuzfahrern, welche gegen die Heiden und für
Christi Grab das Gelübde gethan, ist das Gelübde
gelöst, wenn sie nach dem Abendland umkehren und
des Kaisers Erblande in Italia verwüsten helfen im
Heere der päpstlichen Krieger. In den Bannern führen
die Sanct Petri Schlüssel. Sehr überflüssig! Denn
alle Kistenschlösser öffnen sie, alle Truhen leeren sie, —

ohne Schlüssel! Alle Frauen vermehren sie! Ich wollte sehr, — verzeih' mir's der milde Gott! — der Herr Kaiser kehrte diesen päpstlichen Wurfspeer um und spräche: wenn die Päpstlichen ärger sind, als die Heiden, führ' ich das Kreuzheer gegen die Schlüssel-Schelme. Trotz meines grauen Bartes, — auf diese Dietrich-Ritter möchte ich noch einmal waidlich schlagen."

„Der Herr Papst hat noch viel schwerere Schuld als die Schrecken dieses Krieges auf seine Seele geladen," sprach der Hochmeister sehr ernst: „er hat unseres großen Kaisers Herz abgewendet vom Herrn Christus selber, in dessen Dienst und Namen der Papst solche Thaten thut. Kaiser Friedrich glaubt schon lang nicht mehr an Rom: er glaubt auch herzlich wenig mehr an den Heiland."

Da schlug Friedmuth mit tiefer Bewegung ein Kreuz: „Gott, gnadenreicher Herr, erleuchte ihn und rette seine Seele!"

„So glaubt er wirklich an den Propheten seiner arabischen Leibwachen?" fragte Walther, fast ängstlich.

„Nein, an den glaubt er auch nicht: er glaubt
nur an sich selbst und seinen Stern, wie er es nennt,"
seufzte der Ritter.

„Ist wenig!" meinte der Sänger. „Der Himmels=
herr mag jeden Christen davor wahren!"

„Nicht aus Muthwillen, Lieber, zweifelt jener
edle Geist. Aus bittrer Noth, aus Nothwendigkeit
— der Gedanken. Ich aber halte mir meinen
Christenglauben immer wieder tüchtig sturmfrei, wie
eine feste, kriegsbedrohte Burg. Aber der heilige Vater
macht das oft zu saurer Arbeit. Und mein Kaiser,
wie straft er meinen frommen Glauben oft mit Spott!
Wenn der hohe Herr — er hat mehr Gedanken in sei=
nem schönen, strahlenden Haupt als alle andern Könige
der Christenheit zusammen! — wenn er sich arabische
Schriftgelehrte, jüdische Lehrer und unsere weisesten
Äbte und Bischöfe nach Palermo kommen und sie in
seiner Gegenwart Religionsgespräche halten läßt, indeß
unter seinen Augen im Zwinger Leopard, Panther und
Gepard vor ihm sich balgen, während er den Falken

streichelt oder Frau Giocondas wunderbar schönes
Haupt, und dann und wann den Perser-Apfel taucht
in den Wein von Chios und ihn mit feinem
Schmunzeln in den hochmüthig spöttischen Mund
schiebt und wenn er dann, nachdem sie sich alle gegen-
seitig widerlegt haben und mit rothheißen Köpfen
wider einander dräuen: — wenn er dann so ver-
gnüglich seinen schönen rothbraunen Bart streicht und
sie entläßt mit den Worten: ‚Ihr habt alle gleich
Recht, weise Herren' — und die drei bösen Katzen
unten sich niedergebalgt haben: — sie können einander
nichts Ernstliches anthun! — dann graut mir leise vor
diesem Mann, deßgleichen nie den deutschen Kaiser-
thron geschmückt.“

Da sprach Friedmuth traurig: „Ich kenne ihn
so viel weniger als ihr: und doch: ich liebe ihn so
heiß — und muß ihn tief beklagen! — O weh! O
weh um ihn! Er glaubt nicht mehr an Christus den
Herrn? Wie kann er leben dann? Wie glücklich sein?
Vor wem mag er sich demüthigen um Sünden-

Schuld? Und, trifft ihn Unheil, unverschuldetes, wie mag er sich getrösten, daß es doch zum Guten führt? Wahrlich, ein niedriger und unkluger Mann bin ich gegen den Herrn Kaiser. Aber ich tausche nicht mit ihm! Denn mir meinen Christenglauben aus dem Herzen reißen, wo ihn gar tief die liebe Mutter eingewurzelt hat, — das kann kein Mensch und kein Geschick auf Erden. Eher möchte der Herr Kaiser mit seiner ausgestreckten Hand den schönen Abendstern vom Himmel pflücken."

„Auch mir hat er," sprach der Deutschmeister, „nur ein par Vorschanzen verbrannt: an die Hochburg meines Glaubens reichen seine Feuerpfeile nicht. Dürft' ich sonst noch dieses schwarze Kreuz hier tragen? Ja, sogar mit Rom muß ich ihn wieder aussöhnen trotz alledem, und trieben es der Bischof dort und andere übereifrige Pfaffen noch zehnmal ärger." —

„Kann mir das nicht recht vorstellen!" meinte Herr Walther. „Aber Euch, Herr Hochmeister, hat der Him=

melsherr seine weiseste Gabe verliehen: das Maß;
und mir ein heißes Herz, das noch im Alter hastet."

„Unablässig arbeite ich an der Versöhnung. Um
des Reiches willen! Das ganz anderes dringend verlangt, als daß die beiden Häupter der Christenheit
einander so viel Böses anthun, als sie nur können.
Auch helfen mir dabei gar manche wackere Bischöfe
in Wälschland und im Reiche. So all' die eurigen
an Etsch und Eisack: sind alle gut kaiserlich."

„Ja," bestätigte Friedmuth, „auch Frau Wulfheids
Ohm: Herr Heinrich von Taufers, der seit kurzem
den Bischofstuhl von Brixen bestiegen, ist dem Kaiser
treu ergeben."

„Und er ist ein gewaltiger Mann, der Herr
Heinrich!" sprach der Hochmeister. „Ich kenne ihn
genau: er hat ja viele Jahre fern eurer Heimat in
Wälschland gelebt als Abt, aber auch als Vermittler
zwischen Rom und Friedrich. Ein strenger Mann!
Unerbittlich gegen das Unrecht, scharf in kanonischem
Eifer! Darum hat ihm der Papst anbefohlen, um

die gesunkene Zucht der Mönche und Nonnen in euren Bergen zu heben, auch in jenen Klöstern Visitation zu halten, die nicht unter Brixen, sondern unter Trient stehen oder Chur."

„Es gefällt mir nur nicht an ihm," meinte Walther, „daß er so gerne Hexen brennt. Es giebt ja Hexen, gewiß: die Bibel sagt es, die Kanones und die Reichsgesetze. Aber nicht jedes alte arme Weib, das rothe Augen hat und mit sich selber redet, auch wohl ihren Nachbarn mal was Böses anwünscht — das thun wir alle manchmal! — ist des Teufels Buhlin. Der Teufel hat auch gar keinen so schlechten Geschmack, daß er sich so oft die ältesten aussuchte! — Herr Heinrich aber stößt auf Hexen, wie die Krähe auf den Uhu. Der verbrennt seine eigne Nichte, Frau Wulfheid, gilt sie ihm als Hexe, so ruhig, wie jede Bettlerin."

„Ja, gerade auch zur Ausbrennung der Hexen — ein traurig Geschäft! — hat ihm der Papst für euer Land besondere Einschärfung und Vollmacht ge=

geben," fuhr der Herr von Salza fort. „Aber er ist
von unbeugsamen Rechtssinn: fest und hart und klar,
freilich auch unerweichbar, wie Diamant. Ich darf
ihn fast meinen Freund rühmen."

„Ich kenne ihn beinah' gar nicht," sagte Fried=
muth. „Er kam erst ganz kurz vor dieser Kreuzfahrt
aus Wälschland in die Heimat zurück. Und vor
meiner Verheirathung trennte ja bitt're Fehde uns
Schäunaer von den Herren von Fragsburg und von
Taufers."

„Aber zur Zeit," seufzte Herr Hermann, „kann
ich nichts ausrichten in Versöhnung und Vermitt=
lung. Der Kaiser hat, einmal hier in Asia ge=
landet, seines großen Vaters Pläne wieder aufge=
griffen. Gleich unterwegs, im Vorüberfahren, hat
er das schöne Eiland Cypria als kaiserliches Lehen
in gute Verwaltung genommen."

„Heißt er doch jetzt schon König von Jerusalem,"
fiel Walther ein.

„An diese Krone — ja vielleicht auch an die

von Byzanz! — denkt er viel mehr, der herrschge-
walt'ge Mann, als an das Grab Christi."

„Dies Grab ist — leer," sprach Friedmuth ernst.
„Der Herr Christus aber thront über den Wolken
zur Rechten Gottvaters, des starken Himmelskönigs.
Der reiche Christ da oben kann, wenn er es will, sein
ehemaliges Grab selbst schützen und die frommen Pilger."

„Die frommen Pilger sind leider oft sehr un-
fromm," grollte Herr Hermann. „Da streiten sie mit
Worten und Waffen um den rechten Glauben oder
um ihre Privilegien, in der heiligen Grabeskirche selbst,
so daß — zur Schande der Christenheit! — die Heiden
den Frieden des Ortes schützen müssen gegen die Frevel
der Templer, Tureopulen und Pullanen."

„Ich bin ein schlichter Mann," sprach Friedmuth,
„und verstehe nichts von den Plänen unseres Herrn.
Aber nach meinem Unverstand ist Zeit und Kraft und
Gut und Alles verloren, was unser Kaiser auf dies
Land wendet: — es ist, wie wenn er edelsten Saat-
weizen nähme und in die Wüste würfe: der Wind

verweht's, der Sand verschüttet's: — ohne Spur und
ohne Frucht vergeht's."

„Dein Unverstand ist klarste Einsicht," sagte Her=
mann. „Täglich warne ich den Herrn in gleichem
Sinne. — Buchstäblich hast du Recht mit deinen
Worten! Vor zehn Jahren haben wir deutschen
Herren am Nordeingang der Wüste eine Siedelung ge=
gründet: Colonie nennen wir's gar vornehm. Mit un=
säglicher Mühe ward eine Straße gebaut, eine Umschan=
zung aufgeworfen, ein Brunnen erbohrt. — Jetzt, bei
dieser Heerfahrt, führt mich eine Gesandtschaftsreise
wieder über den Ort: — Alles spurlos verschwunden!
Die Menschen am Wüstenfieber, am Durst, an der
Sonne verschmachtet oder geflüchtet: Straße, Schan=
zen, Brunnen so haushoch vom Sande verschüttet,
daß wir mit größter Mühe an ein par Ziegelsteinen
die Stätte wiedererkannten. Ich habe den Kaiser und
seine vertrautesten Räthe dorthin geführt, aber auch
noch Andere:" — er hielt inne: und noch ernster
ward sein Antlitz.

„Wen?" fragte Walther.

„Wenn es kein Geheimniß ist," meinte Fried=
muth bescheiden.

„Für Euch schon jetzt nicht mehr: — bald, hoff'
ich, für niemand mehr. Schweigt noch einstweilen:
die Anderen waren die Comthure meiner deutschen
Herren!"

Sechstes Capitel.

„Alles Heil euch tapfern Männern mit dem schwarzen Kreuz auf weißem Mantel!" rief Friedmuth begeistert. „Groß ist euer Ruhm bei Christen und bei Heiden. Ich habe euch oft an der Arbeit gesehen: am Bette der Pestkranken in euerm Hause zu Akkon oder auf glühendem Wüstenweg als Begleiter der Pilger, im Kampf mit zehnfacher Überzahl!" —

„Aber doch erst, seit Herr Hermann sie leitet, kommen die deutschen Herren zum längst verdienten Ansehen: hat sie doch der Papst erst seit Kurzem gleichgestellt den Templern und den Hospitalitern."

„Ja, seit wann? und warum?" rühmte der Fragsburger mit blitzenden Augen, auf des Hochmei-

sters Schild deutend, der an der Zeltstange lehnte.
„Weil vor Damiette dieser weise Mann des Rathes,
dieser vorbedächtige Herr Hermann, so gewaltige
Schwert-Streiche geschwungen hat, den neidischen
Templern zur Seite, daß Papst und Kaiser ihm in
das schwarze Kreuz seines Hochmeisterschildes — hier!
— das Goldkreuz von Jerusalem gesetzt haben. Das
darf kein Andrer führen.“

„Und damals war es doch, — jetzt sind's neun
Jahre,“ — fragte Herr Walther, „daß der hochmüthige
Franzose — wie hieß er? Héron?“

„Es war,“ antwortete Friedmuth rasch und stolz,
„der Connétable Héron de Taillefer-Bréholle.“

„Nicht wahr, der ritt an Euch heran, senkte
seine Lanze und sprach: Beim Glanze Gottes, nun
will ich an der Loire melden, daß die Deutschen
fast so viel besser das Schwert als wir die Lanze
führen.“

„Ja,“ sagte der Herr von Salza ruhig. „Ich lud
ihn darauf gar sehr höflich zum Lanzenrennen in dem

eroberten Damiette und stach ihn beim dritten Anren=
nen vom Gaul."

„Und Gott hat euch wunderbar gesegnet von
Anbeginn," sprach Friedmuth. „Was ist doch der
Orden gewachsen seit, vor einem Menschenalter, ein
par wackere Bürger von Lübeck und Bremen im Lager
vor Akkon aus einem alten zerschlissenen Segel ein
Zelt errichteten — das war das erste „deutsche Haus":
ohne Balken und Dach! — für kranke deutsche Pilger.
Denn Templer und Hospitaliter wollten nur Franzosen
und Wälsche pflegen und schützen."

„Ja, die Templer! Meine Ritter haben ein Sprich=
wort: „Dem wahren Kreuz hat das rothe mehr denn
der Halbmond geschadet." Wie mußte ich doch streiten
wider die Herren vom Tempel, des Papst Innocenz
Schos=Söhne! Nicht einmal den weißen Mantel woll=
ten sie uns tragen lassen! Der Papst entschied zuletzt:
mindestens aus schlechterem Stoff als der Templer
muß unser Mantel sein."

„Das bringt euch keine Schande!" sprach Fried=

muth. „Freuden und Prunk versagt euch euer Gelübde:
ihr dürft ja gar, ihr Brüder vom deutschen Hause
Sanct Marien, an Sattel und Zaum, an Helm und
Schild, nicht Gold, Silber oder weltliche Farbe
führen."

„Papst Innocenz war uns wenig hold," fuhr
der Hochmeister fort. „Aber Honorius und jetzt Gregor
hab' ich allerlei Privilegien abgerungen. Die Staufer
jedoch haben uns von jeher hoch geehrt: Herr Heinrich, Herr Philipp, und nun gar der gewaltige Friedrich. Ich schlug sogar ein Vorrecht aus, das er
uns bot," lächelte Hermann.

„Welches?"

„Daß jeder, der bei uns eintrat, seiner Geld-
Schulden sollte ledig sein. Ich scheute den großen
Zulauf."

„Dagegen gebot er aber," — meinte Friedmuth,
— „so sehr liebt er dich! — daß der Deutschmeister, so
oft er zu Hofe kommt, er mit sechs Berittnen, des
Kaisers Ehrengast sein solle."

„Gewaltiges habt ihr hier in Krieg und Frieden geleistet," bestätigte Walther. „Und doch ist all das, fürcht' auch ich, wie Ihr gesagt, Weizen in der Wüste. Heimat schafft ihr den Deutschen nie in diesem Land. Und je mehr Zeit und Kraft und Blut wir hier vergeuden" —

„Desto mehr," fiel Hermann von Salza ein, „entziehen wir unsern Nord= und Ost=Marken daheim, wo der Wenden und andrer Slaven von mancherlei Namen wegen unsre Bauern, bis zur Elbe hin, nicht mehr anders pflügen können, als im Brustharnisch und den Speer angeriemt. Ich meine, wir hätten an der Elbe, ja über die Elbe hin, bis an den Wysfelstrom, viel dringendere Arbeit als hier, zwischen Jordan und Meer."

„Wie meinst du das?" fragte Friedmuth, ernst und eifrig. „Über die Elbe hin — an die Wyssula? Von diesem Lande möcht' ich wohl mehr erkunden! Ein Pilger von dorther, auf dem Weg nach Rom, kehrte einst bei uns ein. Er trug einen weißen Rock von Schaffellen, die Wolle nach innen, Schuhe

von Holz und, bis über die nackten Knie' empor,
Riemenwerk; vier kurze Holzkeulen staken in seinem
Gurt. Sein Bischof hatte ihm eine Romfahrt als Buße
auferlegt, weil er viele Christen erschlagen hatte: ein
heidnischer Pruzze, ein Häuptling, war er gewesen:
jetzt war er getauft. Aber zufällig donnerte es ge=
rade, als er bei uns war: da rief er immerfort, „Per=
kud, Perkun!" und schlug dann ein Kreuz und weinte
sehr, daß er den alten Donnergott nicht vergessen
könne. Eine Kröte, die des Weges sprang, fing er:
fast weinend, küßte er sie dreimal und ließ sie dann
frei. Auf meine Frage sprach er, „um Verzeihung
bat Warputus die Göttin, daß der Philipp ihr nicht
mehr Schnecken opfern darf und sie anbeten: Vater
Christian": — wer mag das sein?"

„Das ist Herr Christian, einst Mönch von Oliva,
jetzt Bischof von Pruzzenland," nickte der Hochmeister

„Christian hat es Philipp verboten," fuhr er fort,
„aber Warputus hat die Krötengöttin heute noch viel
lieber, als den Vater Christian." Ich verstand das

nicht: da sprach er: „Warputus hieß ich, da ich froh
war und der Hölle eigen: jetzt heiß' ich Philipp, bin
des Himmels eigen und sehr traurig." Dann schenkte
er uns gelbe, undurchsichtige Glaskugeln: die warf er
auf den Herd, das gab einen Rauch, köstlicher als
der Weihrauch in dem Dom zu Brixen. Denn gar
gutmüthig war er: nur ein wenig einfältig! So konnte
er die Tage nur zählen, indem er jeden Abend einen
Knoten in seinen Gürtelstrick knüpfte. Was war das
wohl für Glas?"

„Bernstein," sprach Herr Walther. „Ein wundersam Gewächs: Goldstein der See. Wo das die Wogen
ausspülen, da soll die Welt zu Ende gehn."

„Noch nicht ganz," lächelte Herr Hermann.

„Denkt euch nur," fuhr Friedmuth fort, „er wollte
uns glauben machen, in seiner Heimat gebe es
Berge, die, wandernd, in Jahrzehnten Hütten und
Wälder bedecken und nach langer, langer Zeit anderswohin wandern."

„Das ist doch gewiß nicht wahr?" meinte Walther.

6*

„Ja, es ist wahr," sprach der Hochmeister. „Aber sie sind von lauter Sand, diese Berge oder Hügel. Dünen heißen sie."

„Recht elend mag's dort wohl zu leben sein. Denn —"

„Da können gar keine Menschen leben!" sprach Herr Walther sehr ernsthaft. „Höchstens Pruzzen und Samaiten: die sind's gewohnt."

„Denn," fuhr Friedmuth fort, „der beste Wein mundete ihm wenig, den wir ihm boten. Aber als er an dem Roßstall vorbeikam, blieb er plötzlich stehen, schnupperte in die Luft, stieß einen wilden Schrei aus, rannte hinein, schob das Fohlen weg, das an der Stute trank, und sog, vor Wonne schnalzend, deren Milch. Er fragte — zu Frau Wulfheids großem Zorn — nach meinen andern Weibern: ich sei ja ein reicher Fürst im Vergleich mit ihm: aber er habe doch daheim sieben Frauen gehabt und auch nach der Taufe nur vier verkauft: — die mehr ältlichen. Mit Frau Wulfheid verdarb er's gleich zu Anfang, weil sie ihm

nicht die schmutzigen Füße waschen wollte: er meinte,
das komme der Wirthin zu. Er wunderte sich sehr, als
wir vom Tisch aufstanden: bei uns daheim, sprach er,
trinken Gast und Wirth bei jedem Gelag den Honig-
meth, bis beide auf der Schilfstreu liegen. Und da
wir einmal an die Etsch hinunterstiegen, zu fischen, —
er fragte immer nach Fischen, obwohl nicht Fasten-
zeit war, und aß sie fast lieber roh, noch zappelnd,
als in Frau Wulfheids bester Brühe — da flog
eine Krähe vor uns auf. Der Gast griff einen
Stein, und traf die Krähe im Fluge: sie fiel, er
sprang hinzu und — sie war noch nicht todt! — biß
ihr den Kopf mit den Zähnen ein. Ich staunte.
Er aber sprach: O fremder Vater: in unserem Land
sind viele Krähen und wenige Messer. Man muß
der Messer schonen. Unsere stolzen Nachbarn, die
Polaben, nennen uns wohl die Krähenbeißer: —
aber die haben viele Messer und essen Brot, nicht wie
wir, Krähen und Fische. Und er bat gar flehentlich,
daß ihm Frau Wulfheid die Krähe zum Abendimbiß

braten ließ, schob das Haselhuhn zurück, aß die Krähe
und weinte darüber vor Heimweh. Denn, sagte er,
schön ist's nur bei uns. Diese Berge verdrücken mir
den Athem."

„Ja!" meinte der Herr von Salza, sehr lang=
sam sprechend, „dort ist's wohl noch gar wild und
öd und arm. „Aber gerade dies Bernsteinland, dies
Dünenland, — das sollten wir haben."

„Doch nicht wegen der Krähen?" lachte Herr
Walther.

„Nein! Aber seht, es ist keine Ruhe mit diesen
Wenden und andern Heiden, bis wir sie nicht nur von
vorn abwehren, bis wir sie auch vom Rücken fassen
können. Wie die Grenzen jetzt dort laufen, ist gar nicht
auszusorgen! Seht," und er schob den Mantel zurück,
auf dem sie lagen, und zeichnete mit der Spitze der
Scheide seines mächtigen Schwertes, die er ergriff,
in den Sand der Wüste vor sich hin: „so lang
gestreckt und offen läuft unsere Ostmark von Mit=
tag gen Mitternacht. Nun liegt aber jenes Heiden=

land der Preußen den Polaben im Nordosten. Seht
ihr, so!"

„Das leuchtet mir ein!" fiel Friedmuth sehr
eifrig ein. „Und all' die Tausende und Zehntausende,
welche Jahr für Jahr ein wirrer Drang nach heiligen
oder unheiligen Abenteuern aus unsern Marken über
See führt und die, — sie blühen nun oder sie ver=
dorren, — für's Reich verloren sind, die blieben uns
erhalten. Und man könnte sie schön langsam zurück=
drängen gen Aufgang, diese dumpfen Wenden. Sie
starren von Schmutz. Ich kenne sie! In Kärnthen
hab' ich gegen sie gefochten."

Da würd' es wohl noch langer Arbeit brauchen
mit Pflug und Schwert," meinte Walther.

„Aber es wäre doch Arbeit, die haftete, nicht,
wie hier, verwehte," erwiderte Hermann. „Noch anderes
kommt hinzu, — ein Großes! — was ich jetzt noch
nicht enthüllen darf. Doch ist's im Werk. Und ihr
beiden sollt davon vernehmen: — vor Anderen."

„Und ob unser Einer auch wohl nur schwer dort

leben kann in so rauhem Norden, — ich meine, es
athmet sich doch noch gesünder, als in diesem giftigen
Wüstenschmack!" rief Friedmuth.

„Und wenn die Zeit dazu gereift, dann, Freund
Walther, — ich werd' Euch mahnen zu rechter
Stunde! — dann sollt ihr mir durch eure Weisen
eure Deutschen ebenso zur Kreuzfahrt nach Pruzzen=
land begeistern, wie Ihr sie nach Palästina gerufen
habt."

Siebentes Capitel.

„Wohl, wohl," meinte Herr Walther. „Wohin die Pflicht rufen und das Reich, dahin muß man gehen, sei's an den Jordan, sei's an die Wyssula. Ich geh' auch selbst hin, muß es sein. Aber lieber wär' mir's schon, ich dürfte meine Pflicht für's Reich thun in einem Lande, wo —"

„Recht guter Wein wächst," fiel da eine helle Stimme ein, „nicht wahr, Herr Walther?" Und Hezilos gelber Krauskopf guckte, den leeren Becher wieder füllend, ihm über die Schulter.

„Büble, Büble," drohte Friedmuth, „deiner Keckheit wird fast allzuviel. Herr Walther sollte dich walken."

„Laß das Garzünlein," lachte dieser. „Kinder und Narren sprechen wahr. Und da dieser Fratz ein Kind und ein Narr zugleich, so spricht er doppelt wahr. Das Trinken ist nicht meine schlechteste Kunst. „Denn durstig sind die Sänger": es ist ein alt gut Wort."

„Ein Kind?" zürnte Hezilo. „Bald neunzehn Winter zähl' ich! Und ein verlobter Bräutigam! Über's Jahr hoffe ich, die drei Herren zu meiner Hochzeit zu laden im äußern Hof zu Goyen. Ein Narr? — Das will ich nicht bestreiten! Besser ein fröhlicher Narr denn ein trübseliger Weiser! — Mit dem Walken aber hat es gute Weile. In der Wüste wachsen keine Haselstecken, wie sie der Herr Minne-Sänger gerne schneidet — gegen seine Garzünlein, die Singerknaben. — Allein, Herr Walther, ich hätte eine Bitte — Ihr ahnt sie wohl? — Es ist wieder dieselbe — wie daheim und auf dem Schiff — es ist wieder —"

„Die Pfeife! Die verfluchte Schwegelpfeife?" rief Herr Walther. „Bub! Unglücksbub! Lieber lauf' ich in die Wüste und höre die Wüstenfüchse bellen als nochmal deine Singerkunst."

„Lauter Brodneid!" rief Hezilo, und zog aus dem Wamms eine kurze Rohr-Pfeife: sieben Schilfrohre mit Wachs an einander geklebt, immer kürzer geschnitten von rechts nach links zu, wie sie die Hirtenbuben schneiden aus dem Schilf der Etsch. „Ich hab' eine neue Weise gefunden zu einem Eurer Taglieder: — die sollt Ihr hören, Herr Walther! — Nur ein einziges Mal — in Eurem ganzen Leben! — ich bitt' Euch, sie ist wirklich wunderschön!" Und sofort setzte er die Pfeife an und hub an, laut zu blasen. Bei den ersten Tönen begannen alle die zottigen Hunde, welche das Lager bewachten, bitterlich zu heulen: Herr Walther aber sprang auf, den Spielmann zu greifen: dieser entwich aus dem Zelt in das Dunkel.

„Wenn nur der Teufel käme und dir die verfluchten Quiek-Röhren vom Schnabel risse! — Ich wollte ihm zum Dank den Schweif vergolden!" rief der Sänger dem Fliehenden nach. „Ist ein grundgescheuter Bub und keine Verdrehniß sonst an ihm. Aber er glaubt, er blase wunderbarlich und doch sind

alle seine Töne falsch. Nur sein Schatz findet alles
schön."

„Ja, ja, es ist grausam, wie er bläst," lachte
Friedmuth. „Seine Töne sind falsch. Aber das ist auch
das einzige Falsch an ihm. Er ist getreu: treu mir
und seinem Trinelein."

„Wäre schad' um das Büble, wenn ihn hier
Fieber oder Pfeil wegraffte. Bildsauber ist er auch:
fast wie Herr Tristan oder gar Herr Parzival: noch
beinahe bartlos, mit rosenrothem Mündlein, lieblich
und licht von Haut — so recht der Frauen Wunsches-
art. Aber was hat ihn hergeführt? Er ist nicht dein
Dienstmann."

„Nein! Er sitzt als freier Mann auf dem äußern
Hof zu Goyen: aber der Hof, wie der Innere, auf
dem Katharinas Vater baut, gehört dem Bischof von
Chur. Der hat die Vogtei über diese Höfe mir, das
heißt: der Fragsburg verliehen. Schon als Kinder
haben Hezilo und seines Nachbars Töchterlein sich, wie
im Spiel, verlobt: das Spiel ward Ernst, als sie keine

Kinder mehr waren. Doch können sie als Vögtlinge
ohne Zustimmung des Bischofs von Chur nicht hei=
rathen: und der Bischof, Herr Berchtold, der Helfen=
steiner, hat, schon seit Damiette in Heidenhand ge=
fallen, zumal aber seit die Kreuzpfaffen, welche Papst
Gregor aussendet, wieder so eifrig predigen, kaum
was Anderes mehr in Gedanken als das gelobte Land.
Bevor ich dem Kaiser hierher folgte, wollte ich die Kin=
der verheirathen. Aber da ich nun mit ihnen des
Bischofs Einwilligung erbat, schrieb der: „Ja, aber nur
unter dem Beding, daß die Braut jährlich sechs
Pfund Wachs von ihrem Muttergut zu Schänna der
Capelle zu Kains als Martinizins aufläßt." Das
sagten die Braut und ihr Vater gerne zu. „Und,"
schrieb der Bischof weiter, „wenn der Bräutigam
das Kreuz nimmt und Jahr und Tag im heiligen
Lande dient." Da, als ich ihm das vorlas, machte
er ein lang Gesicht und das Kathrinelein weinte bittre
Thränen. Es sah ihn schon gespießt an eines grimmen
Heiden Speere! Ich tröstete die Kleine und versprach

ihr in die Hand, den Knaben selbst mit mir zu nehmen und besser als auf mich auf ihn zu achten."

„Und wie hast du dein Wort gehalten! Gleich bei der Landung hier im Hafen von Akkon! Der gute Hezilo zog — aus purer Neugier — den Vorhang von einer reichen Sänfte, die vorüber getragen ward, zurück: — er ahnte nicht, daß eine Saracenin, eines ägyptischen Gesandten Tochter, darin saß. Im Augenblick blinkten zwanzig Dolche wüthiger Heiden gegen den Niedergeworfenen: — wie standest du da plötzlich in der Mitte, fingst den schlimmsten Stoß mit dem Arm und wehrtest der Überzahl, wie ein Bär die Meute abschüttelt, bis euch Hilfe beisprang."

„Das sieht ihm gleich," sprach der Herr von Salza. „Er lebt nicht sich — er lebt, mehr als gar mancher Ordensritter — für Andre."

„Und stirbt für sie! Schon auf der Überfahrt — für ein fremdes Kind — sprang er — —"

„Schweig still, Walther. Trinke lieber noch eins." Und Friedmuth füllte ihm den Becher auf's Neue.

„Wenn ich so viel Wasser hätte schlucken müssen,
wie du damals, zumal Salz=Wasser! — Aber da
fällt mir ein: — beim Trinken — kennt ihr den
Böppele von Boblingen?"

Achtes Capitel.

Friedmuth verneinte. Aber Herr Hermann sprach nachsinnend: — „Böppele? Ich meine: ja: den „Böppele" nannten sie ihn. — Ja, den hab' ich wohl gekannt — bei Genua — nicht? Was ist mit dem drolligen Kauz?"

„Und was ist Boblingen?" fragte Friedmuth.

„Hei, Boblingen ist ein kleines Nest in Alamannien: ein Haufe von Hütten, der aber eine Mauer um sich gezogen und vom Kaiser eine „Marktfreiheit" erbettelt hat. Durstig müssen sie sein, die Boblinger. Denn ob zwar nur ein par hundert Männlein und Weiblein dort leben, haben sie einen eigenen zünftigen Weinschank von Rathswegen eingesetzt und verpachtet und ein lustiger Kumpan, der früher als Schuster eingegildet war — das ist ein durstig Hand-

werk! — der hat es gepachtet. Er war von den ehr=
samen Schemelhockern ausgestoßen wegen Innungs=
schulden und loser, nicht schlechter Streiche, — mein
Freund Böppele ist ein arger Schalk, aber kein allzu=
arger Schelm! — Und ist seit Jahren viel herum=
gezogen, billigen Wein einzukaufen, ihn, verdünnt und
theuer, daheim seinen Böblingern zu verzapfen. So
traf ich ihn früher auch manchmal im Eisackland.
Aber gar viele Jahre war er ausgeblieben. Als ich
nun auf der Fahrt hieher nach der reichen Hafenstadt
Genua kam, war da in der Stadt auch ein Herr
Egino vom Hohenbühl aus Schwabenland, ein Nach=
bar der Böblinger Burgensen. Der hatte nicht das
Kreuz genommen, sondern nur einen Auftrag des
Pfalzgrafen von Tübingen bei dem Kaiser und bei dem
Rath von Genua auszurichten. Mit dem Hohenbühler
ritt ich einmal an einem heißen, durstigen Sommer=
tag zu den Thoren von Genua heraus und wir
kamen an ein Fischerdorf, heißt Sestris. Da winkt
an einer Schänke, nach deutscher Sitte, ein grüner

Rebenzweig oben von der Thür, zum Zeichen, daß
hier Wein geschänkt wird.

Wir treten beide in den kühlen Steinflur, wo
es ganz erstaunlich sauber aussieht — gar nicht wälsch!
— und rufen nach dem Schankwirth: „Gleich, gleich!“
tönt es ganz gut schwäbisch, und aus dem Keller
taucht empor — mein Böppele: — der Alte, nur viel
runder an dem Bauch und röther an der Nase. Jedoch
kaum erschaut er den Hohenbühler, als er hurtig ent-
weichen will. Der aber schreit. „Was, der Böppele?
So büßt der meine Sünden ab?“ hascht ihn am
Wamms und schlägt mit der Faust gar eilig und kräftig
auf ihn los. „Du arger Unnütz, du Lügengauch!
Da! das ist für das heilige Grab! und das für
Bethlehem!“

„O weh, und immer mehr o weh!“ schreit der.
„Lasset, schonet! Schenkt mir die andern heiligen
Örter! Ich will ja alles bekennen und das Geld
herausgeben, — sofern ich's noch haben sollte,“ sagte
er dann vorsichtig, als der Zornige losließ, und er

sich, den Rücken reibend, erhob. Und nun — ich mach'
es kurz — nun kam's heraus. Der vom hohen
Bühl hatte mal im Heißzorn einen Pfaffen, der ihn
öfter zu allerlei unbequemen Tugenden recht störend
vermahnte, heftig verhauen: da das leider während
eines Gottesfriedens geschehen, den der Bischof von
Augsburg, die Reichsstadt Ulm und der Pfalzgraf
von Tübingen mit einander beschworen hatten, konnte
der Geschlagene — der Hohenbühler meint, es war
gar nicht arg gewesen: kaum wie man einen zucht-
losen Braken haut — auch noch beim Bischof klagen
vor geistlichem Gericht, nachdem der arme Herr Egino
die weltliche Buße und Wette schon hatte bezahlen
müssen. Der Augsburger Bischof, Herr Siboto, ist
nun gerade so versessen auf die Kreuzfahrten, wie sein
Amtsbruder zu Chur und legte dem wackern Ritter eine
Kreuzfahrt auf, von Jahr und Tag, zwischen Jerusalem und Damiette zu verleben. Das taugte nun dem
jungen Herrn Egino wenig: er konnte wirklich nicht
fort damals: denn er warb um Jungfrau Bisa, des

7*

zweiten Bürgermeisters von Augsburg junge Tochter. Und die war nicht nur sehr schön, — auch sehr reich, und das alte, morsche Mauerwerk des Hohenbühls schrie aus vielen Mauerlöchern nach baldiger, gründlicher Flickung, sollte es nicht für Krähen und Eulen allein bewohnbar werden, die jetzt schon besser als Menschen darin Hausung fanden. Nun kurz: Herr Egino ritt, wohin? Rathet —: wohin?"

„Wie soll ich das wissen!" lachte Friedmuth. „Hm," überlegte der Hochmeister, „da — am Neckar? — Wenn er gut berathen war, ritt er zu dem Burgpfaffen von Tübingen. Der ist im Lande der Schwaben in Kreuzfahrt-Gelübden einer der Allergelehrtesten."

„Richtig! Zu dem ritt er, zu dem „weisen Bruder" von Tübingen und versprach ihm gleich bei der Begrüßung — denn das ist das Hauptstück der Weisheit des Bruders, daß er nichts umsonst thut! — die Eichelmast für seine Schweine im Hag von Hohenbühl, wenn er ihm einen gottgefälligen kanonischen Ausweg finde. Der Weise von Tübingen besann sich

nicht lang und sprach: „Erst setzt, ehe wir weiter reden,
Euer Kreuz unter diese Eichelmast-Urkunde". Und als
das der Hohenbühler gethan, sagte der Mann Gottes
bloß das eine Wort: „Kreuzfahrt durch Stellvertretung."
Dumm ist Herr Egino nun auch nicht: er verstand
sofort, daß die Kirche Stellvertretung zuläßt. Der
Burgpfaff machte auch den Böppele ausfindig: der
war ganz willig für eine geringe — auffallend geringe! — Summe den Wein-Schank in der Winkel-
gaß zu Böblingen zu sperren und für des Hohenbühlers Seelenheil auf Jahr und Tag in's gelobte
Land zu ziehen und am heiligen Grab zu beten, dabei auch mit einem leichten Fuchs-Sperlein, einer
Armbrust und zwölf Pfeilen wider die Heiden zu
streiten, falls ihn solche angriffen. Heiden aufzusuchen, um sie anzurennen, sollte er nicht gebunden
sein, wenn er es nicht freiwillig aus Kampfgier thun
wolle, was wenig wahrscheinlich. — Auch mußte
der Ritter ihm die Trutz-Waffen liefern, eine mittel-
gute Mähre stellen und einen armslangen Reiterschild

als Schutzgewaffen. All das empfing er von Herrn Egino und auch die Pfennige im voraus.

Freilich mußte der Ritter leider um die Letzteren erst einen Augsburger Juden werfen, der zur Jacobi-Messe nach Ulm zog; da es nicht im Gottesfrieden geschah, — auf Rath des Tübinger Gottesgelehrten hatte der Hohenbühler diesmal weislich gewartet, bis des Friedens Frist abgelaufen war! — nur im Augsburger Weichbildfrieden, war es nicht besonders sündhaft. Und da der Jude ihn in der Finsterniß nicht erkannte, hat es dem wackern Herrn auch weltlich nicht geschadet. Nur der Jude verlor drei Vorderzähne darüber, da er zuletzt, während ihm der Ritter beide Hände hielt, seinen Geldgurt mit dem Munde festhalten wollte in seinem schmutzigen und echt jüdisch = verstockten Geiz und Eigensinn und ihm daher — durch seine Schuld! — der Mund mit dem Schwertgriff ein wenig locker gemacht werden mußte.

Also war nun Alles gut: der Jude verlor seine Zähne und Pfennige, der Böppele erhielt Pfennige,

Gewaffen und Gaul. Der arme Herr Egino konnte
im Lande bleiben und die schöne Zisa von Augsburg
auf den Hohenbühl führen. Der Bischof selber traute
sie im Dom: und die guten Burgensen von Augs=
burg verehrten ihr einen schönen Smaragd für ihren
dritten Finger: nicht ahnend, daß der andere Smaragd,
an ihrem vierten Finger, den ihr kürzlich Herr Egino
geschenkt hatte, aus dem Schmuckladen des reichsten
Juden von Augsburg, Jochai, gekauft, diesem Jochai
mit seinem eigenen Golde war bezahlt worden und daß
derselbe noch unwissentlich ein par Zähne als Zuwage
gegeben hatte. So wäre also Alles ganz schön ver=
theilt gewesen.

Den Ritter hatte es nur gewundert, daß der
Böppele, der gar nicht geldblöde ist, für so wenige
Pfennige die weite, gefährliche Fahrt wagen wollte.
Jedoch der hatte gesagt, er habe selbst ganz un=
aufhaltsame Sehnsucht nach dem gelobten Land:
seine Nachbarn aber meinten, Frau Zahme — „Zahm=
Muthe" war sie getauft, allein die Bürger von Bob=

fingen und die Gauleute auf ein par Meilen im Um=
kreis hatten sie lange „Frau Zankmuthe" oder auch
„Frau Zanke" umgetauft —, seine Ehehälfte, sei so
bösartig, daß er lieber in der Heiden Hände fallen
wolle — das seien doch noch unbekannte Schrecknisse
— als die altbekannten Schrecknisse unter den Händen
Frau Zahmes länger tragen.

Auch kamen bald, gelegentlich von heimkehren=
den Pilgern mitgebracht, Briefe: — denn der kluge
Böppele war als Gärtnerbursche in dem Kloster zu
Maulbronn erzogen worden und hatte lesen und ein
wenig schreiben gelernt, — wie er die Alpen überschritten,
dann in Venedig sich eingeschifft habe. Dann folgten,
stets in den angemessenen Zwischenräumen von Monaten,
Schilderungen eines grauslichen Meersturmes bei dem
Eiland Cypern, viele Durstbeschwer in der Wüste, ein
Gefecht mit Saracenen, wobei er einen Pfeilschuß in
den linken Fuß erhalten, — wofür er nochmals achtzig
Pfennige berechnete, weil er die Heiden, über seinen
Vertrag hinaus, bei einer Cisterne aufgesucht und an=

gegriffen habe. — Dann, wie er am heiligen Grabe
gebetet habe, sei er eingeschlafen und im Traum sei
ihm der heilige Sebastian erschienen und habe aus=
drücklich erklärt, dem Ritter vom hohen Bühl seien
alle Sünden verziehen und es sei dem Heiligen sogar
viel lieber gewesen, daß ein so frommer Pilger statt
des leider etwas weltlichen Ritters gekommen sei. Er
habe so bei dem lieben Gott den Sündenerlaß mit
zweihundert Vaterunsern durchgesetzt, während er sonst
leicht nochmal soviel gebraucht hätte. Und der Jor=
dan und Bethlehem, Gethsemane und der Ölberg und
Alles war ganz genau beschrieben. Und zuletzt kam gar
die Nachricht, sie möchten Frau Zahme nur sagen,
sie werde ihn nie mehr mit leiblichen Augen schauen,
bis sie ein liebes Engelein geworden: denn er habe
der Welt mit allen Freuden der Ehe entsagt und
werde seine Tage als Mönch in einem stillen Thale
bei Jerusalem beschließen, wo er täglich gegen
ihr Gallenleiden bete, das sich oft so heftig geäußert.
Er fragte zuletzt, ob sie nicht schon große Linderung

verspüre, seit er so für sie bete. Ihm gehe es viel
heiterer als daheim: ein süßer Friede, so rechte Fröh=
lichkeit im Herrn, wohne in ihm, seit er zwischen Jeru=
salem lebe und dem Jordan."

Da hielt Herr Walther inne: Friedmuth schob
ihm den Becher hin.

Neuntes Capitel.

Der Sänger that einen tiefen Zug, wischte sich den schönen Bart, der gar zierlich kraus, obzwar schon gar merklich grau, den schön geschnittenen Mund umzog und fuhr fort: „Diese letzte Botschaft machte sogar — so schien es — auf Frau Zahmmuthes harten Sinn etlichen Eindruck. Denn sie strich sich mit der umgekehrten Hand über die Augen. Als ihr aber der Nachbar, in der Meinung, nun sei etwas mit ihr in Güte zu richten, vorhielt, sie sei es wohl gewesen, die durch ihre Unsänfte den braven Böppele bis an den Jordan zu den Heiden und in die Mönchs-kutte geschencht habe, und deßhalb weine sie jetzt wohl in Reue, — da warf sie dem Nachbar den ganzen Nudel-teig, den sie gerade knetete, an den Bart und schrie, sie weine nur vor Zorn, daß sie den feigen Aus-

reißer, den Böppele, der sich seinen heiligsten Pflich=
ten entzogen, nun nicht vor sich habe, ihm mit dem
Besenstiel den Mönch wieder auszuklopfen.

Und alle Böblinger und ihre Nachbarvölker, Herr
Egino und auch ich, der es von diesem erfuhr, waren
ganz gerührt und erschüttert durch die Bekehrung des
Böppele, der in seiner Weltlichkeit, wie vorhin schon
beklagt, ein arger Schalk gewesen war.

Desto heftiger war nun aber des Hohenbühlers
Zorn, als er den Böppele, den er am Jordan
büßend gewähnt und fast bedauert hatte, hier, in
einer wunderlieblichen Küsten=Bucht am wunder=
schönen blauen Mittelmeer, im warmen Ligurien,
ganz behäbig und viel feister, denn ihn je daheim
Frau Zanke genährt hatte, als Weinschänken recht
gedeihlich niedergelassen antraf. Und ich meine fast,
er hätte den Rundlichen mit der Schwertscheide zu
Tode geschlagen, wär' ich nicht dazwischengesprungen
und hätte den armen Gauch freigemacht. Nun mußte
er aber Alles beichten, und nachdem ich ihm vor zwei=

teren Schlägen Sicherheit erwirkt, erzählte er denn
auch bereitwillig Alles: und kam das so drollig un=
verschämt heraus, daß zuerst ich laut und fröhlich
auflachte" — und er lachte jetzt noch in der Er=
Erinnerung.

„Der frohe Himmelswirth segne dein Lachen,
mein Walther! Es thut der Seele gut, so recht warm
gut, dich Lachen zu hören."

„Und es steckt an," meinte der ernste Hochmeister
lächelnd.

„Muß wohl was dran sein. Denn gar bald
fiel der Ritter, so zornig er noch kurz vorher ge=
wesen, ein: und sogar der Böppele, der sich freilich
dazwischendurch immer wieder den Buckel rieb und
ängstlich auf den Gestrengen blickte, mußte zuletzt über
seine eigene Frechheit schmunzeln und endlich hell
auflachen: so lachten wir denn zuletzt alle drei.
Der köstliche Ligurer=Wein trug wohl dazu bei. Auch
die leckeren, frisch gefangenen Fische, die der Böppele
trefflich zu braten gelernt hatte.

Und so, von vielen Querfragen unterbrochen, erzählte denn unser Wirth: „Ja, meine frommen Herren, das sind Schicksale, das sind Prüfungen der Heiligen! Ihr fragt, — nicht wahr? — um mit dem Anfang anzufangen, Herr Walther, woher ich das Geld bekommen, diese Wirthschaft mir zu kaufen? Denn sehr, sehr mit Recht denkt Ihr: von den par Pfennigen, die mir Herr Egino gab, mich dafür an seiner Statt von den Heiden, so oft diese wollten und konnten, spießen zu lassen, hätt' ich es nicht bestreiten können, auch wenn ich den Gaul — er lahmte! — und die Waffen dazu verkaufte. — Wo sie sind? — Ja, was sollte ich hier mit dem Kriegszeug? Nur den Schild, den hab' ich behalten! — Seht hier!" und er sprang auf, hob den Tafernschild von der Thür herab, kehrte ihn um und wies dem erstaunten Ritter dessen stolzes Wappen, den steigenden gekrönten rothen Löwen im weißen Feld. — Diesmal mußte ich wieder mit Gewalt die Faust des Zornigen festhalten. Eilfertig hing der Wirth den Tafernschild wieder auf:

„Könnte mir sonst leicht Einer vorbeiwandern statt einzukehren: der Schild lockt gar stark: hab' ich doch selbst die schöne Wurst darauf gemalt und den rothen Wein in der durchsichtigen Kristallflasche. — Ja also! Um die par Pfennige hätt' ich freilich mich von meinem ehelichen Herd und Bett nicht losreißen können. Und da lag ich denn, nachdem ich Euer Geld empfangen und sorglich vor Frau Zahme vergraben hatte, in diesem meinem Ehe=Bette und sann nach, wie ich das mir zukommende Reugeld mehren könne. Aber da gab mir der heilige Sebastian, den ich von Kind auf besonders verehre, in der Nacht einen Traum, der half. Denn „den Schwaben giebt's der Herr im Schlaf", schreibt der Apostel Paulus an die Deutschen. Nicht? Nun, das ist gleich. Dann schreibt er was anderes: wahr ist's einmal."

„Jetzt mein' ich fast," sagte Friedmuth, ganz be= dächtig, „ich kenne diesen Menschen."

„Also," fuhr der Dicke fort, „der Heilige erschien mir, von vielen Pfeilen durchbohrt, und er zählte mir

die Pfeile und die Wunden vor: es waren zehn: und
sprach: ‚Böppele, dummer Schützling, zehn mal eins
sind zehn!‘ Und so dreimal hinter einander in drei
Nächten: und immer waren es der Pfeile mehr und
jedesmal sagte der Heilige: ‚Böppele, dummer Kerl!
zehn mal drei sind dreißig‘, und das dritte Mal:
‚Böppele, ganz dummer Kerl, drei mal dreißig sind
neunzig‘. Sprach's, gab mir einen Rippenstoß und
verschwand. Ich aber erwachte und wußte, was er
meinte. Ihr habt's noch nicht verstanden? Dann
braucht euer Geist mehr als einen Rippenstoß des
Heiligen. Nun: ich machte mich auf von Boblingen
und fragte entlang dem Neckar, entlang dem Rhein bis
Köln und dann, umbiegend, den Rhein wieder hinauf
über den Main und die Donau in's Baierland, in's
Tirol und in's Wälschland pilgernd, überall an, ob —
nun ob nicht noch mehr tapfere Ritter oder auch Bürger
und bäuerliche Freisassen wären, welche ein Pfäfflein
geschlagen hätten, oder sonst gemäß auferlegter Kirchen-
buße oder nach einem Vergleich in Beilegung einer

Fehde, verpflichtet worden seien zur Kreuzfahrt, aber viel lieber zu Hause blieben. Gar viele hatte es auch wieder gereut, welche vorschnell, nachdem sie so einen heißen Kreuzprediger gehört und einen Becher Weines dabei getrunken, sich das Kreuz auf die Schulter geheftet hatten. Und so gab es denn wirklich solcher Kreuzfahrer recht viele, die lieber einen Andern an ihrer Statt kreuzfahren lassen wollten. Und gar vielen, vielen that ich es zu Liebe, daß ich für eine kleine Summe auch an ihrer Statt auszog und mein armes Leben einsetzte. So waren es im Ganzen, mit Gottes und des heiligen Sebastians Hilfe, noch sieben und sechzig geworden."

„Ja aber," fiel ich ein, „wenn du für jeden auch nur ein Jahr im heiligen Lande fechten mußt, — so kannst du's ja nicht mehr erleben? Denn vierzig bist du gut, Böppele: müßtest ja über ein hundert und sieben Jahre —"

Jedoch da schaute mich unser Wirth gar mitleidig lächelnd an, schänkte mir den Becher voll und sprach:

„Da sieht man's, Herr Walther, daß man die feinsten
Weisen erfinden und doch in anderen, zumal in geist=
lichen Dingen nicht sehr klug sein kann. Was schadet
das denn z. B. dem edeln Ritter Egino hier, wenn
ich das Jahr, das ich für ihn im heiligen Land
verbringe, zugleich in meinen Gedanken auch für einen
Ritter in Franken ausstehe? Es weiß ja Keiner vom
Andern! Und wenn auch. Die heilige Kirche ver=
stattet den Loskauf vom Gelübde: jeder, der zahlt,
wird frei, ob nun die achtundsechzig an achtundsechzig
Verschiedene zahlen oder an Einen: — das kann der
Kirche und dem Zahlenden doch wahrlich gleich sein:
und für den, der sein Herzblut und sein bischen Leben
einsetzt — was geht's die achtundsechzig an, daß es so
für den leichter in Einem hingeht? — Für den ist's
auch Eins, ob er für achtundsechzig stirbt oder für
Einen: er kann doch nur einmal büßen, leiden, käm=
pfen, fallen und sterben.“

Und er schänkte mir wieder ein: ich kam mir ganz
einfältig vor, daß ich es nicht gleich eingesehen hatte.

Aber der Ritter war noch zu gereizt. Er fuhr
den Böppele mit einem wüthigen Blick an und schlug
auf den Tisch, daß der Wein aus den Bechern spritzte:
„Aber, du Gauch du elendiger, du Lügenschelm, du
frecher Schwab! Du bist ja wohl gar nicht — so
ahnt mir! — in's gelobte Land gegangen? Sowie
du in dies sonnige Land gekommen, bist du hier
geblieben, für die acht und sechzig mal zweihundert
Pfennige! — hast dich hier gemästet — gefaulenzt —
denn den Wirth machen ist dir liebste Werkarbeit! —
bist deinen maulraschen Hausdrachen losgeworden und
hast hier gezecht und geschmaust all diese Zeit. Gesteh's
oder —"

„Was hülfe das Leugnen," schmunzelte der Wirth
und wischte sich das Fett von den Lippen — denn er
aß wacker mit von den gebackenen Fischen. „Euer
Scharfsinn hat mich hier herausgefunden: — er würde
auch wohl herausbringen: — das Andere. Nun ja:
— ich bin alleweile hier gewesen."

„Das sagst du selbst?" rief nun auch ich. Ich

hatte nicht hindern können, daß ihm Egino den leeren Becher an den Kopf warf.

Der Wirth bückte sich, hob ihn auf, schänkte ihn wieder voll und schob ihn vor den Zornigen, der nun mit noch mehr Staunen als Grimm sprach: „Und all deine Briefe — wie du von Jerusalem an den Jordan gepilgert — darin gebadet — wie du Bethlehem — Gethsemane — gesehen — wiederholt besucht und daselbst gebetet hast: alles erlogen?"

„Alles wahr! Seht: dort das Bächlein, das zwischen den Weinbergsmauern hindurch in das Meer hastet, hab' ich „Jordan" getauft und gar oft darin mir die Füße gewaschen. — Da droben rechts der Olivenberg: — das ist der Ölberg: — dort links der Stall mit der Krippe, — für Ochs und Eselein — jetzt stehen eure Rosse drin, — den hab' ich Bethlehem genannt: und an all diesen Orten hab' ich gebetet für euch alle achtundsechzig."

„Aber ein Gebet in Ligurien, — was kann das helfen?" schalt der Ritter.

„Und die Gefahr der Heidenkämpfe, die du über=
nehmen solltest?" mahnte ich."

Jetzt aber wandte sich das Spiel.

Aufsprang der Böppele: ganz zorn=roth, das
soll sagen: noch mehr roth, färbte sich seine Nase
und er rief: „Nein, mit so schlechten Christen theile
ich nicht Wein und Fisch! Ihr Kleingläubigen, ihr
Unchristen! Wisset ihr nicht, daß Gott, der liebe
Himmelsherr, allgegenwärtig? Ist er nicht in dieser
Schänke wie am heiligen Grab? Haltet ihr ihn für
so — wie soll ich sagen? für so unverständig, daß
er ein Gebet nach dem Loch einschätzet, aus dem
es zu ihm empor steigt in die Wolken?"

Ich hatte ähnliche Ketzerei schon manchmal still
bei mir gedacht und schwieg daher ganz verdutzt, und
halb einverstanden. „Aber die Heiden=Kämpfe?" wieder=
holte ich schüchtern.

Da fuhr mich der Böppele an: „Was? Ein
deutscher Rittersmann wollt Ihr sein, Herr Walther,
und ein frommer Sänger? Und wisset Ihr nicht das

fünfte Gebot: du sollst Gott nicht versuchen? (Nicht? — Nun dann halt ein anderes.) Will mich der Himmelsherr am Leben erhalten, kann er es nicht, und ob dort tausend Saracenen-Pfeile auf mich flögen? Und will er meinen Tod, kann er mich nicht hier durch diese Fischgräte ersticken lassen? Wozu soll ich ihn in Versuchung führen."

Da verstummte ich: selbst das Lachen verging mir vor lauter eitel Staunen.

Der vom Hohenbühl aber war noch nicht ganz versöhnt: nicht das Geld und Gut schmerzte ihn, aber der Verdruß des Geprelltseins. „Warte nur," drohte er, „ich werde dich schon noch zwingen, in's gelobte Land zu fahren. Und müßte ich dich aus unsrem Vertrage beim Kaiser verklagen."

Aber der Schwabe lachte. „Der Kaiser? Der wird mir nicht viel thun. Der ist seinem Böppele gar wohl gewogen!"

„Was weiß der Kaiser von dir?" meinte ich.

„Kaiser Friedrich liebt einen guten Trunk, einen

frischen Fisch, einen freien Sang und einen lust'gen
Schwank. Die fand er alle bei mir. Und deßhalb
ward er mir wohl geneigt."

„Ach ja," fiel Herr Hermann ein, „ich gedenke.
Daher hatte ich den Namen Böppele gehört."

„Unser Wirth aber fuhr fort: „Vor wenigen
Wochen erfuhren wir hier in Sestris: der Kaiser werde
von Genua aus, wo er die Befrachtung von ein
par Userien mit Kriegsmaschinen leitete, einen Jagd-
ausflug machen längs der Riviera und dabei durch
unser Dorf kommen. Ich putzte den Tafernschild
blank —"

„Meinen Schild!" grollte der Ritter.

„Nur die Rückseite und die Wurst, nicht den
Leuen! sorgte für frische Sardinen und Meeraale, setzte
die dreisaitige Harfe in Stand, die Herr Rudolf von
dem Baumbach, ein fahrender Sänger, ein trefflicher,
aber durstiger Thüring, bei mir zu Pfand gelassen —
für vielen, ach sehr vielen Weintrunk! — Und wie der
Kaiser angeritten kam, und als die Wälschen ihr viva,

viva! schrieen, grüßte ihn von meiner Schwelle aus,
zur Harfe gesungen, mein neuestes Lied."

„Was, ein Sänger bist du auch?" fragte ich
erstaunt.

„Ha, meint Ihr, Ihr könnt's allein? Höret, ob
Euch meine Weise nicht gefällt."

Und er fing an zu singen:

„Bischöf', Ihr seid mißleitet! Du edle Priesterschaft,
Dich führt in Teufelsschlingen der Papst: drum aufgerafft!
Nie schlimmer war's bestellt noch um's Heil der Christenheit,
Der Papst, der uns sollt' lehren, der ist — — —"

„Mann!" rief ich und griff nach seinem Barte.
„Das sind ja meine Weisen, falsch zusammengestellt."

„So?" fragte der Andere kühl. „Nun, das ist
gleich. Sie lagen mir so im Munde. Wißt Ihr's
gewiß? Ich meinte wirklich, sie wären mein. — Aber
gleichviel: — dem Kaiser gefiel das deutsche Lied unter
all' dem wälschen Klingklang: er rief: ‚Hier rasten
wir!' sprang vom Roß und trat über meine Schwelle.
Er trank und speiste: und trefflich mundete ihm, was

ich bot, und als er davon ritt und sein Kämmerer —
oder wer es war — den Geldsack zog, da sprach ich:
nein, Herr Kämmerer! Heute war der deutsche Kaiser
zu Gast bei'm Böppele: und das ist reich bezahlt."

„Und wahr ist's auch, merkwürdigerweise!" be=
stätigte Herr Hermann. „Denn der Reisemarschalk
für diese Jagdfahrt war ich selbst. Und dem hohen
Herrn hatte der Schwab' und sein Wesen und sein
Wein so sehr gefallen, daß er, als wir nach einer
Woche zurückkehrten, sich im Voraus ansagen ließ bei
dem Wurst=Böppele, wie er ihn nannte, und sich ein
Gericht frischer Fische ausbedang: aber lebend wolle er
sie noch sehen und einer, ein Meeraal, müsse groß, arms=
lang, sein. Der Wirth versprach's und wir kamen.
Jedoch inzwischen hatte heftiger Nordost geherrscht: kein
Fischer an der Riviera hatte eine Flosse gefangen und
unser Herr sprach: ,Will sehen, wie sich der Schwab'
herauslügt.' Der Kaiser sprang ab und rief dem Böp=
pele zu: Herr Wirth, wo sind die Fische? Und leben
sie noch? Und ist der eine, der Aal, auch recht groß?

Der machte einen Kratzfuß und sprach: „Alles wie befohlen!"

„Ich will sie sehen," meinte unser Herr. „Dort ist der Fischbehälter. Ich weiß es noch von neulich," ging hin und hob den schweren Eichendeckel ab: da lagen im Wasser oben ein par elende fingerlange Sardinen, ganz steif und todt: „Ei, Böppele," fragte der Kaiser, „was ist das? Sie sind ja todt!"

„Wirklich?" sagte der ganz erstaunt. „Ja, todt! Nun, das ist gleich! Sie sind's halt nicht gewöhnt, daß der Kaiser den Topfgucker macht: und da sind sie gestorben vor eitel Ehrfurcht."

„Gut!" lachte Friedrich. „Aber wo ist denn der Aal, der große, der armslange?"

„Ja," meinte der Böppele, „das ist gespaßig. Aber seht, o Herr: es war nur Ein großer König und Lehnsherr und sehr viele Kleine, Vasallen: da haben allmählig die vielen Kleinen den einen Großen ganz aufgefressen."

„Wie im deutschen Reich," lachte der Kaiser.

„Du bist ein kluger Schwab!" und beschenkte ihn
reich und ritt davon."

„Nun, es freut mich, daß der Böppele also
einmal nicht gelogen hat," meinte Herr Walther.
„Ich konnte ihm nicht zürnen! Aber den vom Hohen=
bühl wurmte es doch, daß er so schmählich betrogen.
Als wir nun aufbrachen, sprach er zu dem Wirth:
„Was macht die Zeche?"

„Ist schon bezahlt: — voraus bezahlt!" erwiderte
der eifrig und rieb sich den Rücken.

„Nicht doch," fuhr der Ritter mit beängstender
Freundlichkeit fort — er lachte so süßsau'r dabei! „Du
mußt deinen Lohn haben. Nimmst du kein Geld —
wohlan! Ich zahl' dir's dennoch heim. — Komm, laß
uns zu Pferd, Walther", und damit stand er auf und
ging nach „Bethlehem": zu dem Stalle, wo unsere
Gäule standen.

„Herr, was meint Ihr mir Böses zu thun?"
forschte der Wirth, ängstlich hinter ihm herlaufend;
und auch ich war gespannt.

Aber der Andere lachte noch giftiger und
schwieg: gar bang hielt ihm der Böppele den Steig-
bügel und überließ mir's allein, in den Sattel zu
kommen.

„Was wollt Ihr mir anthun, Herr?" wiederholte
der Ahnungsvolle.

„Anthun? Ha, einen Gefallen thu' ich dir! Eine
Boten-Sendung erspar' ich dir. Mein Geschäft mit
den reichen Herren von Genua ist zu Ende. Morgen
brech' ich auf und zieh' nach Hause gen Tübingen, dem
Herrn Pfalzgrafen zu berichten. Der Umweg über
Boblingen soll mich nicht verdrießen! Man thut gern
was Übriges für seine Freunde. Ich trage dir Botschaft dorthin. — Hui, Rößlein!" Und er gab dem
Rappen den Sporn.

„An wen?" schrie der Wirth und hielt den Gaul
fest, der mächtig stieg.

„Ei, an Frau Zahme! Ich lade sie hierher: —
ich mal' ihr aus, wie herrlich sich's hier lebt in ihres
Ehegatten Weinschank zu Sestris. Dann kommt sie

gar eilfertig." Und noch ein Sporenstoß und hinweg sauste das Roß.

„Nein! Nein! Lieber Herre! Nein! Thut's nicht! Nur das thut nicht!"

Aber der Ritter hörte ihn schon nicht mehr.

Da sprach der Böppele ganz traurig zu mir: — aschfahl war sein Antlitz: — „Herr Walther, glaubt Ihr: — er thut's?"

„Ich fürchte: ja!" rief ich und setzte das Pferd in Trab.

„Morgen fahr' ich in's gelobte Land!" sprach der Arme ganz feierlich."

Zehntes Capitel.

„Bald hatte ich des schalkhaften Schwaben ver=
gessen: oder vielmehr in all diesen vielen Monden
dacht' ich seiner nicht. Aber vor wenigen Stunden
— da ich, in Gedanken versunken, an der neuen Weise
dichtete, wohlfeile Reime abwehrte, die, wie zudring=
liche Mücken, stets zuerst sich aufdrängen — kurz bevor
ich deine Zelte erreichte — es war schon ziemlich
dunkel, — da kam an mir vorüber getrabt, auf einem
Maulthier, mir entgegen, von deinen Zelten her, ein
kleines, dickes Männlein. Gerade noch ein wenig sah
ich von seinem Gesicht. Aber ich meine: ich kannte die
rothe Nase. Rasch war er entschwunden. War er
bei deinen Zelten?"

„Nein," sagte Friedmuth. „Bei mir war Nie=
mand. Nur ein Mönch! Ei, vielleicht ist der Schalk

doch noch fromm geworden! — Aber horch! Die Lager=
wächter blasen zur Ablösung. Macht es euch so be=
quem, als es das enge Zelt verstattet."

„Und du?" fragte Walther.

„Ich muß hinaus, auf Wache." Damit setzte er
den Helm mit den drei Goldsternen im blauen Stirn=
feld auf das hohe Haupt, ergriff den Speer und
schritt hinaus.

Walther blickte ihm nach mit leuchtenden Augen.
„Das ist ein Mann! Gott gebe dem Reiche Viele solche!
Treu und schlicht: und in der Pflicht so tief gewurzelt
wie ein Baum im harten Porphyr seiner Heimatberge."

„Ja," bekräftigte der Herr von Salza. „Und
es ist Alles kernheil an ihm. Kein Splitter, kein Bruch,
kein wurmkranker Fleck. Und kein Widerspruch wider
Gott und Gottes Welt."

„He Bub'," rief der Sänger, „noch einen Krug
Weines. Vor dem Einschlafen möcht' ich noch die
Weise zu Ende sinnen. Dazu taugt Wein. Trinkt
Ihr nicht mit?"

„Nein: zu dem was ich noch sinne, taugt der Wein nicht. Ich will den Brief zu Ende denken, in welchem ich dem Kaiser allerlei Rathschlag geben will. Vor Allem: wenn er fortfährt, in eigenem Namen zu befehlen, läuft ihm bald Alles aus dem Lager: bis auf seine Saracenen und die Deutschen. Er muß fortan gebieten — in eines Andern Namen.“

„Das muß aber ein hoher Name sein! Sonst weicht ihm der Staufer nicht.“

„Gewiß. Aber dem Namen, den ich meine, wird er doch wohl weichen, hoff' ich. Und sobald nur ein leidlicher Friede erreicht und das heilige Grab den Christen gesichert ist, dann muß ich ihn so rasch als möglich von hier fortschaffen: — vielleicht hilft mir dazu der heilige Vater mit seinen Schlüsselsoldaten selbst am kräftigsten! — aus dem gelobten in das so viel gescholtene deutsche Land. Aber hab' ich ihn nur einmal abgelenkt von seinem Drei=Kronen=Traum, hoff' ich bestimmt, ihn dahin zu bringen, daß er meine Gedanken über die neue Preußen=Mark

genau erwägt. Und erwägt er sie, — so muß er
sie billigen."

„Da bringt der Bub den Wein. Thut — einmal nur! — Bescheid: Heilo für Euren Brief und
heilo meiner Weise! Mögen sie uns beiden nach
Wunsch gerathen."

„Habt Ihr nicht ein par Zeilen weiter fertig."

„Ja!"

„O, dann sagt sie mir vor — mir allein!"

„Ja, ja," nickte Walther. „Friedmuth versteht
davon doch nichts. Aber Ihr wäret ja kein Thüring,
wäret Ihr nicht liederfroh: — und nicht umsonst heißt
Ihr der ‚minnesame‘ Hermann." —

„Das ist lang her! Als ich noch in braunen
Locken ging! Nun — fangt an, ich höre." Und der
Sänger hob an:

> „Als ich kam gegangen,
>   Hat mich auf der Au
> Schon mein Freund empfangen.
>   Hehre Himmelsfrau,

Da er mich an's Herz geschlossen,
    Ist mir ewiges Glück ersprossen!
Ob er mir geküßt den Mund?
        Tandaradei!
Seht, er ist noch roth zur Stund'!

„Eia, Herr Walther," sprach der von Salza.
„Das ist der Ton von eitel Gold, der Keinem fast
wie Euch geräth. Wird nur mein Brief so gut wie
Eure Weise!"

Und noch einmal klangen die kleinen Becher, die
Freunde tranken aus und dann legte sich jeder in
eine andere Ecke des schmalen Zelts.

Eine Stunde und noch eine zweite hatten sie
gewacht — nach dem Maß des Sternengangs, den
die Lagerwachen abriefen.

Dann entschlummerten beide.

Aber draußen, unter den äußersten Vorposten
der Christen, schritt Friedmuth wachsam neben seinem
Roß auf und nieder.

Kaum scheuchte das Wachtfeuer die Raubthiere
der Wüste, welche die Witterung der Pferde heranlockte
auf ihrem nächtlichen Pürschgang.

Er stemmte den Speerschaft auf den Boden der
Wüste, lehnte sich an den Bug des klugen Thieres,
diesem die Zügel überwerfend, und blickte getrosten
Muthes in die einsame Nacht hinaus.

Ganz nahe hörte der Einsame einmal ein furcht=
bares Brüllen. Der Wüstenboden erdröhnte davon.
Sein Roß fuhr zusammen, witterte scharf, sich gegen
den Schall hin wendend, die Nüstern weit aufblasend,
und zitterte an allen Gliedern.

Aber Friedmuth beruhigte es: er klopfte ihm
den Hals, legte den starken Arm darüber und sprach:
„Schäme dich, Falka! Der Schreier darf dir nichts
thun, so lang ich dich hüte. Und mich hütet der liebe
Himmelsherr: — siehst du nicht, wie hell und freund=

9*

lich seine Sterne niedergrüßen? Sind's auch andere
Sterne als die sich in Etsch und Passer spiegeln: —
auch sie hat der treue Gott angezündet. Und wie
sang die liebe Mutter nach dem Gebetläuten jeden
Abend, wann die ersten Sterne entglommen und sie mich
lehrte, die gefalteten Hände empor zu heben?

> „Wer Unrecht nimmer thut,
> Der steht in Gottes Hut:
> Den darf an Leib und Ehren
> Nicht Leid noch Übel sehren."

Elftes Capitel.

Bald nachdem am folgenden Tage die beiden
Gäste sich von Friedmuth verabschiedet und nach dessen
linker Flanke hin auf den Weg gemacht hatten, traf
bei diesem ein Bote des Kaisers ein, mit der Wei-
sung, der Ritter solle ihm — rechts hin — sogleich
auf das wenige Stunden entfernte, in den Bergen ge-
legene Schloß Klein=Kerak folgen, welches die Christen
vor einigen Wochen bei ihrem Vorrücken verlassen gefunden und besetzt hatten; er habe dort kaiserliche Befehle entgegen zu nehmen.

Friedmuth wußte, daß der Kaiser die Burg wiederholt besucht hatte, hier, unbelauscht von päpstlichen
Spähern, zumal den Tempelherrn, mit Gesandten der
feindlichen Fürsten über Waffenstillstand oder Frieden zu verhandeln: er selbst hatte ihn zweimal

dahin begleitet. Auch war jeder Argwohn ausge-
schlossen. Der Bote hatte zwar nur mündlichen Auftrag: aber der Ritter kannte ihn genau: es war
Hamid, einer aus der arabischen Leibwache des Kaisers,
deren Treue und blinde Ergebenheit sprichwörtlich
war im Heere.

Nur Hezilo, mißtrauisch, wo es seinem Vogte
galt, fragte vorsichtig: „Muß der Herr dir unbe-
gleitet folgen? Wie viele von uns darf er mit-
nehmen?"

„So viele er will."

Da beruhigte sich der Knabe, und ließ, mit
Friedmuths Erlaubniß, zwölf Knechte aufsitzen, welche
er selbst führte.

„Treff' ich den Kaiser in Klein-Kerak?" fragte
Friedmuth, als sie aus dem Lager ritten.

„Nein; aber in dem großen Waffensal, unter
dem Fuße des achteckigen Steintisches, findest du —
versiegelt — seinen Befehl."

Friedmuth nickte, er kannte den Sal und kannte

auch den schönen Tisch, dessen Platte von mannichfaltig gefärbten Steinen ihm aufgefallen war.

Schweigend ritt der Saracene neben ihm her. —

Als man das blendend weiße Gemäuer des Thurmes aus den steil aufragenden gelben Felsen aufsteigen sah, hielt Hamid an: — der Pfad gabelte sich hier.

„Dort hinan!" und er wies nach rechts mit der Schlachtgeißel, der Keule, an deren Spitze, an einer kurzen Kette, eine eiserne Kugel voll spitzer Stacheln hing. „Ich habe noch andern Auftrag. — Christus und die Heiligen mögen deinen Weg segnen."

Damit wandte er das Roß und sprengte davon: — pfeilschnell führte ihn der edle Berberhengst dahin: — sein weißer Burnus flatterte wehend im Winde.

Erstaunt sah ihm Friedmuth nach. „Wie? Christus und die Heiligen ruft er an?" sprach der Ritter zu Hezilo, der an seiner Seite ritt. „Ein Leibwächter — getauft? Ein seltener Fall!"

„Ich sah ihn noch vor wenigen Wochen mit den Andern die Gebetspulen drehen und hörte ihn zu seinem Götzen Mahom beten. — Horch, der Thürmer meldet uns: — die Zugbrücke senkt sich: — das sind des Kaisers Apulier oben auf den Zinnen. Ich kenne die bunten Waffenröcke, die „Mi-Parti": halb Gold, halb blau."

„Ja, und die spitzen, vorn übergebogenen Helme mit der Nasenschildstange."

Bald ritten die Ankömmlinge in den Hof des Schlosses ein. Friedmuth überließ sein Gefolge den Apuliern und Sicilianern, welche ihn hier begrüßten, und stieg allein die steinerne Wendeltreppe hinauf, die in den Waffensal führte.

Alles war still auf diesen inneren Gängen.

Er hielt, unwillkürlich lauschend, inne auf dem letzten Absatz der Stiege vor einem offnen Bogen in Hufeisenform, der in einen kleinen Hofraum blickte. Ein gleichmäßiges sanftes Geräusch zog seinen Blick nach jener Richtung: es war der Springbrunnen, der, nach der Sitte des Landes, nicht fehlen durfte, wenn nur irgend ein Strahl Wassers in der Nähe zu finden, oder auch aus der Ferne mit großer Kunst und Mühe heranzuziehen war. So stieg denn auch hier ein dünner Faden Wassers aus einem muschelgeschmück= ten Becken ein par Schuh in die Höhe, um bald, wie ermüdet von der Anstrengung, zurückzufallen.

Ein Pfau sonnte, auf dem weißen Sande ge= lagert, oder vielmehr in denselben hineingegraben, seine steif zur Seite gestreckten schillernden Schwingen in der heißen Mittagsgluth; ein großer, breitflügliger Tagfalter flog mit langsamem Schweben über eine brennend rothe Kelchblüthe hin, von der betäubender Duft aufstieg.

Vogel, Falter und Blume hatte der Deutsche nie gesehen: er starrte darauf wie in Traum versunken: er lauschte dem eintönigen Geriesel des Springbrunnens: — sonst war Alles still. Eine seltsame Spannung regte ihn auf: — er blickte auf die halbangelehnte Pforte des Waffensals.

„Welcher Befehl erwartet mich hinter jener dun=
kelfarbigen Thür? Warum so seltsam, so geheimniß=
voll? Ach was, Friedel, schäme dich! — Geh hinein!
— Lies den Brief und du weißt es: — wenn du
hier draußen stehen bleibst und auf das dumme Wasser
achtest, erfährst du's nie!"

Und mit rascher Bewegung — seine Waffen er=
klirrten dabei — riß er die Halbthüre auf und trat
über die Schwelle auf den hoch mit Teppichen be=
legten Marmor=Estrich.

Das geräumige achteckige Gemach schien leer zu
sein. Der bezeichnete Steintisch stand in der Mitte:
Alles still: aber dem Eingang gerade gegenüber, hinter
dem Vorhang, der den Austritt auf einen Balcon
verhüllte, rauschte es: — offenbar war darin jemand
verborgen. — Rasch trat Friedmuth darauf zu, die
gepanzerte Hand ausstreckend: aber rascher noch fuhr
er zurück: er wäre am liebsten wieder über die
Schwelle entwichen: denn heraus trat nun, sich ent=
deckt findend, — ein Weib.

„Gioconda! Frau Fürstin: Ihr hier!"

Aus den schweren Falten des Vorhangs schwebte hervor eine herrliche, eine königliche Frau.

Sie war nur wenig kleiner als der hochgewachsene Ritter: auf breiten, stolz getragenen Schultern ruhte ein majestätischer Hals: dunkelbraunes Haar, auf der Mitte der Stirn mit schmalem, weißem Scheitel getheilt, durch die plötzliche Bewegung des Erschreckens los gegangen, fluthete in großgeschwungenen Lockenwellen, aus einem goldgegitterten Netzgeflecht, das diese Fülle zusammenzuhalten kaum vermochte, auf den blendend weißen Nacken. Die vollschwellenden, fast üppigen Formen drangen, trotz keuschester Verhüllung, aus dem dunkelveilchenfarbigen sammtähnlichen Stoff des reichen, ebenfalls mit Goldfäden durchwirkten Gewandes

Den Mantel wie den über dem Haarnetz getragenen Reisehut hatte sie wohl abgelegt, da sie aus dem Sattel gehoben ward. Das Hemd, von glänzend weißer arabischer Seide, bedeckte nur bis unterhalb

der Schultern die schönen vollen Arme: das „heime=
lich", das heißt eng um Busen und Hüften ange=
schmiegte Oberkleid war ärmellos; ein handbreiter
Gürtel von feinem weichen Leder, mit nur fünf aber
höchst kostbaren Edelsteinen geschmückt, umschloß die
schlanken Hüften und fiel in einem langen Streifen
vorn auf das Unterkleid von schwerer tiefdunkelgelber
Seide, welches in faltiger Weite bis auf die Knöchel
wallte und kaum die zierliche Spitze des kleinen weiß=
seidenen Schuhes zeigte.

Marmorweiß, mit leise bräunlichem Anhauch,
war die Farbe des vollendet edel geschnittenen läng=
lichen Antlitzes wie des nackten, wohl gerundeten
rechten Armes, der sich wie abwehrend gegen den Ein=
dringling erhob: auf diesen vornehmen Zügen thronte
vollberechtigter Stolz. „Königlich": dies Wort mußte
sich Friedmuth immer wiederholen, und dabei nach
einer Ähnlichkeit suchen, die er fühlte, aber nicht aus=
zusprechen vermochte.

Das schöne Weib ward in diesem Augenblick

noch viel schöner durch einen Hauch von Verwirrung,
von holder Scham auf den jungfräulichen Zügen, der
ihren Reiz erhöhte: in reizender Bestürzung war sie
vorgetreten, das Oberkleid mit der Linken ein wenig
in die Höhe lüpfend. — Ihr Schweigen, ihre Ver=
wirrung gaben ihm Zeit.

„Ihr hier?" wiederholte er im höchsten Er=
staunen.

Aber nun wechselte der Ausdruck in Antlitz und
Haltung des schönen Weibes: hoch richtete sich die
prachtvolle Gestalt auf: sie warf mit heftiger Hand=
bewegung die über den herrlich gewölbten Busen
fluthende Haarwelle hinter die Schulter: — flam=
mende Röthe schoß ihr in die Wangen und aus den
leuchtenden hellbraunen Augen flog ein Blick ver=
haltenen Vorwurfs:

„Ihr fragt? — Ihr seid überrascht, fast be=
stürzt? — Ihr, der mich hieher gerufen — geheim
vor Allen? — Wahrlich," fügte sie sanfter bei und in
raschem Wechsel der Stimmung verschleierten sich die

feucht schimmernden Augen: „keines andern Mannes
Ruf wär' ich gefolgt."

Aber der Ritter hörte nicht: er achtete nicht des
so zärtlichen Klanges dieser melodischen Stimme,
welche das ihr fremde Deutsch mit italischem Wohl=
laut sprach: er sah nicht den ernsten Vorwurf in
diesen nun sich senkenden Augen: — ungehalten über
das „Weiber=Spiel", das ihn hieher gelockt, trat er,
zorngemuth, einen Schritt näher und rief — ziemlich
laut —:

„Welch' kecke List! — Gleitet von wälscher Frauen
Mund so leicht — die Lüge?"

„Ah," stöhnte das schöne Weib auf. „Welch'
Wort! Ihr zeiht mich der — Lüge! Das ist nicht
zu tragen! Nehmt sogleich, — um Euretwillen! —
das Wort zurück, das Euch beschimpft, nicht mich!"

„Mich?"

„Ja! Denn ich bin schuldlos und ich bin un=
fähig jeder Lüge. Glaubt Ihr, — schaut mir in's
Auge, — glaubt Ihr, ich kann lügen?"

Hoheitvoll trat sie dicht vor ihn und schlug die wundervollen Augen groß auf, sie fest und tief in seine Seele senkend.

„Nein, bei Sanct Georg," sprach er rasch, bestürzt. „Ich — ich that Euch Unrecht! — Aber — ich begriff nicht —"

„Oh, Herr Friedmuth," klagte sie nun in lautem Wehruf. „Wie bitter weh thut Ihr mir! Nicht durch jenes Schmähwort: — es haftete nicht an meiner kristallenen Seele: — Aber Ihr habt es erreicht, was keine Macht der Welt bei mir vermocht hätte: Euch selbst, das schöne Bild, das ich von Euch im Herzen trug, habt Ihr herabgezogen! — Wie unritterlich, — wie grausam hart habt Ihr ein Weib gewürdigt, das — — gleichviel! Also weil Ihr durch irgend einen Zufall oder wohl durch eines Dritten Anstiftung mich auf Euerem Wege findet, glaubt Ihr sofort, ich muß mich Euch in den Weg geworfen haben? — Und sei es, — wenn ich es gethan hätte: — glaubt Ihr, ich würd' es leugnen? Ich — Euch — be-

lügen? O Herr Friedmuth von Fragsburg, ist das
deutsche Art?" — Es klang mehr wie Schmerz denn
wie Vorwurf.

„Vielleicht, Frau Fürstin —" stammelte er tief
beschämt, und nun stand ihm dies sehr anmuthig,
— „oder doch Etschthaler Art. Verzeiht: wir sind
ein wenig ungefüg in Gedanken — oder doch in
Worten: plump, schwerdenkig; und zumal —
ich! Ich bin ganz ungeübt, mit Frauen nach
höfischer Sitte zu verkehren, — denn Frau Wulfheid —! Ich bitt' Euch herzlich, edle Frau —
verzeiht!"

„Es steht Euch so herzgewinnend an, wenn
Ihr bittet, daß man Euch öfter im Unrecht sehen
möchte," lächelte sie. „Laßt es vergangen sein — oder
— besser — nie geschehen! — Es soll Euch nicht
schaden an meiner Gunst. Doch laßt uns nun beide
unsern Scharfsinn anstrengen," — sie schmunzelte ein
wenig, — „herauszuklügeln, von wem, — warum
— uns beiden dieser Streich gespielt ward?"

„Ja, von wem?" drohte der Ritter, zornig den Schwertknauf drückend. „Der freche Bube soll —"

„Ihr könnt es ihm, scheint es," lächelte die Anmuthvolle, „immer noch nicht verzeihen, daß er Euch gezwungen hat, Gioconda wieder zu sehen."

„Wohl, wohl! Das ist just nicht so schlimm," meinte der Fragsburger ehrlich.

„Wirklich? Die Höfischkeit hat Euch nicht verdorben," lachte sie nun heiter.

Friedmuth ward verlegen, unwirsch: er fühlte, daß er hier keine günstige Rolle spielte vor dieser überlegenen Frau. Aber er wollte gar keine Rolle spielen! Keine gute und keine schlechte: hinaus wollte er!

So sprach er wieder in fast feindlichem Ton:

„Nicht zu Narrenritten: zu Christi, zu Kaisers Dienst bin ich in dieses Land gezogen. Das ist kein Boden für Fastnachtspäße. Wer ist der Freche? Kennt Ihr ihn?"

Sie schüttelte das schöne Haupt. „Des Kaisers

Leibwächter brachte mir den Auftrag seines Herrn,
Euer heute hier zu harren. Ihr hättet geheime Zwiesprach mit mir verlangt. Ich hatte guten Grund, —
hieran zu zweifeln —", fügte sie mit leisem Vorwurf bei: — „denn Ihr habt mich immer mehr ge-
mieden als gesucht. Doch der Kaiser befahl und —
ich — — ich gehorchte: — gern" klang es schüchtern nach.

„Und mir ließ der Kaiser sagen — aber halt!
Der Brief unter dem Marmeltisch! — Laßt sehen, ob
das auch eitel Lüge!"

Eilfertig schritt er auf den Marmortisch zu,
bückte sich, hob das schwere Fußgestelle mit der Linken
sacht vom Boden auf und zog mit der Rechten ein
zusammengefaltetes Pergamentblatt darunter vor.

„Ich bitt' Euch, lest: — mir wird es immer
schwer — auch in der Ruhe: — und jetzt vollends
schwimmen mir die Schrifthaken vor den Augen."

Sie nahm, warf einen Blick hinein und rief: —
„Ich kenne diese Schriftzüge."

„Des Kaisers?"

„O nein, des Bruders Sebastian."

„Der Tropf! Er wagt es!"

Aber Gioconda las:

„Einen Tropf wahrscheinlich werdet Ihr mich
schelten, gestrenger Ritter, oder sonst was Ungutes,
kommt Ihr hinter den Schlich. Aber ich hielt es
nicht mehr aus. Ich mußte mir helfen. Ich habe
Hamid getauft, und ihm gesagt, sein neuer Schutzpatron,
Sanct Sebastian, sei mir im Traum erschienen und
lege ihm die Doppelbestellung an .euch beide im
Namen des Kaisers auf. Ihr müßt euch sehen —
euch sprechen."

Hier ließ sie mit einem Aufschrei das Blatt
fallen: Friedmuth hob es auf und las mit seiner
zorngrimmigsten Stimme: „Der Kaiser will wirklich, daß ihr euch heirathet. Die Ehe des Herrn
Friedmuth — das wisse Frau Gioconda — fällt
wie ein welkes Blatt, sobald er will. Sie ist sogar sehr sündhaft. Ihr thut ein gutes Werk,

10 *

wenn Ihr ihn heirathet. So bringt denn des
Kaisers Willen und seinem Seelenheil dies schwere
Opfer. Herr Friedmuth, Ihr denkt jetzt in Eurem
Sinn: „Wenn ich den Pfaffen greife, walk' ich ihn
weidlich." Aber Ihr werdet ihn nicht greifen. Mir
ist das Christenlager verleidet. Ich gehe anderswohin.
Ihr, schöne Fürstin, sucht Euch einen andern Beichtvater: ich bin noch zu jung dazu. Und viel zu
weltlich. — Scham und Zorn gegen mich glühen
jetzt in euch beiden: — aber Frau Minne wird euch
noch lehren, wie gut der es mit euch gemeint hat,
der Bruder Sebastian hieß. Ich hab' Euch an der
schönen Nase herumgeführt, Frau Herzogin, aber ich
kann es nicht länger thun. Ich bin nicht ganz nichts-
nutzig, nur so viel ich's nicht bessern kann. Ich wollte
gut machen, was ich an Euch gefehlt."

Da erröthete die stolze Frau, zog ihm das
Blatt aus der Hand, zerriß es und warf die Stücke
zum Bogenfenster hinaus. „Ha, welche Schmach!"
rief sie. Der Zorn wich tiefer Scham. Sie schluchzte

laut auf, barg das Antlitz in die Hände und sank auf den niedern, mit Tiger= und Pardel=Fellen bedeckten Divan, der sich rings um die Wände des Gemaches zog.

———————

Zwölftes Capitel.

Der Ritter aber achtete nicht ihres Wehs. Unzufrieden schalt er: „Was thut Ihr! Zerreißt das Blatt, das allein die Rache auf seine Spur leiten konnte! Gewiß stand noch mehr darauf. — Aber ich sehe — meine Gegenwart — mein Anblick schmerzt Euch: — ich bin wahrlich nicht schuldig und befreie Euch davon sofort. Fahrt wohl." Er wandte sich kurz und ziemlich unfreundlicher Miene: ohne die edle, von tiefem Schmerz in sich selbst gebeugte Gestalt auch nur noch mit einem Blicke zu messen, schritt er waffenklirrend zur Thür.

Da sprang sie auf und sich hoch emporrichtend gebot sie mit beherrschender Stimme: „Halt! Noch nicht! Nicht also werdet Ihr mich verlassen. Nicht mit einem schrillen Mißklang, wie von zerrissnen Saiten einer Laute, soll enden, was mir so theuer, was mir heilig war. Ihr müßt mich hören."

Wenig willig blieb er stehen, hart an der Thüre. Er wäre so gern gegangen. — Dieses ganze krause, unklare Verhältniß widerstrebte von Grund aus seiner einfachen hellen Seele. Aber in dem Tone jener ringenden Frau lag etwas Hohes, das er nicht ungewürdigt lassen konnte. So hob er unmuthig das behelmte Haupt und sprach kurz: „So sprecht. Ich kann mir zwar nicht denken, was Ihr mir mögt zu sagen haben. Oder" — besserte er, ziemlich ungeschickt, nach, denn nun reute ihn doch diese Barschheit — „was dadurch anders werden soll."

Mit langem, vornehmem Blicke maß ihn die schöne Frau.

„Ja, Ihr habt Recht. Ihr seid nicht fein —! Oder besser: — so groß und stark Ihr seid und so mannesstark Ihr ohne Zweifel dreinschlagt, Ihr seid — verzeiht mir — mit Euren Mannesjahren noch ein

Knabe, der Welt und Leben und Menschenherzen und vielleicht sich selbst nicht kennt."

„Das wäre," lachte der Wackere und stützte sich schwer auf sein langes Schwert. „An mir ist nicht viel. So ist auch nicht viel an mir zu kennen!"

„Vielleicht doch: nur schläft es etwa noch in Euch. Oh," — und nun leuchtete ihr edles Auge — „wer das schlummernde Leben in Euch wecken dürfte, das wäre ein selig, selig Weib," flüsterte sie, unhörbar für ihn. „Aber von mir, nicht von Euch muß ich nun reden. Meine Ehre, mein Stolz, mein Frauen= recht fordern das und — Ihr seid ein Ritter — Ihr müßt mich hören. Ihr habt mir die Schmach an= gethan, mich der Lüge fähig zu halten, der Auf= dringlichkeit in rohem Trug."

„Ich dachte, das wär' abgethan," meinte er, un= behaglich.

„Es ist's: — es zeigt nur, wie klein Ihr von Gioconda denken könnt. Das aber trag' ich nicht. Hasset mich."

„Hab's nicht Ursach'," meinte er gutmüthig.

„Vergeßt mich! Aber klein sollt Ihr nicht von mir denken. Hört mich an! — Ich bin gerade zwanzig Jahre alt: und was hab' ich erlebt! Meine Mutter hab' ich nie gekannt: sie starb, nachdem sie mir das Leben gegeben. Mein Vater" — sie erröthete: — „Kaiser Friedrich hatte von frühesten Tagen für mich Sorge getragen. Er hat das Kind auf den Knieen gewiegt und geküßt und mir ein Bild gezeigt, auf Goldgrund gemalt, und mir gesagt: Das war deine Mutter und sie war das schönste Weib Italiens und der Erde und das edelste Herz. — Und als ich heranwuchs und nach meinem Vater fragte, verschloß er mir den Mund mit einem Kuß und gebot: Frage nie! Ich, Kaiser Friedrich, will, so lange ich lebe. mit solcher Vaterliebe dich umhegen, daß du mich als deinen Vater ansehn sollst. Und er hat Wort gehalten bis heute."

Hoch auf horchte Friedmuth.

Sein schlichter Sinn hatte sich nie Gedanken gemacht über allerlei Dinge, die Anderen auffallen mochten. Aber jetzt fiel es ihm wie Schuppen von den Augen! Er fand jetzt plötzlich die gesuchte Ähnlichkeit der edelschönen Züge mit einem anderen Antlitz.

„Ein Bastard! Mir — einen Bastard zum Weibe bestimmen wollen, zu christlicher Ehegemeinschaft!" Mit Mühe unterdrückte er diesen Ausruf: zornig rückte er an der Schwertfessel.

Aber sie fuhr fort: „Mit acht Jahren schon ward ich verlobt — mit zwölf Jahren, ja mit zwölf! . . ward ich vermählt: — mein Gemahl, einer der edelsten, der reichsten Vasallen der drei Reiche des Kaisers, — war der Fürst von Paluzzo."

„Ja," sagte Friedmuth ganz erstaunt, „wirklich, ja das ist wahr. Er war ein sehr edler Herr. Und sonst sehr stolz," dachte er bei sich. „Aber — bei Sanct Georg!" rief er unwillkürlich — „er war ja tief in die achtzig, als er starb?"

„Und neunundsiebzig, als wir die Ringe tauschten im Dome zu Palermo."

Sie schwieg.

Friedmuth ließ einen milderen, fast mitleidigen Blick auf sie gleiten.

„Ich pflegte ihn gut: — das darf ich von mir rühmen. Kein Ritter, kein Troubadour, der nicht der jungen Fürstin Minnedienst gesucht hätte — der Kaiser lächelte dazu: — aber ich hieß bald „die Fürstin von Eis". Wohl fühlte ich mein Herz öde, eine brennend heiße Sehnsucht zog durch meine Seele! — Aber, bei der heiligen Jungfrau, es war kein Verdienst, daß ich die Treue wahrte, auch im Wunsch, im Gedanken nie verletzte: denn von den Hunderten, ja Tausenden, die sich mir nahe drängten: — nicht Einer hat mir einen Pulsschlag lang den Sinn beschäftigt. Der Fürst starb vor zwei Jahren. — Auf der Überfahrt von Cypern nach Akkon rief mich der Kaiser in sein Schiffszelt und sprach — „Mein Töchterlein," — er nennt mich gerne so, „diesem Ritter vertrau' ich deinen Schutz auf der Fahrt." Ich sah Euch an — und ich vertraute Euch: ein Mann wie einer der deutschen Buchenstämme, die ich nordwärts der Alpen bewun-

dern lernte: stark und doch mild. Auf der Überfahrt trugt Ihr wenig Sorge um mich —"

„Ihr, Frau Fürstin, bedurftet deren nicht."

„Aber die armen Pilger, die, auf dem überfüllten
Schiff zusammengedrängt, erkrankten, die hatten keinen
treueren Pfleger als Euch; obzwar Euch kein Gelübde
zwang."

„Ich bin ein Mensch: — ein Christ dazu. Was
redet Ihr von Dingen, die man nicht anders thun
kann."

„Das gewann Euch meine Verehrung, mein war-
mes stilles Lob. Und als bei dem heftigen Südsturm
das kranke Knäblein des armen Schifferknechts vom
Decke der hochbordigen Dromone herab geschwemmt
ward von der wilden Sturzwoge und alle die Schiffs-
leute, die meervertrauten, unthätig in den schlingenden
Wasserschwall schauten, — Ihr aber, der Sohn der
Berge, in voller Rüstung ohne Besinnen hinabstürztet
in das fast sichere Verderben: — da schrie ich laut
auf vor Schreck und ach! vor Wonne, vor Stolz —

auf den Mann, den allein unter Allen — ich ge=
lernt hatte, — sehr hoch zu schätzen! Der jähe Schreck,
dann die heiße, in's Herz mir einschießende Freude
lehrte mich: — Viel! — Und als man Euch, den
halb Bewußtlosen, Erstarrten, — aber das Kind hattet
Ihr nicht aus dem linken Arm, nicht von Eurer Brust
gelassen! — an dem Seil heraufhob, das Ihr mit
der Rechten gerade noch vor dem Versinken erhascht
hattet —"

„Da vergingen mir die Sinne. Ich wußte nur,
der Bub' war in Sicherheit. Im Fieber sah ich
dann wohl oft einen wunderschönen Engel über mich
gebeugt, der Tag und Nacht nicht von meinem Lager
wich, — mich pflegte, — mir den Heiltrank bot. Ich
ahne jetzt." —

Gioconda wandte erröthend das herrliche Haupt;
eifrig fiel sie ein: „Nach der Landung drängte es mich,
meine wogende, ringende Seele zu entlasten: ich hatte
den Ring an Eurer Hand bemerkt! Ich mußte beichten.
Den Kaiser hatte wegen des Bannes sein Beich=

tiger, der auch der meinige gewesen, verlassen. Da
sandte mir der Gebieter den Bruder Sebastian, — halb
im Scherz ließ er mir sagen, ich möge mit diesem Zu-
gelaufenen einstweilen vorlieb nehmen: er habe gerade
keinen bessern Pfaffen. Klug war der, auch gutmüthig
und mir sehr zugethan: aber allzu weltlich, zu un-
wissend, oft roh. Ich konnte ihm unmöglich beichten,
nicht ihm sagen, daß ich Euch schon auf der Überfahrt kennen gelernt: mein Herz sträubte sich dawider.
Er glaubte, damals, auf der Reiherjagd, hätte ich Euch
zuerst gesehn: er lachte oft gutmüthig spöttisch. Was
lag mir daran? Aber ihm konnte ich nicht beichten!
Nur Einer lebte, dem ich mein Herz ausschütten, es
rechtfertigen konnte: der, waret Ihr selbst! Und da ich
nun wähnte, Ihr selbst hättet mich hieher beschieden,
Ihr ließet mir sagen — oh wie jubelte da meine
Seele auf! Grausam war die Enttäuschung! Aber ich
danke dem Mönche doch dafür. Ich konnte Euch nun
sagen, wie Alles kam. Verwerft mich, wenn Ihr das
nicht begreifen könnt." —

Erwartungsvoll sah sie zu ihm auf. Ruhig, unbewegt stand er vor ihr, mit klarem Blick sie betrachtend.

„Verwerfen? Nein! Aber begreifen? Auch nicht! Ich versteh' all das nicht! Es ist, wie wenn Ihr arabisch zu mir sprächt. Ich weiß nicht," fuhr er leise, nachdenksam den Kopf schüttelnd fort. „Ja ja! So muß es sein: es muß wohl etwas geben, was die Andern Minne nennen, hohe Minne, volle Minne: und das mir völlig fremd und unerrubar! Ihr seid schön, sehr schön! das seh' ich wohl: das schönste Weib, das ich bisher erschaut. Und Ihr habt auch, das fühl' ich dunkel, eine Seele, groß und tief und weit. Und es scheint ja — Ihr seid mir nicht abgeneigt. Aber — straf' mich der heilige Georg! — wäre Frau Wulfheid todt und begraben und ich wirklich frei: nie, niemals würde mir beifallen — ich kann mir das so wenig vorstellen, wie, daß mir auf einmal Flügel wüchsen und ich durch die Wolken segelte! — nie würde mir einfallen, je ein ander Weib zu nehmen. Und gäbe mir

der Kaiser Cypern und Sicilia zur Mitgift, — ich
spräche: Nein, ich will nicht.“

„So mächtig, so treu über das Grab hinaus
liebt Ihr Euer Ehgemahl! O die Beneidenswerthe!“

„Nein! Das ist es nicht. Ich halte sie recht
werth: aber das ist es nicht! Ich habe nicht nach ihr
verlangt und würde, wäre sie todt, wahrlich nach
keiner Andern verlangen. Ich habe wohl kein Herz,
d. h. kein minnegehrend Herz.“

Da trat die schöne Frau dicht vor ihn und
sprach, alle Kraft zusammennehmend, um ruhig zu
scheinen:

„Lebt wohl. Segen über Euch! — Ihr seht mich
niemals wieder.“

„O doch! Im Laufe des Kreuzzugs — —“

„Ich kehre morgen — heute noch zurück in's
Abendland.“

„Wohin?“

„In — ein Kloster.“

„Ah! — Wie schade!“ meinte er gutmüthig. „Bei

Leibe nicht! So jung, so klug, so edel, so schön!
Ihr schlagt Euch bald aus dem holden Kopf, was
jetzt darinnen: — „lange Haar' und kurzen Sinn",
sagt man, haben schöne Frauen."

Aber da richtete sich die Hoheitvolle stolz auf:
„Schweig, Friedmuth! Lästre nicht, was du nicht
kennst. Du Armer! Wahres Glück — bleibt dir
versagt. Ich — ich habe nur das Weh, das Sehnen
kennen gelernt echter Liebe: und doch! dieser Schmerz
ist mir — höchste Seligkeit! — Denn ich darf ihn
tragen: um dich! Und ich vertausch' ihn nicht, diesen
Schmerz, um aller andrer Frauen Liebesglück! Du
aber wisse: wahre Liebe kennt keinen Wechsel! Lieben:
— das ist Ewigkeit! — Friedmuth, mein Friedmuth,
der nie der Meine war und doch ewig, unentreißbar
mein ist: o du mein armer Friedmuth: — lebe
wohl! —"

So schön war dieses Antlitz nie gewesen: tiefstes
Weh der Seele, innigste, entsagungsstarke Liebe ver-
klärte die edlen Züge mit heiligem Schimmer. Be-

troffen trat der Ritter einen Schritt zur Seite:
der Vorhang des Eingangs rauschte: sie war ver=
schwunden. —

Friedmuth vermochte nicht, ihr zu folgen.

Wie träumend strich er mit der gepanzerten Hand
über die kühle Stirn.

„Das also war die Minne? Ja, ja! Das
war sie wohl! War etwas Hohes — Edles! —
Aber fast Unheimliches! — Lieber Himmelsherr und
du, Sanct Georg, haltet mir das fern! —

Laßt mich meine Lehnspflicht thun für Kaiser und
Reich und meine Christenpflicht gegen Jedermann.
Andres brauch' ich nicht — will ich nicht! — Horch!
Die Apulier stoßen in's Horn! — Sie reiten ab! —
So reit' auch ich zurück auf meinen Posten. Ich wollte,
es setzte heute noch ein frisch Gefecht. Denn mir ist
schwül. —"

Dreizehntes Capitel.

Als der Ritter sich mit seiner kleinen Schar dem Lager näherte, fiel ihm auf, daß auf der die Straße beherrschenden Sand=Höhe mehr als die drei von ihm hier aufgestellten Reiter Wache hielten: er sah wohl ein halbes Dutzend Helme sich scharf von dem tief blauen Horizont der Wüste abheben. Und während er noch über die Ursache nachsann, sprengte einer davon eilfertig ihm entgegen. Staub= und Sandwolken des Wüsten= bodens verhüllten ihn, sobald sein Pferd aussprengte: so konnte ihn Friedmuth nicht erkennen, bis der Reiter dicht vor ihm hielt. Der sprang ab und umklammerte des Ritters Knie: erst jetzt erkannte dieser den heftig Bewegten.

„Oswald!" rief er und richtete das graue Haupt

11*

empor, das sich, wie von Schmerz niedergebeugt, an
den Bug des Hengstes gedrückt hatte. „Oswald!"
Was hast du?"

„Ach theurer Herr!"

„Ist Übles geschehen? Wie ließest du mein Haus,
die gute Fragsburg?"

„Sie steht unversehrt."

„So ist der Berg gerutscht? Ist die Etsch aus-
getreten?"

„Nein. Aber — Frau Wulfheid —"

„Was ist mit meiner Hausfrau?"

„Todt ist sie, Herr, gestorben und begraben!"

Mit einem Sprung war Friedmuth aus den
Bügeln und stand neben dem Alten.

„Todt? Frau Wulfheid? Unmöglich!"

„Doch, lieber Herr."

„Die Lebensstarke! Sie wollte leben und starb
doch? Was konnte sie bezwingen?"

„Der stärkre Tod! Auf einer Eberjagd —"

„Wie? Ich hatte ihr scharf verboten, je wieder

dies männische Werk zu üben, seit sie schon einmal
der Eber gehauen."

„Ich wagte, sie Eures Verbotes zu mahnen. Und
sie liebte ja gar nicht die Jagd. ‚Schweig, Knecht,‘
herrschte sie mich an. ‚Die Weizenfelder da unten an
der Etsch sind mein: mein vorbehalten Frauengut.
Und wenn Herr Friedmuth auch — leider! — allzu
gering das Gut achtet,‘ — „das Sach,“ sagte sie: es
war ihr Lieblingswort —“

„Ja, das war es.“

‚Ich sehe streng auch auf die Pfennige. Denn
aus den Pfennigen wachsen Schillinge. Es ist nicht
mehr zu tragen, daß die Wildsauen, aus den Etsch-
sümpfen einbrechend, unsern besten Weizengrund zer-
wühlen! Die Knechte beschaffen nichts ohne das
Auge der Herrin. Ich muß zum Rechten sehen.‘ Und
sie befahl: — Ihr wißt: es gab nicht Widerspruch
gegen ihr Wort. — So zogen wir, ich und Oswin,
mein Sohn, mit den vier Knechten, und mit den
Suchhunden und den Stell-Rüden am andern Mittag

hinaus, die Herrin uns allen voran, den Schweins-
speer in der Faust.

„Wenn das Herr Friedmuth wüßte,“ sagte ich
vorwurfsvoll, ich ritt zunächst hinter ihr. „Er hat's
so streng verboten!“

Da wandte sie sich und rief mir zu: ‚Ich thu's
ja doch — für ihn! Daß er stolz und reich erscheine
unter den Landesrittern. Nicht für mich spar' ich,
hauf' ich und wahr' ich, nur für ihn mehr' ich das
Sach' —: das war ihr letztes Wort auf Erden.“

„Mach's kurz! Der Eber traf sie zu Tode?“

„O nein, Herr! Kein Hauer kam ihr nah! Es
war ganz wundersam. Nicht ein wildes Thier, auch
kein Sturz vom Pferd, — ein Schlagfluß wohl hat
sie getödtet. Sie gab dem Roß“ —

„Welches ritt sie?“

„Die Schwalbe. — Sie gab den Sporn und
sauste den Knechten voran, nachdem der Suchhund
Sauen aus dem Sumpfland der Etsch aufgestört, wo
sie während der heißen Mittagszeit bis an den Rüssel

tief in Wasser-Löchern liegen. Ein mächtig Thier stand hoch und nahm nach kurzem Gang die Stell-rüden. Die Frau sprengt hinzu: auf Speerwurfsweite von dem umstellten Wild holt sie aus, schwingt den kurzen Schaft und — sinkt mit einem gellenden Schrei rückwärts vom Gaul: sie war wieder — gegen Euer Verbot! — rittlings auf dem Sattel gesessen. Ich fing sie auf: leblos! — Die Augen waren halb ge-öffnet: — sie hat kein Wort mehr gesprochen, — bis sie in's Grab getragen ward."

„Also ein Blutschlag? Oder was war es?"

Der Burgwart schüttelte den grauen Kopf: „Ich kann's nicht sagen. Wir haben gar nichts wahr-genommen an der Leiche."

„Die Leiche! Ich kann's nicht denken!"

„Mühsam trugen wir sie auf unseren Speeren den Felsensteig hinan. Wir riefen alsbald den alt-weisen Priester Markulf aus dem Cistercienser Hause zu Meran: der hat ja lang in Wälschland gelebt und zu Salern die Heilkunde gelernt: denn wir wollten doch wissen, wodurch die Herrin so plötzlich gestorben. Aber der war eben hinauf geholt nach der Burg Tirol, wo das Söhnlein Herrn Albrechts in schwerem Fieber lag: so kam an seiner Statt einstweilen nur sein Schüler, der junge Mönch Alderich. Wir waren aber froh auch um den, auf daß er, ein Mann Gottes, wache bei der Leiche: denn wir Knechte, wir fürchteten die Todte, wie wir die Lebende gescheut. Er meinte, wie er kam und Alles vernahm und auch das hörte, daß Ihr der Frau die Eberjagd verboten und das männische Reiten, der Himmelsherr habe das gesendet, als strenge, aber gerechte Strafe, weil sie, wie so oft, ihres Eheherrn Willen nicht befolgte."

„Dummer Pfaff!"

„Ja, ja, er meinte, bei dem jähen Tod, ohne Vorbereitung, ohne Sacramente — sie hatte seit zwei Monden nicht mehr gebeichtet — werde sie wohl ein par Jahrzehnte in die Fegeflammen —"

Da zuckte Friedmuth schmerzlich auf.

„Zumal sie doch auch Euch, ihren gütigen, milden

Eheherrn recht, recht viel durch Jähzorn gequält habe
und heftig wildes Wesen und durch Trotz."

„Was geht das den frechen Priester an? Ich
verzeihe ihr von ganzen Herzen! Und wenn das nicht
hilft, — Seelenmessen will ich für sie lesen lassen —
so viele, daß — von Jahrzehnten sprach er?"

„Ja wohl," nickte der Alte. „Nun, lieber Herr,
vielleicht ist's nicht ganz so schlimm. Ihr wißt ja, die
Verstorbene war ein wenig scharf und hart mit allen
Leuten: Neigung und gute Meinung der Menschen
hat sie nicht viel gehabt. Auch den Alderich hat sie
manchmal unsanft fortgewiesen, kam er bettelnd für
sich oder für seine Kranken. Vielleicht kommt Frau
Wulfheid doch gelinder ab."

Aber Friedmuth sann einstweilen schon über
ganz Andres. „Soll ich den Kaiser angehn um das
Geld? Den Ring verwerthen? — Nein! Ich verpfände
das Geleitrecht nach Bozen. Es trägt wohl siebzig
Schillinge. Ich stifte ein ewig Licht in's Kloster zu
Sonnenburg. Die frommen grauen Schwestern dort

sollen sie mir aus dem Fegefeuer beten Tag und
Nacht. — Und sie hat wirklich gar nicht mehr gesprochen?"

„Nicht mehr geschnauft hat sie! Ich habe immer
wieder das Ohr an ihren Mund, an ihr Herz gelegt,
— denn wir wollten's nicht glauben, die Stattliche
sei todt. Und sie sah noch den zweiten Tag ganz
unverändert aus, als wolle sie gleich aufspringen und
wieder ihr laut Befehlwort rufen durch die Burg.
Aber am Abend des zweiten Tages gebot der Mönch,
sie hinab zu bringen in die Gruft. Denn die übeln
Wichte von — nun von dort her, wo — wo die
Engel Hörner tragen — fahren leicht in eine Leiche,
die noch in der zweiten Nacht uneingesegnet liegt. So
trugen wir denn die strenge Frau hinab in die Burg-
capelle. Da ward sie aufgebahrt auf schwarzbehange-
nem Gerüst. Stolz, drohend, zorngemuth sah sie noch
im Tod auf uns. Den traurigen Zug machte ich noch
mit. Aber von der Bahre weg eilte ich — gerade
sank die Sonne — in den Hof, sprang auf mein

vorher gesatteltes Roß, eilte gegen Bozen und dann nach Trient und Venedig, Euch sobald als möglich aufzufinden. Wußte ich doch, daß Ihr auf Nachricht von der Heimat harrtet. Und nun muß ich Euch solche Nachricht bringen!"

„Und wann war das? Wann starb sie?"

„Am zweiten Tage vor Sanct Johannes des Täufers Tag: wir hatten schon das Holz für das Sonnwendfeuer aufgeschichtet."

„O Gott, so viele Monate schon, da ich noch an die Lebende dachte! Nun hat die Frau doch all' dies so arg geliebte, so scharf gewahrte Gut hergeben müssen. Nicht mir! Ihren Vettern! Die werden wohl nicht gesäumt haben, zuzugreifen! — O hätte sie doch, auch wenn ich fern war, dem fahrenden Spielmann manchmal einen Krug Wein gegönnt."

„Zumal aber das Burggesinde minder knapp gehalten," brummte der Alte vor sich hin.

„Arme Frau!" Und er schüttelte den Kopf. „Wie schade um so viel Trefflichkeit!"

Unter solchen Reden stiegen sie langsam die Anhöhe hinan: Friedmuth hatte dem klugen Hengst, der von selbst folgte, die Zügel über den Hals geworfen.

Oswald führte den eigenen Klepper am Zaum, hin und wieder seinem Herrn Antwort gebend auf kurze Fragen über einzelne Umstände, welche dieser, aus seinem Nachsinnen aufschauend, an ihn richtete.

Weiter rückwärts ritt Hezilo langsam nach.

„Hm," meinte der, „er trägt es ruhiger, als ich gemeint. Wie wenn er im Gefecht einen recht tapfern Waffengenossen verloren hätte: — aber nicht Herrn Hermann oder Herrn Walther. — O Trinelein, wenn du mir gestorben wärst!"

Vierzehntes Capitel.

Der Wittwer behielt nicht Zeit, seinen Gedanken lange nachzuhängen: sein Wunsch nach einem frischen Gefecht sollte sich rascher erfüllen, als er hatte hoffen können.

Kaum war er im Lager angelangt, da jagte von den Vorposten her ein Bote mit der Meldung, zahlreiche arabische Reiter umkreisten und bedrängten hart das kleine Häuflein der Vorhut.

Es waren berittene Bogenschützen, deren Pfeile, gefiedert mit den Federn des Kranichs, aus großer Ferne trafen und oft durch Schild und Brünne drangen. Die Abendländer scheuten gerade diese unfaßbaren Feinde: die Mitte hielten diese stets zurück, nur beide Flügel schwärmten vor, ihre Geschosse entsendend: sprengten nun die vollgerüsteten Franken auf

ihren schweren Hengsten gegen die Plagegeister an, so
waren diese weißen Flattermäntel im Nu zerstoben,
gleich vom Sturmwind entführten Federn.

Friedmuth hatte den Ritt nach dem Schlosse,
das ja hinter den deutschen Linien lag, in ganz leich=
ter Rüstung unternommen. Nun gebot er Hezilo, ihm
behilflich zu sein, sich rasch zu waffnen.

Er fuhr zuerst in den ärmellosen Unter=Waffen=
rock, ihn über Haupt, Brust und Arme streifend,
denn im Morgenlande trugen die Ritter, der Hitze
wegen, nicht Unterkleid, Rüstung und hierüber
Waffenrock, sondern diesen am Leib und den Panzer
darüber. Darüber zog er dann den Panzer, mit
Schuppen für die Arme und mit Schuppenhandschuhen,
auf der Brust geschützt durch Kettenringe, die bis zum
Gürtel reichten. Daran schlossen sich Ringschuppen
in Maschen von den Hüften bis an die Knöchel.
Hieran wurden geschnürt die starken Lederschuhe mit
den langen Stachelsporen; das mächtige Hiebschwert
ward mit der Schwertfessel locker um die Lenden ge=

gürtet. Über das Harsenier, die Schuppenhaube, welche Kopf und Hals, Schultern und Nacken schleierartig umzog, stülpte er den schweren Glockenhelm: die Gupfe oder Hirnhaube, welche man zunächst über dem Haupt trug, hatte Friedmuth im heißen Morgenland abgelegt.

Nun führte Oswald das Streitroß vor: — zum Ritte nach dem Schlosse hatte das Reiseroß gedient — „Falka" war ganz verdeckt von der „Cuvertiure", einem Pferdkleid, das, mit eisernen Ringen verstärkt, an dem ledernen, im Rücken hoch erhöhten Sattel festgeschnürt, hinten viel länger als vorn, die Brust ganz frei lassend, das Thier zu beiden Seiten umwogte.

Friedmuth schwang sich in voller Rüstung in den Sattel und ließ sich nun den langen Schmalschild reichen, der, wie sein Helmdach, die drei goldnen Sterne im blauen Felde zeigte: er warf ihn vorläufig an der Schildfessel auf den Rücken. Dann ergriff er die mächtige Lanze, diese zehn Fuß lange Stoßwaffe mit der blattförmigen, zweischneidigen, halb Fuß langen Spitze.

„Vorwärts!" befahl er. — —

Die Sonne war nun gesunken: es ward sehr rasch dunkel.

Während Friedmuth, gefolgt von Hezilo, an der Spitze seiner Inn- und Etschthaler aus dem Lager sprengte, tummelten, die Lanzen schief über den Rücken geschnürt, zwei Führer der Wüstenreiter die windschnellen Rosse wie im Spiele hinter der Reihe der Ihrigen hin und her.

„Du hast," fragte der Ältere, „doch selbst nachgesehen? Es ist doch tief genug gegraben?"

„Du weißt, Oheim Emid, wir fangen in unserer Heimat in solchen Gruben den Löwen. Nicht der König der Wüste vermöchte von der Sohle des Trichters im Sprung den Rand zu erreichen."

„Und das Gestrüpp?"

„Nicht meinen leichtfüßigen Berber würde es tragen, geschweige das plumpe, gepanzerte Roß des gepanzerten Franken."

„Gut! Bei Allah — wir müssen ihn haben: - -

er allein hat uns den ganzen Plan des Überfalls ver=
dorben. Er ist wohl einer der Allervornehmsten der
Franken. Für ihn wird der Kaiser willig meinen Bruder,
deinen Vater, frei geben. Habt Acht! Da ist er schon."

Friedmuth hatte nun seine weichenden Vorposten
erreicht.

So wie diese den geliebten Führer gewahrten und
die Verstärkung, welche er ihnen zuführte, hielten sie
Stand und sprengten unter dem Kriegsruf: „Christus
der Herr!" muthig wieder gegen die Feinde vor.

Sofort prallten diese, ihre leichten Rosse herum=
reißend, zurück, im Fliehen nochmals ihre Bogen
abschießend.

Neben Friedmuth stürzte, einen Pfeil in der
Stirn, einer seiner Etschthaler Vögtlinge, der Zeidler
von Hafling. —

„Wartet! Steht doch, ihr feigen Heiden!" rief
der Ritter in der Lingua franca. Es trieb ihn das
Herz, den Schmerz um Frau Wulfheid und allerlei
Gedanken in grimmen Stößen loszuwerden.

Heftig spornte er das Roß: schon jagte er durch
die Reihe der Vorposten hindurch, weit den Seinigen
voran.

„Halt, lieber Herr, halt! Nicht allein so weit
vor," warnte eine Stimme. Es war Hezilo, der
Einzige, dessen Roß zu folgen vermochte.

Aber Friedmuth war zornig: er hörte nicht den
Ruf des Treuen: er sah zwei feindliche Führer —
die reich in Gold strahlenden Waffen, die hohen
weißen Straußenfedern über dem beturbanten Schup-
pen-Helm machten sie kenntlich, — welche, ungleich
ihren fliehenden Scharen, ihn ruhig erwarteten. Sie
hoben die Wurfspeere und ritten im tänzelnden
Trabe langsam gegen ihn vor. Friedmuth deckte sich
mit dem schmalen Schild, ihn zum Halse hinauf
zuckend, legte den Speer ein, nicht in der Höhe der
Hüften ihn fällend, sondern zu besonders gefährlichem
Stoße, bis dicht unter die Achselhöhe ihn hebend,
um den Feind recht hoch oben zu treffen und so desto
leichter aus dem Sattel zu stürzen; er hob sich in

den Bügeln und sprengte mit der vollen Wucht des starken Rosses gegen jene an, froh des Zusammenstoßes.

Aber pfeilschnell wandten beide die Pferde herum und flohen: nach rechts ausbiegend, nicht ihrem links enteilenden Häuflein folgend.

Grimmig setzte der Ritter nach. Er sah gerade vor sich, zwischen den Ohren des Pferdes durch blickend: auf der Erde lag ein Haufen dürrer Palmzweige oder anderen Gesträuppes, die Dunkelheit ließ den Erdboden kaum mehr erkennen: die beiden Flüchtlinge bogen links und rechts um die kreisähnliche Anschwellung, jenseits derselben wieder zusammentreffend.

Friedmuth trieb den keuchenden Hengst grad= aus: da, sowie dessen Vorderhuf auf die Palm= zweige schlug, stürzte das Thier kopfüber nach vorn in eine tiefe Grube: — krachend flogen Splitter und wirbelnd dürre Halme empor. —

Hezilo sah seinen Herrn plötzlich verschwinden.

Mit bangem Angstschrei jagte er gegen die Grube heran.

Plötzlich war er von sechs Reitern umringt:
die beiden Führer hatten mit laut gellendem Ruf die
verstellte Flucht der Ihrigen gehemmt: eine Schnur
flog um seinen Hals, eine Bleikugel schlug an seine
Schläfe, unterhalb der Schuppenhaube: er fühlte noch,
wie er vom Pferd gerissen und quer über einen Sattel
geworfen ward. Dann schwanden ihm die Sinne.

Sofort stoben die Saracenen wieder davon, in
die Wüste hinein.

Als die Deutschen die Stelle erreichten, wo
sie Friedmuth und Hezilo hatten verschwinden sehen,
trafen sie nur Hezilo's Pferd, dessen Sattelgurt zer-
schnitten war; die Sturmhaube und der Sattel lagen
neben dem Thier auf dem Sand: es schnupperte
mit weit geöffneten Nüstern nach Südosten.

Sie eilten weiter vor, nach rechts: der alte
Oswald zuerst entdeckte eine tiefe trichterförmige
Grube, über welche Palmzweige und Gesträuch gebreitet lagen. Ohne Besinnen stieg er ab und sprang
hinein. da lag der treue Hengst mit gebrochenem

Genick, den ganzen Boden der nach unten schmaler
werdenden Grube füllend: darüber der zerbrochene
Speer des Ritters und sein aus dem Mundloch der
Scheide geglittenes, langes Schwert: die Spitze fehlte:
— der Rest der Klinge war ganz blutig.

Von dem Rande der Grube nach Südosten zog
sich eine sehr starke Blutspur zwischen den Huftritten
zweier arabischer Rosse hin: Oswald und die Reiter
folgten der Spur, bis die volle Dunkelheit der Nacht
sie nicht mehr erkennen ließ. Dann kehrten sie in
das des Führers verwaiste Lager zurück, tief traurig
bis in's Herz hinein. Denn Friedmuth hatten Alle
lieb gehabt.

Zweites Buch.

Hezilo's und Böppele's Abenteuer.

Erstes Capitel.

Zwei Jahre waren in's Land gegangen, seit Herr Friedmuth und sein getreuer Hezilo verschwunden waren aus den Augen der Ihrigen.

Längst waren der Kaiser und sein Heer aus dem Morgenlande zurückgekehrt.

Da ging an einem wunderschönen Sommerabend in dem wunderschönen Thal, „das Etsch und Passer, zwei Silbergürteln gleich, umhegen", im Thale von Meran, die Sonne so herrlich zu Golde, wie es vor andern jener gesegneten Landschaft lieblich Eigen ist.

Zauberhafte Farben-Töne hatten von der sinken= den Glanzscheibe aus oder um sie her den Himmel, die Berge, die üppigen Mittel=Höhen der Hügel= Gelände, die beiden Flüsse und deren Thalgrund er=

füllt: vom wärmsten Gold, durch glühendes Roth
bis in's immer noch stark roth durchwärmte Violett.

Der Widerschein im Osten, zumal im Südosten,
wo die Mendola, wie von Sehnsucht gezogen, gen
Italien hinab neigt, erfüllte den ganzen Himmel mit
prachtvoll leuchtender, lodernder Gluth.

Auf der Höhe im Osten von Meran, wo der=
malen Schloß und Gehöft Goyen zwischen Schänna
im Norden und der Fragsburg im Süden ragen,
standen damals ein par niedrige, strohgedeckte Bauer=
hütten. Sie waren sammt dem zugehörigen Wein=,
Acker= und Wiesenland dem Bisthum Chur zu eigen
und an Hintersässige ausgeliehen, welche zwar persön=
lich frei, — nicht leibeigne Knechte und Mägde —
aber doch „Vögtlinge“ des Bisthums und von dem
Bischof und dessen Vogt streng abhängige Leute
waren. „Ze Goyen“ hieß damals die Siedelung: —
nicht viel anders schon in den Tagen, da Ostgothen
auf dem nahen Iffingerberg lebten: denn bereits zur
Römerzeit krönte jenen wunderbar schönen Hügel eine

„villa Gajana": und die Winzer, welche dem Reb=
garten Halt und Stütze aufbauten aus allerlei zer=
bröckeltem Gestein und Mauerwerk, das in großen
Mengen den Boden auf der Krone der Höhe be=
deckte, ahnten nicht, daß sie die Ziegel alt=
römischer Grundmauern und Hypokausten überein=
ander schichteten.

Vor der kleineren dieser Bauerhütten stand oder
lehnte an einer solchen niedrigen Weinbergmauer,
welche ihr nur bis unter die Brust reichte, ein junges
Mädchen von fast noch kindlicher Gestalt.

Den Rücken dem Hause zugekehrt, schaute die
Kleine, über die Mauer gebeugt, eifrig der sinken=
den Sonne nach: sie hatte die beiden Ellenbogen,
die nackt aus den Kurzärmeln des dunkelbraunen
Wollhemdes ragten, auf die obersten Steinplatten des
Gemäuers gestützt und das Kinn auf die beiden um=
schließenden Hände gelehnt: zwei dicke, breitgeflochtene
gelbe Zöpfe fielen über den zierlichen Nacken, das
grüne, rothgeränderte Mieder und das Hemd, welches

unterhalb des Mieders wieder hervor kam und bis auf die Knöchel der bloßen Füße reichte.

So tief versunken war die Jungfrau in ihr Sinnen und Ausschauen, daß sie es gar nicht merkte, wie die zutraulichen kleinen Eidechsen, welche alles Gestein jener sonnigen Gehänge beleben, auf der breiten noch ganz sonnenwarmen Mauerbrüstung dicht an ihren Armen vorüberhuschten.

Lange, lange blickte sie so regungslos, sprachlos vor sich hin — in die rothgoldene Pracht des Abendgewölks.

Endlich seufzte sie tief auf: „Oh Frau Sonne, liebe Herrin! Bring ihn mir wieder! Dir hab' ich ihn befohlen, dir, der heiligen Katharina und zumal der heiligen Gertraud. Denn an deren Tag und unter deren Geleit zog er dereinst davon — da hinab — — gerade dorthin! Noch seh' ich ihn, wie er da um die Ecke des Weinbergs bog! Noch einmal sah er um und winkte grüßend mit der Hand: — und verschwunden blieb er von Stund an für so viele,

viele Tage! Und habe doch jeden Morgen und jeden
Abend gebetet auf den Knieen zu Sanct Gertraud,
die ganz besonders in Schlacht und Kampf den Männern
beispringt; und habe das Steinbild der heiligen Jungfrau mit Kränzen geschmückt und mit Sträußen, so
lang es Blumen gab. Und wenn es keine mehr gab,
mit den schönsten Schnüren von rothen Vogelbeeren.
Und Alles umsonst! Und Andere, sogar solche, die
viel später fortgezogen sind als Herr Friedmuth und
Hezilo, sind schon lange wieder zurück: der Ferge von
Lana und der Hübner von der Töll! Ach und von
Herrn Friedmuth und von Hezilo keine Spur, keine
Kunde!"

Die Kleine sah nun die hellsten Sonnengluthen
wie gedämpft: denn Thränen traten ihr in die blauen
Augen und liefen langsam, langsam über die runden
blühenden Wangen des Kindergesichts.

Zweites Capitel.

„Trinele!“ rief da eine Männerstimme von der Thüre des Hüttleins her.

„Gleich, Vater!“ antwortete sie, wischte sich rasch die Augen und sprang zurück an das Haus.

Da stand auf der Schwelle ein alter Mann, hoch gewachsen, mit den edeln Zügen, dem langgestreckten Antlitz, dem tief ernsten Ausdruck, der so vielen Bauern des Burggrafenamtes Tirol, in scharfem Gegensatz zu der bajuvarischen Bevölkerung der Nachbarthäler, eignet: vielleicht ein Erbtheil der Ostgothen, welche, nach dem Fall des Heldenkönigs Teja in der Mordschlacht am Vesuv, gemäß Vertrag mit Narses freien Abzug über die Alpen „zu andern Barbaren“ sich ausbedungen und ausgeführt haben.

Wie er so da stand, von der Abendsonne be-

leuchtet, die hoch ragende Gestalt vom Alter nicht
gebeugt, barköpfig, das edel geformte Haupt umrahmt
von glänzend weißem Haare, das er in schlichten
Strähnen herabfallen ließ, als seiner Freiheit Zeichen.
ungeschoren, nur über der halben Stirn wagrecht ge=
schnitten, die Brust nicht ganz verdeckt von dem
groben braunen Wollrock, der die Kniee nicht er=
reichte und durch einen schmalen Gurt von Bocksleder
um die Hüften zusammengehalten ward, während
enge Hosen von gleichem Stoff ihm bis an die
Kniee reichten, schien er, die blitzende Sense, einem
Speere vergleichbar, über die linke Schulter gelehnt,
die Rechte nach seinem Kinde ausgestreckt, wie aus
alter Recken=Zeit übrig geblieben.

„Da! Setze dich zu mir,“ sprach er nun, die Sense
ablegend; und mit der mächtigen, von schwerer Arbeit
gehärteten Handfläche ihr Haupt und Haar streichelnd,
zog er sie zu sich nieder auf die Holz=Bank, welche, wie
um die Süd= und Ostwand, auch um die Westseite
des Häusleins gezimmert war. „Ich habe dir die Abend=

milch und das Speltbrot mit heraus genommen — sieh
hier, auf dem Steine —, da du wieder nicht auf das
Meierglöcklein achtetest, das die Knechte und Mägde
von der Arbeit zu dem Rundtisch rief. Du hast
wieder einmal deinem Buben nachgesehen — nach=
gesonnen — nachgeweint! Nein? Ja, die Augen sind
jetzt wohl trocken! Aber da — das Hemd links und
rechts vom Kinn, — das ist ja noch naß."

„O Vater!" rief die Kleine, stellte hastig den
Napf Milch nieder, den sie hatte zum Munde führen
wollen, und warf sich, laut aufschluchzend, an des
Alten Brust.

„Nun, nun, er wird wohl noch leben, dein
weißköpfiger Bub."

„Oh ich glaub's kaum mehr! Denk' doch nur,
was da Alles auf solcher Fahrt einen braven Christen=
Menschen treffen kann. Es ist ja grausam, was die
Männer erzählen, die drüben gewesen über dem großen,
großen Wasser."

„Und — trotz Allem — glücklich heimgekommen

sind, dank den Heiligen. Wird wohl leicht auch ein weniges Gelogenes darunter sein," meinte der Alte, gutmüthig tröstend.

„O Vater, nein! So schlecht ist doch kein Christenmensch, daß er das achte Gebot verletzt, gerade wenn er vom heiligen Land erzählt."

„Weiß nicht! Ich kenne Einen, der könnte wohl auch darüber aufschneiden, daß die Bänke krachen."

„Den von Boblingen, den Böppele, meinst du," und sie mußte ein wenig lächeln mitten unter ihren Thränen. „Ja der! Aber so einen Schwänkemacher läßt der liebe Gott nicht zweimal herum laufen auf dem Erdboden. Und weißt du denn nicht mehr, wie der Jerg von Lana erzählt hat, daß schon in Wälsch= land drüben, wo sie sich einschiffen, oft so giftige Fieberluft weht, daß gar Viele erkranken und sterben, bevor sie nur das Schiff besteigen? Dann die Stürme auf der Meerfahrt — Wellen, hoch wie Kirchen= mauern! — und in den Wassern, den abgrundtiefen, Haifische, welche den Schiffen, fraßgierig, folgen.

Und verborgene Klippen! Und Seeräuber! Und sind
die frommen Pilger dem allem entgangen, dann drüben
die furchtbare, lange, lange Wüste, wo es nichts giebt
als Sand und einen bösen Wind, der den Sand
haushoch aufschüttet, Roß und Reiter und Lagerzelt
begrabend. Und die grimmen Heiden auf ihren
pfeilschnellen Rossen mit vergifteten Pfeilen! Und
Schlangen giebt es auch! Und —"

„Schöne Weiber, Trinelein, viel schönere als eine
Bauerstochter an der Etsch."

„Nun, die thun aber nichts!" sagte die Kleine
ganz unbefangen. „Die fechten doch nicht mit? Wie
die Bergriesinnen thun werden, nach der alten Weis-
sagung, wann der Antichrist gegen Elias streiten wird
im Rosengarten König Laurin's zu Algund und wann
die Welt in Feuer aufgeht an dem jüngsten Tage.
Was schaden die Heidinnen dem Hezilo?"

„Dem Hezilo nicht: — aber vielleicht dir,
Trinelein."

Mit großen Augen sah ihn das Kind an: „Mir - -

hier? — In Goyen? Der Zauber müßte weit fliegen!
Und wie wissen denn die Heidinnen, daß ich lebe?
Und was hätt' ich ihnen zu Leide gethan, daß sie
mich verzaubern möchten?"

Da sprach der Alte wehmüthig: „Du könntest
Einem das Herz springen machen vor Harm! —
Wenn es wahr wäre! —"

Und er senkte das Haupt auf die Brust.

„Wenn was wahr wäre?" forschte die Kleine,
hastig aufspringend. „Vater, was soll wahr sein?
Du weißt etwas — o Jungfrau Maria! — du weißt
was von ihm und willst mir's nicht sagen! Er ist
todt? Er ist gefallen? — Oh, ich bitte dich, sag's mir!
Sag's — mit aufgehobnen Händen bitt' ich dich!"

Und sie warf sich vor ihm nieder auf die Kniee
und hob die beiden Hände mit fest ineinander ge-
schlungenen Fingern zu ihm empor.

„Nicht todt! Nicht gefallen," beschwichtigte der
Alte und hob sie sanft vom Boden auf. „Bei Sanct
Johannes dem Täufer, meinem Schutzpatron im

Leben und bei dem Gerichte Gottes." — Da beruhigte sich, bei solcher Betheuerung, das Mädchen.

„O weil er nur lebt! Nun, was aber denn sonst? Verwundet? — Krank! — Im Haus der frommen Ritter?"

Der Alte schüttelte den Kopf.

„Ganz gesund und frisch ist er!"

„Warum kommt er dann nicht heim? Wie die Andern alle: — der Kaiser soll doch schon lange wieder zurück sein."

„Aber Herr Friedmuth fehlt. Und niemand glaubt, daß der noch lebe, — sagt der Böppele."

„Hast du den Böppele gesprochen? — Der war ja auch in des Kaisers Heer! Hat der meinen Buben gesehen?"

„So rasch kann ich nicht hören, — geschweige antworten — wie du fragen kannst! Also: Alles der Reihe nach. Ja, der Böppele ist zurück. Ich hab' ihn nicht gesehen: — aber der Gevatter, der Thorwart von Meran."

„Der Zingilo? Wo? Wann, Vater?"

„Gestern Abend. Da ist der Böppele mit einem Geleitsbrief des Rathes von Bozen und vier Saumrossen mit Wein durch Meran gekommen —"

„Und der hat meinen Hezilo gesehen? Gesund und unverwundet?"

„Ganz frisch und gesund: aber —"

„Nun, aber?"

„So halb und halb — gefangen!"

„O barmherziger Heiland," schrie das Mädchen und fuhr mit beiden Händen in ihr Haar. „Gefangen von den Heiden! Ach und sie sollen die Gefangnen lebendig begraben, oder von ihren Rossen zerreißen lassen, oder — o ihr Heiligen! Mein armer Bub!"

„Schrei nicht so wüst! Deinem Buben geht es ganz gut. Viel besser, viel lustiger als dir: — und mir," fügte er seufzend, leiser, bei, „der ich ihr das beibringen soll. — Er ist nicht so recht gefangen wie Andre — kriegsgefangen. Er, — er kann nur nicht fort."

„Warum? wer hält ihn, wenn nicht Zwang? —"

„Die stärkste Zwingerin, wie Herr Walther sagt: die Minne."

„Die Minne? Die Liebe — unsern Hezilo — meinen Hezilo? Die Liebe hält ihn? Nein, her= führen wird sie ihn, auf Flügeln, rasch wie die Schwalbe, zu mir.

„Ja, — wenn er aber — eine Andre liebt?"

Da richtete sich das junge Mädchen hoch em= por, sah ihrem Vater, leuchtenden Blickes, in die Augen und rief: „Das ist nicht wahr!"

„Ich glaub's auch nicht von dem Buben."

„Es ist nicht möglich, sag' ich dir!" wieder= holte fast drohend die Tochter: — das Kindliche ihres Wesens war nun ganz gewichen. „Wer hat's gesagt?"

„Der Böppele!"

„Der Böppele lügt!"

„Ja, ja! Oft lügt er schon. Aber manchmal sagt er doch auch die Wahrheit. Und diesmal —"

„Wem hat er es gesagt?"

„Dem Thorwart, dem Gevatter. Und den hab'
ich jetzt gerade gesprochen. Er kam herauf, nach sei=
nem Rebgarten zu sehen an der Naif. — Ich traf ihn
dort: ich mähte unsern Grummet an dem Naifenbühl."

„O Vater — Vater — erzähl' es — o jedes
Wort! — aber genau: so wie man das Vaterunser
sagen muß." —

„Der Böppele ist über Nacht geblieben in Meran,
hat bei dem Thorwart selbst seine Weinrosse einge=
stellt. — Er ist nämlich wieder, wie vor Jahren,
Weinschänkwirth zu Boblingen im Schwabenland
geworden. — Und hat dem Gevatter viel erzählt
von Allem, was er gesehen, erlebt, und ausgestanden.
Das Meiste, meint der Zingilo, war gelogen und
übertrieben. Aber als der Wackere ihn fragte, ob er
nichts von Hezilo und vom Fragsburger erfahren habe,
oder von Herrn Walther, da sagte er: Herrn Walther
habe er vor Kurzem in Brixen gesprochen."

„Dank den Heiligen! So lebt er, der brave,
liebe, kluge, frohe Herr? Aber Hezilo —"

„Vom Fragsburger hab' er nichts sagen wollen, trotz allem Drängen des Gevatters."

„Ja, ja: wegen der Geißelung, die Einem auf der Fragsburg droht, wenn Einer von dem Vogt berichtet, was man dort nicht gerne hört: — das ist ja weit und breit bekannt geworden. — Aber mein Hezilo?"

„Hezilo hat er im Morgenland gesehen, gesprochen: aber zuletzt als Sclaven — nein, Freigelassnen einer — Heidenprinzessin."

„Freigelassen? — Dann käme er zu mir."

„Ja: — sie haben ihn freigelassen — nur unter einer Bedingung."

„Welcher Bedingung?"

„Daß er sie heirathet."

Da erbleichte das Mädchen: — tief holte sie Athem: „Woher weiß das der üble Landfahrer?" forschte sie dann nach langem Schweigen.

„Auch er ward von Heiden aufgegriffen und in die gleiche Felsen-Burg gebracht, wo Hezilo — allein, ohne Herrn Friedmuth — festgehalten war. Auf Hezilo's Fürsprache ward der Böppele freigegeben."

„So viel gilt der gefangene Knabe bei der Heidin?" fragte Katharina und tiefe Trauer zog über ihr holdes Antlitz. „So viel!"

„Ja, sehr viel. Der Böppele durfte nicht viel mit ihm reden, — aus Argwohn der Heiden, er möchte mit Hezilo die Flucht planen. Denn die junge Fürstin hatte gedroht, alle Wächter zu kreuzigen, falls sie ihren Liebling entspringen ließen."

„Ihren — Liebling!"

„Ja. Und Hezilo trug die allerschönsten, reichsten Kleider der Heiden: Kopftücher von Seide und weite Hosen, fast wie Weiberröcke, und spitze weiche gold- gestickte Schuhe. Und er aß von goldnen Schalen. Und sechs Mohrenknaben dienten ihm. Und die Prin- zessin hatte ihm erbeuteten Wein bringen lassen, — theuren Wein! — er gab Böppele davon — und die Heidin schenkte selbst den Becher ein und kredenzte ihn dem Buben."

„Iſt ſie ſchön, dieſe Prinzeſſin?" fragte Katharina. Gluth ſchoß ihr in die Wangen.

„Ja, danach hab' ich wirklich nicht gefragt! Und
ſo weit wäre ja Alles ganz gut beſtellt für den
Buben: und wir, die wir ihn lieb haben, wir müſſen
uns freuen über all das!"

„Freuen? Müſſen uns freuen?"

„Nun freilich. Er lebt, er iſt geſund, er iſt
heil! — Was hätteſt du vor einer kleinen Weile
darum gegeben, hätteſt du das von ihm gewußt?"

„O Vater, du haſt Recht! — Ich bin — ich
war ſo undankbar! — Ich war — ich dachte nur an
mich, nicht an ihn. O das war ſchlecht von mir!"

„Ja, das heißt: damals — vor vielen, vielen
Monaten — lebte er geſund und friſch. Jedoch —"

„Nun — was ſpäter?"

„Als der Böppele entlaſſen ward, da ſagte ihm
einer der Wächter, ein zum Heidenthum übergetre-
tener Wälſcher —"

„Giebt's das auch?"

„Oh ja, das giebt's. Der sagte, unser Hezilo —"

„Nun?"

„Der Vater der Prinzessin, der in Allem seines Kindes Willen thue, habe gar nichts gegen die Heirath. Aber da sei von dem obersten Kaiser der Heiden ein harter Befehl ergangen, — gegen alle Gefangenen — weil die Tempelritter einen Waffenfrieden sehr schnöde gebrochen."

„Heilige Katharina! Welch' ein Befehl?"

„Der Fürst habe Botschaft an seine Tochter geschickt, — denn er war nicht mehr in der Burg — wenn Hezilo nicht in drei Tagen sein Eidam sei — bis dahin hatte sich der Wackere immer standhaft geweigert —"

„Siehst du, Vater, — ich hab' es gewußt!" rief sie mit lachenden Augen. — „Dann?"

„Dann müß' er ihn eben, wie alle Gefangenen, — köpfen lassen."

Da stürzte das Mädchen laut aufschreiend auf den Vater und rief: „Ach um Gott! — Aber er hat sie doch ohne Zweifel geheirathet? Oh ja? Ja? Doch gewiß? Ich bitte dich: sag' doch ja. Er hat's doch gethan?"

„Kind," klagte der Alte, „wie soll ich's wissen? Der Böppele ward aus der Burg geführt, ohne unsern Buben vorher noch einmal sprechen zu können. Das war das Letzte, war Alles, was er wußte."

„O Vater, Vater, sage, sage du mir! Du bist so alt, so erfahren, — du kennst den Hezilo, — meinst du nicht; er hat's doch gethan? O sage ja. Er mußte ja! Er mußte doch sein Leben retten! Gerade, wenn er mich lieb hat, hat er's doch gethan? Und ach Gott! Ich hab' ihn ja in alle diese Noth, in die Gefangenschaft geführt! Nur weil er mich lieb hat, weil er mich thörig Ding zum Weibe haben wollte, nur deßhalb hat er ja das Kreuz genommen, das der Bischof zur Bedingung seiner Erlaubniß gemacht hat. Ich bin Schuld, seine Liebe zu mir! O ich hoffe doch — ich bitte Gott — Gott! laß ihn nur sein Leben retten! Und müßt' er hundert Andere freien. Oh nur er nicht sterben! —"

Da brach sie vor dem Alten zusammen, das Haupt in strömenden Thränen gegen seine Kniee drückend; er richtete die halb Ohnmächtige auf und barg ihr Köpfchen an der Brust.

„O mein Kind! Mein gutes Kind! Ja, du liebst ihn, den Buben. Aber auch er hat die wahre Liebe und Treue zu dir — und ich fürchte sehr —"

„Was fürchtet Ihr? Wenn ich komm', weicht die Furcht," fragte da von der Hausthür her eine tiefe Stimme fröhlich.

Der Alte wandte sich.

„Oh! Ihr, Böppele! Ihr war't ja, sagte der Gevatter, schon bei Sonnenaufgang fort aus Merau gegen das Innthal zu hinauf. Aber —"

„Ja, bin aber nicht gar weit gekommen. Schon bei Glurns kehrte ich um."

„Weßhalb?"

„Ich — ich hatte was vergessen."

„Hei, was?"

„Einen Botenlohn.“

„Wo habt Ihr den zu zahlen: oder eher wohl — zu holen?“

„Wo? Ei, hier auf Gotyen: — bei Euch. —“

„Wofür? Für jene böse, böse Nachricht? Ihr seht, was sie angerichtet hat in meinem Kind.“

„Ach so! — Nun, was fürchtet Ihr denn?“

„Ich fürchte, der wackre Bub, er hat — wie ich ihn kenne — die Heidin nicht genommen.“

„Da kennt Ihr ihn recht. Er hat sie nicht genommen.“

„So ist er todt?“ schrie Katharina, sich aufrichtend.

„Bewahre Gott und Sanct Sebastian! Er ist ganz hechtlebendig.“

„Habt Ihr ihn gesehen?“

„Ja wohl.“

„Wann? Wann?“

„Heute.“

„Wo? Wo ist er? Um Gott?“

„Da ist er, Trinele! in deinen Armen!" So rief eine jubelnde Stimme, und aus der Thüre, an den beiden Männern vorbei, sprang ein schlanker Bursch auf die Kleine zu.

„Hezilo!" rief diese und fiel an seine Brust.

Drittes Capitel.

In der „Stuben", dem Raum, welcher, neben ein par kleinen Verschlägen und dem Stall, das ganze Erdgeschoß des Bauernhauses in Anspruch nahm, war der Kienspan, in eiserner Öse über dem Herd aufgesteckt, schon mehr als einmal erneut worden und immer noch mußte Hezilo erzählen.

Der breite Herd war eingerahmt von schönem weißem Marmor: vor vielen Menschenaltern hatte man ihn ausgehoben aus dem Schutt und Steingerölle der alten Villa Gajana und mit seinen Bruchstücken umrandete man die Herdplatte von rothem Porphyr, der hier überall zu Tage steht.

Auf der einen Seite des Herdes, auf der Herdbank, saß, den Rücken an die Wand gelehnt, Iffo, der Innerhofer von Gojen: auf der andern Seite, Hand in Hand geschmiegt, das junge Par auf einer breiten Eichentruhe, und dem Herd gegenüber auf einem niedern Schemel mit Rückenlehne der, den sie den Böppele nannten.

Katharina ließ kein Auge von dem Geliebten und strich ihm manchmal mit der Hand über Haar und Wange, wie um zu prüfen, ob er auch wirklich leibhaft sei und nicht ein Traumgebild.

„Und so habt ihr denn Alles gehört," schloß Hezilo und holte Athem, „bis zu dem Tage, da ich meinen armen Herren mitsammt dem Roß plötzlich verschwinden sah vor meinen Augen, als habe sich die Erde aufgethan und ihn verschlungen.

„Aber jetzt," und er hob die irdene Schale, die vor ihm stand auf dem Marmor, — „jetzt noch einen Weidling Milch! — Das viele Reden macht trocken: — mir wird's in der Kehle wie in der Wüste."

Voll innigsten Mitleids sprang die Kleine auf, — sie meinte, er könnte ihr plötzlich sterben! — und wollte nach der Milchkammer eilen.

Aber der Böppele haschte sie flugs am Zopfe,

da sie an ihm vorbei wollte, und zog sie sanft zurück: „Halt, junge Braut! Des weißen Ge= schlapps ist's nun genug. Seit ich ein Säugling war, hab' ich nicht so viel Milch getrunken, wie heute Abend! — Was der Bub bisher erzählt hat, das hab' ich Alles schon gewußt. Oder mir denken können. Denn es ist doch fast immer dasselbe. Der Eine kriegt das Fieber schon bei Rom, der Andere in Neapel, der Eine kriegt die Seekrankheit gleich, der Andere kriegt sie bei Cypern, der Eine frißt in der Wüste vor Hunger Heuschrecken: — giebt gar nicht viele, schmecken so übel nicht: nur hüpfen und fliegen sie viel gewaltiger als die um Böblingen und sind schwerer zu fangen, zumal in langen Mönchs= kutten —"

„Habt Ihr die je getragen?" fragte das Mäd= chen ehrerbietig.

Der Andere nickte sehr ernsthaft.

„Dann müßtet Ihr sie immer tragen," mahnte der Alte. „Das Gelübde bindet bis in den Tod."

Hezilo schwieg. Er lachte nur in seinen schönen blonden Flaumbart, der ihm in diesen Jahren stattlich gewachsen war. Viel größer sah er aus, als da wir ihn kennen lernten. Das dunkle Braun des Antlitzes stand ihm gut.

„Schon recht, schon recht!" beschwichtigte der Böppele. Wenn Ihr es so meint beim Anlegen: — wenn Ihr es nicht für ewig meint: — dann eben nicht. Aber was Mönchsgelübde! — Das ist abgethan! Dank dem heiligen Urban, dem Besten aller Heiligen."

„Ausgenommen Sanct Johann der Täufer," sprach der Bauer ernsthaft.

„Der taufte mit Wasser, — Sanct Urban tauft mit Wein. Hujado, meint Ihr, man ist umsonst Weinwirth in Böblingen? Als ich den da plötzlich auf der Straße traf oberhalb Glurns, diesen Buben, der uns wiedergekehrt ist, wie Daniel aus der Bärengrube," — Katharina zog Hezilo an sich, — „oder wie die sieben Männer aus dem feurigen Backofen. —"

14*

„Es waren nur drei," meinte Hezilo.

Aber Katharina war noch mehr gerührt und lehnte das Köpfchen an seine Schulter.

„Oder vielmehr wie der, der mit Zurücklassung seines Mantels der Frau Potiphar entsprang: der heilige Joseph, Christi Nährvater.

„Hör' auf!" lachte der Bauer, „das war ja ein ganz anderer Joseph."

„So?" fragte der aus Boblingen gedehnt. — „Nun das ist gleich. Dann war es ein Anderer!"

„Und das muß ich dir wehren, bei Drohung harter Schläge, daß du die Jungfrau, die viel reine, edle, hochgemuthe, die mich gerettet hat, mit jenem Buhlweib vergleichst!" und heftig schlug der Jüngling die Faust auf den Marmor-Sims.

Da schaute ihm das Trinele tief, scharf, sorglich fragend in's Gesicht. Aber er merkte es nicht.

„Nun, bei Sanct Sebastian! Ich will sie nicht schmähen, die Heidenfürstin. Sie ist — —"

„Sagt, ist sie schön?" forschte da rasch eine Frage.
So scharf war der Ton, daß Hezilo rasch umsah.

Gespannt waren des Mädchens Augen auf
Böppele gerichtet.

„O — ja, — recht — angenehm so zum An-
schauen. Ein wenig — bräunlich, wie dunkles Bocksleder —"

„Aber Augen — wie — wie ein Reh!" rief
Hezilo.

„Und wie alt war sie? Sag's, braver Böppele!"

„Nun, recht schön jung, — so wie Ihr! Aber
jetzt hab' ich g'nug, des Geredes und des Gefragt-
werdens. Durst hab' ich! Nein, nicht Milch! Als
ich den Heimgekehrten auf einmal traf bei Glurns
— um die Felsecke bog er: — auf einmal hielt er da
vor mir auf seinem Rößlein."

„Und wie geschah das? Wo kamst du her des
Weges?" fragte der Bauer. „Boblingen ist doch weit
von der Etsch?"

„Ja wohl, aber ich fahre immer gern zu

Weinkäufen in die Rebgärten zu Trient und Bozen,
um die Zeit, wann sie dort billig verkaufen. Und
warum? Nur aus Liebe zu meinen Boblingern.
Denn je billiger ich einkaufe, — desto weniger
brauche ich draufzuschlagen. Und es reist sich auch
sicherer in Gesellschaft, zumal der Kirchenleute, welche
ihre Schutzheiligen und die Furcht vor dem geist=
lichen Recht beschirmen, wie Vogelscheuchen. So
weiß ich es immer so zu richten, daß ich mit
den zehn Fudern Wein von Bozen, drei Säumen
Öl und hundert Ochsen und Schweinen zusammen
von Trient und Bozen eine Strecke weit reise, welche
das Bisthum Trient als Vogtherrschaft jährlich der
Muttergottes zu Kloster Sonnenburg auf den Schos
— wollte sagen auf den Altar — legt, schon seit
mehr als zweihundert Jahren. Bischof Hartwich hat's
gestiftet. So that ich auch diesmal und zog mit ihnen
von Trient bis Bozen: erst nordwärts von Bozen
wandten sich jene gen Aufgang, ich gen Niedergang, und
traf so auf diesen Buben, der vom Wormser Joch daher

kam. Bub, sagte ich, ich kehr' mit dir um, — doch
that ich's nicht um Botenlohn, wie ich dem Gotzenbauer
vormachte; nein, um mich mit euch, mit ihm und ihr
zu freuen. Dank' ich ihm doch 's Leben. Und hab'
ich auch die Weinrosse eingestellt in Glurns· — ein
wacker Lägel vom allerbesten Bozner hab' ich mit
zurückgebracht. — Das ist mein Hochzeitsdank! Aber
antrinken können wir's schon heut!"

Damit ergriff er den großen, thönernen Wasser=
krug, der auf der Erde stand, goß sorgfältig, sehr sorg=
fältig die Neige, die darin stand, aus, eilte in den
Stall und kam bald wieder, den Krug, rothen
Weines voll, Hezilo darreichend. "Nun trinke und gieb
den Andern und erzähle weiter."

Als die Männer herzhaft getrunken hatten und
die Kleine genippt, hob Hezilo, sich den Bart
wischend, an:

"Uf! Um diesen Trunk, Böppele, verzeiht dir
unser Herrgott siebzig Lügen. — Also! — Da ich,
nachdem ich vom Gaul gerissen worden, meiner Sinne

wieder mächtig ward, merkte ich, daß ich vor einem
Heiden quer über dem Sattel lag, der mich mit einer
Schlinge an seines Rosses Hals gebunden hatte.
Wir meinen, wir „reiten" im Abendland. Meint=
wegen: — aber was ich jetzt mitmachte, das war nicht
Reiten — das war Fliegen! Mir schwanden auf's
Neue die Sinne — ich glaube: vor Schwindel. Auf
einmal erwachte ich: — von dem jähen Aufhören der
sausenden Bewegung. Ich sah um mich: Fackeln
glänzten durch die Nacht, andere Heiden — zu Fuß
— nahmen uns in Empfang: — wir hielten am
Fuß eines steilen Felsens. Die Reiter sprangen ab,
man band mich von dem Gaul los und schob mich,
— nicht ohne einiges Puffen und Knuffen —"

„Diese Unmenschen!" seufzte Katharina.

„Einen schmalen, in den Fels gehauenen Steig
hinauf — hoch — sehr hoch. Plötzlich klaffte auf,
was ich für eine Spalte im schmalen Fels gehalten
hatte: es war ein Burgthor: — noch ein Puff von
hinten und ich war drinnen. Der Führer der Reiter

— ich erfuhr später: es war der Burgherr und
Esma's Vater — winkte einen der Burgwächter
heran — er war ein „Renegat," wie sie's nennen, ein
Wälscher aus Amalfi, der bei einem früheren Kreuzzug den Hunger bei den Christen nicht mehr ausge-
halten hatte und zu den Heiden übergelaufen war.
Constantino hieß er. Der sprach arabisch und sprach
Frankistan, wälsch und auch ein wenig deutsch und
der diente uns als Dolmetsch. Er erklärte mir
die Befehle des Burgherrn: man werde mich hier gefangen halten, um mich gegen gefangene Heiden aus-
zutauschen; ich sei auf seinen, des Burgherrn, Bente-
theil gefallen. Auf mein ängstliches Fragen nach
meinem Herrn erfuhr ich, gegen ihn sei, weil er der
Heiden besten Plan vereitelt, der Anschlag gezielt
gewesen. Aber was aus ihm geworden, wußten
meine Gefangennehmer nicht, — sie seien auf der
Flucht, verfolgt von den Unseren, sogleich von den
Anderen getrennt worden. Vielleicht auch wußten sie's,
wollten's aber nicht sagen: doch meinten sie, selten

komme Einer bei dem Sturz in solche Trichtergrube
oder Löwenfalle gut davon. Da grämte ich mich
denn um den lieben, treuen, mildgütigen Vogt und
um mein eigen Los. Und am bittersten um dich,
Kleine! Und wie dir's das Herz abdrücken werde,
wenn ich gar, gar nie mehr wiederkäme."

Katharina griff rasch nach seiner Hand und strich
ein parmal darüber.

„Und obwohl sie mir nichts zu Leide thaten,
die Heiden, auch zu essen gaben sie mir — meine
Lust am Essen war nicht groß, — war mir doch
recht öd und weh zu Muthe. Sprechen konnte ich
nur mit dem Constantino, der nicht oft in der Burg
war. Und so saß ich denn den ganzen langen, langen
Tag auf dem Sande des viereckigen schmalen innern
Hofes des kleinen Felscastells und schäftete Pfeile, —
das war die Arbeit, welche sie mir zugetheilt hatten:
gewaltige, fast armslange Geschosse: denn, ließ mir
der Burgwart höhnisch verdeutschen, der kurzen
Frankenpfeile schlucke er drei mit einem Becher Wasser.

Weil ich aber den Sonnenbrand des Mittags nicht
vertrug wie die Heiden — die ihre glatt geschorenen
Scheitel ohne jeden Schutz den sengenden Strahlen
aussetzen — und den Wechsel der dann manchmal
empfindlichen Kühle der Nacht, zimmerten sie mir in
einer Ecke des Hofes einen Verschlag aus ein par
Brettern mit einem Schutzdach."

„Das haben dir die Heiden gethan? — Wohl
nur die Eine, — die: — deine Prinzessin?"

„Nein. Die wußte damals noch gar nichts von
mir: so wenig wie ich von ihr — oder daß überhaupt ein Weib in der Felsenburg athmete. Die
Heidenmänner haben's gethan — einfach aus Güte
des Herzens, — weil sie sahen, wie ich litt, — einmal
einen Sonnenstich hatte —"

„So gut können Heiden sein?" forschte der
Bauer ganz erstaunt.

„Ja, so gut! Und daß ich das gelernt habe, daß
es auch recht wackere Leute giebt unter den Ungläubigen,

das ist nicht das Schlechteste, was ich herübergetragen habe über das große Wasser.

Da saß ich denn gar trübselig und von Heim=
weh verzehrt in meinem Verschlag. Das Essen, ich ließ es stehen, — der Kummer würgte mir den Hals. Ich ward krank."

„O du armer Bub, und Alles um mich."

Viertes Capitel.

„Und ich wäre wohl bald gestorben vor Fieber und vor Verelendung. Da hat mich Eins gerettet — Eins allein! Das Leben zuerst und die Befreiung zuletzt: — Einem Ding — unter Gottes Hilfe — verdank' ich Alles — rathet: was ist es?"

Alle schwiegen. Böppele meinte zuletzt schüchtern: „Hast sie recht angelogen, die guten Heiden?"

Aber Hezilo schüttelte den Kopf: „Kann gar nicht lügen! — Nun? Ihr rathet's nicht! Auch du nicht, Kleine? Sollte mich fast kränken. Nun — wem sonst als meiner Singkunst: — meinem Pfeifenspiel!"

Da sprang der Weinschänk von Böblingen auf und rief: „Hujo ho!" und abermals „Hujo ho! Du kannst es noch besser als — Andere: das Schwänke ersinnen und das — nun halt, das freie Lügen."

Und auch der alte Iffo schaute mit seinen ernst=
haften Augen fast ungläubig auf den Erzähler: nur
Katharina, das anmuthvolle Köpflein mit dem schwel=
lenden Kinn auf beide geöffnete Hände ruhend und
die beiden Ellenbogen auf den Steintisch gestützt,
sah ihm voll freudigen Vertrauens gläubig in die
Augen.

Der zuckte die Achseln und zog den Böppele
wieder auf den Sitz zurück. „Lügen? Hab's immer
noch nicht gelernt, sag' ich, obwohl ich von Glurns
bis Meran mit dir gewandert bin. — Ich seh' schon,
es wird eben kein Sänger in der eignen Heimat ge=
ehrt; zu den Heiden muß er gehen, in die Wüste,
gerecht Gericht zu finden! Und es ist doch wahr!"
rief er, gereizt auf den Tisch schlagend.

„Verzürn' dich nicht, mein Hezilo — mein Herz,"
sprach das Mädchen, ihm die geballte Faust leise
lösend, „ich hab' es immer gesagt: du singst und
pfeifst so arg schön."

Etwas besänftigt fuhr der Sänger fort: „Wenn

nur Einer dabei gewesen wäre! Und hätt' es mit
erlebt, nur der Eine!"

„Wer, Hezilo! Da trink'," bat das Trinele,
„und sei gut? Wer?"

„Er, Herr Walther," rief der noch immer erbost.
„Der mich gar nichts gelten lassen will."

Er trank zornig einen großen Schluck und setzte
den Becher heftig auf den Tisch, daß ein par Tropfen
übersprangen, — sorglich wischte sie das Trinele weg.

„'s ist wohl der Neid!" beschwichtigte die Liebende.

„Nun also — wie war's aber?" ermahnte der
Alte.

„Da saß ich denn eines heißen Mittags in mei=
nem Verschlag und dachte an euch beide, zum Sterben
traurig. Das Herz that mir weh im Leibe. Und
ich drückte die Hand darauf. Da griff ich auf etwas
Hartes: meine Schwegelpfeife war's, die ich immer
innerhalb des Wammses trug. Ich hatte ihrer ganz
vergessen. Es war mir nicht um's Pfeifen und
Singen gewesen. Aber jetzt — die Sehnsucht nach

der Braut, nach der Heimat kam mir übermächtig, —
jetzt zog ich das alte Ding hervor — und küßte es
und die Augen wurden mir feucht —"

Katharina's Augen wurden da mehr als feucht.

„Und setzte sie an den Mund und blies meine
eigene — selbstgefundene — Weise darauf. Und die
die alten Töne schallten, die ich so oft hier, an dieser
Stelle sitzend, geblasen."

„Ja, leider!" dachte der Alte; aber er sagte es
nicht.

„Da mußte ich laut aufschluchzen. Und das that
mir wohl! Und darauf sang ich:

> „O weh, wie ist so ferne
> Mein Lieb mir und mein Land!
> O weh, wie stürb' ich gerne:
> Dann wär' mein Leid gewandt."

Und darauf blies ich wieder, so stark ich konnte.
Es ging nicht ganz so schön, wie sonst. Denn ein
Rohr war zerknickt, das andere war ganz weggebrochen.
Aber doch: diese meine Kunst hat mich gerettet!"

„Wie das?" fragte Böppele, immer noch staunend.

„Aufgerissen ward plötzlich die angelehnte Thür meines Verschlags und vor mir stand: — sie!"

„Die Heidin?" fragte Katharina, ward sehr blaß und hob sich von der vorgebeugten Stellung ganz zurück auf ihren Sitz.

„Ja, Esma war es. Und neben ihr stand Constantino, der rundliche, und winkte mir."

„Wie sah sie aus?" fragte das Irinelein gespannten Blickes.

„Das hab' ich damals noch nicht wahrnehmen können. Denn dicht verschleiert stand sie vor mir, — ein par Sclavinnen dabei, — das Haupt und das ganze Gesicht verhüllt in ein gar feines weißes Tuch: — nur ein Auge war sichtbar —"

„Und das war? Wie war es?"

„Recht schön, Liebste! Groß und dunkel, aber doch unheimlich, so wie ein Gespuk, blickte es damals aus der weißen Wolke. Nun, Constantino winkte mir also, der Herrin und den Sclavinnen zu folgen

in das Innere der Burg; und erzählte mir unter=
wegs, die Jungfrau habe zu ihrem Gemach mein
Spiel und meinen Gesang hinaufklingen hören und
— nun kurz und ohne mich in Worten zu loben:
— die Werke haben's ja bewiesen — sie war ent=
zückt! Sie erklärte, nie, bei allen Festen der Heiden
— und sie hatte doch schon manches mitgemacht,
seit sie erwachsen —"

"Wie alt war sie?" forschte Katharina.

"— Sechzehn, sagte der Wälsche, — habe sie je
so was Wunderliebliches gehört wie meine Pfeife und
meinen Gesang. Das sei schöner als Cymbalon,
Flöte und Laute. Und von diesem Tag ab mußte
ich jeden Mittag zu ihr in ihr Gemach kommen. Da
waren immer viele Sclavinnen; und ein Spring=
brunnen war mitten im Marmorboden; und glänzende
fremde Vögel flogen kreischend auf Wipfeln von
Palmen, die in hohen Erdkübeln standen, — ja und
in dem Wasserbecken des Springbrunnens schwammen
goldne und silberne Fischlein: — ich dachte anfangs,

sie seien wirklich von Metall gemacht. Aber da lachten mich Esma und die Mädchen aus und patschten vor lauter Freude über meine Thorheit in die kleinen braunen Hände."

„Also braun! — Auch die Gesichter?" Und Katharina schlug ein Kreuz. „Die heilige Jungfrau bewahre jedes fromme Mädchen vor solcher Miß= farbe!"

„Nun, nun. Es ist nicht so übel, — man ge= wöhnt es. Daß mir das Weiße lieber ist," beschwich= tigte er rasch, „das . ."

„Geht daraus hervor," fiel der Böppele ein, „daß er jetzt da sitzt und nicht ein Heidenprinz gewor= den ist."

„Nun kurz: die Herrin faßte recht warme Freund= schaft zu mir."

„Blos auf's Pfeifen hin?" meinte die Kleine. „Reden konntet ihr ja nicht mit einander!"

„O doch! Man spricht da drüben das Franken= Latein: das ist halb wälsch, halb französisch: — jeder

15*

faßt es leicht, — schon auf der langen Seefahrt lernt'
ich es — und Esma hatte es gelernt von einer
Tochter des Fürsten Boëmund von Antiochien, welche
die Heiden auf der Pilgerfahrt nach Jerusalem gefangen
und über ein Jahr auf dem Bergschloß festgehalten
hatten, bis ihr Vater sie löste, mit schwerem Gelde.
Also — wir verstanden uns schon! Und von meinem
Siechthum war ich geheilt: war ich doch nun nicht
mehr, gott- und weltverlassen, einsam unter den Heiden!
Gar freundlich und gütig sorgte die Jungfrau für
mich, gab mir schöne Kleider, redete mir zu und
tröstete mich anfangs auch der Hoffnung auf Heim=
kehr. Und eine Zeit lang mußte ich ihr nur immer
vorpfeifen und vorsingen."

„Wie einen Papegau hat dich das Kind gehal=
ten!" lachte der Böppele.

„Allein obwohl ich in den ersten Wochen stolze
Freude an meiner Kunst hatte, die nun einmal zu
vollen Ehren kam, — allmälig ward es mir doch
langweilig, so immerfort das Gleiche. Aber Esma

konnte nicht genug davon kriegen. Sie sah mich dabei so selig an, mit ihren schwimmenden großen Augen! Freilich, manchmal merkte sie es gar nicht, wenn ich nicht mehr blies — weil mir der Schnaufer ausgegangen war — und ich mir das Schwegelrohr nur hin und her schob an den Lippen: — sie sah mich immer gleich ergriffen an. So ging es viele, viele Tage.

Damals nun war es, daß dieser wackere Weinschänk und Herbergvater gefangen eingebracht ward von ein par Reitern."

„Aber Böppele!" fragte der Bauer. „Zwar, — ein Floh und ein Schwab kommt überall hinein, sagt ein Sprichwort."

„Ein Wahrwort!" bekräftigte der von Boblingen mit Stolz.

„Aber wie, in Sanct Johannis Namen, bist du denn in jenes Felsennest im tiefsten Morgenland gerathen?"

„Ach Vater," bat Katharina, „das soll er uns

nachher erzählen. Jetzt müssen wir doch wissen, wie's mit der Heidin weiter ging."

„Gleich, Kleine," lachte Hezilo. „Nur das will ich vom Böppele hier schon rühmen, daß er sich ganz unverschreckt gehalten hat, als ihm der Tod schon ziemlich nahe war. Er sagte nichts und machte ein ganz stolz Gesicht."

„Das ist mir schwer genug geworden!" meinte der Gepriesene. „Ich lebe recht gern — ich thu' eigentlich gar nichts lieber als eben — leben! Aber diese lederfarbigen Heidenteufel sollten nicht singen und sagen, daß sich ein Boblinger Bürger, ein freier Schwab, vor ihnen gefürchtet habe."

„Aber warum wollten sie gerade dem an's Leben und dir nicht?" warf der Alte dazwischen.

„Weil sie ihn, nachdem sie ihn griffen, sogleich als Ordenspriester erkannten. Die Mönche hassen sie aber mehr als die Wehrmänner der Franken, weil jene viel als Späher dienen und oft recht falsch und tückisch sind. Da mir aber der Gefangene betheuerte, er sei gar kein Mönch, — als welchen er sich früher freilich ausgegeben! — vielmehr ein Wein=Mischer, und weil ich mich bei der Herrin hierfür verbürgte, gelang es mir, ihr sein Leben und bald auch seine Freigebung abzubetteln. Sie schlug mir nicht leicht was ab, die Kleine! Nur als ich einmal meine eigene Frei= lassung verlangte, — von der sie doch früher selbst zuerst gesprochen hatte, — da sprang sie auf von ihrem Pardelfellen=Lager und stopfte mir den Mund."

„Mit was?" fragte die Hörerin blitzschnell.

„Mit einem süßen Gebäck, das sehr stark nach Rosen roch: so echt heidnisch! Aber schmecken that es gut. Und die Ober=Sclavin ließ mir durch den Constantino sagen, die Herrin verbiete mir, je wieder von meiner Freiheit mit ihr zu sprechen. „Was geht ihm hier denn ab?" habe die Herrin gefragt. Und dazu geseufzt: „Ach, er ist freier denn ich."

Dabei machte ihr ein Ding viel Vergnügen, mir aber — anfangs — manche Schwierigkeit des Verstehens. Sie bestand darauf, mich bald „Arslan", bald „mein Assad" zu rufen. Ich wußte lange nicht, wen sie damit meinte."

„Arslan? Und gar mein Assad!" fragte das Trinelein etwas mißtrauisch. „Warum? Was heißt das?"

„Beides heißt: — Löwe," erwiderte der Heimgekehrte, ganz verschämt.

„Nun," lachte der Schwabe, „wie ein Löwenthier siehst du nicht her! Habe zwar nur einmal eines gesehen: und das lag glücklicherweise hinter starken Eisenstäben auf dem Deck des Schiffes, — der Emir von Damaskus schickte es dem Kaiser zum Geschenk für dessen großen Thiergarten zu Palermo. Wär' ich der Kaiser gewesen, — ich hätte mir was Liebres gewußt als so ein Unthier, das täglich ein par Pfund Fleisch kostet. Und mußt noch froh sein auch, wenn's recht viel frißt! — denn dann ist's gesund! — Nein, einem Leuen siehst du nicht ähnlich, Bub."

„Mag wohl sein. Aber das ist dort zu Land ein Schmeichelwort, wie wenn ich hier zu Land das Trinelein mein Täubchen nenne. Und dann machte

sie einen Spruch auf mich, auf arabisch — oft, gar
oft hat sie ihn mir vorgesagt: — leider verstand ich
ihn nicht! — bis der Wälsche mir ihn deutete: da
hieß es: mein Liebling hat das Herz des Leuen und
hat des Leuen Mähnenhaar: aber hell, wie ein
weißes Roß."

„Was? Wie ein Schimmel?" zürnte die Kleine.

„Nun, das sollte ein feines Lob sein. — Und
endlich, endlich kam's zu Tage: — nach Monaten. —
Der Renegat theilte mir's mit im Namen des Burgherrn, was ihr ja wohl schon merkt! Nämlich eines
Tages ward ich nicht mehr herauf befohlen in den Gang
mit den hufeisenförmigen Bogen: man ließ mich wieder
ruhig Pfeile schäften in meinem Verschlag. Esma sei
erkrankt, schwer erkrankt, sagte mir der dicke Constantino.
Und ihr Vater sei benachrichtigt worden und der habe
nach einem großen, fast wie ein Prophet verehrten Arzt
in der nächsten Heidenstadt gesendet. Und alsbald
brachte der es heraus: die Kleine sei krank aus lauter
Liebe zu mir. Und der Arzt that den Ausspruch:

man müsse ihr entweder-diese Phantasia durch Lachen
austreiben, oder, falls dies mißlinge, sie mit mir vermählen: sonst werde sie nicht wieder gesunden.

Und sie machten ihr nun allerlei Kurzweil vor,
ließen einen drolligen Zwerg kommen und Gaukler,
auch Affenthiere, alles an meiner Statt! Aber die
Jungfrau, statt zu lachen, weinte und wandte das
Antlitz von den Affen ab und gegen die Wand.

Da sprach der Arzt: „Nun hilft nur noch die
andere Arzenei.“

Und der Burgherr, der sein Töchterlein über
Alles liebte, sagte ja und ließ mir durch den Wälschen
künden, ich möge mich nur bereit halten, nächstens sei
die Hochzeit: das Christenthum brauche ich nicht abzuschwören. Danach fragt man dort zu Lande wenig.
Es heirathen ja auch viele Franken Heidinnen, ohne
diese zu taufen. Da waren sie nun sehr erstaunt,
der Dicke und die Sclavinnen und die Anderen, als
ich rundweg nein sagte. Die Prinzessin bestand darauf, das von mir selbst zu hören. Gar schämig er-

röthete sie, als ich an ihr Lager geführt ward, und sie zog den Schleier wieder vor, den sie lange nicht mehr getragen in meiner Gegenwart. Ich aber sprach: „O Esma! Ihr seid gar gütig und mild gegen mich armen Gefangenen gewesen: und Ihr seid auch sehr schön und hold — denn das war die reine Wahrheit, Kleine, und nicht geschmeichelt! — aber ich kann Euch nicht heirathen: denn ich liebe schon eine Andere und bin ihr anverlobt für Leben und Tod."

Da hob sie den Schleier ein ganz klein wenig und sprach mit trauriger Stimme: „Edler Franke, mein Löwe, das sagst du nur aus Schonung für mich: die Verschmähung minder hart zu machen."

Ich aber rief: „Nein, o nein, Esma! Und hier das Wahrzeichen, daß ich nicht lüge! Hier, seht: — diese blonde Flechte," — und ich holte sie mit dem viel geküßten und von vielen Thränen beträuften blauen Bande hervor aus meinem Brustlatz, — „das ist das Haar meiner lieben Braut."

Da nahm sie mir das Haar aus der Hand.

hielt es in den Sonnenschein, daß es golden leuchtete, blickte es lange schweigend an, und seufzte: „Selig das Haar und selig das Haupt, zu dem es ge= hört. Es ist wunderschön: es gleicht dem deinen. Sprich: ist auch ihr Antlitz schön wie deines?" O nein," rief ich. Viel tausendmal, viel tausendmal schöner, denn ich bin ja gar nicht hübsch. Sie aber ist —"

Da gab sie mir die Flechte, winkte mir mit der Hand, zu gehen, und sank auf die Polster zurück, das Antlitz ganz in den Schleier hüllend. Ich glaube, sie weinte. Aber Trinele, was hast du? Du weinst ja?"

Zwei große Thränen glitten langsam über die Wangen des Mädchens, das sich nun wieder vor= gebeugt und mit athemloser Spannung gelauscht hatte.

„Arme Prinzessin! Arme, gute Heidin!" sagte sie schluchzend, während ihr Hezilo die Zähren weg küßte. „Aber du sahst sie wieder?"

„Nur einmal noch: — als sie mir zur Rettung verhalf.

Der Kampf war wieder heiß entbrannt. Ich
merkte das schon daran, daß starke Scharen zu Fuß
und zu Pferd nun fast täglich in der Burg eintrafen,
auch Kamele und allerlei Kriegsgeräth: nach kurzer
Rast, ausgerüstet, gewaffnet, auch mit den Pfeilen,
die ich geschäftet hatte, zogen sie weiter. Und die
alte Besatzung der Burg, die Krieger, die mich nie
unfreundlich behandelt, warfen mir jetzt wilde Blicke
zu. Auch ein Wurfmesser fuhr einmal dicht an meinem
Kopfe vorbei in die Thür meines Verschlages —"

„O Jesus!" schrie das Mädchen auf.

„Und bald, nachdem ich die Herrin verlassen,
theilte mir der Wälsche mit, was ihr schon wißt,
daß wegen eines freveln Treuebruchs der Templer
vom Heidenkaiser Befehl ergangen sei, alle gefangenen
Christen hinzurichten. Der Burgherr wollte nun das
seinem Töchterlein gern ersparen: aber er sagte, er
müsse seinen Treue=Eid halten: seinen Eidam freilich
brauche er nicht zu tödten. Da sah ich wohl, daß
mein letztes Stündlein bald heraufkam."

„Aber, Bub, haſt du denn wirklich ſterben wollen?
Mir das anthun? Um meinetwillen ſterben! O
Hezilo — wie böſe von dir! — — Haſt mich denn
gar ſo lieb?" rief ſie, laut weinend, aber dazwiſchen
doch ſelig lachend, ſprang auf, warf beide Arme um
ſeinen Hals und küßte ihn auf die Augen.

„Ha," lachte der und machte ſich leiſe los. „Daß
du jetzt ſo fragen kannſt! Und wär's dir denn lieber
geweſen, — wenn ich die Heidin? —"

„Ja," fiel der Alte nachdrückſam ein. „Ja! So
hat ſie gewählt, bevor ſie wußte, daß du gleichwohl
gerettet warſt."

„Ja, das iſt wahr! Jetzt wär' es freilich keine
Kunſt, ſo reden," meinte der Böppele, fein lächelnd.
„Aber ich hab' es ſelbſt heimlich mit angehört: — bevor
ſie wußte, wie es dir ergangen, hat ſie geſagt: „Lieber
tauſend Heidinnen ſoll er heirathen und mich ver=
geſſen, als daß er ſtirbt, der gute Bub." 's iſt wacker
von der Dirn. Obzwar Frau Zahme eine wunder=
gute Wandlung des Gemüthes in ſich erfahren hat

— Dank dem heiligen Sebastian! — Das thäte sie doch auch jetzt vielleicht dem Trinelein nicht nach."

„Das thäte jede, die liebt," meinte die Kleine. Und setzte sich, mit glühenden Wangen, wieder von dem Geliebten weit hinweg.

Jetzt kam an den die Reihe, die Wimpern zu wischen. Aber er that's mit rascher Bewegung und fuhr gleich wieder fort, zu erzählen.

Fünftes Capitel.

„So saß ich denn Nachts in meinem Verschlag auf den dürren Palmenblättern, die man mir als Lager aufgeschüttet hatte. Schlaf kam nicht über meine Augen. Ich stützte den Kopf auf beide Hände, und dachte, daß ich nun wohl nur noch zwei Nächte zu leben hätte. Und holte meine treue Schwegel=pfeife hervor und blies, mir selber zu Trost und Herzensausschüttung, gar kläglich meine Weise — ohne zu singen — ich konnte nicht singen, vor lauter Weh.“

„Mein armer, treuer Bub!“

„Da auf einmal hörte ich ein mißtönig gellend Geschrei: ein Gebrüll, wie ich's auf Erden nie ver=nommen. — Ich erschrack bis in's tiefste Herz hinein: — ich leugne es nicht! Ich glaubte, der Höllen=könig gelle so: — denn es war nichts Geheures!“ —

Vater und Tochter öffneten weit die Augen voll Grauen. Aber der Böppele lachte vor sich hin.

„O Bub, — wie war's denn?" forschte die Kleine. Es graute ihr gar arg: aber sie wollte doch noch mehr von diesem Gruseln kosten.

„Ja, ich kann dir's auch nicht weiter schildern. Stelle dir vor, du hörest ein Schwein grunzen: — aber nicht ein gewöhnliches, sondern ein Schwein, — zehn, zwanzig Mal so groß und stark wie ein Etsch-Eber ist — und demgemäß das Geschrei. Mir verging das Blasen: — da hörte das Gebrüll gleich auf. Nun dachte ich mir: oft hab' ich sagen gehört, daß die bösen Geister die edle Tonkunst nicht vertragen können: wie vor Davids Harfenspiel der Unhold wich aus König Saul. Und da kam mir der Muth wieder: — ein gut Gewissen hatt' ich: weder Christum noch das Trinele abzuschwören oder zu verleugnen hatte ich je auch nur den scheuesten Gedanken gehabt: — Neugier oder eine Art Trotz kam dazu — kurz, ich blies nochmal. Aber da fuhr ich auf mit Entsetzen.

Denn nicht nur ergellte das zornige Wehegeschrei des Ungethüms auf's Neue, schrecklicher als zuvor — auch schwere, schwere Tritte dröhnten auf dem Stein= pflaster des Hofes! Näher, immer näher kam es meinem Verschlag: — Trott, Trott —"

„Hezilo, ich bitt' dich mit aufgehobenen Händen, mach's kurz: — ich halt's nicht mehr aus!"

„Aber, Kleine, da sitzt er ja — du siehst es: der Teufel hat ihn damals noch nicht geholt!"

„Plötzlich packte von oben her eine furchtbare Gewalt, wie mit einer Riesenzange, das Brett, das meinem Verschlag als Dach diente, riß es mit einem Ruck aus Nägeln und Fugen, daß es nur so krachte, schleuderte es zur Erde — und im hellen Mond= licht erschien über mir das Haupt einer thurmhohen Gestalt: zwei kleine Äuglein blinzelten auf mich nieder; — zwei armlange weiße Hauer, wie von Ebern, aber viel, viel länger, blitzten im Mondenscheine: — zwischen diesen schwankte und baumelte etwas wie ein gewaltiger Arm und das schien nach mir zu greifen."

„Gott beschütze uns in Gnaden," sprach der Alte: die Kleine konnte nicht mehr sprechen, sie stöhnte leise.

„Ja, Vater, auch mir vergingen die Sinne. Ich wollte um Hilfe schreien: — die Stimme versagte mir. Da, um die Wächter herbeizurufen, setzte ich in Verzweiflung die Pfeife an den Mund und pfiff und blies aus Leibeskräften, wie ich noch nie geblasen im Leben.

Jetzt schrie das Ungeheuer laut auf — seltsam, wie in bittrer Qual —: auf that sich unter dem, was ich für einen Arm gehalten, ein furchtbar großer, weit klaffender Schlund."

„Hat es dich gebissen?" schrie das Mädchen. „Wo?"

„Nein! Der Arm faßte die Pfeife wie mit einem Finger, riß sie mir mit Riesenkraft vom Munde und — — schleuderte sie in den klaffenden Rachen. Sofort, wie beschwichtigt, wandte sich nun das Scheusal, drehte mir seinen berghohen Rücken zu, von dem ein ziemlich kurzes Schweiflein herabschwänzelte, und trabte, wie

16*

vergnügt, wie nunmehr so recht befriedigt, brummend davon im Mondlicht."

„Und hat dir nichts zu Leid gethan?"

„Gar nichts. Nur die Pfeife — —"

„Wahrlich," sprach der fromme Bauer, „du darfst dem starken Himmelsherrn danken, der dir den Fürst der Hölle selbst hat abgewehrt."

Aber Hezilo lachte.

Und der Böppele lachte noch mehr. „Ach was Höllenfürst! Ein Thier war es: heißt Holifant oder auch Elephas, hat einen langen Rüssel und ist so hoch wie ein junger Weinberg."

Jedoch das Mädchen sah ungläubig den Erretteten an und sprach: „Ist nicht wahr! gelt Hezilo? Der Ungläubige spottet unser. Es war wohl — der Gar-böse. Wie käme so ein Thier in jene Burg?"

„Es wird von den Heiden im Kriege verwendet," antwortete Hezilo. „Und war am Abend mit den Kamelen ohne mein Wissen hereingekommen. Ich hatte nie im Leben eines gesehen. Und so komme

ich doch nicht gar zu feig und dumm dabei heraus.
Übrigens gilt der Elephas als das weiseste der Thiere."

„Ja," bekräftigte der Boblinger. „In Sonder=
heit liebt und versteht es die edle Musica: es tanzt
danach: man lockt es und zähmt es mit Cymbelklang.
Es lernt selber gar meisterlich die Flöte blasen, — bläst
niemals falsch! — und leidet bitter, viel bittrer
als ein Menschengemüth, gleich manchem Jagdhund,
unter falschen Tönen. Und das hat sich in diesem
Fall erwahrt: — denn, deine edle Heidenprinzessin in
allen Ehren! Aber das Holifantenthier hat einen
feineren Sinn für Musica gezeigt als sie."

Hezilo hob lachend die Faust: „So sprach —
aus gutgemeinter List —! auch ein gar weiser Heide,
wie ihr vernehmen werdet. Aber höre, Böppele: ich
habe nie was dafür verlangt, daß ich dir die Frei=
heit verschafft habe. Doch jetzt bitt' ich mir eine
Gegengabe von dir dafür aus."

„Alles, mein Bub, was du willst. Denn Frau
Zahme wirst du mir doch kaum abfordern!"

„Nein! Aber ein Gelöbniß: schwöre mir hier vor diesen beiden Zeugen, die Geschichte von dem Elephas Einem Menschen nie zu erzählen.“

„Ich schwöre. Wem?“

„Allen meinetwegen: nur nicht Herrn Walther von der Vogelweide. — Aber höret weiter. Wie mich meine Sing= und Pfeifenkunst das erstemal aus meiner hinsiechenden Trübsal erlöst und in die Gunst der feinen Jungfrau erhoben hat, so gedieh mir mein Blasespiel — sogar noch im Bauche des Thieres Elephas! — zur Befreiung.

Esma hatte von der Gefahr, die mich bedrohte, wohl vernommen, aber umsonst sich bemüht, mich zu retten. Die Wächter am Thor hatten strengen Befehl, mich nicht entrinnen zu lassen. Auch ihr Versuch, sie durch Gold zu gewinnen, schlug fehl. Da erfuhr der Arzt, der zu ihrer Pflege in der Burg geblieben, den seltsamen Vorfall mit der Pfeife. Und der hatte längst gesagt, wenn er die Herrin nur einmal zum Lachen bringen könne, dann hoffe er sie aus ihrer

Liebeskrankheit — denn so was war es wohl — in's gesunde Leben wieder hinüber zu retten. Und da der Weise die Geschichte erfuhr von dem Wälschen, dem ich sie erzählt, da lächelte er: „Vielleicht hilft das." Und ging zu der Kranken und sprach: „Der Segen des Propheten sei mit dir! Siehe, was dich zuerst berückte, das hat nun der Elephas gefressen. Vielleicht ist damit der Zauber gelöst. Und zürne nicht, o Herrin. Aber" — und so redete er nicht etwa aus Überzeugung, sondern, wie ein kluger Heilrath manchmal thut, in Verstellung seiner wahren Meinung — „das kluge Thier hat mehr Urtheil über die klingende Kunst, denn du, o Gebietigerin des Scharfsinns. Denn wahrlich, wahrlich, ich sage dir: greulich war, was dein Liebling da vor sich hin blies." Und er schilderte ihr, wahrscheinlich mit wenig Schonung meiner, meinen Schrecken und wie ich das dicke Thier für ein Luft=Gespenst gehalten.

Da lachte die Kleine hell auf."

Und da alle seine Hörer jetzt auch lachten, lachte der Erzähler gutmüthig mit.

„Sie patschte in die zierlichen Hände und rief — natürlich auf arabisch —: „Aus ist's! Aus ist's mit der Thorheit: 's war, will mir dünken, doch nur ein Wahn, so eine Phantasia. Und wenn der hübsche Rohrpfeifer einmal nicht mein werden will, — ei, so mag er's lassen! Aber sterben soll er nicht, wenn Esma das wenden mag! Heim soll er kehren, zu seinem sonnenhaarigen Lieb in Frankistan, und mir soll er die Rettung danken." — Und nun steckte sie, auf einen Schlag genesen, mit dem weisen Arzt das kluge Köpflein zusammen zu langer Berathung. Und das Ende davon war, daß der Befehlshaber der Thor=wachen — er war just nicht mein Freund und das Messer, das neben meinem Ohr vorbeigeflogen, paßte verdächtig gut in seine seitdem leere Dolch=Scheide — vor mich hintrat, den Arzt an der Seite, und sprach: „Die Herrin hat unstillbares Seh=nen nach deinem Gepfeife Der weise Malik sagt, die Herrin müsse sterben, hört sie es nicht mehr. Also pfeife."

„Ich kann nicht," sprach ich. „Denn meine Pfeife fraß das dumme Thier."

„Das Thier," erwiderte der zornig, „ist viel klüger als du bist, du Sohn eines Hundes und Enkel eines Schweines. Du aber mache dir ein andres Pfeifgeräth. Hier liegen ja allerlei Halme im Hof."

Ich zuckte die Achseln und sprach: „Auf eurem einfältigen Palmenstroh kann man nicht blasen. Schilf muß es sein."

Da sprach Malik, der weise Arzt: „In dem Teiche nahe vor der Burg wächst hohes Schilf. Laß ihn, in sicherstem Geleit, hinreiten und sich schneiden, was ihm tauglich ist zu seinem scheußlichen Blasen. Nur er kann das auswählen. Wir Frommen wissen nichts von solchem Mundwerkzeug. Die Herrin reitet mit. Sie hat's befohlen."

Und so geschah's.

Und wunderte mich, daß die Herrin nicht, wie

sie sonst gethan, wann sie zuweilen ausritt, ihren kleinen
Zelter zu satteln befahl, sondern das feurigste, rascheste
Thier der ganzen Burg: einen unvergleichlichen, ara=
bischen Rapphengst, den sonst nur ihr Vater bestieg.

Mich aber machten sie recht schwach beritten.
Der Führer der Thorwächter wollte mich zuerst gar
nicht aus der Burg lassen, — er selbst durfte sie nicht
verlassen, — und schob mir endlich mit Hohn einen
alten Maulesel vor, der auf einem Vorder= und einem
Hinterfuß lahmte und nur gebraucht wurde, Wasser
aus der Cisterne in die Hochburg zu tragen; und er
sprach: „Flieht der Frankenpfeifer auf diesem Thier,
will ich's mit Bart und Kopf bezahlen." Und mit
der Herrin, zehn Reitern, und vielen Sclavinnen
ritten wir aus der schmalen Pforte der Felsenburg.

Mir war, ich kehrte aus der Gruft in's Leben
zurück, da ich nicht mehr die verhaßten Mauern des
engen Burghofs um mich sah: an Rettung aber
dachte ich nicht. Da hielt die Herrin, die weit den
Andern vorausgesprengt war, bis ich ihre Sattelseite

erreichen konnte, und sprach zu mir: „Siehst du, Franke, da oben die Wolke, die im Dreieck zieht? Schwarzreiher sind's. Gen Westen ziehn sie. Im Westen steht die nächste Schar der Franken."

Dann schnalzte sie nur ein klein wenig mit dem Zünglein und vorwärts flog wieder das edle Roß, unerreichbar für mich und für alle Andern.

Bald kamen wir in die Nähe des Teiches. Schilf, brauchbar für die Pfeife, wuchs da in Menge. Der Teich war tief, nur schmal, aber sehr, sehr lang.

Die Herrin befahl, etwa drei Bogenschüsse weit von dem Teich, allen Andern, zu halten, und mir allein, ihr an des Teiches Rand zu folgen. „Ich will sehen," sagte sie dann dem Führer der Bedeckung, „welche Art von Röhren er braucht: — damit ich sie selbst mir schneiden und mir selber was vorblasen kann — nach seinem Tode."

„Es hat nicht Gefahr!" meinte dieser. „Auf seinem Eselkrüppel holt ihn die Schildkröte ein."

Wir ritten nun selbzweit an den Rand des
schilfigen Teiches: auf einem Sandhügel blieben die
berittnen Pfeilschützen und die Sclavinnen zurück und
stiegen ab.

Angelangt sprang ich, dann glitt Esma herab: sie
ließ sich nicht von mir berühren, oder irgend helfen.

Mein Jammeresel legte sich müd in den Sand.
Mich wunderte, daß sie den Hengst am Zügel mit
sich führte.

„Schneide!" gebot sie mit gebieterischer Bewegung und reichte mir, es plötzlich aus ihren Sattel-
tüchern herausziehend, ein trefflich Schwert.

Aber mir war's nicht um's Pfeifenschneiden. —
Ich hatte keine Aussicht, lange mehr zu pfeifen; und
ihre Andeutung, daß sie nach meiner Hinrichtung
selber munter weiter blasen wolle, — ich gesteh' es
— verdroß mich ein wenig.

„Ich mag nicht," sagte ich.

Da hob sie — die Bogen-Schützen von dem
Sandhügel blickten scharf auf uns — die mit Gold

und Edelsteinen bedeckte Reitgerte von Krokodilhaut und schlug mich über den Rücken."

„Die Abscheuliche," zürnte Katharina.

„Lautes Lachen schallte vom fernen Hügel her.

„Schneide, sag' ich," wiederholte sie, „wate in den Teich! — So wahr du deine — die — mit den blonden Flechten — wiedersehen willst."

Nun ahnte ich was; zwar noch nicht Alles.

Aber während ich langsam hinein watete und mit dem scharfen, krummen Säbel Schilfhalme schnitt, erzählte sie mir, wie Malik sie geheilt. „Mein Pfeiferlein," schloß sie, „denket beide Esma's in Frankistan. Siehst du die Reiher? Ihnen folge quer durch den Teich — und sei frei."

„Ach, Herrin, nicht schwimmen noch laufen kann dies elende Maulthier."

„Nein, aber dieser Edel-Hengst! Schwinge dich drauf — schwimme, flieh! — und sei glücklich. Du warst Esma's Thorheit: — mit dir flieht auch ihr Wahn. Drum, Wahn — lieber Wahn! — fliehe rasch."

„Aber, du, o Herrin?" fragte ich), „was wird dein
Los? Was wirst du thun? —"

„Heirathen werd' ich, bevor der Mond sich neut.
Der weise Malik hat es in den Sternen gelesen,
daß des Sultans Neffe, mein Vetter, mein Schicksal ist. Und mein Schicksal hat auch schon um mich
geworben. Er ist viel bräunlicher und gewaltiger wie
du. Und hat einen wunderschönen, schwarzwallenden
Bart — bis hieher — bis an den Gurt. Mach,
daß du in den Sattel kommst! Warst du auch nur
eine Laune, eine Krankheit Esma's, — du warst mir
lieb und sollst nicht sterben, kann ich's hindern. Du
raubst mir das Roß mit Gewalt: — hörst du? rasch!
— Wirf mich in den Sand."

Das vermocht' ich nicht. Ich sprang nur auf
das ungeduldig scharrende Thier.

Aber sie selbst, da sie mich sicher im Sattel sah,
warf sich nun, laut um Hilfe schreiend, nieder.

Schon schlug das schmutzige salzige Wasser mir
hoch über das Haupt: — erst da sah ich um, rief:

„Grazia!" — das heißt „Dank" — sie winkte mit dem weißen Schleier: — und weiter trieb ich den schnaubenden Hengst zur Eile.

Wohl hatten die Bogenschützen, als sie die Herrin fallen sahen und schreien hörten, sich rasch auf ihre Gäule geworfen, und schon jagten sie vom Sandhügel herab mir nach mit wildem, gellendem Schrei — vergebens! Keiner holte das Prachtroß ein! Die Schwimmenden blieben weit zurück, die den langgestreckten Teich um-reiten wollten, kamen viel zu spät. — Von den auf den Pferden Schwimmenden zielte einer scharf, mitten im Wasser: — sein langer Pfeil — ich hatte ihn wohl selbst geschäftet — flog mir durch den weiten Ärmel meines erhobenen, das Roß treibenden Armes: — aber so wie das Thier den schmalen Teich durchschwommen hatte, war ich gerettet. Windschnell, sausend, trug es mich davon. Ein Blick auf die Reiherwolke gab mir die Richtung — ich trieb und hetzte den herrlichen Renner den Reihern nach — und bevor die Nacht her-nieder sank, erreichte ich die Vorhut der Franken: —

deutsche Herren waren's, — nördlich von Joppe, bei
Datum. Danach schlief ich lang und schwer, anderthalb Tag lang. Den kostbaren Hengst, der mich gerettet,
Esma's letztes Gunstgeschenk, verkaufte ich zu Gaza an
die Templer. Der Erlös war so hoch, daß er nicht nur
die Küstenfahrt von Joppe nach Affon und von dort
nach Amalfi bestritt, sondern noch so viel Überschuß
gewährte, daß ich ohne Noth über Perugia und Mailand und das Wormser Joch bis hieher gelangen
konnte.

Und hier ist das Messer, das der Thorwart
nach mir geworfen hat," — er zog es aus dem
Wamms und legte es auf den Herdsims: schaudernd
befühlte die Kleine die haarscharfe Spitze — „und
in meinem Rucksack steckt, sorgfältig verhüllt, der
krumme Säbel, dessen Griff und vergoldete Scheide
reich besetzt sind mit gar manchem bunten Stein."

„Die schenken wir der heiligen Jungfrau, der heiligen Katharina und der heiligen Gertrud," sprach
das Mädchen mit gefalteten Händen.

„Ja: jeder Einen!" nickte der Schwabe. „Aber die andern schenken wir der andern Katharina; . die ist zwar nicht so heilig, wie die im Himmel, aber sie kann's besser brauchen: — als Schmuck zuerst, als Nothpfennig auch vielleicht einmal."

„So warst du nicht in Jerusalem und nicht in Rom?" fragte Iffo.

Hezilo schüttelte den Kopf: „Nach Jerusalem war noch der Weg nicht frei. Der große Kaiser stand gerade in Verhandlungen mit dem Sultan, friedlichen Besuch der heiligen Stätten den Pilgern zu erwirken. Nach Rom aber! Ja wohl! Weit ausweichen mußte ich, um des Papstes Gebiet zu meiden. Der heilige Vater führt ja scharfen Krieg mit dem Kaiser, sengt und brennt in dessen wälschen Landen, und seine Legaten haben gedroht, jeden Deutschen, den sie greifen, wenn er nicht dem gebannten Kaiser absagt und dem Papste Gehorsam schwört, als Feind gefangen zu setzen.

Und es zog mich zu Euch, nach Hause, nach

meinem „Außenhof" und mehr noch nach dem
„Innern". Und ich habe dem Herrn Bischof nicht
gelobt, Christi Grab zu Jerusalem zu besuchen, oder
den Papst in Rom, sondern nur, ein Jahr im heiligen Land zu leben. — Das hab' ich erfüllt, —
sogar zweimal gerechnet."

„Könntest zwei Trinelein heirathen," meinte der
Schwabe.

„Es giebt aber nur die Eine," jubelte der
Frohe, „und die wird nun bald Bäuerin im
Außenhof."

Da stand Katharina auf, faßte des Geliebten
Hand und sprach: „Gern, so gern! Aber nun ein
Wort, das mir recht aus tiefster Seele kommt. Nicht
kann ich zwar verstehen, wie ein Mädchen sein Herz
umstülpen mag gleich einem Ärmel und heute den
Blondkopf lieben bis zum Krankwerden, morgen aber
den Schwarzbart heirathen. Allein das mag wohl
im Heidenblut anders sein als an der Etsch und bei
Christen. Geht mich auch weiter nichts an —"

„Sei doch froh, Mädel," fiel der Böppele ein. „Sonst hätte sie ihn am Ende dir doch nicht gegönnt und lieber ihn sterben lassen!"

„Nein! So schlimm ist kein Weib, auch eine Heidin nicht. Und die schon gar nicht! Und ich wollte vielmehr sagen: keinen Abend will ich einschlafen, ohne die gute Heidin in mein Nachtgebet einzuschließen. Möge es ihr gut ergehen mit ihrem Sultanssohn und möge sie nicht allzulang im Fegefeuer büßen. Amen!"

„Leider bete ich nicht alle Abende," meinte Hezilo. „Aber auch ich denke ihrer oft dabei! So dankbar, wie ich Herrn Friedmuths denke: sei's daß er noch lebe, sei's daß er schon seiner gestrengen Frau Wulfheid nachgefolgt ist in das Jenseits —"

„Wie, was?" riefen da die Anderen wie aus Einem Munde. „Frau Wulfheid? Die lebt frisch und gesund drüben auf der Fragsburg."

Sechstes Capitel.

„Aber nein doch! Der alte Oswald sah sie ja gestorben und aufgebahrt. Der log noch nie."

„Auch diesmal nicht," sprach der Bauer. „Sie war aufgebahrt — sie lag so gar manche Stunde — und ist doch wieder lebendig geworden."

Hezilo schlug ein Kreuz. „Ein Wunder Gottes?"

„Ja und nein, wie du's nehmen willst!"

„Und davon sagt ihr mir erst jetzt? Wußtest du's denn nicht, Böppele?"

„Ha, dummer Bub," meinte der, „hättest du mich gefragt. Du hast mich aber soviel nach den Leuten vom Innerhof gefragt, daß ich das ganze Maul nur dazu brauchen konnte, immer zu wiederholen, daß beide leben und wohlauf sind und daß das Trinele einstweilen noch schöner worden ist."

„Wie sollt' ich denken, daß die Todten auf=
erstehen! So redet doch!"

„Ja, das war so," begann Iffo. „Aufgebahrt lag
die strenge Frau auf schwarzem Gerüst: gar feierlich war's
in der düster verhangenen Gruftcapelle, wo ihr Vater,
Herr Wulfgang, und alle die alten Fragsburger neben
einander unter dem Marmorestrich ruhen, Schild und
Helm eines jeden an der Wand aufgekreuzt. Und der
süße, starke Weihrauch=Duft, der wie eine Wolke durch's
Gewölbe zog — und die tiefe, tiefe Stille, obwohl so
viele Menschen um die Bahre standen, — nur der junge
Mönch murmelte halblaut die Fürbitte für die Fege=
seelen, — und die vielen Wachslichter! Wir Vögtlinge
alle, die wir davon erfahren hatten, waren hinüber geeilt."

„Ja wohl," nickte Hezilo. „Auch der Außenhof
schuldet dann sechs Pfund Wachs zu Kerzen in die Burg=
capelle und zwei Krüge rothen Weines zu dem Leichen=
schmaus. Ist doch geleistet worden?" fragte er eifrig.

„Ich hab's selbst hinübergetragen," betheuerte
das Mädchen.

„Nun, das laßt ihr euch aber herauszahlen," meinte der Böppele. „Es war ja kein wahrer Sterbefall! — Oder einfacher: — ihr zieht's ihr ab, wann sie das nächste Mal wirklich stirbt Ist auch klüger so: und leichter. Denn die giebt, so lang sie lebt, nichts wieder her, was sie einmal erhielt, „die üble Vögtin": so heißt sie doch, nicht?"

„Schweig, frecher Schwab!" lachte der Bauer. „Sie ist schon recht, die schlimme Vögtin, wie sie freilich heißt im ganzen Gau: — gerade gegen so lockre Landfahrer wie du," drohte er mit dem Finger, — „ist sie recht."

„Und," fiel das Mädchen ein, „wenn sie im Leben zwar gewiß nicht garstig ist: — behüte! — eher hübsch: nur nicht gerade so, daß man sonderlich drauf achtet — damals, im Todesschlaf, sah sie fast schön aus: so stolz, so geruhig, zwar immer noch arg streng, — zum Fürchten fast! — aber doch so vornehm, wie im Leben nie.

Und so kniete auch ich an der Bahre und weinte

recht bitterlich. Nicht grad' um sie: denn sie hat
mir nie ein gutes Wort, nicht einmal einen guten
Blick gegönnt. Und als ich ihr einmal den ersten
Speik in einem schönen großen Strauß brachte,
— ich hatte lang daran gebrockt, in der heißen
Sonne oben auf den Steinen herumkletternd —
ich traf sie im Kuhstall, nach dem Melken der Kühe
sehend, da hat sie gar unwirsch gezankt: „Vergeudete
Zeit! Schaff' was! Ist gescheuter für so ein bettelarm
Ding!" Und hat meinen schönen Blüthenstrauß der
dicksten Melkkuh in die Raufe geworfen. Ja, und
den Vater hat sie gar einmal — wie der Vogt fort
war — in den Block sperren lassen wollen, weil unter
den fünf Schock, die der Innerhof zum Eier=Weihtag
schuldet — zwei Stück nicht ganz frische waren. Aber
doch hat's mich so erbarmt, ihr Los. So jung noch, —
kaum ein par dreißig Jahre — so reich — so macht=
gewaltig — so gescheut — und schon sterben! Und
ich dachte, wie arg es Herrn Friedmuth treffen würde
im fernen Land, oder wenn er heim komme, und

sie nicht mehr finde. Und wie ich dachte, daß auch Hezilo kommen könne und mich etwa nicht mehr finden —"   .

„Da kamen dir erst die Thränen, gelt, Kleine?" meinte der Jüngling und küßte sie.

„Nun," fragte der Bauer, „du weißt doch wie vorher Alles gegangen war?"

„Ja wohl," sagte Hezilo. „Alles! Bis der junge Mönch Alderich bei ihrer Bahre betete und Oswald das Pferd bestieg und davon ritt."

„Die Männer," — fuhr nun der Innerhofer fort, „welche die Fallende vom Rosse gehoben und auf die Burg getragen, hatten gar nichts an der Leiche bemerkt.

Nachdem aber nun die Vögtin viele Stunden aufgebahrt gelegen und wir schon daran dachten, den Deckel des Sarges zu schließen und sie in das Grabgewölbe hinabzusenken, an die Seite ihres Vaters, Herrn Wulfs, da kam, von Burg Tirol, wo er des Grafen Sohn geheilt, entlassen, der alte Mar-

kulf, seinen jungen Genossen abzurufen. Er ließ sich
an die Bahre führen und Alles genau erzählen von
Oswin, Oswalds Sohn, der, nach seinem Vater, der
nächste gewesen war hinter dem Rosse der Herrin, wie
sie den Wurfspeer schwang und plötzlich starb. Markulf schüttelte das graue Haupt, betrachtete genau die
Ruhende, befragte auch Jutta, ihre alte Amme,
welche die Herrin ganz entkleidet, gewaschen und
für die Bahre geschmückt hatte. Die sagte ihm nun,
sie habe gar nichts, gar keine Wunde an ihr gefunden: nur unter dem Nagel des dritten Fingers der
rechten Hand einen eingetriebenen Splitter: sie habe ihn
herausziehen wollen, da sei er abgebrochen: und das
darin verbliebene Stück habe sie nicht zu fassen vermocht. Sie habe es nicht weiter beachtet, es habe ja
gar nicht geblutet. Eilig besah der kundige Mann den
Finger, ließ sich den Jagdspeer bringen und zeigte
uns, wie an dem Schaft — es war Hartriegelholz —
ein Splitter abgesplissen war. Als die Vögtin nun
ausholte und mit aller Kraft den Speer abschleuderte,

stieß sie sich den Splitter tief unter den Nagel. Und das, sprach er, ward wohl ihr Tod. Denn ein solcher Splitter kann den Menschen tödten, falls er den Lebensnerven trifft, der von dem Hirn durch's Herz zieht, dann in den Armen gabelt, und in den Fingerspitzen ausläuft. Deßhalb habe der gütige Herr des Lebens über die zehn Finger die zehn Nägel als Schilde gelegt. Aber, sagte er, manchmal ist der zähe Nerv nicht zum Tode getroffen: dann liegt der Mensch nur starr, ganz wie todt. Und nun, mahnte er, werft euch alle auf die Kniee und betet zu den Heiligen, und gebt mir eine kleine Scheere, wie sie die Frauen führen zu feinster Arbeit: ich will versuchen, den Splitter zu fassen und heraus zu ziehen, wenn Gott mir beisteht: vielleicht, daß sie wieder auflebt. Und so geschah's. Heraus zog er den langen, langen Splitter, und sog an dem kleinen Löchlein. Da floß Blut — nur ein karges Tröpflein — und die Vögtin schlug die Wimpern halb in die Höhe und seufzte tief.

Und bald darauf richtete sie sich auf, sah sich rings im Gewölb um und begriff Alles: nur einmal erschauerte sie vor Grauen — denn sie sah, fast wäre sie lebendig eingesargt worden: — dann versuchte sie zu sprechen. „Geht an die Arbeit," brachte sie mit Mühe hervor; es war ihr erstes Wort! „Ich brauche keine Hilfe: — Herr Friedmuth noch nicht heimgekehrt?" fragte sie noch. — Da fiel sie aber wieder zurück, und erst nachdem ihr Markulf die Schläfe mit Würzwein gerieben, erholte sie sich soweit, daß sie hinauf getragen werden konnte auf ihr Lager."

„Das ist wie Lazarus, den der Herr erweckt hat von den Todten," sprach Hezilo mit frommer Scheu. „Aber wie ging es nun weiter auf der Vogtburg?"

„Kaum war die Frau erwacht und von großer Schwächung und Ohnmacht des Leibes ein wenig erholt, als sie sehr bald scharfe Kriegsarbeit zu thun bekam. Ihre beiden Vettern, Herr Griffo von Greifenstein und Herr Rapoto von Raturns" —

„Ah ja, sind liebe Gesippen! Dreimal schon hat Herr Friedmuth sie gezwungen, Friede zu machen!"

„Der Greifensteiner, der ja nur ein par Stunden Etsch abwärts haust, war flugs, sowie er von dem Tode seiner Niftel erfuhr, herbei geeilt, Besitz von der guten alten Burg zu nehmen. Wenig erfreut war er von der Herrin Auferstehung, hätte wohl dem weisen Mönch am liebsten das Genick gebrochen. Zum Glück hatte er nur drei Knappen mitgebracht: und in der Burg waren noch mehr als ein Dutzend Vögtlinge und Hinterfassen versammelt, Herrn Friedmuth treu ergebene Männer, die zu der Todtenfeier gekommen, und noch nicht alle wieder fortgezogen waren. So mußte er wohl nachgeben, und die Burg wieder räumen, so trotzig und zögernd er's that. Hatte er doch, gleich nachdem er eingeritten war, sein Greifen= banner schon auf dem Hauptthurm aufgesteckt, und die Fahne der Fragsburger in der Gruft aufhängen lassen, zu Helm und Schild Herrn Wulfgangs. Er wollte's gar nicht glauben, daß nun doch Frau

Wulfheid wieder für ihren fernen Gemahl Herrin sei
in dem alten Hause: er weigerte sich, sein Banner
wieder abzunehmen: er drang in die Vögtin, da Herr
Friedmuth zweifellos gestorben oder doch verschollen
sei, endlich seinem Werben nachzugeben und ihm
zum Traualtar zu folgen."

„Der Kecke," zürnte Hezilo.

„Er wirbt schon lang um sie! Bevor sie den
Vogt heirathete, wollte Griffo — er mag sie wohl
wirklich lieben — das kluge Mädchen — und ihr
Erbgut dazu — gewinnen. — Aber nun nahm, statt
aller Antwort, die tapfre Frau die Wolfsfahne ihres
Vaters wieder von der Wand, stieg auf den Rund-
thurm, riß das Greifenbanner aus der Öse, warf es
in den Burggarten und mit Herrn Friedmuths
Schwert in der Hand wies sie dem Freier die
Burgthür. Knirschend ging er. Aber bald kam er
wieder, mit dem andren, „dem Stier von Naturns";
und sie bedrängten die Fragsburg mit harter Fehde
wochenlang, bis Frau Wulfheid Nachts einen Aus-

fall that und ihre Lagerhütten verbrannte: — sie
selbst warf den ersten Kienbrand in das vorderste
Zelt: hei, loderte das trockne Schilf der Etsch empor!
Zwei Knechte wurden ihnen erschlagen, fünf gefangen
und mehrere verwundet.

Da zogen sie ab für jenesmal. Jedoch nach einem
halben Jahre forderten sie wieder Übergabe der Burg,
— mit oder ohne Heirath, wie sie wähle — und schick-
ten ihr einen „Todeszeugen," wie sie's nannten. Das
war ein Krämer aus Trient. Der war im heiligen
Land gewesen und war bereit zu beschwören, er sei
dabei gestanden, als Herr Walther von der Vogelweide, sehr traurig und herzbetrübt, im Lager zu
Joppe vor vielen Fürsten und Rittern dem Kaiser
Bericht erstattet habe, daß Herrn Friedmuths Leute den
„Falken" mit gebrochenem Genick, dabei das Schwert
und den Speer Herrn Friedmuths und daneben eine
arg große Blutlache gefunden hätten. Und niemand
im Kreuzheer zweifle, der Fragsburger sei gefallen; und
habe das der Kaiser selbst gesagt.

Frau Wulfheid ließ ihn ruhig ausreden. Nur
ein wenig erbleichte sie, — ich sah's mit an: denn es
traf mich gerade die Reihe des Wachtfrohns in dem
Vogthaus —, und biß die Lippe, wie sie pflegt,
wenn sie verbergen will, was in ihr tobt. Nach=
dem er zu Ende war, fragte sie, wie viel ihm
die Vettern für die Lügen bezahlt, gab ihm zwei
harte Streiche auf die Ohren, ließ ihn gar unsänft=
lich aus der Burg werfen und durch Oswin im
ganzen Gau verkünden, wer sich unterfange, von
Herrn Friedmuth auszusagen, er sei todt oder ver=
schollen, der werde von der Vögtin zu Fragsburg,
wo immer sie ihn greifen könne, gegriffen, gegeißelt
in das Burgverließ im Mauerthurm geworfen, und
dort so lange gefangen gehalten, bis Herr Fried=
muth selbst ihn wieder herausführe."

„Ja, ja," nickte der Böppele. „Das hört' ich
den Oswin laut ausschreien — er hatte einen Herolds=
rock mit dem Brustwappen angethan: auf der Heer=
straße, die Terlan durchzieht, — kaufte da gerade

ein Fäßlein Weißen: dort wächst nämlich was Feines!"
Er schnalzte mit der Zunge. — „Und seither hütete
ich mich wohl, auf Fragen nach Herrn Friedmuth
Bescheid zu geben, oder gar, ungefragt von ihm zu
reden, zwischen Passer, Etsch und Inn. Oh, der
wackre Herr! Der säße jetzt herrlich und in Freuden,
hätte er nach meinem wiederholten Rathe gehandelt."

„So, so?" meinte der alte Bauer. „Ja, wenn
Ihr ihm so gut gerathen habt: — geht hin zur Vögtin und theilt ihr das mit. — Sie wird's Euch
lohnen."

„Huio, will lieber nit," schmunzelte der Schwabe.

„Und nachdem der Bischof von Brixen, Herr
Heinrich," fuhr nun Iffo fort, „— ist der Ohm der
Vögtin, — der Rath von Meran und der Graf von
Tirol — oder „Burggraf" muß man nun, seit ein
par Wochen, sagen! — selbdritt sich in's Mittel ge-
legt, — denn das ganze Etsch=Thal leidet unter der
Fehde, so wüst führen sie die Vettern! — haben
diese damals noch eine Frist von sechs Monaten ge=

währt. Wann diese abgelaufen, ohne daß der Vogt
zurückgekehrt, oder glaubhafte Nachricht von seinem
Leben eingegangen, dann wollten sie die Vögtin auf's
Neue befehden und davon nicht ablassen — sie sollen's
einander geeidet haben auf den Heiligen in der Kirche
zu Bozen, — bis die Frau ihnen das Haus räume;
wolle sie Herrn Griffo — Herr Rapoto, der Stier, ist
der ältere, der wildere! — zum Manne nehmen, so
solle sie die Hälfte von allem Gut als Witthum zu=
gesichert erhalten. Am nächsten Freitag, dem Tag
von Sanct Peter und Paul, läuft diese Frist zu Ende.
Frau Wulfheid hat alle ihre Knechte und die Hinter=
sassen aus dem Passeier, aus dem Ultenthal und wo
sonst die Zubehörden und Pflegen der Fragsburg ver=
streut liegen, schon auf vier Tage vorher zusammen
laden lassen. Dann sollen diese, bevor sie die Burg
vertheidigen, in dem Markt bei'm Abt der Cister=
cienser beichten und sich zum heiligen Martinus
mit Mantel und Speer von Untermais verloben,
— der besonders gut anzurufen ist für kampf=

gewärtige Männer. Denn diesmal wird es scharf, so meint Frau Wulfheid selbst. Und wohl wisset ihr: — die kennt keine Furcht."

„Nein, wahrlich nicht," rief Hezilo. „Dann wollen wir mit den drei Knechten von meinem Hof, und mit den beiden vom Innerhof zu rechter Zeit uns in der guten alten Veste einfinden: die Kleine aber bergen wir am sichersten in dem Markt hinter dem Wall bei dem Gevatter, dem Thorwart."

Siebentes Capitel.

„Da mach' ich mich davon, gute Zeit bevor der Tanz losgeht," meinte der Weinschänk. „Am Hauen und Stechen — zumal am Gestochenwerden! — hab' ich nie viel Freud' gehabt."

„Und doch," meinte der Bauer, „hast du dich so weit von Böblingen hinweg in's wilde Heidenland gewagt?"

„Ja, Heiden und sonderlich Mohren stech' und hau' ich halt doch für mein Leben gern!" verbesserte der Kreuzfahrer.

„Und recht tief hinein," ergänzte Hezilo, „immer weiter und weiter bist du in die Heiden gedrungen."

„Ja," — er rieb sich das Kinn, — „das war nicht ganz freiwillig —"

18*

„Wie das?"

„Nun, das waren wundersam ineinander greifende Fügungen Gottes. Die darf ich gar nicht alle enthüllen."

„Aber so sage wenigstens, wie du, ein recht weltlicher Weinschwelg, in den heiligen Orden der Franciscaner gekommen bist?" forschte der Bauer.

„Nein, der Cistercienser hat er mir gesagt!" rief Hezilo.

„In welchem warst du," fragte das Mädchen ehrfurchtsvoll.

„In — in allen — beiden, Kleine."

„Das giebt es nicht," lachte Hezilo.

„Doch, du Gelbschnabel! So, wie ich ihnen angehörte, giebt es das wohl: — hätte noch mehreren zugethan sein können. — Nämlich blos mit meinem äußeren Menschen: — den Kleidern nach. Ich ward gar nicht Mönch!"

„Da sieht man's, daß die Kappe nicht den Mönch macht," meinte Hezilo.

„Hätte ja gar nicht gekonnt. War ja — und bin!
— glücklich verheirathet: ohne Zustimmung der Ehe=
frau darf niemand Gelübde thun: und Frau Zahme
und auf ihre ehelichen Rechte verzichten! Die nicht!
— Nun also paßt auf: was für euch zu wissen
frommt, das mögt ihr hören: und daraus lernen, daß
der milde Himmelsherr gar nicht so gestreng darein=
fährt, wie die Pfaffen uns fürchten machen wollen,
wenn Einer nur im Grund ein guter Kerl ist. —
Also! — Aus einem Dörflein bei Genua, wo ich
auf der Fahrt nach dem gelobten Lande, die ich für
einen Anderen — für dessen Seelenheil auf mich ge=
nommen hatte —“

„Wie gut von Euch!“ — sagte Katharina ge=
rührt.

„Nun, nun, Kind, du mußt auch nichts über=
treiben! — Ich — ich hatt' auch eigene Gründe,
die Heimat zu meiden: und ganz ohne Vergelt
konnt' ich's doch auch nicht thun: — schon wegen
der Kinder —“

„Wie viele habt Ihr?" fragte der Bauer

„Bisher nicht viele. Eigentlich noch gar keines. Aber: konnten doch noch nachkommen! — Also: Zuerst kam ich nur bis Genua — und — weilte dort längere Zeit."

„Ja, ja," meinte Hezilo, nachdenksam. „Davon, glaub' ich, hört' ich einmal Herrn Walther erzählen, als ich Wein zutrug in des Vogtes Zelt in der Wüste. Ich meine immer —"

„Gieb dir keine Mühe, dir das zurückzurufen."

„Nun, sehr weit seid Ihr da auf den ersten Anlauf gerade nicht gekommen auf Eurer Kreuzfahrt," sprach Iffo.

„Was?" zürnte der Entrüstete. „Doch immer noch zehnmal soweit als sogar ein frommer Bischof, Herr Megingauz von Eichstädt. Wenn ich nur damals schon, als mir Herr Walther und noch ein Anderer — eben der, für den ich unter die Heiden fuhr — so hart redeten über jenes kurze Verweilen, diese Geschichte gewußt hätte! Aber ich habe sie erst später erfahren, von Herrn Sigismund dem Riezeläre, dem Buchwart zu Eschingen an der Donau. Jener Bischof hatte auch das Kreuz genommen, — aber nur für sich, das kann ein jeder! — Jedoch der kam nie über den Brennerberg — vor lauter Fluchen."

„Wie das?" staunte das Mädchen.

„Ei nun, der wackre Mann hatte nur das eine Seelengebrechen, daß er in Einem fort gottesläſterlich fluchte: fluchte, daß die lieben Engelein die Füße hinaufzogen, wann er anhob. Nun war ihm von seinem Beichtvater, der ihm oft deßhalb die Absolution hatte weigern müſſen — und ein nicht Absolvirter soll nicht die Kreuzreise wagen, sonst reiset er sich selber zum Gericht, sagt die Bibel im fünften Buche Mosis. Nicht? Nun, das ist gleich: dann sagt sie 's wo anders. — Also sein Beichtiger, in Erwägung seiner fluchenden Natur, gab ihm in Voraus Absolution für eine Zahl von Flüchen, welche der Bischof bis nach Rom verbrauchen würde: dort solle er sich die Freisprechung für

weitere Flüche wieder frisch vorschuhen lassen. Und es
war nicht schlecht gemessen. Allein, o weh! Nach weni=
gen Tagen kam Herr Megingauz ganz betrübt nach
Eichstädt zurück. Er wollte über Schwäbisch Wörth an
der Donau, und über Füßen allmählig den Brenner=
berg gewinnen. Allein, bis er an der Fähre am Donau=
Wörth angelangt war, hatte er den ganzen Reisevor=
rath, der bis zu dem heiligen Vater hätte reichen sollen,
schon aufgezehrt, aufgebraucht, aufgeflucht. Und mußte
umkehren! Und war durch kein Zureden zu der Hoff=
nung zu verlocken, daß es ein andermal besser gehen
werde: denn, meinte er, er habe schon diesmal gar so
hart gespart. Da hatte denn der heilige Vater ein Ein=
sehen und nahm die Kreuzfahrt für gefahren, weil
keine Katze das Mausen läßt, sagte der Apostel Paulus
auf der Hochzeit zu Kanaan. Nicht? Nun das ist
gleich. Er hätt's sagen können, weil es wahr ist.
Und vielleicht hat er's auch gesagt. Denn sie haben
wohl damals nicht Alles aufgeschrieben.

Also nach längerer Rast bei Genua brach ich

auf: hatte mir dort ein kleines Sümmchen verdient — erspart wollt' ich sagen: — so konnt' ich einem Rheder jenes Hafens das Schiffsgeld zahlen bis Neapolis. Von da wollte ich zu Lande nach Brindisium, wo, wie ich erfuhr, mehrere Schiffe, vom Kaiser ausgerüstet, bereit lagen, arme Pilger um Gottes Lohn nach der Insel Cypern und von da nach Akkon zu führen. Aber ach, mein sauer erspartes Geld verlor ich bald nach der Ankunft in Neapolis. Denn in dieser sehr schön gelegenen Stadt leben sehr böse Menschen. In der Herberge „zum heiligen Crispinus", wo ich nächtigte, stahlen mir drei Gauner mein Geld — ich sah's mit Augen — und konnte 's nicht wehren."

„Wie das?" zweifelte der Bauer.

„Ja, es waren drei Schächer mit zusammen vierundzwanzig Augen: sie haben keine Füße und tanzen, keine Hände und plündern alle Taschen aus: — Würfel nennt man sie. Zwei andre fromme Pilger, — beide trugen gleich mir das rothe Kreuz,

— die den gespickten Geldgurt unter meinem Wamms
entdeckt hatten, — sie umarmten mich so zärtlich, wie
ich eintrat in das Weihthum zum heiligen Crispinus,
und tasteten dabei an meinem Leibe so beängstigend
herum! — beredeten mich am Abend, den Wein auszu=
würfeln. Ich gewann zuerst: und wir Voblinger lassen
uns nicht lumpen — nun kurz: — alsbald verlor ich,
verlor sehr viel, fast Alles, und da ich nicht mehr
spielen wollte, — es war Mitternacht geworden, — da
machten sie's einfach, schlugen mich nieder, nahmen mir
den Rest der Schillinge — sechs andre fromme Pilger
standen lachend dabei — und warfen mich auf die
Gasse. — Der Bettelvogt ließ mich aufgreifen, und
auf meine Klage erwiderte er, ein Kreuzfahrer dürfe
nicht Würfel spielen, das sei die Strafe Sanct
Crispins. Und für seine Mühwaltung pfändete er
mir den Mantel vom Leib und aus dem Ränzlein
das beßre Wamms: ich glaube, er war auch ein
Gauner, dieser edle Neapolitaner! — Am andern
Tag ging ich sehr betrübt zur Porta Nuceriana

hinaus, die Halbinsel zu Fuße zu durchwandern, und zu durchbetteln.

Doch muß ich sie loben, die Wälschen. Sie sind mitleidig. Das heißt, gegen die Menschen — die Thiere schinden sie elend! — und gabenmild und spenden gern dem frommen armen Pilger. Auch wachsen in dem wunderreichen Land, — es ist wie ein Garten! — an Bäumen und Sträuchern gar mancherlei Früchte, an denen ich mich labte: denn es war Spätsommer. Hinter einer Stadt, heißt Potenza, stieß ich auf zwei Mönche, einen Franciscaner und einen Cistercienser: der letztere war ein Franzose aus der Picardie, der andere ein Halbwälscher aus Bergamo.

Wir wanderten nun selbdritt fürbaß. Die beiden armen Geschornen litten, da ich sie traf, schon schwer am Sumpffieber. Der Bergamaske sagte gleich, — sein Wälsch verstand ich ganz gut, — er heiße Sebastian. Ich erwiderte ganz vergnügt, dann hätten wir denselben Schutzpatron: denn da es einen heiligen Poppo nicht giebt, —"

„Bis jetzt wenigstens noch nicht,“ unterbrach
Hezilo. „Vielleicht giebt es aber einen: hundert Jahr
nach deinem Tode. —“

„So hab' ich mir von Jugend an den heiligen
Sebastian zum Schutzherrn gekoren, der in der Pfarr=
kirche zu Boblingen, gar schön aus Holz geschnitten,
steht, mit Pfeilen so reich gespickt, wie ein Hase in
des Abtes Küche zu Maulbronn mit Speck. Und ich
fragte ihn, wie denn der nackte Knabe zu so vielen
Pfeilen gekommen sei? Denn der Pfaff von Bob=
lingen wußt' es selber nicht. Da erzählte er mir denn
die Lebensgeschichte des Heiligen. Eigentlich war's eine
Predigt über sein grausam Martyrium.

Und wo wir auf Leute stießen, in Dörfern oder
im Staub der Heerstraßen, auf Krieger oder auf Kreuz=
fahrer, Pilger oder Kaufleute, da predigten die
Mönche, der Bergamaske auf wälsch: auch oft der
Picarde auf französisch: denn sehr viele Normannen,
aber auch andere Franzosen, nehmen das Kreuz. Und
während der Eine predigte, gingen der Andre und

ich herum und bettelten die Predigtheller ein. Es
warf nicht viel ab, das fromme Gewerk. Denn
mancher hörte erst voller Andacht die Predigt, gab
uns aber dann statt des Hellers einen Puff und
sagte, es sei nur schwach gepredigt gewesen.

Da trafen wir einmal auf Deutsche. Das Geld
war uns gerade wieder ganz vergangen.

Diese Deutschen verlangten durchaus eine Pre=
digt: waren gar fromme Leut': von Westfalenland, und
hatten lange keinen Gottesdienst mehr gehört. Aber
sie verstanden den Franzosen nicht und auch nicht den
Vergamasken. Und wurden gar grob in ihrer starken
Frömmigkeit, und schrieen: „Eine Predigt, oder es geht
euch schlecht," und drehten ihre Speere um und hoben
sie. Da rief ich, — auf deutsch —: „Halt! Haut uns
nicht, ihr Gotteseifrigen aus Münsterland! Ich werd'
euch was predigen, zum Beispiel: vom heiligen Se=
bastian? Wollt ihr von dem was hören?" Ich hatte
nämlich den Vergamasken schon siebzehnmal von diesem
armen Jüngling predigen hören: — ich glaube, recht

viel Andres wußte er selbst nicht. Zum größten Glück
sagten sie: ja, auf diesen hielten sie ein gut Stück;
und ich predigte ihnen vom heiligen Sebastian.

Ich muß wohl sehr schön gepredigt haben: denn
sie gaben mir jeder einen Hälbling; waren aber ihrer
gegen dreißig.

Achtes Capitel.

Jedoch am Tage darauf legte sich der Franzose, der Franciscaner, — nein! Das war ja der Cistercienser! Sie kommen mir immer durcheinander, weil ich später beider — nun, Ihr werdet's schon noch hören. Also der legte sich auf die heiße, staubweiße, wälsche Heerstraße nieder und sagte, er könne nicht mehr weiter: denn er müsse jetzt sterben. Und richtig, er hielt sein Wort: gleich darauf war er todt. Wir beide konnten ihn — mit den bloßen Händen — nicht begraben. So bestreuten wir ihn mit Staub, Sand und Erde, beteten ein Vaterunser neben ihm und, da mein Gewand ganz zerschlissen, nahm ich des Todten grauen Kappenmantel. Der war mir aber viel zu kurz: denn der Picarde war gar zierlich klein gewesen. Und zwei Tage darauf, — wir stiegen eben im wüsten

Gebirg — da fiel der Cistercienser — nein, der Franciscaner! — um und rührte sich nicht mehr. Ich blieb lange bei ihm und rieb ihm die Hände: — aber er lag steif und unbeweglich. Da zog ich ihm das braune Untergewand ab, — ich brauchte es dringend, des Anstands wegen, wann ich durch Dörfer kam, um der Weiber willen, — und er, — er brauchte es ja nicht mehr. Auch noch seinen Pilgerstab nahm ich, den der Bischof von Mailand selbst geweiht hatte, sein Scapulier und seinen Dachsfell-Ranzen. Und griff hinein und fand ein par Briefe, die den Bruder Sebastian aus Bergamo an ein par andere Franciscaner-Klöster in Wälschland empfahlen.

Und wie ich nun so einsam weiter zog, fiel mir ein, daß alle Leute, die wir getroffen, Eingeborne und Pilger und Reisende, die beiden Mönche viel ehrerbietiger angesehen und besser behandelt hatten als mich, den Laien. Und da sagte ich zu dem Böppele: ich könnte recht wohl auch ein Mönch sein! Gepredigt hatte ich ja schon! Die drei Gelübde:

Armuth, Keuschheit und Gehorsam hatt' ich alle diese
Tage zu erfüllen nur allzuviel Gelegenheit gehabt.
Also! Warum soll der Böppele nicht ein Mönch
sein? In dem Ranzen stak auch eine Haarscheere,
mit der der arme Sebastian seine Tonsur in Stand
zu halten gepflegt hatte. An einem klaren Bache, der
mir als Spiegel diente, schnitt ich mir eine recht zier=
liche Tonsur, und wirklich — viel leichter als bisher,
zumal mit besserer Beköstigung durch die Weiblein,
fuhr ich nun durch den Rest von Wälschland und kam
glücklich nach Brindisium: von dort aus, meinte ich, sei
nun Alles gewonnen.

Denn nicht nur die Kreuzpfaffen, die ungethüm
tobenden Bettel=Mönche, welche zu der heiligen Reise
im Namen des heiligen Vaters treiben — sie selber
aber bleiben klüglich im Abendlande, diese Elenden!
und fressen des Bauers Käse: „Käseritter“ nennt
man sie deßhalb oder „Käsefahrer“! — auch der
Cardinal Konrad, von den Urracher Grafen ent=
stammt, ja, ich meine alleweil: in des Kaisers

Namen, auch der Herr Hochmeister Hermann, — kurz, die Alle hatten uns frommen Wallern kaiserliche Überfahrt und kaiserliche Verpflegung von Brindisium aus verheißen. O du blutiger Sebastian! Die Überfahrt war freilich „kaiserlich". „Abundantia," zu deutsch: Überfluß, hieß das schwere mächtige Meerschiff. Aber nur der Name daran war „abundant": freilich: reiner Überfluß, denn die Leibeszehrung war gar nicht „kaiserlich"! — Möchte dem schönen, hohen Herrn Kaiser — ich lasse mich todtschlagen für ihn, wenn's gerade ganz nothwendig so sein muß! — möcht' ihm nicht wünschen, daß er nur einen halben Tag so „kaiserlich" leben müßte, wie wir Befreier Christi viele Wochen lang: wir, die der Herr Kaiser selbst zu seiner Tafel geladen. Die Wälschen — Savoyarden waren es, arge Hungerleider! — zehrten den ganzen Tag von zwei steinhart getrockneten Fischlein und einer fingernageldicken Rinde Ziegenkäse — und meinten, das müsse für einen „Suabo" auch reichen: diese Thoren! Wir waren zusammengepfercht auf dieser „Ufferia", — so

heißt eine solche Arche Noah! — wohl fünfhundert
Stück, lauter künftige Heilige, so eng, wie die Räucher=
fische im Fäßlein von Buchhorn am Bodensee. —
Und Getränk! Die Deutschen und die Engelländer
wurden so durstig, daß meine Frommheit darunter
litt. Denn, wenn sie mitten im Psalliren — es
ward recht viel psalliret auf der Usseria! — fluchend
oder betend sagten: „Jetzt gäb' ich alle meine Reise=
pfennige um einen Trunk schlechtesten Weins," —
dann mußte ich immer, zwischen dem Singen und
Beten durch, rechnen, wie viele Irnen „schlechtesten
Weins" in meinem Vorderkeller zu Böblingen lagen,
in dem schimmligen Faß, vorn links: und wie viel
mir das hier auf Deck eintragen würde.

Endlich fand auch diese fromme Kasteiung ihren
Schluß. Wir landeten bei Akkon und zogen in das
Lager des Kaisers vor Joppe.

Da hätten mir nun aber die Mönchsgewande
bald — zum erstenmale! — geschadet. Wie ich an
die Vorstadt des Lagers komme, wo die Handwerker

und Händler in Buden und Baracken lagerten, und
ihre Wagen zusammengeschoben hatten, und an die
Wachen der äußersten Contubernien — es waren des
Kaisers Saracenen: aber auch Deutsche darunter, —
schreit sofort Einer: „Was? Ein Mönch? Ein Pfaff!
Verprügelt ihn!" Und wie geschrieen, so gethan.
Ich hatte ein par Püffe und Hiebe, ehe ich nur fragen
konnte: warum. „Warum?" fragte ich nun aber doch,
nachträglich).

„Wie? Du fragst noch?" hieß es da. „Bist du
nicht ein Mönch? Trägst gewiß auch des Papstes
Bannfluch gegen unsern Herrn in dem Ranzen und
willst in seinem eigenen Lager gegen den Herrn Kaiser
predigen?"

Über das Predigen konnte ich sie nun be=
ruhigen. Und da ich ihnen sagte, daß der Kaiser
gebannt sei, das sei mir sowohl unbekannt als gleich=
giltig, und den heiligen Vater möge meinetwegen der
üble Höllenwirth holen, und mein Herr Kaiser kenne
mich und ich meinen lieben Herrn Kaiser, und da

ich schrie: „Heilo unserm verfluchten Kaiser!", da
wurden sie gar freundlich. Die Deutschen gaben mir
gleich was zu trinken. Und später auch zu essen und
drängten sich, mir zu beichten, Einer nach dem Andern.
Was ich da alles für Geschichten zu hören bekam, —
das ist gar nicht zu glauben! — Damals hab' ich von
Sünden und Lastern erfahren, von denen man im Reich
und sogar in Wälschland nichts weiß. Ich war aber
nicht hartherzig: denn wie heißt es in den Sprüchen
Salomonis: „Du sollst leben und leben lassen!"

„Den Text hab' ich aber nie in der Kirche ge=
hört," sprach das Trinelein ernsthaft.

„Nicht? Nun dann heißt es daselbst: Allzuscharf
macht schartig. Auch nicht? Nun, dann ist es auch
gleich. Kurz, ich absolvirte sie alle miteinander."

„Ihr seid ja aber gar nicht zum Priester geweiht
gewesen!" wandte der Bauer ein.

„Ei, ich hatte aber die beiden geweihten Priester
beerbt. Und mit ihren Röcken auch wohl ihre Weihe
überkommen. Und die Deutschen führten mich vor den

Kaiser in dessen großen runden Pavilun — von weitem
kannte ich es, an dem Adler, der vorn auf die Zelt-
haube gemalt war — und sagten, es sei doch recht gut,
wieder einmal einen Priester im Lager zu haben: —
denn meine Amtsbrüder, die echten Pfaffen, hatten alle
die Zelte verlassen, seit der Bann des Papstes ruchbar
geworden: — der da vor der Schlacht predigen, die
Todten bestatten und auch Trauungen schließen könne.
Denn gar viele Weiber waren im frommen Heer,
welche manchmal plötzlich darauf bestanden, daß Einer
sie heirathe. Der Herr Kaiser nun, — Frau Sonne
segne sein schönes Haupt! — der lachte ein wenig,
da er mich sah, drohte mit dem Finger und sprach:
„Ei, ei, Böppele!" — denkt euch, meinen Namen
hatte er behalten seit Genua! — wo er einmal bei
mir — mit mir — in einer Capelle — zusammen-
traf, — „bist du geistlich worden?"

„Sehet selbst," gab ich unverzagt zur Antwort,
„und saget, ob das nicht eine Tonsur ist, weiser Herr
Kaiser," und — wies ihm mein Haupt.

„Nun," fuhr er fort, „von dem besten Jahrgang Geistlicher bist du wohl nicht. Aber —"

„Aber," fiel ich ein, „wann der Teufel hungert, frißt er Sandflöh': und ein gebannter Kaiser muß seine Lagerpfaffen nehmen, wie er sie findet."

Da lachte der liebe Herr und sprach: „Der heilige Vater muß auch das verantworten. Mir aber macht es Scherz: geh hin und weide deine Lämmer."

„Jawohl, Lämmer! Sind rechte Böcke," erwiderte ich, „Eure frommen Streiter. Die geistliche Zucht meiner Vorgänger hat ihnen nicht viel gefrommt. Ist eine rechte Heidenwirthschaft in Eurem Heer!" und hüpfte rasch zur Zeltthür hinaus.

Neuntes Capitel.

Und einige Zeit lang ging Alles sehr glatt und lieblich.

Ich absolvirte, begrub, traute, daß es nur so eine Lust war. Auch schickte mich der Kaiser manchmal als Boten aus — zu Herrn Friedmuth auch! — Und eine gar vielschöne Frau hätt' ich geistlich berathen sollen. Aber zuweilen lachte die mich aus: und meist schüttelte sie das herrliche Haupt und hieß mich schweigen und gehen. Und ich meinte es doch wirklich so gut mit ihr! Aber das war die schwerste Arbeit. Lieber eine Herde Heuschrecken über die Finstermünz treiben als einer so edeln, so reinen und dabei so schönen Frau Seelsorger sein. — Nun so weit, so gut. — Aber eines Tages," — er räusperte sich, schenkte sich den Holzbecher voll und fuhr fort, — „eines Tages

mußte ich wieder predigen. — Zufällig war der Gegen=
stand der heilige Sebastian. — Nicht lachen! — Er
reichte aus! Er hielt vor! Denn die Krieger und Pilger
im Lager wechselten gar oft: und mehr als einmal
alle par Wochen hatte keiner das Bedürfniß, mich
predigen zu hören. Manche haben freilich dieselbe
Predigt zweimal gehört. Aber das waren sie meist
schon von ihren Pfarrern im Abendlande gewöhnt.
— Und ich machte es doch immer wieder ein wenig
anders, erfand ein par neue Wunderthaten des Hei=
ligen, wär' mir selbst sonst zu öd geworden!

Denn freilich," schmunzelte er, wohlgefällig seinen
rundlichen Bauch streichend, „ein Geistlicher muß gar
viele Eigenschaften haben, deren ihr Laien nicht be=
nöthigt seid. Zumal mit so argem, verwildertem Volk,
wie meine Gemeinde war — Männlein und Weiblein.
Denn es sind nicht gerade immer die Frömmsten, die
das rothe Kreuz tragen! Der liebe Herrgott läßt sein
Grab zum Theil von rechtem Gesindel erobern! —
Und sie wollten mir nicht immer glauben, was ich

ihnen aus der Bibel an Sprüchen anführte. Sie
schüttelten mißtrauisch die Köpfe, — oft gerade bei
den kräftigsten Sprüchen! — und die Unverschämtesten,
das heißt die, welche ein wenig lesen konnten, verlangten gar ein parmal, ich solle ihnen diese Worte
geschrieben weisen: — glücklicherweise war in dem
ganzen gebannten Lager keine Bibel aufzutreiben.

Da war Einer, ein dicker Baier aus der Hollebau,
— die aus der Landschaft sind sogar den andern
Baiern zu grob! — ein guter Kerl, der hatte sich aber
so oft betrunken und raufte dann so wild und stach
mit einem spitzen Messer um sich, daß ich ihm die
Absolution nur ertheilte gegen das Versprechen, zu
keinem Zechgelag im Lager mehr zu gehn! Tags darauf war wieder einmal eine Hochzeit in den Zelten —
das heißt: eine üppige und dabei zornmüthige Provençalin aus Grasse verlangte von einem ihrer vielen
Freunde, — er war aus dem Lande der Guasconen
— daß er sie ganz geschwind heirathe: sonst, drohte
sie, werde sie dem Lager-Vogt alles sagen, was sie

von ihm wisse. Das muß nun wohl allerlei Un=
liebes gewesen sein. Denn der Guascone, — es hatte
ihm früher mit dem Ehesegen gar nicht geeilt! —
trieb mich nun mit fliegender Geißel zur Trauung."

„Aber Ihr waret ja doch gar kein Priester?"
fragte Katharina ganz entsetzt.

„Richtig, mein Kind! Das hat dein weiser Vater
schon vor dir ausgefunden! Aber für die Art Menschen,
und für die Art Ehe, welche sie vorhatten, — dauerte
selten länger als fünf Monate! — war ich immer
noch gut genug. Übrigens, hätte ich es so recht heiß
gewollt, — ich wäre längst geweiht. Kaum war ich
ein par Tage im Lager und kaum hatte man gesehen,
daß der Kaiser mich gar oft um sich hatte als geist=
lichen Rath oder auch —"

„Als lustigen Rath: — ob auch ohne Schellen=
Gugel," meinte Hezilo.

„Oder auch, wann er mit seinen vertrauten
Räthen tafelte oder zur Jagd ritt, — als ein Tempel=
ritter mir ein Goldstück schenkte — ich bettelte aber gar

nicht! — und meinte: ich sei wohl nur sehr unvoll-
kommen geweiht? Er aber wolle mir ein „Dimisso-
riale" erwirken, — wonach man, unerachtet alle kanonischen Erfordernisse fehlen, geweiht werden mag: die
Päpste haben den Tempelrittern, ihren tugendsamen
Lieblingen, auch dies Vorrecht geschenkt. — Er ver-
lange von mir dafür nur, ich solle horchen, was der
Kaiser und Herr Hermann von Salza reden und ihm
das berichten. Ich ließ ihn stehen und blieb Laie und
redlich: — wenigstens ziemlich! Und gegen meinen
freundlichen Herrn Kaiser: ganz redlich. — Also
blieb ich so eine Art Wild-Pfaff oder Winkelmönch
und traute den Gascogner Pierre und die hitzige
Provençalin Flammelette. Ein mächtiges Schmausen
und Trinken folgte. Denn der Gascogner hatte immer
bar Geld: nur wollten es vorsichtige Handelsleute
nicht gern nehmen. — Und siehe da, mein Hollebauer
ist mitten darunter. „Hab' ich dir's nicht verboten?"
schrie ich ihn geistlich an.

„Aber eine Hochzeit!" sagte der ganz unverzagt.

„Ich ahme nur das Beispiel unseres Herrn nach: — das habt Ihr uns oft genug vorgehalten. Der Herr war auch auf einer Hochzeit, also darf ich es auch."

„Ja, ja," schrieen Alle durcheinander. „Recht hat der Baier. Schäm dich, Pfaff, du bist geschlagen und mußt schweigen."

Das durfte nun aber nicht sein! Ein Pfaff, der schweigt auf eines Laien Einwand, — das wäre ein sehr unwahrscheinlicher Pfaff. Es galt mein Ansehn: — ja vielleicht noch mehr!

Nun? Was hättet ihr da gethan oder gesagt? Ihr schweigt? Nichts hättet ihr gethan und gesagt! Denn es wär' euch dort und damals, in der Angst, noch weniger was eingefallen als hier und jetzt, in aller Ruhe, bei meinem Wein. Zumal, wenn euch die glückliche Braut vor Übermuth und Spott ihren zersetzten Gürtel in das Gesicht geworfen hätte. Ich aber steckte den Gürtel ein, — denn es waren bunte Steine daran. — Natürlich waren sie falsch: denn der Bräutigam hatte ihr das Geschmeide geschenkt. Aber ich wußte das

ja noch nicht! — Ich erhob warnend meinen Zeige=
finger und laut rufend meine Hirtenstimme und sprach:
„Haltet das — Schweigen! Wenn ihr den Herrn nach=
ahmen wollt, — in Gottes Namen! Werdet's nicht
lang aushalten! Aber dann fangt mit seinen schweren
Tugenden an — und nicht mit seinen leichten.
Erst laßt euch einmal kreuzigen und dann geht auf
Hochzeiten."

Diese Gegenwart des Geistes erschreckte sie Alle
merklich. Sie schwiegen und ich hatte das Ansehen
der Kirche und geistlicher Überlegenheit gar gewaltig
aufgerichtet. Sie hatten von da ab eine Meinung
von mir gewonnen, die — die ich selber kaum theilte.

Aber leider sollte es mit meinem geistlichen
Amt nicht mehr lange währen. Leider, sag' ich!
Denn ich wurde dabei selber ein besserer Kerl. Man
kann nicht alle Tage Andre zur Tugend mahnen
und selbst alle Schelmenstreiche treiben. Das heißt:
— Andre können's vielleicht. Aber der Böppele kann
es nicht: und so war, in Vermahnung der Andern,

ich selbst auf den Wege, ganz brav und ernstsinnig zu werden. Jedoch der heilige Sebastian hat es nicht weiter gedeihen lassen: — vielleicht aus Eifersucht auf meine beginnende Heiligkeit.

Zehntes Capitel.

Nämlich eines Morgens war wieder ein ganzer Schwarm von Kriegern und andern Pilgern ausgeschifft worden in Joppe; und nachdem sie sich von der Seefahrt erholt, verlangten sie eine Predigt. Waren viele Deutsche darunter. Da mußte eben der Böppele wieder dran! Und zwischen der Stadt und dem Lager stand ein Palmbaum: unter den hatten sie mir ein hoch Faß Wein geschoben — leider war es so leer und dürr und durstig wie die Wüste! — und ein altes Steuerruder quer drüber gelegt. Und war das schon oft meine Kanzel gewesen. Diesmal hatte ich eine besonders fromme Hörerschaft: denn Wirzburger waren's und Rothenburger von der Tauber. Und auch viele Weiber waren darunter, aber meistens recht reife. Denn die jungen sind minder fromm: an Main und Tauber

wie anderwärts. Und sehr bald, nachdem ich ange=
fangen, zu lehren und zu mahnen und nur ein Weniges
über die Schlechtigkeit der Welt gescholten hatte —
gar nicht arg: nur wie's sich halt gut macht, von
der Kanzel her — da fing ein altes Weiblein aus
dem Dorfe Hedingsfeld bei Wirzburg, das dicht
vor mir saß, zu weinen an. Das hatte ich bisher
nie erzielt! Gar nie noch! Es gefiel mir. Nein: es
rührte mich selber. Und nun fing ich an, die Far=
ben greller zu mischen, und dicker aufzutragen als
sonst — sowie etwa auf den Kreuzwegen an den
Bildstöcken die Höllenflammen aufgemalt sind: — bald
weinte die zweite, dritte! Es freute mich, es machte
mich stolz! Ich ward immer eifriger. — Da sah ich
auch einen alten Mann, einen Pilger, mit weißen
Haaren, der sich die Augen wischte. Und scharf schaute
ich nun dessen Nachbar an. Das war ein junger
Bursch, ein Pfeilschütz, mit langem Bogen und Köcher;
der wollte noch durchaus nicht weinen, sah vielmehr
ganz munter drein. Da ärgerte ich mich. Und nun

schilderte ich das unschuldige Leiden und Sterben des edeln Jünglings Sebastianus so ergreifend — und wie er auch so schlank und so viel schön gewesen: da weinten auch die jüngeren Frauen! — und wie ihn die grausamen Heiden mit ihren Pfeilen langsam zu Tode schossen, bald auf die Schulter, bald auf die Rippen, bald auf die Beine zielend — noch nie hatt' ich's so arg schön gemacht! Da auf einmal weinte und schluchzte und heulte die ganze Versammlung: — auch der hartnäckige Pfeilschütz, auf den ich es besonders abgesehen, wischte sich die Augen und faßte seinen Bogen fester — und eine Frau warf sich an der andern Brust, und den Männern liefen die Zähren langsam, langsam über die bärtigen Wangen. So was hatte ich nie, nie erlebt!

Nun bin ich aber eine gute Seele. Und kann die Menschen nicht weinen sehen noch hören, absonderlich nicht die Weiber. Und sie jammerten mich, die weichen Herzen, die wackern Kerle und braven Frauen: und ich erschrak über all den Erfolg, den ich da angerichtet.

Und heiß fiel mir ein, daß ich, da ich doch nicht geweiht war, gar nicht das Recht hatte, sie überhaupt weinen zu machen!

Und endlich: ich wußte ja die ganze Geschichte nur vom Hörensagen! Der Bergamaske hatte mir das halt so erzählt! Und wie's der alten würdigen Frau vor mir fast das Herz abstoßen will vor Schluchzen, da halt' ich's nicht mehr aus und rufe recht laut: „Amen! — Aber weint doch nicht so, Leuteln. Wer weiß, ob 's wahr ist." —

Da entstand zunächst ein großes Schweigen! —
Das Weinen hörte auf, wie mit Einem Schlage. — Die Leute dachten offenbar über diese Warnung nach. — Aber nicht lang! — Denn auf einmal ging es durch die Reihen wie ein brausendes Gemurre. Und die Alte aus Hedingsfeld, die am wüstesten geweint hatte, sprang auf, ballte eine Hand voll Sand, schrie: „Was? Du willst uns hier weinen machen und ist vielleicht gar nicht wahr?" Und warf den Sand

wider meinen Mund. Und viele lärmten wider mich.
Aber doch hätte ich's wohl noch wieder gewendet:
denn des Kaisers Saracenen, die kein Wort Deutsch
verstanden, aber aus Faulheit dalagen und sich sonnten,
und wußten, daß mich der Kaiser gern leiden mochte,
die hätten mich geschützt. Aber, aber! Da trat aus
der schreienden Menge Einer vor — ich hatte ihn
früher nicht bemerkt: — und wie ich den sah, da erbleichte ich.

Denn es war der Bergamaske, der Sebastian.

Aber nicht todt, sondern ganz lebendig war er,
und der schwang sich neben mich auf das breite
Ruderbrett und sprach zuerst zu mir: „Daß du mich
für todt verlassen, — ich bin aber gar nicht gestorben, — verzeihe ich dir. Daß du dich für einen
Priester des Herrn ausgiebst, — das geht den Herrn
an — nicht mich; daß du meine Predigt hältst, meine
beste, fast meine einzige, — verzeih' ich dir auch: —
denn der Mensch ist schwach. Daß du aber von
meiner Predigt sagst, sie sei vielleicht nicht wahr, —

siehst du, Schwab, das verzeih' ich dir nicht! Denn das ist zu stark! Leute," schrie er nun, „der ist gar kein Pfaff. Alle, die er begraben, getraut und absolvirt, sind nicht begraben und nicht absolvirt und nicht getraut!" — Arg ertobten da viele Weiber. — „Denn er ist gar kein Mönch und kein Priester: er ist ja der Weinschänk von Boblingen!" —

Da war es aus! Ganz aus! Ich hüpfe über Einiges hinüber, was mir nun widerfuhr.

Ich schrieb noch ein par Briefe — einen ließ ich durch einen Saracenen des Kaisers bestellen, den meine Beredsamkeit dem Heidenthum entrissen und dem rechten Glauben zugeführt hatte, — und schied rasch, — recht rasch!"

„Aber, wo wolltet Ihr Euch hinwenden?" forschte der Bauer.

„Nun," fuhr der Schwabe, nach einigem Zögern, fort, — „bei den Christen war meines Bleibens nicht mehr! — Ich wollt' es nun einmal mit den Heiden versuchen."

„Aber Böppele!" rief Katharina und rückte wei=
ter von ihm ab.

„Versteht mich recht! Nachdem ich Einen bekehrt,
— könnt' ich ja vielleicht noch mehr Heiden bekehren.

Und dann hatte ich erfahren, daß es bei den
Heiden allerlei gute, gemächliche Posten gebe, die
ihren Mann nähren, ohne ihn allzu vielen Gefahren
auszusetzen. So ritt ich auf meinem Boten=Eselein
— es gehörte freilich dem Kaiser, aber der hatte
mehr als das Eine! — in die Wüste, den Heiden
entgegen, gar nicht böse, falls sie mich griffen. Und
sehr bald griffen sie mich! Wohl trug ich weltliche
Kleider — der gute Baier aus der Hollebau hatte
mir sein altes Wamms geschenkt für die letzte Ab=
solution. Er hatte, übrigens aus reinem Versehen,
in ganz kleinem Geräufte, einen Tuchhändler aus
Arras erschlagen und, nachdem der Arme doch einmal
todt war, dessen fein brabantisch Wamms ausgezogen,
bevor der unnütz damit begraben würde.

Im Rucksack hatte ich freilich — für alle Fälle,

wenn ich nämlich wieder zu den Christen umkehren
müßte, — des Franciscaners und des Cisterciensers
Gewand. Aber die hätten mich nicht verrathen: ich
schwor bei Muhamed und bei Christus, daß beide mir
gar nicht gehörten, — die reine Wahrheit! — ich sie
nur einmal auf der Straße aufgelesen hätte! Aber
die Tonsur! Die verfluchte heilige Scheerung — die
gab Zeugniß gegen mich ab, — falsches Zeugniß
obenein! O wie verfluchte . ich des Bergamasken
Scheere, und jenen Spiegel-Bach!

Denn eilfertig rissen sie mir, sobald sie mich gefaßt
hatten, den Pilgerhut vom Kopf — sahen die Tonsur
— schlugen mich derb darauf, — erklärten, ich sei ein
Priester und schleppten mich in die Felsenburg, wo
mir aber der heilige Sebastian diesen tugendsamen
Jüngling zum Retter vorbestimmt hatte.

Als ich nun — nach recht mühsam verborgner
Angst! — auf seine Fürbitte des Lebens gesichert
war, sagte ich dem dicken Wälschen Constantino,
ich sei ganz gern bereit, zu bleiben. Denn ab=

geschen von dem Pfählen, und dem lebendig den
Geiern geben, von dem sie immer zu mir gesprochen,
hatte mir, nachdem ich begnadigt war, Alles, —
zumal auch die Verköstigung, — sehr wohl gefallen.
Ich sagte ihm also, ich sei eigentlich mit Vorbedacht
unter die Heiden gefallen, indem daß ich Aufseher
und Wächter des Frauengemaches der Burg werden
wolle. Denn dies war mir stets als ein nahrhafter
und wenig kämpfereicher Posten geschildert worden.
Auch waren zwei Haremswächter, die ich gesehen bei
Gesandtschaften, ganz auffallend feist gewesen.

Aber da erfuhr ich, daß der Eintritt in dies
Vertrauensamt gar nicht ohne Weiteres Jedermann
freistehe, sondern — kurz: sofort brach ich alle Verhand-
lung ab und ritt sehr rasch aus der Burg. Denn der
Renegat meinte lachend, am Ende könnten mich die
Heiden beim Wort nehmen und mich zum Wächter
machen, ohne mich viel zu fragen, ob mir die Cere-
monien dabei gefielen oder nicht. Ich eilte. —

Sie führten mich, auf der Herrin Befehl, zu

der Vorhut der Christen. Es waren Ritter vom deut=
schen Hause; und bei ihnen traf ich auch den milden,
den sangesfrohen Mann: Herrn Walther von der
Vogelweide."

„Den segne Gott, — wie ihn die Vöglein seg=
nen," rief das Trinelein.

Elftes Capitel.

„Und mußte ihm all' meine Abenteuer erzählen. Und lachte der so hell, —"

„Ja, es ist eine Freude, den lieben Herrn lachen zu hören: das Herz im Leibe muß Einem dabei hüpfen," bekräftigte der Bauer. „Manche Jagd hab' ich mit dem Vogt und ihm begangen."

„Und schenkte mir vor lauter Lust an meinen Geschichten, — zwar unter scharfer Anspornung zur Besserung des Wandels! — Fahrtgeld und Zehrgeld bis nach Schwabenland. Aber ich kehrte nicht heim, ohne eine Waffenthat wider die Heiden mitgestritten zu haben."

„Hoho! Davon erzähle!" mahnte Hezilo. „Als Helden möcht' ich den Böppele sehen."

„Vielleicht nachher. Nun höret erst das Andere!

Zu Sestris bei Genua — ich wollte doch nachsehen!
— saß richtig Frau Zahme, meine liebe Frau, und
wartete auf mich, die Wirthschaft dort in einer
Schänke führend, in der ich mich auch einmal —
kürzere Zeit — zufällig aufgehalten hatte. Ein ge=
meinschaftlicher Freund von uns, der Herr vom Hohen=
bühl, hatte ihr mit eigenem Mund — wie er es mir
versprochen: fast noch, bevor ich ihn darum gebeten,
der treue Mann! — ausgerichtet, dort werde sie mich
am sichersten erreichen. Und sie erreichte mich." —

"Nun, Böppele," forschte Iffo, "ihr seid aber
beide nicht in Wälschland geblieben? Ihr wirthschaftet
schon lange wieder daheim. Und wie hauset ihr denn
nun zusammen? Eure Weinknechte, die früher hier
Most aufkauften, erzählten ehedem oft, sie sei ein
wenig scharf, — die Frau Zanke."

Da aber schlug der Schwabe mit der Faust
dröhnend auf den Tisch, daß die Becher hüpften und
sprach: "Frau Zanke ist todt und begraben! Und wer
meine sanfte Hausehre anders nennt, als Frau Zahme,

— wie sie ahnungsvoll getauft ward, — der hat's
mit mir zu thun. Denn denkt Euch, — das ist des
heiligen Sebastians Fügung, deß Lob ich so häufig
gepredigt, keines Andern öfter! — sie ist wirklich
eine gute gehorsame Frau geworden, weil sie gesehen
hat, daß ich wahrhaftig in's gelobte Land gegangen
war. Das hatte sie nämlich eine Zeitlang — mit
Unrecht! — bezweifelt. — Und Sehnsucht und Angst
hatte sie ausgestanden um mich. Und das Gewissen
sagte ihr doch, daß ich auch ein wenig deßhalb, um
leichter mit ihr in Frieden leben zu können, von Bob=
lingen bis Genua und dann bis in die Wüste ge=
wandert sei. Und kurz: jetzt sie ist so sanft und
lieblich wie ein Regenwurm. Und auf Mariä Licht=
meß lad' ich euch all' zur Taufe: — wir hoffen jetzt
auf einen Erben. Herr Walther von der Vogelweide,
den ich in Brixen traf, hat schon zugesagt, mir einen
Gevatterschilling zu schicken." —

„Herr Walther!" meinte Hezilo. „Wenn der doch
her zu rufen wäre, zu der neu entbrennenden Fehde.

Er und die Vögtin tauschten zwar nie viel Liebe.
Aber ich zweifle nicht: seinem todten Freund zu Ehren
würde er die Fragsburg schirmen helfen. Und er ist
zwar am besten hinter der Harfe, aber auch hinter
dem Schild ein gar tüchtiger Mann."

„Gewiß," betheuerte der Schwabe. „Ich hab's
gesehn mit Augen. Aber ich meine, er wird schon
aufgebrochen sein, nach seiner neuen Heimat."

„Wie? Verläßt der liebe Herr nun für immer
die Vogelweide dort an der Waidbruck?" fragte
Katharina.

„Ja wohl! Er zieht in sein Lehen, das ihm der
Kaiser gab. Es ist ihm so recht von Herzen zu
gönnen. Denn das kleine Gütlein dort im Tannen-
wald reichte zwar, die Vögelein zu weiden, aber
nicht einen ausgewachsenen Mann. Ihr wißt, es
war früher Allod. Doch von den par Hufen hätte
niemand leben können. So hatten es schon seine
Ahnen den Herrn von Gufidaun aufgelassen gegen
eine schmale Jahresrente und es als Precarie zu-

rück empfangen mit der Belastung, sechs Falken jähr=
lich abrichten zu lassen durch einen Falconier für den
Gufidauner."

„Jawohl, drei Wanderfalken und drei isländische.
Ich half manchmal dabei," bestätigte Hezilo, „seit ich
Herrn Friedmuths Falkner geworden."

„Aber auch die Vögelein im Walde hatte er da=
von zu „weiden": das will sagen: Futterplätze im
Winter für sie zu bestellen.

Auch mußte er einen großen, korbgeflochtenen
Käfig stets gefüllt halten mit Galander, Lerche, Blut=
fink, Distelfink, Hänfling und Zeisig: all das zur
Verfügung von des Gufidauners Lehnsherrn, des
Bischofs von Brixen. Der verschenkt sie viel an
Priester und an Nonnen, die ja nicht freien dürfen,
die armen Narren, und dann sich in der Einsamkeit
und Ödheit der liebeleeren Zelle gern so ein hüpfend,
klingend Leben halten."

„Und nun hat er gar vom Kaiser ein Reichslehn
empfangen?" fragte Hezilo.

„Ja! Und was mich aber fast am meisten freut,
an dieser ganzen Aventiure, das ist, daß Herr
Walther das Lehn, um das er schon so lange
singt, nun endlich verdankt — wem? Seinem
Lied? Nein! — Seinem Schwert? Auch nicht!
Sondern seiner Liebe zu den Vögelein, mit der
ihn die Fürsten und die Ritter oft neckten und
hänselten: und zumal neidische Sänger! Denn ach!
Wenig Neidlose giebt es unter diesen! sagt Herr
Walther."

„Freilich! Das sind nur die wenigen, die selber
was können: die haben Neides nicht Ursach',"
meinte Hezilo. „Ich trug Herrn Walther niemals
Neid."

„Der Kaiser freilich nahm sich immer seiner an,"
fuhr der Böppele fort.

„Weil er selber die Vöglein liebt," sprach Hezilo.

„Aber die Spötter nannten Herrn Walther wohl
das arme Galanderlein, den mauserigen Zeisig, die
Moosschnepf von der Waidbrücken, oder gar den ein=

samen Spaß vom Eisack. Nun, Herr Walther blieb
ihnen die Widerrede nicht schuldig. Aber leise wurmte
es ihn doch. Weil er nämlich das Eine an dem
Spott leider als wahr verspürte, daß er so arm war
wie ein Zaunkönig im Winter.

Da ward, bald nachdem ich bei der Vorhut der
Christen wieder eingetroffen war, die nun der Frey=
berger befehligte, und wo ich die Ritter vom deutschen
Hause und Herrn Walther gefunden, der Kaiser bei
uns angesagt zu einer großen Jagd."

„Was für Jagd?" fragte Hezilo.

„Falkenjagd! Denn der gewaltige Herr liebt das
edle Federspiel und versteht es viel besser als sein
eigener Groß=Falconier. Und hat ein Buch darüber
geschrieben, aus dem graubärtige Jäger lernen. Am
Eingang der Wüste, hart unter dem heidnischen Felsen=
nest „Jung=Areymeh," wie's die Franken nannten, weil's
einem alten, vielgehaßten Areymeh ähnlich sah, liegt
ein mooriger See, der zahllos Sumpfgevögel birgt,
auch Purpur=Reiher. Und es war abermals Waffen=

stillstand geschlossen. Und die Fürsten tauschten wieder
fürstliche Geschenke. Der Herr Kaiser sandte dem
Emir von Damaskus Rosse, gegossenes Erzgeräth,
und Kleiderstoffe aus Lüttich, Friesland und der
Lombardie, ferner Falken seiner eigenen Zucht aus der
prachtvollen Vogelweide zu Palermo, aber auch isländische und Sperber aus dem Samland."

„Von jener Eis=Insel weiß ich; aber Samland?
Wo liegt das?" forschte Hezilo.

„Ja, ich weiß auch nicht recht. Da, ganz weit
hinten, gen Mitternacht und gen Aufgang! Im Land
der wilden Pruzzen, wo die Welt aufhört, wo
das Leber=Meer stockt, das halb Eis, halb Sumpf,
halb Wasser sein soll."

„Im Pruzzenland?" sprach der Bauer, langsam,
nachsinnend. „Da sind Heiden. Und Wölfe. Und
sonst gar nichts. Als Wind und Sumpf und Schnee.
Ein getaufter Häuptling, der von seinem Bischof
nach Rom gesendet ward, hat's mir drüben auf der
Fragsburg einmal erzählt. Dort ist Alles aus."

„Ja: aber koſtbare Falken und Sperber giebt's
in jenen ureinſamen Waldſümpfen: die erhandeln
Polaven und Wenden und verkaufen ſie an die deut=
ſchen Handelsſchiffe. Dafür erhielt der Herr Kaiſer
Spezereien aus India, Räucherwerk aus Arabia, Waffen
aus Perſia: weiter ſiebzehn Affen, einen Clephanten
— ich ſah ihn ſelbſt! vielleicht war es der deine,
Hezilo? Dann hatte ihm deine Pfeife im Magen
weniger Harm gethan als in den Ohren: er war ganz
friſch, als ob du ihm niemals was vorgeblaſen hätteſt.

Nun, der Herr der Burg, ein mächtiger Scheik,
hatte den Kaiſer mit den erſten fränkiſchen Fürſten
eingeladen, die heidniſchen Habichte zu erproben: die
ſeien viel klüger und ſchärfer als Kaiſer Friedrichs
ſelbſterzogene ſamländiſche Sperber. Dieſe Berüh=
mung konnte unſer Herr nicht vertragen — das wußte
jeder, der ihn kannte! — und eifrig ſagte er zu.

Am Tage vor ſeinem Eintreffen wandelten wir,
Herr Walther und ich, aus unſern Zelten, den Wander=
vögeln nachzuſpüren, ganz fremdartigen, welche in

dichten Scharen, mannigfaltig gemischt, rasteten, wohl
von der Meerfahrt müde, zwischen der Küste und
unserm Lager. Das war so geschehen. Er sah mich
müßig im Schatten meiner ehemaligen Kanzel liegen,
rief mich an und sagte: „Böppele, geh mit! Du hast
auch Freud' an den Vögelein, die des reichen Herr-
gotts Lieblingsthierlein sind: denen nur hat er verstattet, näher als anderes Gethier an seinen Himmels-
thron empor zu schweben." Sein Wohlgefallen für's
Leben hab' ich einmal dadurch, glaub' ich, gewonnen,
daß ich ihm erzählte, wie ich, so lang ich in Wälschland bei Genua weilte, den verfluchten Vogelstellern
überall die armen gefangenen Vögelein —, die Meisen,
Drosseln, Grasmücken und die Rothkehlchen — diese
hält Herr Walther werth vor allen! — aus Schling'
und Netz nahm zu vielen Hunderten, und fliegen ließ
in Freiheit und Fröhlichkeit. Denn, wenn man die
Wälschen loben mag in vielen Stücken: — das schreit
zum Himmel gegen sie, daß sie die lieben Singvögel,
wenn sie hungrig über die hohen Jöcher geflogen sind

21 *

und nun, wandermüde, niederfallen in das reiche Land,
zu vielen Tausenden und Zehntausenden jährlich fangen
und nicht pflegen — sondern fressen, obwohl sie nur ein
Schluck und ein Druck im Munde sind. Wir essen doch
nur die größeren: aber die! Nicht Zaunkönig noch
Goldhähnchen verschonen sie. Mich wundert lang,
daß sie nicht auch die Bienen braten! Nie hab' ich
Herrn Walther so wild gesehen, als wie, da wir
von dieser bestialitas redeten."

„Was heißt das?" fragte Katharina.

„Nun — ist schwer verdeutschen —: etwa Viech=
heit. — Also, er will mir wohl, der frohe Herr, und
so sagte er zu mir: „Geh mit, Böppele, trag mir Bogen
und Köcher: und erzähle mir von deinen Schwänken."
Denn er hört sie gern; und weil er eben ein Mann
ist, dem auch allerlei einfällt, frägt er nicht alle sieben
Worte lang, ob es auch alles wahr ist, oder so in der
Schrift steht? Wir gingen also selbander, gegen die
großen Sammelherberge der Wandervögel zu. Auf
einmal hören wir einen Geier kreischen, hoch über uns

— sind gar große häßliche Thiere, dort zu Lande,
mit nacktem Hals. Wir schauen auf und sehen, wie
der sausend einem mittelgroßen Vogel nachjagt, der
freilich blitzschnell flüchtet, aber doch nicht entkommen
kann. „Eine Taube ist's!" rief Herr Walther. „Wart,
ich helf' dir, Ruckurulein!" riß mir den Bogen aus der
Hand und legte den Pfeil auf. Es war die höchste
Zeit: eben hatte der Stößer im Flug die Arme erhascht
und wollte mit ihr auf und davon. Da schwirrte die
Sehne und der Geier stürzte. Aber die Beute hatte er
nicht losgelassen aus den Fängen. Wir sprangen zu
und lösten die blutende Taube aus des Verendenden
Gewaffen. „Ei sieh," sprach da Herr Walther, der sie
sorgfältig besah, um sie, wo's thunlich war, zu heilen."

„Und ist doch auch wirklich geheilt worden?"
fragte das Trinelein ängstlich. „Sag's ganz geschwind,
ehe du weiter erzählst."

„Ja, du gutes Mädele! Dem Täubelein ist's
dann noch gar gut ergangen! Der Kaiser hat befohlen,
das geheilte in seinen großen Vogelgarten nach Palermo

zu senden: dort soll's das kaiserliche Gnadenbrod essen.
Denn das war keine Taube wie andre Tauben sind. —
Herr Walther rief, wie er sie befreit hatte: „Schau, die
Arme trug, unter dem Flügel festgebunden, einen ganz
klein zusammengefalteten Pergamentstreifen! Sieh, er
ist beschrieben.“

„Ja, ja,“ sagte ich, „die Heiden pflegen solcher
Taubenpost. Was wohl darauf geschrieben steht? Ist
wohl arabisch?“

Aber Herr Walther fuhr zusammen und erbleichte:
„Lateinisch ist's! Und höllischer Verrath! O heilige
Jungfrau! Unser Herr! Rasch zurück in's Lager!“

Er eilte, ich folgte. Er verdeutschte mir: „Der
Kaiser-Löwe geht richtig in die Falle. Ich sende sein
Haupt, sowie der Vertraute das bedungene Gold
bringt nach Jung-Aretymeh.“

Herr Walther sprengte dem Kaiser entgegen und
gab ihm das Blatt. Der verfärbte sich: nicht aus
Furcht, aus Schmerz: „So verderben mir diese Pfaffen
sogar die Heiden,“ rief er, kehrte spornstreichs um

in sein Lager und ließ — mit sichrem, wahrhaft löwen=
haftem Griff — sofort verhaften Herrn Josselin Bras
de Fer Roland de la Rolande. Das war nämlich der
Vertreter der Templerherrn bei uns'rem Heer. Sein
Zelt durchsuchte man und fand Briefe, freilich in Ge=
heimschrift: aber der Kaiser selbst und Herr Hermann
von Salza fanden den Schlüssel zu den Zeichen. Und
da ergab sich's denn: der Patriarch Gerold von
Jerusalem, der Erzbischof von Cäsarea, ferner die
beiden Stellvertreter, welche der heilige Vater an des
abgesetzten Kaisers Statt zu Anführern der syrischen
und der kyprischen Ritter ernannt hatte, Herr Richard
Filangieri und Herr Otto von Montbeillard, vor
Allem aber die Templer, hatten den Burgherrn von
Areymeh gewonnen, den großen Ketzer und Gebannten:
das heißt, den gerechten Richter, welcher die Frevel
der über alle Christengedanken hinaus verwilderten
Herrn vom Tempel aufdeckte und bestrafte, in seine
Burg zu locken und dort zu ermorden. Wir zogen
nun mit starker Heeresmacht vor Areymeh. Die

Krieger, denen der Kaiser selbst in zornigen Worten
den Mordplan verkündet hatte, stürmten wie die
Wüthigen: das Nest ward erstiegen!

Der Kaiser war der Erste auf dem Wall: —
zwei Wurflanzen zugleich flogen ihm entgegen. Die
eine schlug er selbst zur Seite, die andere fing, just
vor seinem Antlitz, mit treuem Schild Herr Julius
von Freyberg, der ihm auf dem Fuß gefolgt war. —
Unser Herr war sehr wild: zumal deßhalb, weil er
immer die Treue der Heiden der Tücke der Christen
entgegenzuhalten liebte: und jetzt, so schalt er, könnte
Einem die Wahl wehe thun zwischen Heiden, Pfaffen
und Templern. Herr Hermann von Salza war der
Dritte, Herr Walther der Vierte auf der Mauer. —
— Ich kam etwas später."

Hezilo lachte.

„Da ist gar nichts zu lachen. Denn damals
geschah es," fuhr der Schwabe fort, etwas langsamer,
— „daß auch ich meinen Heiden fing. Noch dazu
einen Mohren —"

„Wo haſt du ihn?“ fragte Hezilo unglänbig.
„Zeig ihn her!“

„Ich wollte ihn Frau Zahme mitbringen, der
ich ein Andenken an das gelobte Land verſprochen
hatte. Aber — er ſtarb mir leider, bevor er ganz bis
nach Boblingen kam.“

„Wo? Wie ſtarb er?“ forſchte der Zweifel=
müthige. „Wie weit brachteſt du ihn denn mit dir?“

„Nun, nicht recht weit. Die Wahrheit iſt: er
hatte meine Hände ſo feſt gepackt, daß ich ihn nicht
gleich binden konnte. Auch kam er mir — durch
Hinterliſt! — zuvor. Denn als ich eben auf den Mauer=
kranz gelange — ich ſag' euch: auf ſo einer Sturmleiter
iſt's ein unbehaglicheres Steigen als im Brachmond
in den Schwarzkirſchen! — ſpringt auf einmal hinter
einer Thurmecke etwas Schwarzes hervor, und packt
mich: ſo beſtimmt und ſo ganz ohne Bedenken, als
ob es all' dieſe Jahre nur auf den Poppo von Bob=
lingen gewartet hätte! Ich leugne nicht: ich erſchrak
anfangs, denn das Anſpringende war ganz ſchwarz

im Gesicht und fletschte die weißesten Zähne, die ich
je gesehen, als ob es mich anbeißen wollte.

Wir rangen nun und fielen beide und, Brust an
Brust, — ich meistens oder doch recht oft oben:
— rollten wir auf der breiten Mauerzinne hin und
her; das sah ein Ritter aus Frankenland, „der rasche
Roßbach" hieß er im Lager, und der erstach mir,
zuspringend, mit dem Speere leider meinen Mohren,
bevor ich ihn hatte so recht eigentlich anbinden können.

Nun: der Scheik ward gefangen: — die Briefe
der Anstifter wurden gefunden: und Burg und Scheik
und Briefe und der mitgeführte Templer, Herr Roland
de la Rolande, gingen in Einem Brand in Flammen
auf. — Der Kaiser aber sprach vor versammelten
Fürsten und Rittern: „Herrn Walther dank' ich's Leben!
Er hat, milden Sinns, ein Täublein retten wollen und
hat seinen Kaiser gerettet. Niemand spotte mehr des
Vogelfreundes! Es ist ein Lehen frei geworden: wie
gewöhnlich, durch Felonie: — der Felon ist, wie gewöhnlich, ein Pfaff: der Abt des Schotten=Klosters zu

Wirzburg am Main. Er hatte ein Reichslehen im
Mittag vor der Stadt: da wächst gar edler Wein;
der Hügel ist sanft geschwungen — einer Harfe gleich:
der soll — ich kenn' ihn gut — fortan ,die Harfe'
heißen; und Herrn Walthers Harfe soll dort gar lieb=
lich tönen, wann zur Sonnwendzeit der Duft der
Rebenbluft im schönen Thal von Wirzburg won=
nig durch die Nachtluft zieht: die Harfe zu Wirz=
burg, sie sei Herrn Walthers Lehen."

Da riefen alle Fürsten und Ritter lauten Bei=
fall. Herr Walther aber neigte sich vor dem Herrn
und sang in hellem Ton:

„Ich hab' mein Lehn erhalten! All' die Welt! Ich hab'
                                    mein Lehen!
Nun brauch' ich nicht mehr fürchten den Eisfrost an den
                                    Zehen,
Und nicht um kleine Gabe bei geiz'gen Fürsten flehen.
Der edle König milde, er lieh mir reiche Gabe:
Nun will ich froher singen als ich je gesungen habe!"

So ungefähr — auf einen halben Bauernschuh
kommt's mir in der Dichtung nicht an! — nur noch

viel schöner war es! Und Herr Walther erzählte dem
Kaiser alle meine Leiden, Abenteuer und Gefahren,
die ich bestanden, als ich damals sein Lager verlassen,
so rasch, daß ich gar nicht mehr hatte Urlaub als Lager-
pfaff erbitten können. Und der Kaiser lachte und ver-
zieh mir, was er mir etwa zu verzeihen haben
mochte: — war nicht viel: ich hatte ihn nicht be-
logen, nur ihm meinen Kopf gewiesen: und der war
wirklich geschoren! — Und er schenkte mir dazu so
viel Geld, — weil ich doch auch dabei gewesen, als
wir das Täubele mit dem Briefe fingen, und weil ich
auf dem Walle den wilden Mohren bezwungen — daß
ich im Lager so eine kleine hübsche Weinwirthschaft auf-
richten konnte. Und gar viele, die ich früher in der
Seelsorge gehabt, wurden jetzt meine besten Kunden:
zumal der dicke Baier aus der Hollebau: da ich ihm
jetzt das Trinken nicht mehr wehrte — hatte ja kein
Recht mehr dazu! — vielmehr ihm dazu noch weidlich zusprach, liebte er mich weit mehr denn ehedem.
Und der Bergamaske hat mir auch vergeben; und

der hat mit einem Slavenen, (der war sehr dumm!) getraut, — nun rathet einmal, wen? — keine Andere als die Provençalin. Diese war fröhliche Wittwe. Denn den Gascogner hatte der Herr Kaiser inzwischen leider hängen lassen müssen, weil er er gar zu viel Geld ausgab, welches er sich alles mit unablassendem Fleiße ganz selber und allein gefertigt hatte.

So! Nun weiß ich aber wirklich nichts mehr zu erzählen."

—

Zwölftes Capitel.

„Ja, von dir und deinen Fahrten! Aber," forschte der Bauer, „was ist denn nun bei all der Müh' des Kaisers und seines Heers herausgekommen für die Christenheit? — Kam neulich ein Bettel-Mönch durch den Markt Meran, bettelte und predigte dabei und verfluchte den Kaiser: denn der habe Freundschaft mit dem Heidensultan geschlossen."

„Das ist wahr."

„Er sei sogar — ganz im Geheimen — selbst zu dem Abgott Mohamed übergetreten."

„Das ist gelogen," riefen Hezilo und Böppele zusammen.

„Wenn's im Geheimen war, woher weiß es denn der Pfaff?" fragte der Schwabe pfiffig.

„Und," fuhr der Bauer fort, „die Franciscaner haben nicht nur auf den Kanzeln, sie haben auf der

Landstraße, in den Herbergen, wo irgend nur ihnen die Gaffer zuhören mochten, den Herrn Kaiser so arg verlästert, als sei er schlimmer als mein böser Fuchs= hengst. Ich hab' es nicht viel geachtet. Aber ist es denn wirklich wahr, daß der Kaiser alles Recht der Christen im heiligen Lande schimpflich aufgegeben hat?"

„Das ist aber einmal so arg gelogen," rief Böppele giftig, „daß ich mich schäme, je Pfaffenkleid getragen zu haben."

„Hat dir nicht viel geschadet, noch genützt," meinte Hezilo.

„Vielmehr ist unsere Kreuzfahrt mit Ruhm also zu Ende gegangen. Bald nachdem ich dem Kaiser die Heiden=Burg hatte stürmen helfen, kam der lang verhandelte Friede mit dem Sultan Kamil von Ägyp= ten zu Stande. Und dieser Friede ist eine wahre Victoria für die ganze Christenheit! So sagten mir Herr Hermann von Salza und Herr Walther und der Herr von Freyberg. Oder vielmehr: sie redeten darüber mit einander, während ich ihnen Wein zu=

trug; denn sie waren oft bei mir zu Gast im Lager.
Nie vorher hat eine Kreuzfahrt mit den mächtigsten
Heeren so viel erreicht wie unser kluger Kaiser durch
seines Geistes Kraft allein: denn wir zählten nicht
elftausend Helme in Allem! Und diese zehntausend
achthundert hatten ihm bis auf Wenige den Gehorsam
versagt, nachdem des Papstes Verbot verkündet war.
Eine Zeit lang sah's aus, als verließen ihn Alle, außer
den Deutschen. Da aber hielt er eines Abends eine
lange Zwiesprach mit Herrn Hermann, der ihm einen
großen Brief geschrieben hatte. Und am Morgen
darauf verkündeten die Lagerherolde, der Herr Kaiser
habe, dem Gebot des heiligen Vaters folgend, den
Heerbefehl gehorsam abgegeben, aber nicht an die
vom Papst ernannten zwei Stellvertreter, sondern an
unsern Herrgott droben im Himmel: der sei doch noch
mehr als der Papst und alle Stellvertreter des Papstes.
Und richtig: von da ab erließ er alle Befehle nicht
mehr im eignen Namen, sondern im Namen Gottes,
und der Christenheit: — und nun gehorchten wieder

Alle: die Templer scheinbar auch). Der Sultan aber
erschrak, als der Kaiser nun gegen ihn aufzubrechen
drohte, schloß Frieden und überließ dem Kaiser Jeru=
salem, Bethlehem, Nazareth, Rama und alles Land
zwischen Jerusalem, Sidon, Tyrus und Affon, das
ganze alte Reich Jerusalem, wie es einst bestanden
hatte, aber längst an die Heiden verloren war. Und
nun zog der Kaiser alsbald feierlich ein in Jerusalem.

Da er immer noch gebannt war, wohnte er dem
Gottesdienst nicht bei. Herr Hermann von Salza
war's, der ihn mit weiser Rede hiervon abbrachte.
Aber Tags darauf nahm der Herr Kaiser die Krone des
Königreichs Jerusalem, das er erst wieder geschaffen
hatte, mit eigner Hand vom Altar und setzte sie sich
feierlich auf's Haupt. Und der Hochmeister verlas
vor allem Volk eine gar herrliche Vertheidigung des
Herrn Kaisers wider alle Angriffe des Papstes. Aber
siehe da! Am folgenden Morgen erschien der Herr
Erzbischof von Cäsarea und belegte gar lieblich im
Namen des Patriarchen Gerold von Jerusalem —"

„Ja, hat man denn diese beiden Mordverräther nicht gestraft?" fragte Hezilo ganz zornig.

„O nein! Denn sie gestanden, was sie nicht leugnen konnten: sie hätten den Kaiser auf jener Burg gefangen nehmen, nicht jedoch ihn morden lassen wollen. Ihn gefangen zu nehmen, — wenn sie näm= lich konnten! — seien sie aber sogar verpflichtet, da er mit dem heiligen Vater in offenem Kriegszustand lebe. Nun also,. der von Cäsarea belegte das heilige Grab und alle heiligen Örter und die ganze Stadt mit dem Interdict, verwarf den Frieden mit dem Sultan im Namen des Papstes, und erklärte, besser verbleibe das gelobte Land den Heiden, als diesem Hohenstaufen. Sofort weigerten abermals die Templer den Gehor= sam: ja sie schrieben dem Sultan von Ägypten, der Kaiser werde demnächst zur Taufstätte Christi an den Jordan wallfahren mit ganz geringer Schar: dort könne man ihn greifen oder tödten. Der Sultan — er und der Kaiser halten fest am Vertrag — schickte das Schreiben dem Kaiser, auf daß er sich

vor falschen Freunden hüte. Da gebot unser Herr, daß
fortab kein Templer ohne kaiserliche Erlaubniß die heilige
Stadt betreten oder verlassen dürfe, baute die Mauern
von Jerusalem wieder auf, bestellte der Veste einen
tapfern Marschalk und schiffte sich schleunig ein. Denn
die Schlüsselhelden des Papstes richteten ihm einstweilen
sein ganz apulisch Reich zu Schanden. Und ich war
einer der Allerersten an Bord: denn ich hatte genug an
dem heiligen Land und übergenug. Und trug große Sehn=
sucht nach Frau Zahme und nach dem Lindenbaum im
Haus-Garten bei meinem Weinschank zu Boblingen."

"Heilige Jungfrau," seufzte das Mädchen, "wie
schwer ist es doch für alle Christen, wenn Papst und
Kaiser wider einander toben! Weißt du, wie ich mir
helfe, Hezilo? Ich bete für alle Beide."

"Daran thust du recht," sagte dieser. "Aber bete
ein Vaterunser mehr für den Papst."

"Warum? Hältst du's nicht eher mit dem Kaiser?"

"Ebendeßwegen! Bete, daß der Herr den Papst
erleuchte und zum Frieden neige sein hartes Herz."

„Ja, und was ein schlicht Gewissen ganz be=
ruhigt," sprach der Bauer, „alle Bischöfe und Äbte
hier im ganzen Bergland geben dem Herrn Kaiser
Recht und dem Herrn Papst Unrecht. Zumal auch
unser Oberhirt, Herr Heinrich von Taufers. Seit der
zu Brixen waltet, — s'ist noch nicht lang, — wehrt
er den Bettelmönchen streng, die wider den Herrn
Kaiser predigen wollen: er sperrt sie ein oder überweist
sie dem Grafen Albert von Tirol, oder den Andechsern
zu Eppan: die sind scharf kaiserlich."

„Ja, die Bettelmönche!" zürnte der Schwabe.
„Wie viele, viele Tausende haben die doch in den
heiligen Krieg gehetzt, die meist besser zu Hause
geblieben wären. Aber jetzt will's ihnen nicht mehr
stark gelingen. Der rechte Hitzeifer für die Fahrt in's
Morgenland, auch für die Gaben für's heilige Grab
ist den Leuten vergangen: zumal sie oft merken, in
welch' unheilige Hände ihre Spenden gelangen. Einer
— ein deutscher Ritter aus Frankenland, ein Herr
von Aufseß — ist umgekehrt, just in Rom. Seine

fromme Frau Mutter hatte das kostbarste Erbstück
des Geschlechtes, einen goldenen Becher, dem Do=
minicaner gegeben, der gar so kläglich bettelte, zum
Einschmelzen. Ungern sah's der heranreifende Sohn.
Als er wehrfähig geworden, ruhte die Mutter nicht,
bis er das Kreuz nahm. Der junge Ritter kommt nach
Rom. Da hört er in einem Reb=Garten vor dem
Thore, der dem Cardinal Castus von Albano gehört,
Becherklang, Lautenspiel und kicherndes Lachen über=
müthiger Weiber. Neugierig guckt der junge Herr über
die Steinwand. Da sieht er den Cardinal in einer
Rosenlaube sitzen, inmitten von drei Hübschinnen: eine
hockt auf des Hochwürd'gen Schos und trinkt ihm zu
aus goldenem Becher. Mit einem Satz war der Deutsche
über der Mauer, riß der Kreischenden den Erbbecher sei=
ner Ahnen aus der Hand, stieß ihn dem Pfaffen in das
rothe Gesicht und sprach: „Ich bin der Kurt von Aufseß!
Und ich zieh' hinweg mit diesem Becher. Aber nicht nach
Jerusalem, sondern heim, nach Frankenland. Dort mag
der heilige Vater mich und den Becher holen, wenn er will."

„Ich halte mich an meinen Bischof," sprach der Bauer ernsthaft.

„Und ich mich an Herrn Walther," rief der Böppele, „der hat ein Lied gemacht, das —"

„Ja wohl," fiel Hezilo ein, „ich hab's auf den heißen Straßen im Morgenland und in Wälschland gar oft von den deutschen Rittern und Reisigen singen hören. Von Joppe, wo ich die ersten, bis Mailand, wo ich die letzten Verse hörte."

„Wie lautet's wohl?" fragte das Trinele. „Ich höre gar gern Alles, was Herr Walther singt: — wenn ich's auch manchmal nicht verstehe, es klingt immer so fein."

„Wurde bald viel gesungen, und abgeschrieben von den guten Pfaffen, von denen, die zum Kaiser stehen, und heißt also."

Und der Böppele hob an:

„Herr Herzog, nein! Nie werd' ich eigen!
Was Fürstendienst und Hofesruhm!

Frei muß ich singen oder schweigen:
 Das Lied kennt nicht Vasallenthum.

In meinem Herzen mahnt ein Klingen:
 Freund Walther, bleib' dir selber gleich:
Laß andre Preis den Fürsten singen,
 Du sing den Kaiser und das Reich!"

Und Hezilo fiel ein:

„Spart, Cardinal, die fromme Rede:
 Die Treu' ist mir die frömm're Pflicht!
Des Staufers Fehd' ist meine Fehde,
 Ich fürchte Papst und Hölle nicht.

Wer zagt, daß er des Himmels fehle,
 Der beuge sich des Bannes Streich,
Mir ist nicht bang um meine Seele,
 Steh' ich zum Kaiser und zum Reich."

„Das gefällt mir," sagte der Alte bedächtig.

„Das will ich hoffen," rief der Schwabe. „Jedoch
— die ganze Zeit überleg' ich's — ich meine alle=
weil' —, ich sollte, — ich denke, — ich könnte doch
auch das Meinige thun, Herrn Friedmuths Burg zu
schützen. Er war zwar ziemlich unsanft gegen mich:
er gab mir, da ich ihn zuletzt aufsuchte, gar raschen

Abschied. — Aber um Herrn Walthers, seines Freundes willen —"

„Willst du vielleicht an unserer Seite fechten und wieder einen Heiden fangen?" lachte Hezilo. „Die bösen Vettern haben keine Mohren."

„Nein — aber ich will doch sehen, ob ich nicht, — doch still, ich muß mir's überlegen! Jetzt aber bin ich müde, sehr müde: — der Wein ist auch ausgetrunken: — so weise mir irgendwo eine Lagerstatt auf gutem Stroh, Hezilo! Ich geh' mit dir in deinen Außenhof hinüber. Heb' dich! Nimm Abschied von der Kleinen!" — Und er rückte das knie-kurze Wamms zurecht, schnallte den Gürtel, den er gelockert hatte, fester, und griff nach dem spitzen Filzhut mit der breiten Krämpe, den er auf den Boden geworfen hatte.

„So gehen wir," rief Hezilo aufspringend. „Zum ersten Mal seit Jahren schlaf' ich wieder unter dem eignen Dach! — Gute Nacht, du viel Liebe! Gute Nacht, Vater." — Und er umarmte die Braut, drückte dem Bauer die Hand und führte den Gast in seinen Hof. —

Die Kreuzfahrer.

Zweiter Band.

Die Kreuzfahrer.

Erzählung aus dem dreizehnten Jahrhundert

von

Felix Dahn.

Zweiter Band.

Zweite Auflage.

Berlin,

Verlag von Otto Janke

1884.

Drittes Buch.

Friedmuth.

— —

Erstes Capitel.

Noch war der Tag nach Peter und Paul, für welchen der Wiederanfang der Fehde angesagt war, nicht gekommen: und doch erfüllte schon wilder Kampflärm das linke Etschufer und tobte auf dem steilen und hohen Bergbang, den die Fragsburg krönt.

Das war so ergangen.

Vier Tage vor Peter und Paul bereits hatte vorsorglich der Bauer vom Innerhofe zu Goyen sein Kind bei dem Thorwart hinter den sichern Mauern von Meran geborgen und war mit seinen beiden Knechten und den Kühen und Ziegen, wie Hezilo mit drei Grundzinsleuten und seinen etwas zahlreicheren Herdenthieren in die Burg des Vogtes eingezogen, sie vertheidigen zu helfen, und das Vieh, wie die werthvollste Habe, bestehend in ein par Schmuck- und

1 *

Gewand= und sehr wenigen Geldstücken, dort zu
bergen.

Am Tage darauf waren die sämmtlichen von
der Vögtin aufgebotenen wehrfähigen Hintersassen und
Dienstpflichtigen aus allen Zubehörde=Hufen der Frags=
burg eingetroffen: — anhängliche Dankbarkeit gegen
Friedmuth und Furcht vor Frau Wulfheids strenger
Handhabung des Hofrechts hatte sie alle herangezogen.
Und am Abend des folgenden Tages, also zwei Tage
vor Peter und Paul, hatte dieselben Oswin, der Sohn
des alten Oswald, der nun an Stelle seines Vaters
des Burgwarts Amt versah, in den Markt Meran
geführt, wo sie in der Sanct Martins=Kapelle ge=
betet, die Messe gehört und — die es vermochten, —
Gelübde an Wachs oder Linnen für die Kirche geleistet
hatten. Es waren etwa zwanzig Männer; die Leute
aus den beiden Höfen von Gohen waren nicht dar=
unter: die hatten schon vorher, als sie Katharina in
die Stadt gebracht, dort ihre Andacht verrichtet, und
waren nun auf der Fragsburg geblieben.

Nur unbewaffnet hatten die Männer den Markt und die Kirche — zu geistlichem Zweck — betreten dürfen.

Spät am Abend kehrten sie aus Meran nach der Burg zurück. Es dunkelte bereits, und fern im Westen zog ein Wetter auf, schon grollte leise der Donner. Der Weg zog sich auch damals nahe der Etsch entlang. — In kleinen Gruppen von drei, vier Mann, schlenderten sie einher. Da brachen plötzlich, ohne jeden kämpflichen Anruf, von rechts aus dem Schilfgebüsch der Flußsümpfe, von links aus dem dichten Buschwald, der den ganzen Berg bedeckte, Gewaffnete auf sie ein, wohl über dreißig. An Widerstand der Wehrlosen war nicht zu denken. Nur ein par Leute entkamen aus dem Getümmel nach rückwärts und in die Thore des Marktes: — alle Übrigen wurden gefangen, mit Stricken gebunden und in eine große Scheune gesperrt, welche am Fuße des Berges erbaut war, das Schilf und das Heu der Fragsburgerin darin zu bergen. Während vier Gewaffnete vor der

von außen fest versperrten Scheune die Gefangenen
bewachten, eilten die Übrigen so leise wie möglich
den Berghang hinauf, auf welchem die Burg ragte.
Wohlweislich war der Ort des Überfalles so gewählt
worden, daß von der Burg aus auch bei hellem Tage
nichts davon wäre zu sehen gewesen: eine Einbuchtung
des Weges zwischen zwei bewaldeten Vorsprüngen
entzog die Stelle völlig dem Blicke des Thürmers.
Einiger Lärm war freilich nicht zu vermeiden gewesen:
— die Überfallenen hatten zuerst laut vor Schrecken,
dann um Hilfe, bald aber um Gnade geschrieen: —
aber es war doch sehr hoch hinauf bis zur Fragsburg
da droben.

Einstweilen war auf den Flügeln des Westwinds,
vom Vintschgau her, das rasche, auch nur rasch-lebige
Gewitter herangeflogen: die Wetterwolken verfinsterten
plötzlich den Nachglanz der gesunkenen Sonne: der
Wind sauste heulend durch die Buchen und Edel-
kastanien des Fragsburger Bühls und schlug klat-
schend deren Äste zusammen; heftige Donnerschläge

in schneller Folge übertönten gewaltig die Menschen=
Stimmen.

So günstig das Wettergetöse für den Überfall
war, sofern es der Burg wohl fast unmöglich machte,
wahrzunehmen, was nahe dem Flusse geschah, — den
Knechten der Angreifer gefiel es übel, daß ganz gleich=
zeitig mit ihrem Vorbrechen auch der Zorn des Him=
mels losbrach. Zwar sie selbst hatten nichts gelobt
oder geschworen: aber sie wußten wohl — wenigstens
manche von ihnen —, daß ihre beiden Führer diesen
Handstreich thaten gegen eidlich gefestigten Vertrag.
Wäre der Überfall mißglückt, sie hätten zuversichtlich
das gleichzeitige Grollen des Donners als die Sprache
des zürnenden Himmels verstanden.

Da jedoch Alles über Erwarten günstig ablief,
beschwichtigten sich die aufgestörten Gewissen zunächst
wieder.

Und daß nicht etwa einer der Entsprungenen
den Berg hinan sich retten und die Burg warnen
könne, dafür war trefflich gesorgt: alle irgend gang=

baren Stege waren von Wachen besetzt: und diese
griffen alsbald Oswin, der es versuchte, auf hals=
brechendem Felsengezack empor zu klettern. So
stiegen denn — auf zwei Wegen — die Angreifer
schweigend, jedes Waffenklirren und andere Geräusch
meidend, den damals noch ganz von Wald bedeckten
Berg hinan. Ungefähr dreihundert Schritte vor der
Burg begann die Waldblöße, welche zum Zwecke der
Vertheidigung angelegt worden war, dem Feinde ge=
deckte Annäherung innerhalb des Schutzes der Bäume
unmöglich zu machen. Hier trafen die beiden Haufen,
jeder von etwa fünfzehn Mann, zusammen.

Es war jetzt ganz dunkel, obwohl das geschwinde
Gewitter schon rasch das Etschthal abwärts gezogen
war: nur zerrissen Gewölk sprühte hie und da noch
Regen nieder, während im Westen der Himmel, schon
wieder wolkenlos, einzelne Sterne zeigte. Der Auf=
stieg hatte geraume Zeit gedauert: denn die Reisigen
schleppten schwer an Sturmleitern, Rammpfählen und
allerlei Schanzzeug: die beiden Wege waren schmal

und steil und während des regenschüttenden Gewitters in Gießbäche verwandelt.

„Nun, Griffo, wie steht es?" flüsterte der Führer der einen Schar. „Gleich drauf und dran!"

„Noch ein wenig verschnaufen."

„Gut, zwei Vaterunser lang: fang an: — bet': — und dann los. Die Burgleute haben nichts gemerkt. Wir überrumpeln sie!"

Aber kaum hatte er ausgeredet, als auf der ihnen zugekehrten Seite der äußern Umwallung eine Fackel sichtbar ward und gleich darauf ein lauter Hornstoß erscholl.

„Waffenä! Waffenä! Burgleute! Hierher alle zuhauf!" rief eine starke, tiefe und doch offenbar weibliche Stimme.

„Der üble Waland soll sie verschlagen, Griffo! Es ist die Base selbst! Deine spröde Braut! Überall hat sie die spitze Nase." So raunte der ältere der beiden Führer, eine kraftgedrungne, stämmige Gestalt: er mochte etwa fünfzig Jahre zählen, die er aber so

leicht trug wie die schwere Ringrüstung. Man nannte
ihn den Stier von Naturns, wohl nicht blos um des
stoßenden Stieres willen, den er im Wappen trug.

„Vielleicht gelingt es doch — mit List," erwiederte
der Andere, der schlanke, geschmeidige. Ganz in einen
Mantel gehüllt, dessen Kapuze die Sturmhaube und
zum Theil sein gelbbräunlich Antlitz, der wälschen
Mutter Erbtheil, bedeckte, trat er etwas aus dem
Walde hervor und sprach mit verstellter Stimme:
„Aber, Frau Vögtin, ich bin's ja, der Hukbert vom
Lenkhof! Kennt Ihr mich nicht? Laßt doch öffnen.
Gleich hinter mir kommen die Andern aus dem
Markt zurück."

„Du bist der Greifensteiner und ein ehrbrüchiger
Schelm! Allzulange blieben mir meine Kirchgänger
aus. Ich horchte vom Thurm herab: mir war,
ich hörte durch Donner und Sturm fernes Hilfeschrei'n. Wo sind meine Knechte?"

„Gut aufgehoben, Frau Base, wie die Mäuslein in
der Falle," erwiederte nun Herr Rapoto, trotzig vortretend.

„Da Ihr uns nun doch erkannt habt," sprach Herr Griffo, den Mantel zurückschlagend, den Schild zum Zeichen friedlicher Zwiesprache gesenkt an den Fuß setzend, und sich darauf lehnend, „laßt uns als nächste Vettern gütlich ein."

„Ich schäme mich der Vetterschaft! So haltet ihr vertragnes Wort? Ihr habt geschworen!"

„Was haben wir geschworen?" fragte der Naturner. „Die Herrin der Fragsburg nicht zu befehden vor Peter und Paul. Wohlan, seid Ihr die Herrin der Fragsburg? Beim Strahle, nein! Die Fragsburg hat keine Herrin: Herr Friedmuth ist todt. Euer Recht ist mit ihm gestorben: die Lehensfolger sind wir beide und wir sind unbeweibt: eine Herrin hat die Fragsburg erst wieder, wann Ihr mit Herrn Griffo Hochzeit macht."

„So haben wir nicht die Fragsburgerin befehdet, wenn wir Euch befehden," fiel Herr Griffo ein, „und unser Eidwort nicht gebrochen."

„Macht's kurz, Frau Base. Eure Leute, welche

die Burg vertheidigen sollten, sind gefangen. Wir
stehen hier mit mehr als dreißig Lanzen: Ihr habt
keine zwanzig hinter Euch und könnt die Burg nicht
halten."

Unter diesen Reden waren die beiden Ritter
allmälig immer näher gegen die Mauer vorgegangen,
auf der jetzt bei dem Scheine von Fackeln einige
Männer neben einer Frauengestalt sichtbar wurden.

„Zurück!" rief diese drohend und hob den Arm.

„Vor einem Weiberrock?" lachte Rapoto, „beim
Hammer, nein!" und sprang, den Ovalschild zu Halse
nehmend, vor: aber klirrend stürzte er rücklings um:
mit solcher Wucht hatte ihn von der Mauer herab,
durch Schildgestell und Waffenrock hindurch, an die
Brust ein Wurfspeer getroffen, erst an der starken
Ring-Kettenbrünne abprallend.

Besorgt rannten ein par Knechte hinzu und hoben
ihn auf.

„Heia!" rief die Frauenstimme von der Mauer
herab. „Das traf! So stärkte Gott den Arm des

Weibes. Jetzt sollt ihr's erleben, wie Wulfheid von Fragsburg streitet für ihr Recht und für ihren Ehe= herrn!"

Mit einem wilden Fluch hatte sich Herr Rapoto wieder fest auf die Füße gestellt: „Der Höll=Fürst fresse meine Seele," rief er, „zahl' ich's dem Weib nicht heim. Diesmal nehm' ich das Nest, oder falle vor dem Thor. Drauf, Vetter Griffo! Bei'm Hammer und bei'm Strahl! Du über die Mauer, ich durch das Thor."

Und jetzt hob er denn grimmig an, der Renn= sturm auf die Burg.

Zweites Capitel.

Wohl seit alter Zeit war die Krone dieses Berg-
hanges befestigt gewesen. Bot die Lage auch nicht
gerade das Ideal für Burgenbau — einen nur von
Einer Seite ersteigbaren Kegel, — so war doch der
Aufstieg von der Etsch her, von Westen — denn die
Etsch fließt hier beinahe gerade von Nord nach Süd
— unmöglich: senkrecht fiel dort der Fels zu Thal
und in den Felskern selbst war der Unterbau der
Burg gehauen. Auch von Süden war die Schlucht
nicht zu ersteigen, welche der damals noch ganz un-
gebändigte Absturz des Sinach-Bachs in den Stein
gegraben hatte. Freilich, im Nordosten vor der Burg
lag ein geräumiger Platz: aber der steile Zugang zu
diesem, der nur von Norden, von Meran, herführte,

war leicht zu vertheidigen. Steinkugeln schleudernde
Geschütze, Sturmdächer und Sturmböcke konnte man
den schmalen Burgsteig nicht herauf schaffen, wenn die
Abwehrer oben ihre Schuldigkeit thaten. Denn dieser
Weg, „die Burgstraße" war so schmal, daß nur je ein
Reiter Raum fand; an der Stelle, wo er, vom Thal
aufsteigend, die Krone des Berges erreichte, sperrte
ihn ein hölzern Quer-Verhack — ein „hämit" —
und auf der rechten, der schildlosen Seite war er
durch eine „Letze," das heißt: durch spitze, hohe Palis-
saden flankirt.

Der Burgbrunnen innerhalb des Hofes gewährte
gutes Wasser, das die Belagerer nicht abzugraben
vermochten in dem Felsengrund des Baues.

Aber die Lage des Ortes war unbedeutend: —
zu hoch oberhalb der Etsch und des Landweges längs
des linken Ufers derselben, um die Wasser- oder die
Wagenstraße sperren zu können. So erreichte die Be-
festigung niemals die Ausdehnung auch nur einer
„Mittel-Burg": sie war immer nur ein Kleinbau ge-

wesen, obzwar nicht von den geringfügigsten dieser Gattung.

Es fehlten daher alle Vertheidigungsmittel, welche die damalige Baukunst, nun schon bald anderthalb Jahrhunderte — seit dem ersten Kreuzzug — auch durch die weit überlegene des Orients geschult, für wichtige Burgen, für Festungsstädte anzuwenden gelernt hatte.

Da gab es weder eine Mehrzahl von Mauern hintereinander noch einen „Barbican": das heißt eine kleine Festung für sich allein, in Gestalt eines kreisrunden, von Gräben umzogenen Vorthurms, mit Zugbrücke, Zinnen und einem zu der Zugbrücke des eigentlichen Mauerthors führenden gedeckten Gang. Auch fehlte die Hauptzugbrücke, über welche allein, bei starken Vesten, das Mauerthor zu erreichen war. Ebenso wenig waren Erdwälle oder tiefe Wasser=Gräben vorhanden: kein „Slegethor," das heißt Fall=gitter, konnten die Belagerten, war das Mauerthor durchbrochen, hinter diesem als eine zweite „Feinde=Wehr" niederlassen.

Auch ein eigentlicher „Bergfried," ein „Donjon"
fehlte: ein solcher mußte, sollte er seinem Zweck, —
einer letzten Vertheidigung nach Eroberung aller Vor=
werke und des Burghofes selbst — erfolgreich dienen,
ganz isolirt, von den andern Gebäuden aus unerreich=
bar, aufgeführt sein.

Eines solchen Einzelbaues Stelle ersetzte hier nur
sehr ungenügend der viereckige Thurm, welcher sich in
der Mitte des Hauptgebäudes gerade über dem „Burg=
thor" zwei Stockwerke hoch erhob und dessen im Inneren
des Hauses aufsteigende Holztreppe, war die Besatzung
darüber hinauf geflüchtet, von oben leicht aus zwei
eisernen Haften gelöst und herabgeworfen werden konnte.

Vielmehr bestand die ganze Burgwehr im Nor=
den, Osten und Süden in einer einfachen, höchstens
vier Fuß dicken und etwa zwölf Fuß hohen „Cingel,"
das heißt Umfassungsmauer, Ringmauer. Aber hier
bildete sie nicht einen Ring, sondern ein Viereck:
meist aus Felsstücken, welche, ohne Mörtel ineinander=
gefügt, selten durch eiserne Klammern zusammengehalten

wurden. Nur hie und da war eine Strecke aus Ziegel=
bau eingeschaltet. Ein Graben vor der Mauer fehlte:
er würde, in Ermanglung von Wasser, ihn zu füllen,
nicht viel genützt haben.

Die Mauerkrone oben, „die Plateforme," sprang,
erheblich breiter als die Mauer, vor: mehrere schmale
Freitreppen von Holz führten von der Innen=Seite
des Hofes hinauf.

Die Front= oder Quer=Mauer im Osten, von
Nord nach Süd, parallel dem Hauptgebäude der Burg
im Westen, enthielt in ihrer Mitte den einzigen Zu=
gang zu dem gesammten Bau, — das starke „Mauer=
thor". Gerade über diesem waren die zackigen breiten
Zinnen nach außen weit überragend, auf vorstehenden
Kragsteinen oder Consolen — Mouch=Arabi, — ge=
baut, sodaß die Vertheidiger, hinter diesen Vorzinnen
gedeckt, auch denjenigen Angreifer, der schon bis an
das Thor gelangt war, mit senkrechtem Wurf treffen,
oder aus Gießlöchern, „Pech=Nasen", mit siedendem
Wasser und Pech beschütten konnten.

Die beiden Längsmauern, die, von West nach Ost laufend, im rechten Winkel auf das Hauptgebäude im Westen und auf die Quermauer im Osten stießen, waren an den beiden Ecken, wo sie die letztgenannte, die Quermauer mit dem Mauerthor, erreichten, je durch einen kleinen zweistöckigen Mauerthurm abgeschlossen. Diese Thürme, je einen halben Pfeilschuß von dem Mauerthor, verstärkten die Vertheidigung der Quermauer und je einer Langmauer. In beide Thürme führte, wie von dem Burghof, so auch von der Plateforme der Mauer aus je eine Pforte. Von diesen Thürmen aus konnte man die gegen die Querfront Stürmenden von beiden Seiten bestrichen. Und war auch die Quermauer oder eine der Langmauern erstiegen, ja sogar der Hof von den Belagerern gewonnen, so konnten die Belagerten, in die beiden Thürme geflüchtet, immer noch die Eingedrungenen auf der Mauer, ja im Hofe vom Rücken beschießen, wenn diese das dem Mauerthor gerade gegenüber liegende „Burgthor", das heißt den

Eingang des Hauptgebäudes, und dessen Vertheidiger
angriffen.

Allerdings war die kleine Fragsburg mit all'
diesen Einrichtungen doch recht weit hinter den Fort=
schritten der Wehrkunst zurück geblieben.

In die beiden Mauerthürme, die nur ein, nicht
zwei Stockwerke, das heißt Reihen von Schießscharten,
zählten, hätten Fallbrücken führen müssen: und die in
den Hof steigenden Treppen hätten nicht frei von der
Mauer hinab gehen sollen, sondern innerhalb je eines
Thurmes, „des Wie=huses", Kampf=hauses, angebracht
sein müssen, so daß der Feind, ohne waglichen
Sprung von der Mauer, erst dann in den Hof
gelangen konnte, nachdem er mindestens einen der
Thürme erobert.

Doch waren die Steildächer beider Thürme mit
Bleiplatten gegen die sehr gefürchteten Brandpfeile
gedeckt. Und das Erdgeschoß der Thürme, das vor die
Mauer ragte, war halbrund, convex, angelegt und
aus den mächtigsten Porphyrquadern geschichtet.

Das Hauptgebäude, mit der Rückseite der Etsch
zugewendet, mit der Stirnseite gegen Osten blickend,
bestand in Wahrheit aus mehreren im Laufe der Geschlechter allmälig aneinander geklebten, und, — da
der schmale Raum wenig Ausbreitung verstattete, —
übereinander gethürmten Gebäuden.

Drittes Capitel.

Herr Rapoto hatte Recht: die Burg war immerhin so ausgedehnt, daß sie mit den wenigen Vertheidigern gegen mehr als dreifache Überzahl nicht zu halten war. Denn außer den sieben Männern aus den Gotzenerhöfen waren, neben einigen Mägden, nur noch drei Reisige in dem Schloß geblieben: die anderen waren mit den Kirchgängern gefangen. Die Nacht, die Dunkelheit begünstigte daher die Vertheidigung, indem sie den Stürmenden die winzige Zahl der Helme auf den Zinnen verbarg.

„Ha sieh," hatte gleich bei Beginn des Angriffs der Greifensteiner seinen Genossen gefragt, „was geschieht da oberhalb des Thores, zwischen den Vorzinnen?"

„Einen Schild hängt man heraus."

„Und noch einen — schau, der Fackelschein fällt roth darauf: Herrn Friedmuths drei Sterne sind's — von Schänna her — und der rennende Wolf der Taufers von Fragsburg."

„Eia, das Weib entbietet uns zum Schildkampf! Wann Thurm und Thor genommen, — noch hinter dem letzten Schild will sie sich wehren! — Nun — wir wollen ihr die Schilde schon abreißen, haben wir nur erst das Thor. Entwischen kann sie nicht: — das Haus hat keine andre als diese Thür."

„Doch! Es soll ein Hehl-Thürlein in einen geheimen Erdgang führen. Aber es liegt nicht in Frau Wulfheids Art, den Kampf zu fliehen."

Und wahrlich, so schien es.

Die Burgfrau hatte sich selbst den Wehrbefehl vorbehalten. Nach ihren Weisungen gebot Hezilo den Männern und den Mägden, welche ebenfalls mithelfen mußten, Kessel voll siedenden Wassers und Körbe mit Steinen auf die Mauerkrone tragen, auch

wohl das dampfende Wasser aus den Küchen-Eimern
auf die Angreifer herab schütten sollten.

Die beiden Ritter hatten die Zahl der Vertheidiger
von Anfang überschätzt: und der heftige, erfolgreiche
Widerstand, den sie fanden, bekräftigte sie in dem
Irrthum, daß wohl über zwanzig Männer da oben
kämpften.

Diese Annahme hielt denn auch die Reisigen ab,
so dreist an's Werk zu gehen, wie sie's bei richtiger
Schätzung der Burgbesatzung gethan haben würden.
In manchem regte sich nun auch wieder, bei stocken-
dem Erfolge, das Gewissen: der Angriff, gegen die
bei den Heiligen geschwornen Eide gewagt, schien von
den Heiligen nicht begünstigt.

So zog sich der Kampf von der späten Abend-
stunde, in der er begonnen, bis über die Mitternacht
hinaus: — der Mond drang nicht völlig durch das
ziehende Gewölk: — ja, bis fern im Ost das fahl-
graue Dämmerlicht der Frühe, der ersten Morgen-
Stunde heraufstieg.

Vergeblich hatten sich die beiden Führer Stunden lang bemüht. Alle Sturmleitern, welche Griffo im Osten und im Norden hatte anlegen lassen, waren immer wieder umgestürzt worden von der Mauer her. Oder die Hinaufkletternden waren durch heißes Wasser, durch schwere Steine, durch Speerwürfe und durch Schwert= und Beilhiebe abgewehrt worden: zwei Leute waren an Gesicht und Hals verbrüht. Einer lag mit verstauchtem Fuß unter zertrümmerter Leiter.

Herr Griffo, der einmal schon den Fuß auf die Mauerkrone gesetzt, war von Hezilo durch einen wuchtigen Schlag mit dem Morgenstern auf den zer= springenden Topf=Helm von Mauer und Leiter hinab= geschlagen worden. Nur die geschuppte Sturmhaube, unter dem Helm, hatte den Schädel gerettet.

Ebensowenig hatte der grimme Rapoto dem fest= gefügten, durch Eisenstangen vor und hinter dem dicken Eichenholz geschützten Burgthor anzuhaben vermocht.

Einem seiner Reisigen ward mit der alten fürch= terlichen Bauernwaffe, dem „Flegelkolben", dem mit

Eisenstacheln gespickten Dreschflegel, von der Thorzinne herunter Holzschild und Schulter zerschlagen, schwer wund ward er zurück getragen. Herrn Rapoto selbst hatten vor einem gleichen Schlage der sausenden Stachelwalze des Innerhofers nur die starken Schulterflügel, dicke Eisenplatten, die auf dem Schuppenpanzer lagen, geschützt.

Es ward nun hell: über sechs Stunden hatten sich die Angreifer ohne Erfolg gemüht. Die Vertheidiger schienen allgegenwärtig: wo immer das Erklettern der Mauer versucht ward, da rief die mächtige Stimme der Burgfrau die Männer herbei.

Von selbst, ohne Gebot oder Verstattung der beiden Führer, erlahmte nun der Ansturm; müde des fruchtlosen Ringens wichen ihre Leute außer Speerwurfsweite zurück: widerwillig thaten die beiden Ritter das Gleiche.

„Dies Weib hat sieben Unholde im Leibe," grollte der Naturner, sich auf den Schaft des langen Schlachtbeils stützend.

„Ich sah sie, — beim übeln Feind! — zugleich rechts und links vom Thor meine Leitern umwerfen," meinte der Greifensteiner, warf die Schuppenhaube in den Nacken und strich sich das schwarze, seidenweiche Haar hinter das Ohr.

„Viermal hab' ich Feuer an das Thor gelegt, und viermal hat sie selber mit heißen, dampfenden Wassergüssen gelöscht, — mit eigner Hand die Eimer herabschüttend: — ich erkannte sie im Gluthschein der Flamme."

„Wissen möcht' ich nur, woher sie diese Menge von Knechten aufgetrieben hat? Zwanzig haben wir ihr abgefangen: — und ich schätzte, viel mehr habe sie nicht auf allen ihren Hufen. — Nun sind wohl nochmal zwanzig auf den Wällen! Sollte die Sparsame Söldner geworben haben?"

„Gleichviel! Wir müssen hinein. Gieb Acht! Nun wird es hell! Man kann die Leute schärfer sehen. — Jetzt soll uns Bogen und Pfeil die Zinnen säubern. Zwölf Mann, die besten Bogenschützen,

stellen sich nah, — nur außer Speerwurfsweite —
von der Mauer: sie haben keine Bogenschützen, scheint
es: ich merkte nichts von Pfeilen! —"

„Ich auch nicht."

„Seltsam genug, wenn wirklich so viele Helme
da drinnen sind. Diese zwölf schießen unablässig auf
die Vertheidiger, indeß wir stürmen. Siehst du! die
Sonne steigt! Schon leuchtet's hell her über's Vöraner
Joch. Nun werden wir sie bald zwingen."

Und wirklich ward's nun bittrer Ernst.

Mit lautem Staunensruf zählten Führer und
Reisige, während die Sonne ihre ersten, rothgoldigen
Strahlen auf die Burg warf, die geringe Zahl der
Leute auf der Mauerkrone, welche so lange dem An=
griff getrotzt hatten.

„Sie brauchen jeden Arm! Stehen doch vier
Mägde neben der Vögtin! Jetzt zielt scharf, ihr
Schützen!"

„Aber nicht auf die Frau," mahnte Griffo.

„Bah," gebot der Naturner, „man sieht's jetzt

deutlich): sie trägt, wie ein Mann, Brünne, Helm und
Schild, sie wirft Speere wie ein Mann: — sie mag
sich nicht beklagen, nimmt Eibenbogen und Linden-
pfeil sie für das, als was sie sich giebt. Nun —
drauf!"

Und abermals eilten die beiden Ritter gegen die
Mauer mit dem Rest der Leute, während die Schützen
die Langbogen spannten: es waren nur zwei Armbrust-
bogen darunter: die waren aus dem gelobten Lande
von Kreuzfahrern mitgebracht.

Der Greifensteiner kletterte wieder als der Erste
eine Sturmleiter links vom Thor hinan. Hezilo erwartete ihn mit hocherhobenem Arm, den Morgenstern zum Streich gezückt: nun schien die geschuppte
Sturmhaube des Empordringenden erreichbar. Hezilo
holte aus, aber mit lautem Schrei ließ er die Waffe
fallen: ein Pfeil hatte seinen Schwertarm hart neben
dem Schulterloch des ringgegitterten Brust- und Arm-
Geflechts getroffen. Im Nu war der Ritter oben und
rannte den Jüngling mit dem Schildstachel über den

Haufen: der Innerhofer zog ihn nach rechts, — von der Burg aus — gegen den südlichen Mauerthurm hin, aus dem Gefecht.

Im gleichen Augenblick fiel unten der eine Thor=flügel krachend nach innen, nachgebend den erneuten Stößen des spitzen, eisenbeschlagenen „Sturmpfahls", welchen der Naturner und zwei Reisige wider die Mitte des Mauerthors rannten. Die Vertheidiger hatten schon vorher das Holz, bedenklich splitternd, dröhnen gehört: mit wildem Siegesgeschrei sprangen Herr Rapoto und seine Leute jetzt in die klaffende Lücke des Thores.

Einmal noch wurden sie gehemmt.

„Hab' Acht!" schrie der Naturner dem ersten Reisigen zu, der den Sturm=Balken vorn gefaßt hatte. Denn aufblickend hatte der Ritter gesehen, wie Frau Wulfheid, einen mächtigen Porphyrblock hoch mit beiden Händen über ihr Haupt hebend, zielte. Die Warnung kam zu spät: der Mann stürzte: — keinen Laut gab er mehr, — mit zerschmettertem Helmdach und Schädel.

Zornig sprang der Ritter vor und warf den schweren Balken gegen eines Knechtes Schild im Hof: der fiel nach hinten: drei, vier, — schon waren es fünf — Reisige drangen hinter dem Naturner durch das Thor. Der Greifensteiner mit zwei Knechten eilte bereits die schmale Walltreppe von der Mauer in den Hof herab.

„Siego!" rief Herr Rapoto.

„Heilo!" antwortete Herr Griffo.

„Unser ist die Fragsburg!" frohlockten beide.

Viertes Capitel.

„Noch nicht!" schallte es von der linken Seite der Umwallung herab: und empor blickend sahen die beiden gerade noch Frau Wulfheid in der Pforte des Mauerthurmes verschwinden, welcher sich auf der Nordseite der Umwallung, von der Burg aus links vom Thor, erhob.

Hezilo war mit seinen drei Knechten und mit dem Innerhofer in den Eckthurm zur Rechten der Burg gewichen. Die Burgherrin hatte mit ihren drei Reisigen und zwei Mägden noch in den linken Thurm flüchten können. Nur die beiden Knechte des Innerhofers und zwei Mägde waren auf der Mauer oder im Hof eingeholt und von der großen Übermacht gefangen worden, bevor sie sich hatten retten können.

Sie wurden gebunden und, in einer Ecke des Hofes zusammengedrängt, von zwei Speerträgern bewacht, während die Ritter, verstärkt durch die zwölf Bogenschützen, die nun zu den Schwertern griffen, sogleich den Kampf fortsetzten.

Rapoto begann, vom Hof aus mit Balkenstößen das Thor des Hauptgebäudes in gleicher Weise zu berennen, wie er das Mauer-Thor eingerannt hatte. Da der Mittel-Thurm, zur Vertheidigung des Thores bestimmt, nicht besetzt war, konnte er das fast ganz ungefährdet betreiben: nur von rückwärts, aus den Scharten von Hezilos Mauerthurm, flogen Wurfspeere und Steine.

Dieser Thurm, dessen schmale, auf die Mauerkrone mündende Pforte von starkem Eisen war, blieb unbestürmt: blos zwei Reisige wurden vor demselben aufgestellt, einen etwaigen Ausfall sofort mit dem Waffenruf oder mit dem Hifthorn zu melden.

Dagegen donnerte des Greifensteiners Axt gewaltig gegen die Holzthüre, welche, ebenfalls von der

Mauerkrone aus, zu Frau Wulfheids Eckthurm zur
Linken des Thores führte. Bald flogen Splitter und
Späne: und schon griffen zwei, drei der geschweiften
Beile durch die eingehauene Spalte, das Holzwerk
von innen zu packen und nach außen zu reißen:
schon scholl wildes Lachen und Siegesgeschrei von
den Knechten.

Da flog mit jähem Stoß die zertrümmerte
Schmalthüre nach außen auf, Herrn Griffo, der
daran arbeitete, unsanft zurückschleudernd: und in der
Öffnung erschien eine hochragende, hagre Gestalt, so
grimmig drohend, daß die Angreifer, wie gebannt
durch den Anblick, innehielten und verstummten

Frau Wulfheid war's. Das lange, gelbe, von
einem leisen Roth durchfunkelte Haar war losgegangen
und fluthete aus der Sturmhaube, die Herrn Fried=
muths Helmzeichen, drei goldene Sterne auf blauem
Grunde, trug, auf ihre breiten, in eine Schuppen=
brünne gehüllten Schultern. Der weiße Wollrock war
vom Feuer Herrn Rapotos an mehr als einer Stelle

des Saumes angesengt. Von ihrer einen Wange sickerte das Blut aus der Wunde, die ihr ein Streifpfeil gerissen. Die Linke stützte sich auf Herrn Wulfgangs, ihres Vaters, längstes Schwert, welches bis zum Griff in einen ihr bis an die Brust reichenden Haufen von Werg, Flachs und Stroh gestoßen war. Aber drohend hielt die Rechte eine brennende Pechfackel empor. Die Züge, allzu scharf, zu starkknochig und zu derb, um, an einem Weibe, schön zu sein, waren in diesem Augenblick der Prosa ihres gewöhnlichen Ausdrucks durch eine nicht unedle Leidenschaft entrückt und das hellgraue Auge, das, tief unter buschigen, selbst für einen Mann allzu starken Brauen, geborgen, sonst in seiner rechthaberischen Härte des Reizes darbte, warf jetzt, von wildem Muth und von gerechtem Zorne verschönt, leuchtende Blitze auf die staunenden Männer.

„Zurück," rief sie, „meineidige Räuber! Oder — bei Herrn Friedmuths Treu' und Ehre! — ich stoße meine Fackel in dies Werg und Stroh: und einen

3*

Brandschutthaufen, nicht eine Burg, sollt ihr erobert
haben."

„Um Gott, Frau Base, haltet ein," rief Griffo
erschrocken. „Ihr zuerst würdet verbrennen."

„Das will ich, so wahr der gerechte Herrgott
im Himmel mein Recht beschützt! Nicht einen Stein
von meines Eh'herrn Gut sollt ihr haben, so lang
ich athme."

„Was giebt's da droben?" rief Herr Rapoto,
einhaltend mit seiner Stoßarbeit am Thor, sich wen=
dend und hinaufblickend. „Ha, die Base selbst! —
Greif sie doch, Griffo! Nicht lange verhandelt! Spring
hinein! Du zögerst? Wart', so will ich dir's zeigen,
wie man trotzige Weiber zwingt."

Und er ließ den Rennbalken fallen, blies in
seinen brandrothen Bart, riß das Schlachtbeil aus
dem Wehrgurt und eilte von dem Burgthor hinweg,
auf die Mauer zu, um die schmale, leiterähnliche
Treppe zu ersteigen, welche zu deren Plateforme führte.

Aber er kam nicht weit.

Die zwei Reisigen, welche, vor dem Thurme
Hezilos aufgestellt, nichts zu thun hatten, als weitaus
umher zu schauen, sprangen plötzlich mit lautem
Schreckensschrei jene Treppe herab in den Hof.

„Flieht!" rief der Eine. „Flieht! Herr Friedmuth kommt!"

„Die Todten stehen auf," schrie der Zweite, „den
Eidbruch zu rächen! Seht: — Herrn Friedmuths
Geist! Er kommt — mit ihm ein Heer! Und unsere
Gefangnen! Erbarmen! Gnade!"

Er warf die Lanze weg, fiel in die Kniee und
streckte beide Hände flehend gegen das eingeschlagene
Mauerthor aus. —

Einen Augenblick nur hemmte Herr Rapoto
seinen eiligen Schritt: er blieb stehn und blickte durch
das weit klaffende Thor hinaus.

„Beim Hammer und Strahl! Herrn Friedmuths
Gespenst! So scheint's! Ist er aber kein Geist, —
so soll er's hurtig werden!" Bei diesen Worten stürmte
er mit erhobener Streitaxt aus dem Thor.

Aus dem Wald, ihm entgegen, drangen wohl vierzig Helme: darunter die gefangen gewesenen Leute.

Aber Allen voran schritt, — in voller Waffenrüstung, den Helm mit den drei Sternen auf dem Haupte, das Visier aufgeschlagen, — der Schloßherr der Fragsburg. —

„Treubrüchiger!" rief er: und Rapoto erbleichte bei dem Klange der wohlbekannten Stimme. „Wehrloser Weiber Bedränger! Warte! —"

Grimm sprangen Beide gegen einander: aber gleich darauf, noch bevor sein Schlachtbeil niedergesankt war, stürzte der Naturner. Herr Friedmuth hatte seinen ganzen Zorn in einem Schwertstreich entladen, der dem Feinde den hohen Kegel=Helm, die Schuppenhaube darunter, dann die lederne Hirnhaube und endlich das Haupt bis in die Zähne spaltete.

Fünftes Capitel.

„Vorwärts, Frau Wulfheid zum Entsatz!" rief der Sieger und eilte in den Burghof. Seine Begleiter, — darunter ein Ritter mit geschlossenem Helm, Helmzier und Schildzeichen mit der ledernen Monve verhüllt, — folgten ihm nach.

Aber der Kampf war zu Ende.

Denn aus ihrem Thurme waren Hezilo und der Innerhofer, den Herrn und seine starke Schar gewahrend, ausgebrochen und hatten die Bedränger des Nord-Thurmes im Rücken gefaßt. Die Meisten — alle, welche den nahenden Entsatz erschaut hatten, — warfen die Waffen weg und gaben sich gefangen. Dem Greifensteiner, der sich tapfer mit der Streitart wehrte, fiel Hezilo mit seiner heilen Linken in den

Arm: der Ritter ward von der Überzahl bewältigt und gebunden.

All das war gleichzeitig mit Herrn Rapotos Fall geschehen.

Herr Friedmuth, jetzt im Burghof stehend, sah wie auf der Mauer so auch im Hofe den Kampf beendet, steckte das Schwert ein und gab kurz ein par Befehle über Verwahrung der Gefangenen.

Er gebot, die Schwerverwundeten zu pflegen — es war sein erstes Wort nach dem Sieg, — und Herrn Griffo in das Verließ des südlichen Mauerthurms zu führen.

Die unverwundeten Gefangenen wurden, getrennt von dem Ritter, in dem Kellergewölbe unter der Burg eingesperrt, die Leichtverwundeten, welche gehen konnten, mit dem Befehl entlassen, Herrn Rapotos Leiche und den von Frau Wulfheid zerschmetterten Reisigen nach Naturn zu geleiten, zur Bestattung; — das waren die beiden einzigen Todten: die Belagerten hatten nur Verwundete.

Einstweilen war Frau Wulfheid auf die Mauer=

krone hervorgetreten; sie hatte die Fackel weggeworfen und das Schwert eingesteckt.

„Seht ihr's? Ich hatte Recht, wie immer! Er lebt! Ich hab' es stets gesagt!" rief sie, erhob beide Arme triumphirend gen Himmel und — blickte starr auf Herrn Friedmuth, der nun erst vom Hof aus die Walltreppe hinauf stieg: gar langsam und sehr zögernd, so däuchte ihr. Ein Strahl warmer Freude, ja beinahe der Liebe war in den kalten herben Augen aufgelodert. Aber nun sofort wandelte sich deren Ausdruck: ihre Züge versteinten. Sie konnte nun deutlich sein Antlitz sehen: das war nicht froh der Heimkehr und des Sieges. Eine schwere, schwere Wolke tiefen Wehs, qualvollen Kummers lag auf seiner offnen Stirn.

Ihn mit scharfem Blicke messend, zog sie die Hand, welche sie ihm schon halb entgegen gestreckt hatte, plötzlich argwöhnisch zurück: „Friedmuth!" hatte sie rufen wollen: aber sein Auge suchte sie nicht, — es mied sie eher.

„Fragsburger," sprach sie nun, heiseren Tones, und trat dräuend einen Schritt vor, „was ist mit dir? Was —?"

Er aber schüttelte ernst das Haupt — er schloß halb die Augen: — „Nicht hier. Nicht vor allen Ohren! Geh voraus, in die Burghalle! Dort erwarte mich! Ich komme gleich nach. Dort sollst du Alles hören."

Dem Ritter im geschloßnen Helm aber, der, vor der Mauertreppe stehend, zu ihm empor blickte, rief er zu: „In der Burghalle! Ihr kommt, wann ich rufe."

Der Ritter ging aus dem Hof und schritt zurück nach dem Wald, unter dessen vordersten Bäumen nun auch mehrere Pferde: Streitrosse und Reiserosse, sichtbar wurden.

Friedmuth wandte sich, die Mauertreppe hinunter eilend, Hezilo, dem Innerhofer und den andern, zur Fragsburg gehörigen Leuten zu, welche ihn jubelnd umringten und begrüßten.

An diesem dichten Ringe vorbei schritt Frau

Wulfheid, mit finster drohendem Blick ihres Gatten alle überragende Gestalt messend.

Vor dem Thore des Hauptgebäudes angelangt, griff sie, vom Halse her, in ihr Schuppenhemd und zog daraus den mächtigen Thorschlüssel hervor. Sie drückte an der Eisenplatte, welche das Schlüsselloch bedeckte, steckte den Schlüssel hinein, schloß auf, stieß die Thür nach Innen und schritt zögernd über die Schwelle, noch einmal das hoch erhobene Haupt wendend und mit herbem Mißtrauen auf Herrn Friedmuth zurückblickend.

Bald darauf schritt der Burgherr, nachdem er die dringendsten Anordnungen getroffen und im Erd= geschoße die Schutzwaffen abgelegt hatte, die Haus= treppe hinauf und aus dem lichten Pfeilergang in die große Halle, welche den größten Theil des ersten Stockwerks ausmachte.

Überall, an den Wänden, auf dem Estrich, auf den an den Wänden sich hinziehenden Bänken, auf großen Truhen und langen Tischen waren Schutz= und Trutz=Waffen jeder Art verstreut: — die Vögtin hatte hier die Mannschaften waffnen wollen für die erst in zwei Tagen erwartete Fehde.

Als sie nun hier den Gemahl eintreten sah, mit dem gleichen Ausdruck tiefster Schwermuth, die Augen auf den Boden gerichtet, furchte sie finster die dunkel= braunen, starken Brauen und trat, so weit es der Raum verstattete, von ihm zurück an einen der Waffen=Tische, die geballte Linke darauf stützend, die Rechte in die Hüfte gestemmt.

Sie hatte sich nicht Zeit genommen oder nicht Ruhe gefunden, die kriegerische Gewandung abzu= thun: nur die Sturmhaube hatte sie klirrend zu den andern Waffen auf den Eichentisch geworfen: — wirr und wild wogte jetzt das gelbe, ins Röthliche schimmernde Haar in Strähnen, die vom Schweiße des Kampfes, auch vom Blut der Wangenwunde, zusammen= geleimt waren, über Gesicht und Schultern. Sie war, bis der ungeduldig und unmuthig Erwartete eintrat, unablässig im raschesten Schritt auf und niedergegangen in der großen leeren Halle, manchmal stehen bleibend,

den Kopf schüttelnd: — einmal laut auflachend: „Ha,
gewiß! gewiß!" —

Aber nun stand sie mit eisiger Ruhe, ganz in
sich zusammen gefaßt, an dem Waffentisch und heftete
die großen, runden, graublauen Augen starr auf das tief ·
bewölkte Antlitz ihres Gatten, der nahe der Schwelle,
fern von ihrer Seite des Gemaches, stehen blieb. —

Früher als er fand die Frau das Wort.

„Vorerst," fragte sie mit kühlem Ton, — ziemlich
leise, aber unheimlich verhalten sprechend, während ihre
Stimme sonst herrisch laut erklang. — „Vorerst das
Nächste. Wie kam es, daß du, daß Ihr —"

Friedmuth sah rasch auf, senkte aber die Wimpern
sofort wieder.

„So gerade noch zu rechter Zeit kamt? Wie durch
Gottes Engel herbeigetragen! Oder etwa" — zweifelte
sie mißtrauisch — „durch den übeln Waland der Lüfte,
wie Herr Heinrich der Löwe durch die Lüfte aus
dem Morgenland nach Braunschweig geführt ward? —
Und woher die vielen Reisigen? Und wie, einem

Wunder ähnlich, befreitet Ihr meine gefangenen Leute?"

Der Ritter war offenbar froh, von Anderem schweigen zu dürfen und zunächst reden zu können von Dingen, welche nur die Fragerin und die rechtzeitige Errettung betrafen.

„In Regium gelandet, eilten wir — eilte ich der Länge nach durch ganz Wälschland nach Hause. Der große Kaiser — er ist mir sehr huldvoll gesinnt — hat mir, als er zu Anagni, wo ich auf ihn traf, meine Geschicke — das heißt: die im Morgenland! — erfahren, reiche, sehr reiche Gaben gespendet. Wir — ich wollte an deiner Gruft beten: denn Oswald hatte mir berichtet: — aber davon gleich! In Trient stieß ich — zufällig — auf Herrn Walther von der Vogelweide."

„Ha," grollte sie, „vor mir hast du den Landfahrer, den Fiedler aufgesucht!"

„Zufällig, sag' ich ja, war's. — Von ihm erfuhren wir," — er erbleichte, — „daß du lebest, — daß du vom Tod auferstanden!" —

Er schwieg. Ein langer, bohrender Blick ruhte
auf ihm.

„Bald darauf," fuhr er, nun rascher sprechend, fort,
„kam ein Mann aus Schwaben, der auch im heiligen
Land gewesen war, des Wegs — bei Bozen war's. —
Er wollte Herrn Walther aufsuchen, ihn zu deiner Hilfe
herbeizurufen: denn am Tage nach Peter und Paul,
meldete er, drohe dir härteste Fehde durch die Vet=
tern. Rasch entschlossen besendete Herr Walther seine
nächsten Freunde: den von Säben, den von Gufidaun
und den von Rubein, bat sie um ihre Reisigen und
Knechte, um Waffen und Rosse. Ich warb mit des
Kaisers mir geschenktem, reichem Gold und — mit
arabischem Perlenschmuck" — er erröthete und fuhr
schnell fort, — „noch dazu ein Dutzend dienstloser Leute
und kaufte Waffen, auch ein par Rosse mehr. Und wir
zogen nun die Etsch herauf, sicher, mehrere Tage vor
Wiederbeginn der Fehde hier einzutreffen.

Als wir aber heut', nachdem wir in aller
Morgenfrühe von Vilpian aufgebrochen, an dem

großen Etschweg gegen deine Thalscheune heranritten,
fiel mir auf, daß ein par gewaffnete Knechte, die in
der Nähe hielten, entsprangen, da sie mein gewahrten.
Und als ich nun langsam an der Scheune vorbeiritt,
sah ich zwei andre Reisige hinter derselben weg-
schlüpfen. Zugleich schrie eine Stimme, hoch aus dem
Giebelloch des Scheunendaches, flehend, dringend
meinen Namen. Ich sah auf und erkannte Oswin,
der uns zurief, sie seien, treulos überfallen und gefangen, hier eingesperrt: wir sollten eilen, sie zu befreien und die Burg wieder zu nehmen, die gewiß
einstweilen überrumpelt worden sei. Wir brachen ein
par Seitenbretter der Scheune los, befreiten die Gefangenen, theilten die Waffen mit ihnen, eilten den
Berg herauf und — kamen gerade noch zu rechter Zeit.“

Er schwieg: die lebhafte, fast freudige Bewegung,
mit welcher er diese Begebnisse erzählt hatte, wich wieder ganz von ihm: schwermuthvoll sah er vor sich nieder.

Frau Wulfheid hatte ihm ein Wort des Dankes
sagen wollen für die Rettung aus höchster Noth.

Aber nun konnte sie es nicht. Finstern, arg=
wöhnischen Blickes maß sie das edel schöne, so tief
traurige Antlitz.

„Ihr habt nur Eure Pflicht gethan," brachte sie
rauhen Tones hervor, „und für Euch selbst, für Euren
Vortheil gesorgt, da Ihr mein Haus zu retten eiltet.
Eiltet! sag' ich," — sie lachte. „Spät, recht spät seid
Ihr gekommen! Noch ein par Augenblicke, und Ihr
hättet Euer Ehegemahl todt — verbrannt — gefunden.
Diesmal wär' ich nicht wieder „auferstanden", wie
Ihr, wenig erfreut, vorhin das nanntet. Vielleicht,
hättet Ihr es geahnt, — Ihr hättet unten am Berg
noch kurze Frist verweilt."

Herrn Friedmuth schoß das Blut in die Wangen
in hellem Zorn: doch er bezwang sich und schwieg.

Sie aber trat hastig einen halben Schritt näher
und, das Haupt leise senkend und vorstreckend, forschte
sie: „Längst ist der Kaiser, längst auch sind alle Ritter
der Nachbarthäler zurück, die am Leben geblieben. —
Der Bub von Goyen drüben, der unnütze Liebling

Eurer Gunst, kam noch früher wieder als Ihr: —
Ihr seid der Allerletzte! — Hezilo erzählte mir, er
sah Euch fallen: — Ihr seiet wohl lange todt: —
Ihr gältet im Heer als verschollen. — Ich weiß nicht,
ob ihm zu glauben ist? Er hielt von jeher gegen
mich zu Euch — wie von jeher: Alle! — Warum
kamt Ihr so spät zurück zu Eurem Weibe?"

„Weil ich gefangen war."

„Wie der Goyener? Wart ihr beide," fragte sie
lauernd, „beisammen in der Gefangenschaft?"

„Er wird wohl gesagt haben, daß wir nicht
beisammen waren!"

„Ha," lachte sie bitter, „gesagt hat er's wohl:
— aber das konnte — das kann ja so beredet
sein."

„Frau Wulfheid!" fuhr der Ritter auf. Aber
er beherrschte sich sofort wieder und fuhr in trau-
rigem Tone fort: „Sobald ich frei ward, eilte ich
hierher, — so rasch es anging."

„Aus Sehnsucht nach — nach mir?" fragte sie

jetzt ängstlich, hastig, mit weicherem Klang, und ihr
Auge ward feucht.

„Euch glaubt' ich ja todt."

„Also!" lachte sie bitter auf. „Also dem Besitz,
dem Sach galt die Eile. Ja ja: man sieht es!"
fuhr sie herbe fort. „Fünf Jahre fast ist er fern,
der Ehegemahl: endlich kommt er zurück — trifft sein
Weib im heißesten Kampfe für sein Recht — und —"
sie schüttelte sich, lachend vor Zorn, — „noch nicht einen
Händedruck — noch nicht —" Sie brach schroff ab.
„Fragsburger, was soll das bedeuten?"

Sechstes Capitel.

Da schlug er die schönen, offnen, blauen Augen mit dem warmen Blick, die er bisher gesenkt gehalten, auf, sah ihr fest in's Antlitz und sprach:

„Das bedeutet: daß etwas zwischen uns steht."

„Was? Wer!" fragte sie und wankte gegen den Waffentisch zurück, sich daran haltend. „Oh, ich wußte es!" knirschte sie, bevor er antworten konnte.

„Was? Meine unverschuldete Schuld. Ein Ge=schöpf, das mich vor grausamstem Qualentod ge=rettet hat."

„Ein Mann?" Sie bebte vor Grimm, als sie das höhnisch fragte.

„Nein — ein Weib! — Meine mir anver=mählte Ehefrau. Sobeide!" rief er laut.

Da trat aus dem Gang über die Schwelle durch

den Vorhang, der den Eingang füllte, jener Ritter
mit geschlossnem Helm, an der Hand ein tief verschleiert Weib in halb europäischer, halb morgen-
ländischer Tracht.

„Ein Weib! — Dir vermählt? — So lang ich
noch lebe?" schrie Frau Wulfheid. „Haha!" lachte sie
gellend auf: und bevor die beiden Männer, die mehrere
Schritte weit von ihr entfernt standen, sie hemmen
mochten, hatte sie blitzschnell ein langes, scharf ge-
schliffenes Jagdmesser, das ohne Scheide vor ihr auf
dem Tische lag, beim Griffe gefaßt und sausend gegen
das verhüllte Frauenhaupt geschleudert.

Gerade bevor es das Antlitz erreichte, fing es
der fremde Ritter in der mit ehernem Handschuh be-
wehrten Faust. Er schlug nun das Visier empor:
„War scharf gezielt, Frau Wulfheid."

„Herr Walther!" rief die Wüthende. „Ihr! —
Ja, ich hätt' es errathen müssen. Aber nicht athmen
soll die Heidendirne länger." Und sie wollte nach
einer andern Waffe greifen.

Jedoch Herr Friedmuth trat nun rasch zwischen den Waffentisch und die Rasende, die hochaufgerichtet, unverwandt, nur auf die Verschleierte blickte, — ihre Nüstern zuckten, ihre Unterlippe bebte.

Sie strich langsam, langsam die langen gelben, blutbefleckten Haarflechten von der linken Wange hinter das Ohr zurück: da überwältigte die Leidenschaft die Körperkraft der Frau. „Ich hab's voraus geahnt — all' diese Jahre! — Ja, schon am Tag der Hoch= zeit. Jetzt ist's gekommen — wie ich's stets gewußt."

Mit diesen Worten, die sie halblaut, mehr zu sich als zu Friedmuth, sprach, ließ sie sich auf eine Truhe gleiten, die hinter ihr an der Wand der Halle vor einem Vorhang stand: sie hatte nun die Augen von der Verhaßten gelöst und kopfnickend vor sich hin gesehn. —

„Hört mich in Güte, Wulfheid," sprach jener, tief erschüttert, „meine volle Unschuld —"

Da schnellte sie wieder empor, sie wollte auf= springen: aber die Füße versagten ihr. So blieb sie

an die mit wallenden Decken behangne Wand ge=
lehnt; wild das Haupt in den Nacken werfend schrie
sie: „Hör' es, heiliger Herrgott da droben! Seine
Unschuld! Und da drüben steht, — vor meinen
Augen, — seine Buhle.“

Unwillig trat Herr Walther vor, und rief:
„Freund, laß mich dies Kind fortführen.“

„Sie bleibt,“ sprach Friedmuth. „Denn nichts,
was unschön ist, mag an ihr haften. — Und nun muß
Alles, — unter uns dreien Alles, — gesagt sein. —
Unschuldig bin ich,“ fuhr er fort, „unschuldig ist So=
beide: ich schwör's bei Allem, Frau Wulfheid, was
Christenmenschen heilig. — Hört mich an.“ —

Herr Walther drückte die Tiefverschleierte sanft auf
eine der Bänke nieder, welche die Halle umgaben.
Hier saß die schlanke, schmale, noch kindliche Gestalt
unbeweglich, nur manchmal leis erzitternd, wann Herr
Friedmuth von den Gefahren sprach, die ihn bedroht
hatten. Neben ihr blieb der Sänger stehen, auf den
Griff des langen Schwertes, das er, gelöst aus dem

Wehrgehäng, in der Scheide trug, gestützt· gar wachsam: denn nur um eines Fingers Breite hatte er soeben den sichern Tod abgewehrt von diesem jungen
Haupte.

"Daß der alte Oswald Euch aufgebahrt liegen
gesehen und Euch für todt verlassen, wißt Ihr selbst.
Er brachte mir die Nachricht Eures Todes in die
Wüste."

"Wo ist Oswald," fragte sie mißtrauisch.

"Todt."

"Das ist bequem," lachte sie.

"Frau Wulfheid," fiel Herr Walther ein: "ich hab'
ihn selbst begraben helfen. Er kam zum Herrn von
Salza und zu mir, Friedmuths Verschwinden, seinen
Tod wohl, zu melden. Er erkrankte am Fieber und
starb in unsern Zelten: ich habe den Sand der Wüste
mit dieser Hand auf seine Grube gestreut."

"Und keiner der vielen Boten," grübelte die Arg-
wöhnische weiter, "die ich ihm nachgesandt mit der
Nachricht meiner Genesung, hatte ihn eingeholt?"

„Ja, sind sie denn nicht mit der Meldung wieder zurückgekehrt, daß sie ihn nicht gefunden?"

„Bis auf Einen. Der kam nicht wieder. Der könnte doch, mit oder ohne Oswald, bis zu dir — bis zu Euch gedrungen sein, mit der Nachricht, daß ich lebe."

„Hezilo wird bezeugen, was Oswald mir gemeldet."

„Es ist wahr," raunte die Ungläubige mit sich selber. „Er hat es so berichtet, bevor er wissen konnte, daß sein Herr wiederkehre. Aber doch —"

„Glaubt Ihr Herrn Hermann von Salza?" fragte Walther, „glaubt Ihr mir?"

„Dem Salza? Er ist mein Feind — wie alle seine Freunde! Doch — ja: ich glaub' ihm. — Auch Euch glaub' ich: — viele Fehler habt Ihr, Eurem müßiggängerischen Berufe nach, — aber Ihr lügt nur, wann Ihr dichtet."

„Wohlan: ich eide, daß der alte Oswald Herrn Hermann und mir Euren Tod berichtet hat, und wie Friedmuth ganz erschüttert davon gewesen sei."

„Ist's wahr?" fragte sie, und ihre Stimme bebte leise.

Aber Walther fuhr fort: „Herr Hermann wollte in den nächsten Tagen auf dem Wege nach dem Norden hier einsprechen: er hat ein Geschäft mit dem Burggrafen von Tirol. Ich traf ihn, eh' ich Friedel fand, in Roveredo, in dem dortigen Hause der deutschen Herren. Er erfuhr von mir, daß Ihr lebtet. Da sagte er: „Ich will Freund Friedmuths Wittwe aufsuchen: sie soll erfahren, wie sehr ihr vermeinter Tod ihm nahe ging. Das wird ihr wohlthun und sie sänftigen."

Aber die Grimmige wollte von ihrem Grimm nicht lassen. Sie liebte diesen Zorn: er that ihr töd-lich weh: aber es war ihr doch eine Art Wollust, ihren Argwohn, ihre jahrelang gegen eine unbestimmte Nebenbuhlerin gepflegte Eifersucht nun so voll gerecht-fertigt zu sehen. Trotzig wandte sie sich gegen Fried-muth:

„Wohl, ich will es glauben. Ihr wähntet mich todt. Schon das zeigt, — wie anders Ihr, wie an-

ders ich unsern Ehebund erfaßt: Ihr glaubt sofort,
was Euch ein alter Schwachkopf vorredet."

„Aber Wulfheid! Er sah Euch auf der Bahre."

„Ich aber: — obwohl Alle, Alle, nah und fern,
Feind und Freund, mich verhöhnen, mich auslachen
wegen meiner Herzenstreue, — obwohl mich die
Vettern mit Fehde drängen unabläſſig, Jahr um
Jahr, — obwohl ich Jahre lang nichts mehr von
Euch höre, — obwohl der Gotzener schwört, er sah
Euch stürzen und Heiden und Christen hätten um die
Wette Euren Tod versichert: — ich bring' es nicht
über dies thörige, dumme, dies, wie der Sänger dort
es schilt, so harte Herz, an Euren Tod zu glauben!
— Ich beharre dabei: mein Friedmuth lebt — mein
Friedmuth kehrt mir wieder! — Er aber! — Heute
hört er meinen Tod, und morgen freit er, wohl Gott
und alle Heiligen und seinen Christenglauben ver-
leugnend, ein Heidenweib: — vermuthlich iſt ſie
jünger als die Tochter Herrn Wulfgangs und hat
ſanfte, verliebte Augen!"

Und mit grimmiger Neugier, voll tödlichen Neides, maß sie die feine, die rührende Gestalt in jenem weißen Schleier.

„Aus eitel Sinnenrausch und Üppigkeit — am andern Tage schon,“ fuhr sie laut, fast schreiend, fort, „greift er nach der Sünde.“

„Mit nichten!“ sprach Herr Friedmuth, ruhig das Haupt schüttelnd. „Nun höret endlich. Bei'm Sturz in eine Fallgrube, — Hezilo hat Euch das erzählt? — blieb Falka todt: — ich fiel in mein eigen Schwert, das, aus der Scheide gefahren, die Spitze gegen mich reckte: tief war die Wunde! Hart unterhalb der Brünne, unter der letzten Rippe links, viele Zoll lang. Die Spitze, die abgebrochne, stak darin: ich litt recht lang und schwer.“

Leise bebte da der weiße Schleier des Turbans: das verhüllte Köpflein sank gegen den Busen herab.

„Als ich wieder zu Gedanken kam, lag ich gefangen in Djibrin, dem Bergschloß des Emirs Emid, der mich gefangen genommen. Er hatte seinem eignen heilkundigen Arzt geboten, alle Kunst aufzuwenden, mein Leben zu erhalten."

„Warum? Für wen?" fragte Frau Wulfheid funkelnden Auges.

„Er glaubte," — Friedmuth stockte, — „er über- schätzte sehr seinen Gefangnen."

„Weil Friedmuths Wachsamkeit unser ganzes Lager vor den Heiden gerettet hatte," ergänzte Herr Walther mit einem Blick liebevollen Stolzes auf seinen Freund.

„So hielt er mich denn für weit werthvoller, als ich war: für einen Fürsten unter den „Franken", und hoffte, seinen von den Unsern gefangenen Bruder gegen mich ausgewechselt zu erhalten.

Aber als der weise Ägypter meine Wunde sah, da — so ward mir später berichtet, — sprach er: „Es braucht ein kleines Wunder für den Arzt, ein größres für die Pflege. Wer soll ihn pflegen?"

Da trat des Burgherrn Tochter vor: sie hatte mich, den Sterbenden, in den Burghof tragen, mich unter der Palme Schatten liegen sehen. Erbarmen mit dem Fremden, dem Gefangenen rührte ihr junges Herz. —"

Frau Wulfheid nickte grimmig und sprach leise vor sich hin: „Und schön war er auch, der Gefangene! Sehr schön!"

„Sie pflegte mich viele Wochen, Monate —! Ich wußte lange, lange nichts, — als daß eine milde, weiche Hand mich labte, — als daß ein Auge, —" Er brach ab. „Endlich war ich genesen: ich erfuhr vom Arzte: nicht er, — sie habe mich gerettet. Ich dankte ihr: — wir schlossen Freundschaft."

Da schlug Frau Wulfheid eine grelle Lache auf: „In welcher Sprache? Auf Heidnisch oder auf Deutsch? Ihr verstandet euch ja gar nicht. Ha, die Seelen hatten wohl wenig zu thun mit dieser Freund=schaft? —"

Aber ruhig fuhr der Erzähler fort: „Sobeidens Mutter war eine Abendländerin, eine Christin, eine Deutsche: Elisabeth, Tochter des Grafen von Wied, die der Emir auf ihres Vaters Pilgerfahrt gefangen und sich vermählt hatte. — Sobeide ward im Glauben des Vaters, aber von der Mutter in deren Sprache, deren Sitte auferzogen, bis sie durch den Tod dem Kind entrissen ward. — Ich mach' es kurz. Der Emir verließ die Burg mit einem Auftrag des obersten Sultans der Heiden an den Kaiser. An seiner Stelle übernahm den Befehl Scheik Dschabir: ein wilder Heide, voll von Haß gegen Christen und Abendländer. Ich fühlte, er hätte mich am liebsten beim ersten Anblick ermordet. Nur der strenge Befehl, mich gut zu halten, schützte mich. Aber in einer Nacht —"

Sobeide bebte leise.

„In einer Nacht kam der Befehl des obersten Sultans, alle gefangnen Christen zu tödten." Er hielt inne.

Mit Spannung blickte Frau Wulfheid auf ihn.

Herr Walther fiel ein: „Die Templer nämlich, diese ruchlosen, obzwar tapfern Frevler, hatten, vielleicht aus bloßer tempel-ritterlicher Gier, vielleicht aber auch,

um den vom Kaiser gerade dem Abschluß nahe ge=
brachten Friedensvertrag zu zerreißen, — eine große
Karawane der Heiden, welche mit Gold, mit edeln Rossen
und zumal mit schönen Frauen von Bostra nach Jeru=
salem zog, mitten im Schutz der Waffenruhe mit nieder=
trächt'gem Treubruch überfallen. Die Schätze, siebzig
Kamele, wurden geraubt, zweihundert Männer, dar=
unter des Sultans Lieblingssohn, Achmed, wurden er=
schlagen, die edeln Frauen und die Mädchen geraubt.
— „Gieb,“ sagt ein Sprichwort im Morgenland, „ein
schönes Weib lieber in des Teufels als in des Templers
Gewalt!“ —

„Da befahl,“ fuhr Friedmuth fort, „der Sultan
blutige Vergeltung. Die Art der Tödtung war nicht
vorgeschrieben. Aber Dschabir — er hatte eine Toch=
ter bei jener Karawane gehabt — gebot —“

„O schweige!“ flüsterte Sobeide leise.

Jedoch Friedmuth hatte sie nicht gehört und fuhr
fort:

„Er hatte befohlen, mich den Geiern zu geben.“

Siebentes Capitel.

„Was ist das?" fragte Frau Wulfheid, gleichgiltig, kurz.

„Das will ich Euch gründlich sagen," ergänzte wieder Herr Walther. „Sie binden einen Menschen, nackt, im glühenden Wüstensand, mit Händen und Füßen an einen Balken, einen nassen Schwamm im Mund, damit er nicht allzu rasch verschmachtet, und lassen ihn liegen in tiefster Einsamkeit. Die Geier kommen angeflogen aus weitester Ferne. Sie wittern scharf: — sie rücken immer näher: — nur den Blick des Auges scheuen sie eine Zeit lang. Senken sich die müden Lider — hui! hauen die ersten beiden Schnabelhiebe die gefürchteten Augen aus, daß sie sich nie mehr aufthun und dann —"

„Haltet ein!" bat Sobeide.

„Und dann?" fragte Frau Wulfheid. „Dann ist er eben todt."

„O nein, wißbegierige Frau. Es währt oft viele Tage. Denn die Geier kämpfen untereinander um den leckern Fraß. Und dann kommen erst die langsameren Schakale."

Frau Wulfheid biß die Unterlippe und runzelte die Stirn. Dann lachte sie laut: „Nun! Ihm ist nichts von Alledem geschehen."

„Und daß ihm nichts geschah, das dankt er — das danket hoffentlich auch Ihr — nur diesem Kind: dieser Heldin von achtzehn Jahren."

„Ja," fuhr Friedmuth fort, „der Befehl war gegeben, und mir verkündet. Umsonst hatte Sobeide auf den Knieen um Gnade für mich gefleht. Aus dem luftigen Gemach, in dem ich bisher geweilt, führte mich Dschabir selbst in einen Thurmkeller tief unter dem Burgfelsen. Mancher der Burgleute hatte mich in diesen vielen Monaten liebgewonnen: Dschabir sah Mitleid, Unmuth in ihren Zügen. Da

sprach er: „Beim Barte des Propheten: wer es wagt,
ihm zur Flucht zu verhelfen, oder seine Qualen in
der Wüste abzukürzen, sei es, wer es sei, — und wär's
mein eignes Kind, — wird lebendig verbrannt." Er
schloß die Eisenthüre hinter mir."

„Und das soll Alles wahr sein? Und Ihr lebt doch?"

„Ich lebe doch! Weil dieses Mädchen —"

„Und merkt es wohl, Frau Wulfheid," fiel
Walther ein, „ohne mitentfliehen zu wollen."

„So beide schlich sich in der Nacht in das Schlaf=
gemach des Scheik: sie nahm, zwischen seinem Dolch
und seinem Krummschwert heraus, den Schlüssel
meines Thurmes. Sie glitt hinein zu mir, — sie
führte mich an eine niedere Stelle der Mauer. Ihr
Vater hatte ihr einst, da die Burg von den Temp=
lern belagert ward, eine seidene Strickleiter gegeben,
sich, falls die Feinde eindrängen, hinabzulassen, in
einer Schlucht des Schloßberges zu verbergen, und
dann auf geheimen Felsen=Pfaden zu entrinnen. Sie
schlang die Leiter um eine Zinnenzacke und ließ mich

5*

hinab. Aber nie hätte ich, in der Nacht, den bei Tag kaum sichtbaren senkrechten Schwindelsteig, die Felsen herab, gefunden. — Sie führte mich. — Wir liefen die ganze Nacht. Beim Morgengrauen kamen wir an einen Nebenfluß des Jordan.

Eine morsche Fähre mit einem halbzerbrochenen Ruder lag im Schilf.

„Steig ein," rief sie, „und drüben: stets nach West, der eben aufgehenden Sonne stets den Rücken wendend. Dort stehen die Christen. Fliehe rasch."

„Und du?" sprach ich, das Ruder fassend. „Du kannst doch nicht zurück in's Schloß!"

„Nein," sprach sie ruhig.

„Was willst du thun?" fragte ich.

„Hier warten, so lang ich dich noch sehen kann."

„Und dann?"

„Dann sterben. In diesem Ring ist Gift."

Da sprang ich aus dem Kahn zurück, faßte die sanft Widerstrebende, trug sie hinein und stieß ab.

Sie sank betäubt auf den Boden des Nachens.

Bald war ich drüben. Ich hob sie empor. Sie schlug die Augen auf: „Du liebst mich!" rief ich vor ihr knieend. Sie senkte das Köpflein: „Ich glaube: ja!" sprach sie.

„Elender," rief da die Tragsburgerin und sprang auf, „erspare mir die Schilderung eures Glückes — eurer Sünde! Und sie stahl den Schlüssel dem Schlummernden! Und sie verrieth ihr Volk! Und sie ließ den Feind ihres Glaubens entwischen! Nein, sie lief ihm voran! Und ward seine Buhle, wissend, daß er einer Andern gehört!"

„Nein. Ich hatte ihr längst deinen Tod geklagt. Und meine Buhle ward sie nicht in jener Wüsten= einsamkeit. Sondern meine Braut. Wir knieten nieder und wir schlossen ein Verlöbniß vor dem allgegen= wärtigen Gott, daß nur der Tod uns solle scheiden."

„Oder ich!" drohte Frau Wulfheid finster und hob die geballte Rechte. .

„Und nach vielen, recht vielen Leiden und Gefahren erreichten wir eine christliche Schar: wackre Hospitaliter

waren es: o wie das weiße Kreuz auf ihren schwarzen
Mänteln mir gleich dem Sterne der Errettung blinkte!
Die nahmen uns, die halb Verschmachteten, auf und
labten uns und liehen mir Geld zur Überfahrt. Und
auf dem Schiffe ward Sobeide von dem Bischof
Eberhard von Salzburg in unserem Glauben unter-
wiesen, getauft auf den Namen „Demuth" und ge-
firmt. Und in Anagni traf ich auf den Kaiser, der
— der mir sehr huldvoll ist — und erzählte ihm
meine Geschicke und zeigte ihm — diese da." — Sein
Auge strahlte vor Liebe: aber er faßte sich rasch. —
„Sie gefiel ihm — gar sehr."

„Glaub's von dem heimlichen Heiden! Dem Verfluchten! Dem Verbuhlten! Dem Freund der lüster-
nen Minnesänger!" nickte die Burgfrau grimmig.

„Er richtete selber unsere Hochzeit aus; der
Patriarch von Aquileja traute uns. Der Kaiser ver-
gab die Braut und beschenkte uns reich. Und nun
zog ich mit meinem jungen Weibe, — mit Demuth,"
verbesserte er rasch, „über Florentia nach Verona, von

da über Trient hieher. Bei Trient stießen wir auf
Walther und erfuhren, daß — daß du lebest."

Da ging ein tiefer, tiefer Seufzer aus von der
verschleierten Gestalt, und sie wankte. Herr Walther
sprang hinzu, und barg mitleidig ihr Haupt an
seiner breiten Brust.

„Und — gesetzt, ich glaube das Alles, — da
hast du sie nicht von dir gestoßen, wie einen gift'gen,
eklen Wurm, der dich angekrochen hat im Schlafe? —
Du wagst es, — du hast die schamlos freche Stirn
der Sünde, — dies Geschöpf hierher, in m e i n e Burg,
— an m e i n e n Herd zu führen? Willst du vielleicht zwei Weiber haben? Hast du das ihren heidnischen Gesippen abgelernt? Oder soll ich etwa als
Magd dem Püppchen die Schuh' anziehen und euch
das Lager rüsten?"

Traurig schüttelte der Gescholtene das Haupt:
„Nichts dergleichen! Wir wollen nur, nachdem
dies schwere Geschick über unsere drei unschuldigen
Häupter hereingebrochen ist, —"

„Du wagst es, mich mit euch, mit eurer Be=
fleckung in Eine Reihe zu stellen?"

„Wir wollen nun, alle drei, mit Wohlwollen
und mit Güte des Herzens, so lange suchen, bis wir
finden, was in diesem argen Widerstreit der Dinge
zu thun ist."

„Was zu thun ist? Und du kannst zweifeln?
Kannst schwanken zwischen deinem rechtmäßigen Ehe=
weib und dieser hergelaufnen, — nein: schlimmer! —
mitgelaufnen Buhle? Hinaus mit ihr, aus meiner
Burg! Laß sie zurückgehen, dahin, woher sie —
von Niemandem, auch von dir, wie du sagst, nicht
gerufen, — kam."

„Zu den Heiden die Christin? Zu meinen Tod=
feinden meine Retterin? — Ihr droht der Feuertod!"

Aber Frau Wulfheid hörte den Einwurf gar
nicht: sie hatte einen andern Gedanken aufgegriffen.
„Allein auch, nachdem sie entschwunden, dahin, wohin
sie gehört, — in Schmach und Dunkel und Todes=
strafe, — mein Herz bleibt doch für immerdar ver=

giftet. Er hat, verwittwet, ein ander Weib gewählt!
Ich, — bei Gottes Rache! — ich hätte nie! nie
mehr nach seinem Tode mich vermählt."

„Das glaub ich' Euch auf's Wort," sprach Herr
Walther ernst. „Aber das kommt daher: Ihr, Ihr
habt Friedmuth wirklich geliebt. — Das heißt, was
Euere Gemüthsart Liebe nennt und, — so viel oder
wenig, so weich oder hart es nun 'mal ist, — an
Liebe vermag: das habt Ihr ihm gegeben! Und —
in dieser Euren Art — liebt Ihr ihn noch."

„Ich! Ihn noch lieben!? Ich haſſ' ihn! Nein,
ich verachte den Verruchten."

„Er aber, — Friedmuth, — hat Euch nie geliebt."

„So hat er mir denn stets gelogen!"

„Ihr wißt recht gut: er kann gar nicht lügen."

„Ja, er konnte es nicht! — Er war so wacker,
so aufrecht —! Er war mein Glanz und meine
Liebe," — und jetzt klang die unschöne Stimme
beinah schön, — „wenn ich auch nicht wie eine
girrende Waldtaube davon plappern konnte: ja, er

war meines Herzens Stolz und Freude. Jetzt aber,
— wer solche Sünde that, — der lernt auch lügen.
— Jedoch, eh' er schied, wann er mir da von Liebe
sprach, da log er nicht!"

„Gewiß nicht. Er wußte es nicht besser."

„Nun aber hat er es wohl erst gelernt, was
Liebe sei? O hätte doch dieser Schlange bei ihrer
Geburt ein Fußtritt den Kopf zertreten."

„Unholde Frau!" rief da der Sänger heftig.
„Ohne ihre todesmuthige Liebesthat wäre Euer Mann
in den furchtbarsten Qualen viele Tage lang auf's
elendeste verendet, — wär' Euch das lieber?"

„Ja, bei Gottes Zorn, viel! viel, lieber!"

Beide Männer erbleichten, — das junge Weib
schauerte zusammen.

„Laß dir nicht grauen, Demuth: 's ist nicht ihr
Ernst," sprach Friedmuth entschuldigend.

„Ha," fuhr sie auf, „Ihr meint, ich sprach's im
Unbedacht? So hört's nochmal in aller kalten
Ruhe. Ich schwör's bei diesem Ringe, — meinem

Ehering: lieber hätte ich ihn von Geiern und
Wölfen der Wüste, Zoll für Zoll, langsam zerreißen
gesehen, als einen Gedanken, einen Herzschlag von
ihm, als mein Recht an ihm, einem andern Weibe
gegönnt."

„Schweiget, Frau Wulfheid!" mahnte Herr Walther. „Das ist nicht anzuhören!"

Friedmuth trat schaudernd einen Schritt von ihr
hinweg: „Sie raset," sprach er.

„Nein, ich rase nicht. Ihr aber, ihr beiden
Männer, ihr scheint ja ganz verzückt von dieser
Heuchlerin! — Und," fuhr sie fort, „wozu die
Mummerei? Weßhalb, zuerst, blieb der Sänger im
geschlossenen Helm — auch nach dem Kampfe?"

„Ich weiß, wie wenig Gunst Ihr mir traget," erwiderte dieser gutmüthig. „Ich sagte Friedmuth:
wir wollen die Frau nicht gleich schon durch meinen
Anblick reizen, bevor —"

Die Burgfrau machte eine verächtliche Bewegung,
trat in die Mitte der Halle und fuhr fort: „Und

weßhalb jener Schleier? Ha, sie scheut in ihrer
Schmach den Blick der Rächerin!"

„Nicht doch," sprach Friedmuth. „Aber wir —
Walther rieth es, — wir hofften — als ein letztes
Mittel gegen Euren Grimm, — so furchtbar hab' ich
ihn freilich selber nicht geahnt und nun wird's wenig
fruchten! — Wir meinten, wenn Ihr sie, der Ihr mein
Leben dankt —"

„Ich dank' ihr's nicht, nachdem's besudelt ist."

„Wenn Ihr dies Antlitz sähet, — glaubten wir,
— es ist gar wundersam — es könnt' Euch milder
stimmen."

Und er schritt rasch hinzu und schlug Sobeide's
Schleier zurück.

Da stieß Frau Wulfheid einen gellenden, gellen=
den, markdurchdringenden Schrei aus, fuhr mit beiden
Händen in ihr Haar hinter den Schläfen, und taumelte
ein par Schritte zurück: „Zauber! Zauberei! Hilf,
strenger Gott!"

Ängstlich wollte sich die tief Erröthende wieder

verhüllen. Aber Herr Walther wehrte ihr: „Seht, Frau Wulfheid," sprach er weich, „sogar Euch ergreift dies rührende —"

„Nein," fiel jene, sich wieder aufrichtend ein, „sie rührt mich nicht! Aber nun seh' ich's: das ist Zauberei! Kein Weib auf Erden ist, — ohne schön zu sein, — so hold, so zum Mitleid verlockend, ohne Grund, — wider Recht. So herzgewinnend! Sogar mich wollte der Spuk beschleichen! Das ist der Hölle Werk! Sieht aus, wie ein Kind — ja Kinderaugen hat sie! — Und dieser sanfte Schmerz! Von Lust und Sinnengluth nichts: — ja, das ist Hexerei! Und Hexen —" schloß sie grimmig, frohlockend, — „Hexen muß man verbrennen!"

Da glitt das junge Geschöpf, das kaum vom Kinde zum Mädchen erblüht schien, — nicht einer Ehefrau wahrlich sah sie gleich — leis auf die Kniee nieder, kreuzte beide Arme auf der Brust und hauchte kaum vernehmbar:

„O Herrin! Zürnet nicht so schwer! Ich hab'

nur Eine Schuld: daß ich ihn liebe. Ihn retten wollt' ich. Ich will sonst nichts. Ich habe nie auf ihn gehofft. Ich will gehen, wohin Ihr wollt. Am liebsten aber sterben."

„Und sterben sollst du," erwiderte jene tonlos, langsam, drohend den Zeigefinger der rechten Hand erhebend. „Die Hexe brennt. — Das ist das Recht im Lande. Und dein Buhle soll dich nicht davor beschützen!"

Da hob Friedmuth die Knieende sanft vom Boden auf: „Steh auf!" sprach er, „kniee nicht vor ihr, Geliebte."

„Ha, Rache Gottes, vor meinen Augen kost er sie!" rief bei diesem Wort Herrn Wulfgangs Tochter, und abermals faßte sie ein nacktes Schwert und stürmte damit gegen die Feindin vor.

Aber Friedmuth hielt sie gleich auf: — fest griff er ihren Arm. Mit Unmuth ließ sie die Waffe fallen.

„Genug," rief er, „und lang schon allzuviel! Erschöpft ist unerschöpflichste Geduld. — Ich bin dein

Herr, Weib, und Herr dieser Burg, und ich befehle
dir: — du gehst sofort in deine Kemenate oben
im Söller. Gehorche! oder ich führe dich selbst! —
Und du, Sobeide, trittst hier zur Linken in dies Ge=
mach. So harret ihr beide — beide Frauen —
bis mein Entschluß gefaßt. — Ich sehe vorher — ich
schwör's bei meiner Ehre! — keine von euch wieder."

Zögernd, trotzig, mit zurückgeworfenem Haupte
schritt Frau Wulfheid zorngrimm aus dem Sal. —
Sie gehorchte ungern. Aber in Herrn Friedmuths
Blick lag etwas, das sie nie gesehn: — die fest ent=
schlossene, ihr weit überlegene Hoheit des Schmerzes:
— das brach ihren Widerstand. Sie ging. Drohend
hob sie, die Schwelle überschreitend, die geballte Faust
gegen die Araberin.

Diese sah es nicht. Nach einem langen, langen,
tief wehevollen Blick auf Friedmuth glitt Sobeide.
gesenkten Hauptes, in das nur durch einen Vorhang
von der Halle getrennte Gemach. Herr Walther folgte
ihr dahin, sie stützend: denn sie wankte.

Achtes Capitel.

Es war ein kleines, gar feierlich ernstes Gelaß, das die Beiden betraten: es hatte früher als Kapelle gedient, bis bei einem Umbau der Burg eine geräumigere Schloß= und Gruftkapelle im Erdgeschoß eingerichtet worden war.

Von jener ursprünglichen Bestimmung war aber noch Manches übriggeblieben in dem engen Raum: Kreuze und allerlei einfache Symbole, in Stein gehauen an den Wänden, auch fromme Sprüche aus der Bibel oder aus weltlicher Dichtung, aufgemalt mit weißer und rother Schrift auf blau getünchten Kalkbewurf. — Ein Rundbogen mit ein par roh gemeißelten Heiligen an dem Mittel=Säulchen diente als Fenster, — Marienglas fehlte, — ein dunkelrother Vorhang konnte vor die Öffnung gezogen werden.

In einer flachen Nische, die einst der Altar ausgefüllt hatte, stand ein niedrig Gestell mit einigen Kissen und Polstern, darüber lagen ein par Decken gespreitet. An dem Fenster war ein Klapp= stuhl, in die Wand eingelassen, angebracht: der Blick über den Burgberg hinab, die Etsch aufwärts und abwärts war wunderschön.

Anmuthvoll dankend löste sich die Fremde von Herrn Walthers Arm, der ihr den langen lichtblauen Reisemantel von der Schulter nahm. Sie hob den Turban ab und den langen dichten Schleier, der darum gewunden war, und ließ sich unhörbar, — alle ihre Bewegungen waren so leicht, so klein, so leise, — auf das Lager niedergleiten, das schöne Haupt, nun ganz unverhüllt, zurücklehnend an die harte Stein=Wand, die großen Augen weit auf= schlagend, und nach oben blickend, den Himmel suchend durch das schmale Fenster, aus welchem das Licht, ohne zu blenden, voll auf ihr Antlitz strömte.

Herr Walther setzte sich an dies Fenster auf

den „Mauer=Stuhl", ihr gegenüber und sah sie lange
schweigend an.

„Sie ist wunderbar. Nein: sie ist selbst ein Wun=
der," sprach er leise zu sich selber. „Nicht gar so arg
schön: Frau Gioconda, — wo mag sie jetzt wohl sein?
— war ein viel schöner Weib. — Aber sie ist so rüh=
rend! — An Antlitz und Gestalt. Da möchte wohl
Herr Wolfram singen: „Ihr wisset, wie Ameisen
pflegen um die Mitte schmal zu sein? Noch
schlanker ist dies Fräulein!" So jung und so un=
heilbar elend! So hold und so sterbenstraurig! So
gut und so unrettbar! So kindlich: — und so todes=
muthig kühn in ihrer Liebe! Mädchen=Ehre, Glaube,
Vater, Vaterland, Volk, Leben: Alles opfernd!
Und nicht um des Geliebten Besitz: — das thäten
Viele! — nur um seine Rettung. — Wie eines
Kindes, nochmal muß ich's denken, ist all' ihre Art!
Diese kleinen Händchen, diese Gelenke, diese Füßlein
in den Seidenschuhen, — daß diese sie nur tragen?
— Und wie das dunkelbraune Haar, des Vaters

Erde, durchsonnet ist von einem wie verirrten hellen
Strahl: 's ist wohl der Mutter lichteres Gelock.
Und wie die weiße Haut der Abendländerin von
einem Pfirsichduft leicht überflogen ist! Und wie das
langgezogene, schmale Antlitz so ergreifend edel ist!
Und solch ein feingeschnitten Näslein, — gebogen,
doch wie zart! Und solche sanfte rothe Lippen hab'
ich nie gesehn! Und ihre Augen! — Ich sah einmal
im Morgenland ein köstlich Thierlein — unserm Reh
vergleichbar: — aber doch wieder nicht: nur wie
einer, der's gar nicht versteht, die Nachtigall, so edel-
fein, dem guten, aber plumpen Hänfling vergleichen
könnte. — Ein solches Thierlein starb, vom Pfeile
wund, in meinem Schoos: — die Augen waren so
groß, so rund, so durchsichtig braun, in einem leisen
Blau, statt in Weiß, sanft schwimmend: eine ganze
Welt von stummer, vorwurfsvoller Trauer. Solche
Augen hat das „kindjunge" Weib! — Geh, schäm' dich,
Walther! Schaust sie an, wie ein Träumer, der sie auf
Goldgrund malen wollte, — und siehst nicht, welch'

6*

hoffnungsloses Weh, welch abgrundtiefer Schmerz in
diesen thränenleeren Augen liegt und redest ihr nicht
tröstend zu! — Ei, Walther!" schalt er sich.

„Mein armes Kind," begann er nun mit seinem
weichsten Ton, — und herzgewinnend konnte diese
Stimme tönen. „Frau Demuth," besserte er —
„Nein: laßt mich lieber Euch „Kind" nennen, —
könnte ich doch Euer Vater, ja Euer Großvater fast
sein! — Und Ihr seid ein Kind: aus goldner
Sternenwelt herabgefallen, hilflos und vertrauensselig,
in eine Welt, die hartes Erz und — Schlimmres ist!
— Mein liebes Kind!" — Und er legte ein Bein
über das andre und griff zutraulich, beschwichtend,
nach ihrer schmalen, langfingrigen Hand. „Banget
nicht, es droht Euch nicht Gefahr."

„Ich bange nicht und traure nicht um mich!
— Seht," sprach sie schlicht und sanft, „Herr Walther,
ich habe nur drei Menschen wahrhaft gekannt. Und
diese drei — hab' ich lieb gehabt, so ganz von Herzen
lieb: meine Mutter, — ihn — und Euch. Mein

Vater war fast nie auf der Burg. Die Araber und
das Gesinde, die mich umgaben, blieben mir immer
innen im Herzen fremd, fern. Meine Mutter, — o,
sie sprach so viel vom Land der Franken, — von ihrer
deutschen Heimat! — Sie wußte gar viele Lieder der
Minnesänger: auch eigene erfand sie und lehrte sie
mich. Und ich behielt die Lieder rascher, fester, als
Alles, was ich sonst lernen sollte. Und oft dachte ich
dazwischen eigene Gedanken und war ganz erstaunt,
— ich schämte mich und erröthete, — daß sie sich
manchmal reimten. Und dann kam — er. Und das
war Alles: das war mein ganzes Leben. — Aber
als ich nun Euch fand, und sah, wie gut Ihr
seid: auch gegen Fremde, Arme, zumal Kinder, und
gegen alle Thiere, — und wie wir nun alle diese
langen Tage zusammen waren, immer nur wir
drei — und wie ich Euch erkannte in Worten
und Werken: da ging mir etwas auf, was ich
nicht gekannt: — Freundschaft und recht herzinnige'
Verehrung. Und ich konnte nach der Mutter und

nach ihm auch Euch tief, tief in meine Seele nehmen;
und so sag' ich Euch wahrhaftig: ich traure nicht
um mich!"

„Ich weiß!" sprach er. „Denn an Euch selbst
habt Ihr von je zuletzt gedacht, Kind Demuth! —
Aber um Eins möcht' ich bitten: glaubt mir: nicht
alle deutschen Frauen sind — gleich der. Sonst
müßt' ich eines meiner liebsten Lieder umdichten!"

„Ihr thut ihr schweres Unrecht! Sie ist im
vollen Recht. Laßt sie es brauchen."

„O wüßtet Ihr doch nur," — er sprang heftig
auf, — „daß sie, — sobald nur Friedel will, — in
vollstem Unrecht ist: wenn sich's um Recht und Un=
recht wirklich handeln soll, wie's der Richter, der
Schöffe und die Fürsprecher verstehen. Aber was
hilft's, Euch das sagen! — Ihr müßte man's sagen.
Und das hat er verboten!" schloß er grollend.

„Es zieht sich, wie ein glühend Eisen, unablässig
dieser Ring von Gedanken um mein Hirn: Friedmuth,
— Wulfheid, — Demuth: von diesen drei Menschen

kann Einer nicht mehr leben! Das will sagen," —
fuhr sie fort, sich langsam über die Stirne streichend:
„diese drei können nicht zusammen das Licht der
Sonne schauen. Da Er nun leben muß, — um
jeden Preis! — so lang' der Gott der Himmel es ver=
gönnt — und da die strenge Frau in vollem Recht, —"

„So wollt Ihr vielleicht sterben?" lächelte Wal=
ther. „Das wäre das Wahre! Nein, — nein! Ihr
sollt mir fein leben und Gott den Herrn erfreun,
wann er auf Erden schaut. — Ist ihm zu gönnen,
dem Milden: muß so viel Unholdes sehn! — Muß
man denn gleich sterben?"

„Ich gehe nicht in's Kloster," sprach sie ruhig.
„Das ist lebendig begraben sein."

„Ihr — in ein Kloster? Die duftende Rose
unter eine Grabplatte!"

„Es bleibt kein Ausweg. — Friedmuth, —
Wulfheid, — Demuth: o der eherne Ring, der
glühende Ring! — Weh, ich allein hab' alles Un=
glück über ihn gebracht."

„Ihr allein habt ihn gerettet.“

„Ja. Aber als wir an jenem Flusse standen, —
als er mich fragte: „Was willst du nun beginnen?“
— da hätt' ich nicht sagen sollen: „Sterben!“ —
nein: es thun! — Lautlos, nachdem sein Kahn
drüben angelandet, — unter das grüne hohe Schilf
gleiten, — das war das Rechte! Und, o Gott
der Christen und der Heiden! das ist meine Schuld.
Denn wißt, edler Harfenschläger: — wie einem
Priester, lieber als einem Priester, beicht' ich Euch:
— ich hab's geahnt, — Alles!“

„Wie? Ihr konntet doch nicht ahnen, sein Weib
lebe?“

„Gewiß nicht! Aber als er mich so fragend
ansah, mit seinen hellen Augen, — da zuckte es
durch mein Haupt: ‚Folg' ihm nicht! Folg' ihm
nicht in seine Heimat. Du bringst ihm Unheil dort
— du taugst nicht dorthin — laß ihn allein ent=
rinnen: — schweige und stirb!‘ — Ach! Das war
das Wahre, Rechte, das von Gott Gewollte! — Ich

schloß damals die Augen: aber ach'! (Er hat's ver=
schwiegen — verschweigen müssen, wie er vor ihr
sprach): da sprang er auf mich zu: „Sobeide!" rief
er. — Und da wußt' ich's — aus diesem Ruf erst
lernte ich's: — er liebte mich! So sehr — so sehr!
— Und da — leider! — that ich die Augen wieder
auf und sah sein Auge — und statt zu fliehen —
o Gott im Sternenhimmel! — ich konnt' es nicht.
Mir verging die Kraft — ich wankte — ich sank zu
Boden. Und als ich erwachte, waren wir drüben:
und er lag vor mir auf den Knieen und stammelte
Worte süßen Entzückens, holder Verzückung: „O
Minne," rief er, „jetzt erkenn' ich dich!" und küßte
mir Füße und Gürtel und Hände. Ach und ich
war selig! Und ich folgte ihm. Und doch zuckte
mir's auch später noch manchmal durch die Stirne:
du bist sein Unheil! — Aber," und nun ward
ihr Lächeln zauberschön, — „er schien — er war
so glücklich! Ach so sehr! Er, der ernste Mann,
der Held, er lachte, scherzte, spielte wie ein Kind, —

er war so wunderhold in seinem Glück. Ich sah's:
ich war dies Glück! — Und allmälig vergaß ich
jenen jähen Schatten, der mich am Fluß umwölkt
hatte, jenen ahnungstiefen Schrecken. Und da der
große, der strahlende, der herrliche Kaiser —"

„Ja, Kaiser Friedrich! Ihm gleicht nichts auf
Erden!"

„Da der mir die Hand auf das Haupt legte
und sprach: „Töchterlein, ich hatt' es anders mit
ihm vor. Aber du, Heldenkönigin der Liebe, du hast
ein heilig Recht auf ihn: nun soll der arme Mann,
der all' sein jung Leben nur Frohn der Pflicht und
Arbeitszwang gekostet hat, nun soll er die Minne
lernen und das Glück:" da — ich gesteh's — da
wich von mir der letzte Schatte: und ach, wie Kinder
selig, lachend selig wurden wir. Aber eines Abends"
— sie erbleichte — „kam Friedmuth in Trient zurück von der Herberge, wo er Euch, edler Herr, getroffen. Ich erschrak, so war sein Antlitz verwandelt:
denn er sah aus, wie wenn sein Herz zu Eis ge-

worden. „Sie lebt," — sprach er, — „Wulfheid
lebt! — Wir beide, Demuth, sind jetzt viel unerreich=
barer geschieden, als wärst du auf dem Mond, ich
auf der Erde: — es ist unmöglich! Es giebt keine
Hilfe für uns in Reich und Kirche, nicht bei Kaiser,
nicht bei Papst! Wir sind alle drei so elend, wie nie
Menschen waren!" Da weinte ich nicht. Denn er
litt und ich mußte ihn trösten. Aber da kam der
Schatte von des Flusses Rand wieder über mich,
und ich sprach zu mir: du bist sein Fluch! Und alle
Lebenshoffnung losch mir aus! — Deine Milde,
deine kluge Güte hat in jenen Tagen an mir ge=
than, Freund Waltharius, was sonst kein Mensch an
mir vermocht: sie richtete mich wieder auf! — Ich
war auf jedes Maß von Elend gefaßt: nun aber
doch, als ich sie sah, dies mitleidlose, graue Auge
sah, und diese Stimme hörte, die, ach sanfter Gott!
aus einem Grab zu kommen schien, — da krallte
mir das alte Weh das Herz zusammen und ich sprach
abermals zu mir: du bist sein Fluch, Sobeide."

„Armes Kind! Es ist kein Wunder, daß Euch
Wahngedanken verwirren. Ihr sein Fluch? Sein
Segen seid Ihr und sein einziges, sein erstes Glück.
Wahr sprach der Kaiser! Und was Menschenwitz und
guter Wille vermag, ihm sein Glück zu erhalten, —
das soll geschehn. Wir müssen suchen!"

„Hier ist nichts zu finden! O wie hab' ich, seit
ich das Schreckliche erfuhr, mein armes Gehirn zer-
martert! Es giebt keinen Ausweg! Helfen könnt Ihr
nicht, Freund Waltharius! Aber Eines könnt Ihr
wunderbar: schon in diesen Tagen — wann nichts
mich tröstete und ihn, — dann grifft Ihr wohl zur
Harfe und sangt oder auch, vom Roß herunter, sprach't
Ihr uns ein Lied. Meine Seele ist so durstig des
Schönen. O sprecht mir eines Eurer Lieder vor:
— so ein trauriges: — das thut dem wunden
Herzen wohl."

Neuntes Capitel.

„Gern, Liebtraute. — Wohl, wohl: ein trauriges! Aber doch nicht so traurig, daß man verzweifeln müßte. Nicht ein schriller Ton, der am Schlusse die Saiten wie das Ohr und das Herz zerreißt. Trauer und Wehmuth und doch — entsagungsvoller Friede! Ich habe so ein Lied — vor Jahren schon — gemacht! Ach nein, ich hab's g e l e b t. Denn das Ergreifendste — das kann man nicht erfinden — nur erleben. — Auch m e i n Leben hat ein großer Schmerz durchzogen und geweiht: — auch ich hab's gelernt, ‚daß Liebe doch mit Leide stets endlich lohnen muß.‘ Auch m i r ward des Herzens Wunsch nicht gewährt. Nein, Holde, laßt nur das abwinkende Händchen ruhn. Es thut mir nicht mehr weh: — oder thut doch zugleich wohl im Wehethun! — Auch werd' ich's Euch nicht

erzählen: — ein Lied — und Ihr errathet's selbst.
— Es ist nur ein Ritt durch den Wald, den ich
vor Jahren einmal von meinem Vogel=Hof aus nach
einem Nachbar=Schlosse machte — zu einem erkrankten
Kind. — Nach Mitternacht ritt ich zurück und sann
und sang:

Gemach, mein Roß, und tritt bedächtig!
    Der Glühwurm nur erhellt den Steg:
Schwer reitet sich's im Buschwald nächtig,
    Knorrwurzeln laufen über'n Weg.
Tag's trägst du mich: — nun führ' ich dich,
    Dir Schritt und Bahn zu zeigen
        Mit Schweigen.

Du bebst? Du schnaubst? Ja! Waldnacht=Grausen
    Streift eisig auch des Waidmann's Brust:
Die Mächte, die im Nacht=Tann hausen,
    Sie schrecken gern mit Schade=Lust.
Schon Mancher zog zu Wald zur Nacht, —
    Kam nicht mit heilen Sinnen
        Von hinnen.

Gluthaugig faucht und klappt die Eule,
    Im Eichstamm ächzt der Waldschrat heiser,

Das Morschholz leuchtet roth in Fäule,
　Und raschelnd schlüpft durch dürre Reiser,
Indeß der Schuhu gellend lacht,
　Das Wichtelvolk der braunen
　　Alraunen.

Doch horch! Was johlt dort hoch in Lüften?
　Was hallt und tutet wie ein Horn?
Entstiegen aus des Abgrunds Klüften
　Hetzt seinen Hengst mit blut'gem Sporn
Der Heidengötter König da
　Hoch über Baum und Boden —:
　　Herr Woden.

Den Schuld'gen wird das Nachtheer hetzen,
　Bis er den letzten Hauch gethan.
Uns, Rößlein, darf es nicht verletzen:
　Wir ziehn auf guten Werkes Bahn,
Und über uns wacht Gott der Herr,
　Der aller übeln Geister
　　Bleibt Meister. —

Wer Vöglein pflegt, muß Kräutlein pflegen:
　Heilkräst'ger Wurzeln weiß ich viel.
Dem todeskranken Kind zum Segen
　Ausritt ich, als der Frühthau fiel:

Gerettet konnt' ich noch vor Nacht
   Der Mutter und dem Leben
     Es geben.

O Mutterauge, wie Du strahltest
   In Freudenthränen wundersam!
Mit Deinem Scheideblick Du zahltest,
   Was einst von Dir an Weh mir kam,
Als ich vor zwanzig Jahren sah
   Zum Brautaltar Dich schreiten — —:
     Vom Weiten! —

Er hatte bald das Auge von der Hörerin abgewendet und, wie in Traum versunken, als ob er
Alles jetzt erlebe, zu dem Fenster hinausgeblickt, in
das Etschthal, das nun prachtvoll im Abendgolde
glühte: wie dunkler Wein, so purpurfarbig schimmerte
der Porphyr der Bergfelsen. Erst gegen das Ende
hatte er vorsichtig den Blick auf das junge Weib zu-
rückgelenkt: das saß vorgebengt und hielt den weißen
Schleier vor das Antlitz: aber über die schmalen
Finger glitten Thränen: sie weinte: ganz leise, —
aber recht von Herzen. —

Er stand unhörbar auf, trat dicht an sie heran und strich ihr mit der Hand über das edel gewölbte Haupt. —

„So, mein Töchterlein! Weine — weine du nur! Das thut dir besser in der Seele als das Grübeln. Ich wußte wohl, — daß du dies Lied verstehst, daß du empfindest, was es lehrt. Nicht der Besitz ist der Minne höchstes Glück: die Liebe selber ist's. Und, mag der Tod, mag, oft viel grausamer noch, des Lebens Fügung uns den Geliebten nehmen: — er bleibt doch unser unentreißbar — — Siehe da, den schönen Abendstern.“ Er hielt, nachsinnend, einen Augenblick inne; dann wies er mit der Hand nach dem Westgewölk und sprach:

„Siehst du den Abendstern am Himmel?
Nimm ihn herunter, wenn du kannst!
So wenig nimmt man dir die Seele,
Die du in Liebe dir gewannst!“

„Ich kenne dich genug,“ fuhr er fort, „du tiefes, edles, reines Herz: — du fühlst das so mächtig, ja

fühlst es reiner als ich selbst. Drum zage nicht —
du kannst ihn nie verlieren: denn ihr liebt euch: das
ist ewig."

„O edler Sänger Waltharius," sprach das holde
Kind, „wie dank' ich Euch! Gewiß, Entsagung
ist Trost und Friede. — Aber ach! Ich habe ja
niemals um mein Los geklagt! Ich sah ihn, fand
ihn, durfte ihn lieben und — o Wonne sonder Ende
— er liebt mich! Gern wollt' ich ja spurlos verschwinden — wo es sei, auf oder unter der Erde, —
klaglos, voll befriedet. Aber er —"

Sie schwieg, — sie scheute sich, weiter zu sprechen.

„Ja freilich," seufzte Walther. „Hier ist's was
Andres als in meinem Lied. Meine Geliebte hat
mich nie geliebt: — sie liebt ihren Gemahl, sie
liebt das Kind, das ich ihr rettete. Friedmuth
aber —! Und wenn Euch in dieser Stunde der liebe
Herrgott empor riefe in seiner holdesten Engelein
Reigen, — so lang sie athmet, verzeiht ihm Frau
Wulfheid nicht, daß er Euch liebte. Drum ist's auch

nichts mit einem Kloster für Euch. Ihr wärt umsonst geopfert! Nicht eine gute Stunde hat der Arme mehr, so lang sie lebt. Nur ihr Tod würde Alles lösen."

Erschrocken rief Sobeide: „Weh, Herr Walther! Was Ihr denkt, ist schwere Sünde! Leben, langes Leben wünsch' ich ihr. Sie ist im Recht — ich bin die Räuberin! — Mir, nicht ihr, muß man den Tod ersehnen."

Lebhaft, fast unwillig rief aber jetzt der Sänger: „Ach ja freilich! Und ein gar lieblich Leben wird dann Herr Friedmuth auf der Fragsburg führen mit —! Doch horch: — er ruft mich! — Lieb' Kind, strecket Euch auf's Lager. — Die Sonne ist schon hinabgesunken. — Ich schick' Euch Wein und Obst. Ich habe ja gesehn in diesen Tagen: wie ein kleines Vöglein lebet Ihr: — nur an einer Frucht pickt Ihr zuweilen mit den weißen Zähnchen. Er klopft an den Pfeiler? — Ach ja! — Er schwur, Euch so wenig wie die Burgfrau wieder zu sehen bis —."

7*

Er trat aus der Thüröffnung durch den Vor=
hang in die Halle, kam aber gleich zurück, einen
frischen Strauß der schönsten Rosen in der Hand:
„Von ihm," sagte er, und bot ihr, nochmal auf sie
blickend, die Blumen. Dann schritt er wieder hin=
aus, traurig das Haupt schüttelnd, eine Thräne in
den Augen zerdrückend: „Sie küßt jedes Blatt das
er berührt hat! — Arme Demuth!"

Zehntes Capitel.

Friedmuth hatte inzwischen nicht gleich die Ruhe gefunden, die er suchte.

An den Burgherrn, der nach so langer Zeit, unter solchen Umständen, plötzlich zurückgekehrt war, drängten sich allerlei Aufgaben. Sowie die Burg=frau die Halle verlassen, hatte dieselbe Oswin betreten. Er meldete sich mit vielen unabweislichen Geschäften, mit Fragen, die nur Friedmuth entscheiden konnte.

Vor Allem erzählte der gutherzige Herr dem Sohn Alles, was er von Oswalds Ende wußte und verwies ihn an Herrn Walther, — der sich aber nicht sehen ließ, — als Augenzeugen des Todes und der Bestattung.

Darauf eilte Hezilo herzu und hing an des ge=liebten, todt geglaubten Herrn Halse; der Innerhofer

schüttelte ihm die Hand. Rasch erzählten sich die
beiden gefangen gewesenen Männer die Geschichte ihrer
Befreiung. Dann mußte Friedmuth eine Urkunde
unterschreiben, die sich Hezilo vom Marktschreiber zu
Meran hatte ausstellen lassen, in der bestätigt ward,
daß Hezilo über Jahr und Tag im heil'gen Land
gelebt habe. „Grüße mir die Kleine, die glückliche
Braut!" sprach der Ritter, nicht ohne Wehmuth, als
er den Siegelknauf des Dolches auf das Wachs drückte.
„Seid glücklich!" —

Hienach entließ er, reich beschenkt, die Reisigen
und Söldner, welche er mit Walther zum Entsatz
Frau Wulfheids herangeführt hatte.

Die beiden Vögtlinge von Goyen erbaten und
erhielten Erlaubniß, die Burg mit ihren Knechten zu
verlassen, und Katharina aus Meran abzuholen, mit
der Kunde, die Fehde um die Fragsburg sei zu
Ende für immerdar.

Denn Herr Rapoto, der Grimme, lag mit ge=
spaltener Stirn auf seinem Schild im Burghof. Fried=

muth verstattete, ja gebot wiederholt acht der Ge=
fangenen, die Leiche und die des im Mauerthor von
Frau Wulfheid getödteten Reisigen fortzutragen zur
Bestattung in der Burg zu „Naturnes".

Die andern gefangenen Reisigen und Knechte,
etwa dreißig an der Zahl, waren nach Friedmuths
früherem Befehl in dem festen Keller unterhalb des
Hauptgebäudes der Burg eingesperrt worden, während
der Greifensteiner allein in dem schmalen „Verließe"
d. h. in dem Erdgeschoße des südlichen Mauerthurmes
saß. Der Fragsburger wollte nicht selbst an ihm Rache
nehmen, sondern vor dem Kaiser, dem gemeinsamen
Lehnsherrn, wegen des argen Friedebruches klagen,
bis dahin aber den bösen Nachbar und wenigstens
die Mehrzahl der bei dem Überfall gefangenen Knechte
als Pfänder zugleich und als lebende Beweismittel
in der Hand behalten.

Friedmuth versicherte sich, daß man den Ge=
fangenen Nahrung, den Verwundeten Pflege gereicht
hatte, — er selber hatte noch die Lippe nicht genetzt,

— wie er gleich nach dem Sieg geboten hatte. Auch überzeugte er sich, daß die festen Eisenthüren beider Gelasse: des Burgkellers und des südlichen Mauerthurmes, wohlverschlossen waren.

Dann ging er mit Oswin in dem ganzen Bau umher, fand, wie ausgezeichnet die Burgfrau all' diese Jahre geschaltet hatte, untersuchte die Schäden, welche die Berennung in der letzten Nacht herbeigeführt, und besprach kurz die Maßregeln, welche zunächst zur Wiederherstellung des zertrümmerten Thores zu treffen waren.

Endlich hatte er den Burgwart entlassen und war durch den Burggarten geschritten, unter schmerzlich ringenden Gedanken die Rosen für Sobeide brechend. —

Vor deren Gemach saßen nun die beiden Freunde in der Burghalle vor ihrem Abend=Wein lange schweigsam.

„Was hast du denn all' die Zeit zu schaffen gehabt?" fragte Walther. —

Friedmuth gab genauen Bericht.

Anfangs achtete der Frager wenig darauf, — er hatte nur den Freund ablenken wollen von den schwermüthigen Gedanken. Aber im Verlauf von Friedmuths Angaben ward er aufmerksamer. Er legte, wie er gerne that, ein Bein über das andere, und schmiegte die wohlgebildete Wange in eine Hand.

„Also die mitgebrachten Reisigen und die Leute von Goyen sind fort. — Und die aus den anderen Höfen, die von der Vögtin Aufgebotenen?"

„Die hab' ich noch vor den Goyenern entlassen: sie wohnen ja zum Theil sehr weit von hier."

„Wohl, wohl! — Ich weiß. Und wieviel Gesinde hauset immer — ständig — in der Burg?"

„Außer den Mägden nur Oswin und drei Knechte. Warum?"

„Warum? — Nun," fuhr Walther zögernd fort, „dann muß man erst recht sagen: Frau Wulfheid hat sich gegen die Übermacht tapfer gewehrt."

Jetzt stockte das Gespräch. Beider Gedanken

kehrten zu dem schweren Geschicke Friedmuths zu=
rück: nur wenige traurige Worte wechselten die
Freunde.

„Wir kommen auf nichts Neues,“ seufzte Fried=
muth, müde an Gedanken und an Gliedern, den
Becher zurückschiebend. „Es giebt kein Mittel.“

„Ja, ja. Eher läßt der üble Höllenwirth eine
arme Seele aus dem Abgrund, als dich Frau Wulf=
heid freigiebt.“

„Sie kann's ja gar nicht, selbst wenn sie wollte!
's ist fruchtlos, daran zu denken. Nein, 's ist keine
Rettung.“ Dabei seufzte er und stützte das Haupt
auf beide Hände.

„Armer Friedilo!“ rief Walther und strich ihm
tröstend über die Rechte. Da streifte er den Ring an
des Freundes Hand: „Des Kaisers Ring! Er schuldet
dir noch Erfüllung einer Bitte! Rufe den Kaiser an!“

„Was soll mir da der Kaiser helfen?“

„Er steht, — so hört man, — wieder besser
mit dem heiligen Vater: — und der —“

„Der Papst kann mir so wenig helfen wie der Kaiser. Kann er ein Sacrament aufheben?"

„Nein! Aber — es fällt mir da eine Geschichte ein, von der man singt und sagt, — ich weiß nicht, ob sie wirklich sich begeben, — im Thüringerland —"

„Ah, den Grafen von Gleichen meinst du? Der zwei Weiber haben durfte nach des Papstes Machtspruch? Weiß nicht, ob's mehr als eine Fabelmär'. Aber das weiß ich, — wenn's auch dem Papst und jenem Grafen möglich war, — mir ist's nicht möglich!"

„Recht hast du, 's ist unmöglich für einen Christen-Menschen."

„Für jeden Mann."

„Nun, die Heiden befinden sich recht wohl dabei," meinte der Sänger.

„Dafür sind's Heiden. Pfui über solchen Gräuel! Ich bin ein christlicher Rittersmann und hoffe auf Vergebung meiner Sünden: auch dieser meiner ungewollten Schuld. Ich will sie nicht noch mehren! Und der Heiden Weiber sind doch mehr wie schöne Thiere, denn gleichstehende Geschöpfe: Genossinnen des Lagers, nicht der Gedanken."

„Ja, wenn Sobeide nicht das Frankenblut in den Adern, von ihrer Mutter her die deutsche Art und Sitte in der Seele trüge, du hättest die Minne, die du im Abendlande nie gekannt, auch nicht bei ihr gelernt."

„Unmöglich ist vor Allem," fuhr Friedmuth fort, „daß wir drei Menschen unter Einem Dache leben."

„Gewiß! — Aber wohin soll Sobeide?"

„Weißt du, ich kenne Eine, — die würde ihrer schwesterlich pflegen!"

„Gioconda!"

Friedmuth nickte.

„Ei, mich freut es, daß du von dieser edeln, großen Frau nun auch denkst wie ich von je gethan."

„Ich hab's gelernt: seit ich die Minne kenne. Ja, diese Herrliche: sie würde —! Aber niemand weiß, wohin sie entschwunden ist."

„Gleichviel! Sobald, als möglich — morgen
schon muß —"

„Ja, sicher!" fiel Friedmuth ein. „Ich habe ja
mein Weib — ich habe ja Demuth nur hieher ge=
bracht, weil unter uns drei Menschen einmal im Leben
Alles wahr und klar gesprochen werden mußte. Dann,
weil ich wirklich, wie du, gehofft hatte" — er seufzte
und hielt inne.

„Durch ihren Anblick, der jedes Auge rührt,
auch Herrn Wulfos Tochter zu erweichen? Ich darf
dich nicht drum schelten: — ich rieth es zuerst. Aber
es war doch sehr thörig! Was wir als Arznei geben
wollten, ward das tödlichste Gift."

„Und doch! — Selbst Wulfheid ward er=
griffen."

„Ja: und gerade das hat sie erst recht erbost.
Meinst du, es ist ihr Ernst mit ihrer Hexenklage?"

„Gewiß!"

„Du: dann gieb Acht! Dann hören wir bald
mehr hiervon. Ihr Oheim, der Bischof, ist gar ein

scharfer Hexenwitterer: und unser Landrecht, unsere
Weisthümer —! Sei nicht zu sorglos! Ein 'rache-
wüthig Weib und ein Pfaff, der gerne Feuer sieht!
— Kind Demuth auf dem Scheiterhaufen!"

„Sie sollen kommen und sie holen!" sprach Friedmuth ruhig, aber sehr grimmig.

„Freund, schließlich ist das heil'ge römisch-deutsche
Reich doch stärker als dein tapfres Schwert. Aber
sage doch der zorntobenden Frau, — was du mir
mitgetheilt. Denn ich weiß zwar: du wirst niemals
dich darauf berufen —"

„Schweig, Walther! Ehrlos wär's und nieder-
trächtig," brauste der Ritter auf.

„Willst du mich nicht zu Ende hören?" grollte
der. „Du sollst es ja nicht thun, aber —"

„Genug davon! — Ach laß uns enden! —
Meine Gedanken drehen sich im Ring. Ich muß in
Einem fort wiederholen: Demuth — Wulfheid —
Friedmuth. Der Ring ist unzerbrechbar."

„Just wie die Kleine," sagte Walther und erhob sich von der Bank. „Sie reden wirr — Beide, die Armen! — Nun laß uns die Lager suchen: — vielleicht den Schlaf."

„Ich werde schlafen," sprach Friedmuth. „Ich schlief nun so viele Nächte nicht. Und dieser Tag hat mir auch den Leib gemüdet."

„Wo wirst du schlafen?" fragte Walther.

„Hier, in der Halle."

„So? Hier," sprach Walther langsam. „Aber wo denn?"

„Dort drüben, vor dem großen Wandvorhang. Ich habe mir dort auf jener Wandbank Decken sprei= ten lassen."

„Gut! Und wo schlaf' ich?"

„Auf diesem Gange, links, schräg gegenüber, habe ich dir die Kammer bereiten lassen. — Ich führe dich —"

„Nein, bleibe hier, bleibe. Ich seh's ja!" Und Beide schritten nun auf die Schwelle und schlugen den Vorhang zurück, der allein den Zutritt von dem

Gang in die Halle schloß. Da drüben: — nicht?
Wo der Schlüssel in der Eichenthüre steckt?"

„Ja: dort, — ich will —"

„Nicht doch! Du bleibst! Und — diese Thüre
— da, rechts, am andern Ende des langen Ganges,
— wohin führt die? Nicht auf die Kellertreppe?"

„Jawohl! — Hast du noch Durst?" fragte Fried=
muth.

„Nein! Ich mein', ich höre Hezilo," lächelte der
Sänger. „Ich wollte nur sehn, ob mein Ortsgedächt=
niß mir noch treu geblieben. Gute Nacht! Schlafe
ruhig!"

Friedmuth verschwand hinter dem Vorhang.
Walther trat nun auf den Gang hinaus. Nach allen
Seiten sah er sich um: links, neben dem ihm ange=
wiesenen Gemach, führte eine schmale Holztreppe in
den obern Stock. Er blieb stehen und lauschte: Alles
war still. In der ganzen Burg rührte und regte sich
kein Laut, obzwar es noch nicht spät war.

„Die Fragsburg schläft schon," sagte Walther

laut. „Ei ja, sie hat die vorige Nacht gefochten, statt zu schlafen."

Er ging an die ihm bezeichnete Thür, öffnete sie, ließ sie laut klirrend in das Schloß fallen und trat ein. Das vergitterte, schmale, glaslose Fenster blickte in jähen Abgrund.

Vor seinem Lager brannte an eisernem, recht= winkligem Hakenarm eine niedrige Öl=Ampel vor einem kleinen, auf Gold gemalten Heiligenbild, das in die Wand eingefügt war: andächtig sprach er, mit lauter Stimme, sein Nachtgebet. — Es scholl durch das enge Gemach und hallte draußen in dem Gange weithin wieder. Dann schlug er ein Kreuz, blies die Ampel aus und warf sich auf das Lager.

Elftes Capitel.

Wunderbaren Zaubers voll ist eine Sommer-
nacht in jenem gesegneten Thal der Schönheit. —

Der Mond stieg langsam empor über den Ost-
bergen und goß sein sanftes, silbernes, Alles ver-
klärendes Licht, beschwichtend, jeden schroffen Umriß
mildernd, über Höhen und Niederung. Nur sehr wenig
war die warme Luft gekühlt: die Porphyr-Steine
und der körnige Sand strahlten noch die Gluth
aus, welche sie den langen Junitag über einge-
sogen.

Ein süßer, fast allzustarker Duft durchhauchte die
Luft: — die Rebenblüthe war's, die dort um die
Sonnwendzeit bereits stark zu Ende geht.

In den Rosen des Burggärtleins unter Sobeidens Fenster schlug schmetternd die ganze Nacht in heißen Tönen die Nachtigall.

Großflügelige Schmetterlinge schwebten geräusch= los über Blumen, welche ihre Kelche nicht mit dem Sinken des Sonnenlichtes schließen, vielmehr Nachts wohl stärker als am Tage dufteten. Eintönig, aber melodisch goß der Brunnen im Burghof, mit stets gleich sprudelndem Geräusch: — so friedlich, so verträumt.

Sonst Alles still — ringsum.

Die beiden Mauerthürme warfen, vom Mond im Osten bestrahlt, weithin ihre langen schwarzen Schatten; der des südlichen Thurmes fiel in ganzer Länge auf den hellglänzenden Grund des Burghofs. —

Da ward das Burgthor geräuschlos von innen geöffnet. Eine hohe schwarze Gestalt erschien auf der Schwelle, zögerte hier eine Weile, lauschend, und glitt dann durch das schweigende Dunkel der Nacht, die Stille nicht störend, leise, leise, über die drei Stufen der Freitreppe hinab, und weiter über die

Stein-Quadern, mit denen der Hof gepflastert war.
Sie suchte den Schatten des südlichen Mauerthurmes,
eilte in dessen dunkeln Streifen an das Thor des
Verließes, zog einen Schlüssel hervor und rasch und
sehr leise erschloß sie das starke Eisenthor.

Gleich darauf ward die zweite, die Eichenthüre,
welche das Thurmgelaß im Erdgeschoß von dem gewölbten äußern Thurmgang schied, klirrend aufgesperrt.

Herr Griffo lag auf einer Schilfmatte, welche ihm
in einer Ecke des Steinbodens gebreitet worden war.

Er hatte nicht geschlafen. Er grollte grimmig
über den mißlungenen Streich, er betrauerte tief den
erschlagenen Freund, er bangte schwer vor dem drohen-
den Urtheil des Reichsgerichtes. — Denn er wußte
wohl: auf Bruch eines gelobten Handfriedens stand
Verlust der Ehre und der Lehen, vielleicht sogar der
Schwurhand.

So sprang er denn auf schon bei dem ersten
Geräusch an der Eichenthür und horchte gespannt. Es
war ganz finster in dem Gelaß wie auf dem Gange

vor demselben. Er fühlte daher nur an dem ein=
dringenden Luftzug, daß die zweite Pforte geöffnet
war: „Wer kommt da noch so spät?" rief er laut mit
pochendem Herzen.

„Still!" antwortete es von der Thüre her.

„In tiefer Nacht? — Herr Friedmuth läßt nicht
morden!" sprach er, sich selbst beruhigend. „Wer
bist du?"

„Wulfheid."

„Was bringst du mir?

„Die Freiheit! Die Rache!"

„Was hör' ich? Was soll ich thun?"

„Mir zu meinem Rechte verhelfen — und dich
rächen. Schweig! — Hör mich an. Mein Gatte ist
von Zauber berückt. Er hat eine Heiden=Hexe in die
Burg gebracht, — nennt sie sein Weib. Damit hat
er alles Recht aus unserer Ehe verwirkt! Mein —
mein allein ist nun dies Haus. Sie aber — sie
muß sterben! — Nur ihr Tod kann ihn heilen.
Hier ist ein Schwert."

„Wo ist sie?"

„In der obern Kapelle."

„Soll ich sie erschlagen?"

„Nein! Binden! Mein Oheim soll sie richten.
Sie muß brennen. — Aber Friedmuth schläft in der
Burghalle: vor ihrer Thür. Er muß vorher gebunden
sein — im Schlaf —, eh' er erwacht. Hier sind zwei
feste, starke Stricke! Nimm! Komm."

„Aber die Burgleute?"

„Nur vier Männer sind in der Burg. Sie
schlafen ganz weit ab, im Gesinde=Bau. Und von
Euren Reisigen liegen gegen dreißig im Burg=
keller."

Rasch erfaßte Griffo das nackte Schwert. „Sie
befreien wir zuerst."

„Nein! Es geht nicht. — Erst muß Friedmuth
bewältigt sein." —

„Warum? Hast du keinen Schlüssel zu —?"

Wulfheid lachte schrill: „Ha, eine kluge Hausfrau
hat gute Schlüssel zu allen Schlössern ihres Hauses.

Die Schlüsselgewalt. — Jahre lang hab' ich sie, — treu wie ein dummer Hund, — zu seinem Nutzen geübt! Jetzt üb' ich sie für mich! Wohl hat er den Einen Schlüssel zu diesen beiden Thurmthüren und den andern zu dem Keller abgezogen und zu sich gesteckt. Er weiß nicht," höhnte sie, „daß ich, vom Anfang unsrer Ehe an, heimlich, zu allen Thüren einen zweiten Schlüssel hatte."

„So auch zu dem Burgkeller?"

„Gewiß."

„Nun also —"

„Zu dem Keller führt aber vom Burghallengang eine Thüre die Treppe hinab, — nur diese einzige! — Diese Thür' ist immer unverschlossen. Weil sie, so lang ich denken konnte, nie versperrt war, hab' ich zu ihr keinen Doppelschlüssel: — ihr Schlüssel stak immer im Schlosse. So stand sie offen auch noch vor wenigen Stunden. Aber jetzt eben, — als ich nachsah, — war diese Thür' geschlossen, der Schlüssel abgezogen. Friedmuth muß das gethan haben, nachdem ich ihn längst eingeschlafen glaubte, — nachdem der Gast ihn verlassen. —"

„Welcher Gast?"

„Der Minnesänger: der von der Vogelweide."

„So war er's, der im geschlossnen Helm? Mir schien's so, vom Wall herab! Also zwei gegen Einen? — Gleichviel," sprach der Greifensteiner, das schwarze Gelock in den Nacken werfend, — „komm!" und er hob das Schwert.

„Nicht zwei. Den Harfenklimprer," — sie lachte höhnisch, — „hab' ich eingesperrt. Ich drehte von außen den Schlüssel um im Schlosse seiner Thür. Er hat es nicht gemerkt. Alles blieb still. Hier ist der Schlüssel!" — Sie schlug auf ihre Gürteltasche. — „Aber Friedmuth hat offenbar den Schlüssel zum Treppenthor zu sich gesteckt. Darum muß er bewältigt sein, eh' wir deine Knechte befreien können. Und das muß leise geschehen, — sonst entreißen ihn und die Hexe Oswin mit den drei Knechten unsern Händen. Du zögerst? Fürchtest du dich auch vor dem schlafenden Friedmuth? Fürchte dich nicht: ich bin sehr stark: — ich helfe dir." —

Aber nicht Furcht hatte den Greifensteiner gehemmt: — „Ist's eine Falle?" dachte er. „Dieses Weib, — plötzlich, — so entschlossen gegen den Gatten, an dem sie so zähe hing? — Doch was kann sie, — was könnte er, im Einverständniß mit ihr — noch dabei gewinnen, mich so zu locken? Bin ich doch schon ganz in ihrer Gewalt." —

Da fiel durch die Mauer-Pfeilscharte hoch oben ein heller Streif des Mondlichts in das Gelaß: er sah nun Wulfheids Antlitz. Er erschrak: so verändert, so furchtbar grimm erschienen diese Züge: erst verzerrt und dann, in der Verzerrung, versteinert. Sie hatte die Brünne abgelegt: ein dunkler Mantel verhüllte mit seiner Kapuze das Haupt und mit seinen langen Falten die ganze Gestalt von den Schultern bis an die Knöchel; die Schuhe hatte sie ausgezogen.

Er trat dicht an sie heran:

„Base," sprach er, „und wenn er nun fest hält

an seiner Hexe? — Wollt Ihr dann diese Hand,
die so oft nach Euch sich ausgestreckt hat, die Euch
gerächt hat, nehmen?"

Sie lachte. "Meinst du, ich bin ein Mann, der
viele Herzen hat — oder doch zwei, wie Herr Fried=
muth von Schänna? Nein! Ich bin ein Weib:
— ich hab' nur Ein Herz, nur Einen Leib, nur
Eine Liebe. — Nie werd' ich eines Andern! —"

"Ihr liebt ihn noch? Und dennoch wollt Ihr" —?

"Mein Recht will ich, 's ist meine Pflicht. —
Ich muß ihn retten — gegen seinen Willen. Nur an
meiner Seite ist sein Gedeihen, seine Ehre! Das
Heidenweib ist sein Verderben. Darum merke: —
falls er zu früh erwacht, falls es zweifelhaft wird,
ob wir ihn zwingen, dann halt ihn auf: nur so lang,
— bis ich sie erreicht habe in der Kapelle. Dann
komm' ich meinem Oheim rasch zuvor! Ein drittes
Mal soll nichts sie vor mir retten."

"Komm nur," drängte er jetzt, und schwang die
Klinge.

Da sah sie im Mondlicht den Ausdruck wild frohlockenden Hasses auf seinen Zügen: „Halt!" rief sie. „Noch Eins! Du bindest ihn, — du wundest ihm den Schwertarm, muß es sein, um ihn zu binden. Aber tödtest du ihn —: sieh her, — dieses lange, wälsche Jagdmesser ist scharf vergiftet: — ein Ritz in der Haut von dieser Spitze tödtet, — und bei meinem Ehering schwör' ich's, — ich ersteche dich auf dem Fleck."

„Ha, komm nur!" mahnte der Gefangene, und sprang mit einem Satz über die Schwelle seines Kerkers in den Gang, mit einem zweiten durch die Außenthüre auf den mondhellen Hof.

Zwölftes Capitel.

Er eilte so sehr, daß die Frau Mühe hatte, ihm zu folgen.

„Leise, leise!" mahnte sie rasch, — unhörbar.

Er warf einen Blick auf die Fenster im obern Stock: — die drei Bogenfenster der Burghalle lagen im Dunkel. —

Und nun glitten beide über die Steine des Hofes, — vorbei an des Hofbrunnens mit dem Porphyrgrand friedlichem Gießen, — über die Stufen der Freitreppe, — in das große Burgthor, — durch die Halle des Erdgeschosses, — die innere Burgtreppe hinauf: — erst hier holte Wulfheid den Eilenden ein. Auf der obersten Stufe machten beide athemholend Halt; sie lauschten: — Alles still.

„Jetzt! — Hier hinein!" hauchte Wulfheid, und schob den Vorhang bei Seite.

Das Mondlicht fiel in vollem Strom herein und zeigte deutlich Friedmuth, der auf der südlichen, der Kapelle entgegengesetzten Seite der Halle, vor dem Wandvorhang, auf der Holzbank lag, er schlief: — seine tiefen Athemzüge waren hörbar in dem todten Schweigen.

Auf dem Eichen=Tisch mitten im Zimmer lagen bei seinem Schwert und seinem Dolch zwei Schlüssel. — „Nur zwei?" dachte Frau Wulfheid. „Der Thurm=schlüssel und der Kellerschlüssel! Wo ist der dritte, der zur Kellertreppenthür? Den trägt er also im Wamms!"

Die Frau wies auf seine beiden über der Bank=Decke übereinander gelegten Hände.

Sie hielt rasch ihrem Genossen im hellen Mond=licht einen Strick vor die Augen, den sie zu einer Schlinge geschürzt hatte: — „Ich schiebe das sacht unter seine Hände," flüsterte sie, — „du ziehst's zu=sammen: — da: — oberhalb der beiden Knöchel."

Aber Griffo hatte einstweilen Andres erwogen

und den Abstand wohl gemessen: — einen Schritt
schlich er noch vor: — dann, Frau Wulfheid stehen
lassend, wo sie stand, holte er plötzlich gewaltig mit
dem Schwert aus zu einem mörderischen Streich auf
des Schlafenden Haupt. —

Da rauschte der dunkle Vorhang, der hinter
Friedmuths Bank die über mannshohen Waffen-
Trophäen bedeckte. „Mörder!" schrie eine dröh-
nende Stimme, und ein Mann, aus dem Vorhang
springend, schmetterte einen sausenden Hieb dem
Nahenden über das Haupt, daß er stürzte: das
Schwert entfiel ihm.

Friedmuth war bei dem Schrei aufgesprungen.
Er starrte, aus tiefstem Schlaf verstört, einen Augenblick vor sich hin. Da erkannte er am Boden den
Greifensteiner. Aber er sah auch Walther dicht vor dem
Kapellenvorhang stehen, mit vorgestrecktem Schwert
den Eingang wehrend einer zweiten Gestalt. Friedmuth griff nach der nächsten erreichbaren Waffe: es
war sein Dolch, der auf dem Tische lag. Er faßte ihn,

er sprang hinzu: o Gott, es war sein Weib, die klir=
rend eine Klinge mit der Herrn Walthers kreuzte! —

Aber schon fiel ihre Waffe auf den Estrich: und
ihre beiden Arme und Hände schienen plötzlich wie
gelähmt. Friedmuth stand nun vor ihr: er sah sie
sich verzweifelt gegen eine Schlinge sträuben, die Herr
Walther eisern fest hielt.

Keiner der Drei beachtete es, daß jetzt der Vor=
hang der Kapelle gelüftet ward und eine weiße,
schlanke Gestalt, ein entsetztes Antlitz aus den Falten
spähte.

„Mein Weib!" rief Friedmuth, den Dolch in den
Gürtel steckend. „Gebunden! Womit?"

„Mit der Schlinge, welche sie für deine Hände
geschürzt hatte." —

„Gieb sie los! Sogleich!"

„Ja! — Sogleich!" sprach Walther, das der
Rasenden aus der Hand geschlagene lange Messer auf=
hebend und sorgfältig in seinem Gürtel bergend. Dann
streifte er die fest zugezogene Schlinge, sie lockernd, über

die beiden Knöchel der gefangenen Frau herab. Sie stand in der Mitte des Sales: — hochaufgerichtet, ungebeugt, aber sie athmete stark. Walther stellte sich, ohne umzusehn, gerade vor dem Eingang zur Kapelle auf.

„Was ist geschehen?" fragte Friedmuth.

„Frau Wulfheid hat den Greifensteiner herein geführt, dich zu ermorden."

„Das ist nicht wahr," sprach Friedmuth.

„Nein! Es ist nicht wahr!" wiederholte der Schwergetroffene, sich, auf den rechten Arm gestützt, aufrichtend. „Nicht morden — nur binden, zwingen sollte ich Euch, und Eure Hexe ihr einhändigen. — Sie hat nicht Euren Tod gewollt: — ich wollte's gegen ihren Willen." — Er sank zurück und starb.

Da sprach Frau Wulfheid ganz ruhig: „Ich wollte es nicht! — Mich reut's, daß ich's nicht wollte! — Denn tausendmal hattest du's um mich verdient. Ich wollt' es nicht, weil ich dich stets noch liebe. So sei verflucht vom Wirbel bis zur Sohle, dafür, daß

ich dich je geliebt und lieben muß. Hab Acht: —
bald sollst du von mir hören."

„Was willst du thun?"

„Bei Papst und Reich klagen! Die Hexe ver=
brannt, — der Mann zweier Weiber verbannt, —
als Bettler aus dieser meiner Burg gejagt: — recht=
los, friedlos, ehrlos, in ein Kloster gesperrt, bis der
Zauber ihm durch Bußen ausgetrieben."

Da stöhnte ein tiefer, tiefer Seufzer aus dem
Vorhang der Kapelle. — Niemand hatte ihn gehört:
— die weiße Gestalt verschwand.

„Aus Eurer Burg?" fragte Walther zornig.

„Ja: aus meinem Eigen. Mein ist dies Haus.
— Dieser da ist irrsinnig, ist von bösen Geistern be=
sessen: — es ist das Gelindeste, das man von ihm
sagen mag! Wahnsinnige, Verhexte haben keinen
Willen. Ich übte nur mein Recht, als ich ihn zwingen
wollte."

„Dich reut nicht dieser That?" fragte Friedmuth,
jetzt erbleichend.

„Bei'm Himmel, nein! Mich schmerzt nur, daß sie mißlang."

„Dafür, Frau Wulfheid, war gesorgt. Ich traut' Euch nicht und Eurem wölfischen Blick auf das Kind. Und Friedmuth entblößt die ganze Burg, zwei Thür-Schlössern trauend und Eurer — Ehrlichkeit! Ihn warnen — half nichts! So schlüpfte ich denn wieder aus meinem Kämmerlein, versperrte die Thür, die jene Dreißig sicher einschloß, — da, nimm den Schlüssel, Friedmuth! — und trat hier ein. Wohl hört' ich Euch dann bald darauf meine Kammer verschließen: aber der Vogel, den Ihr fangen wolltet, war draußen, nicht mehr darin! Nun wußt' ich wohl: — Ihr würdet hierher kommen: — diesen Einen Eingang nur hat ja die Kapelle."

„Wulfheid," sprach Friedmuth, „wie konntest du das wollen? Ich bitte dich, um deiner Seelen Heil: bereue."

„Niemals."

Da barg Friedmuth das Antlitz in den Händen.

„Ja, weine nur! Ich halte dich gebunden an einer Kette, die nur der Tod zerbrechen soll.“

„Ihr irrt,“ rief Walther in aufloderndem Zorn. „Er ist frei, sobald er will. Nur seine Gnade, seine unsinnig zarte Ehre hindert ihn. Nein, Friedmuth, wissen soll sie's, die Unerträgliche: — du brauchst ja nichts zu thun, was dir mißfällt. — Aber wissen soll sie's —! Ein Wort von Friedmuth und Eure Ehe — Ihr seid gar nicht sein Eheweib! — ist nichtig. Ihr beiden seid Pathen desselben Kindes: — Ihr konntet gar keine Ehe schließen. Nur von seinem Willen hängt es ab — und er ist frei. Nur Frau Demuth ist, nach Recht, sein Ehgemahl.“

Bei diesen Worten war eine furchtbare Veränderung in Frau Wulfheids starren Zügen vorgegangen. — Sie erbleichte: — dann schoß glühend Roth in ihre Wangen: — sie zitterte heftig an allen Gliedern.

„Was?“ — stammelte sie. — „Mein Recht?“

„Ihr habt gar kein Recht: Ihr heißt sein Weib aus seiner Gnade. Vor Jahren schon — im Morgen-

land, sollte er — der Kaiser wollte es — sein Recht
gebrauchen, Euch abstreifen, herzböse Frau, und ein
Weib gewinnen, das viel schöner ist als Alle und
auch als das Kind da drinnen."

„Herr Friedmuth, — ist das wahr? — Das von
der Ehe?" Sie brachte die Frage kaum hervor und
hielt sich mühsam an dem Tischrand aufrecht.

„Bei Gottes Treue, ja!" sprach dieser ernst.

„Und Ihr habt's nicht gethan? Warum nicht?"

„Ich liebte jene schöne Fürstin nicht. Was wußte
ich von Liebe!"

Sie erbleichte und stöhnte.

„Und hätt' ich sie geliebt, so heiß, so ewig,
so unaussprechlich, wie ich Sobeide liebe, — ich hätt'
es nicht gethan. Ich thu's auch jetzt nicht! — Nie=
mals! — Es wäre feig und ehrlos. Ihr braucht
das nie zu fürchten."

„Aus Gnade?" — stammelte sie langsam. „Aus
seiner Gnade? Nicht kraft meines Rechts? — Nein!
Nein —!"

Sie wandte sich blitzschnell und eilte zum Vor=
hang hinaus: man hörte ihren unstäten Gang die
Treppe hinauf eilen.

Friedmuth wollte ihr folgen: — in einem un=
gewissen Bangen vor ihren raschen, wilden Ent=
schlüssen.

Aber da scholl schmetternd — es war nun Tages=
anbruch — das Thürmerhorn vom Hauptthurm den
Gruß: „Gäste nahen!"

Gleich darauf erschien Oswin, rief von außen,
vom Gange, herein und meldete: eine Schar von
Reitern sei den Berg hinauf im Anritt.

Friedmuth befahl ihm, einzutreten: der Mann
erschrak, wie er den Todten liegen sah.

Der Burgherr erklärte kurz, der Greifensteiner sei
aus dem Thurm entwischt. — Oswin schüttelte den
Kopf. —

„Der Thurm, beide Thüren, sind fest. Dann
haben böse Geister ihn befreit."

„Mag wohl sein!" fiel Walther ein. „Ruft die

anderen Reisigen: tragt den Todten hinaus, zurück
in jenen Thurm."

Da kam schon der zweite Knecht und meldete.
„Auf, Herr Friedmuth! Eurem Gast entgegen! Es
muß der Kaiser selber sein, der kommt."

„Unmöglich! Er weilt tief in Wälschland. Weß=
halb meinst du?"

„Der kaiserliche schwarze, einköpfige Adler fliegt
in der Fahne."

„Nein!" meldete noch ein dritter Knecht, ein=
tretend. „Zwar der Führer zeigt auch auf seinem
Schild den kaiserlichen Adler: aber es ist nicht der
Kaiser: Herr Hermann ist's von Salza."

„Eile, Friedel!" mahnte Walther.

„Gehst du nicht mit?"

„Nein! Ich bleibe hier: — vor der Kapellenthür."

Während Friedmuth auf den Gang hinausschritt,
flüsterte Walther, den grauen Kopf dicht an den Vor=
hang schmiegend — ohne hinein zu blicken —: „Be=
ruhige dich, lieb Töchterlein! — Das Schlimmste,

mein' ich), ist jetzt überstanden: finsterer konnte es nicht mehr werden. Nun wird es lichter, Kind."

Ein tiefer schmerzlicher Seufzer blieb die einzige Antwort, die ihm ward.

Dreizehntes Capitel.

Friedmuth erkannte, als er aus dem zertrüm=
merten Mauerthor in das Freie trat, alsbald seinen
edlen Freund. Der sprengte hoch zu Roß heran, um=
wogt von seinem langen weißen Mantel, mit dem
schwarzen Kreuz der deutschen Herren.

„O Hermann," rief jener ihm entgegen. „Dich
sendet Gott! Du trittst in das Haus des Unheils!"

„Mein armer Friedilo! Deßhalb kam ich.
Vieles weiß ich, — Andres ahn' ich. Du mußt mir
nun berichten."

Damit sprang der Hochmeister vom Reiseroß ab
und befahl seinen Leuten — Reisigen und Halb=
brüdern des Ordens, die nur das halbe Kreuz führen
durften, — abzusteigen.

Der Burgherr forderte sie auf, die Pferde in die Ställe zu führen, und gebot Oswin, der ihm gefolgt war, für die Bewirthung zu sorgen. Auf dem Weg in die Burghalle fragte Friedmuth: „Du kommst vom Grafen von Tirol, nicht wahr? Walther — siehst du ihn? Da grüßt er aus dem Fenster! — sagte mir, du wollest, nach einem Geschäft mit dem Grafen dort, Frau Wulfheid aufsuchen.“

„So war mein Wille. Aber nun bin ich, alles Andere aufschiebend, hieher geeilt — dich aufzusuchen.“

„So erfuhrst du, daß ich zurückgekehrt, und daß — —? Von wem?“

„Höre nur. Einige Tage, nachdem ich von Walther vernommen, Frau Wulfheid lebe, und nachdem dieser seines Weges gezogen war, ließ sich in dem Ordenshause zu Roveredo bei mir ein Mann melden, der sich Bruder Sebastian nannte.

„Sagt nur, der Herr Hochmeister kenne mich

von Genua her," — so sagte er zu dem Pförtner, der den Bruder in weltlichem Gewand ungläubig betrachtete.

Alsbald stand der drollige Weinschänk aus Schwabenland vor mir und sprach: „O Herr von Salza: nicht wahr, Ihr seid doch des Fragsburgers bester Freund auf Erden?"

„Friedmuth," antwortete ich, „ist im Himmelreich."

„Nein, auf der Fragsburg ist er! Seine Frau lebt! Das wißt Ihr? Gut! Aber Er lebt auch: — ich hab' ihn jüngst auf der Heerstraße mit Herrn Walther getroffen und ihn zur Eile gemahnt, denn die Fragsburg wird demnächst berannt. — Aber er hatte bei sich eine wunderholde Heidin. Und die ist ihm anvermählt. Größres Unheil kann keinen Christen= menschen treffen, und wäre sein erst Gemahl so sanft, — wie meine liebe Frau geworden ist. Und nun die Tochter Herrn Wulfgangs! Er jammert mich, der brave, wackre Herr. Und als ich erfuhr, durch Trient ziehend mit meinen Wein-Karren, daß Ihr

hier in Roveredo weilt, sagte ich zu mir: „Wenn
Einer dem armen Herrn Friedmuth rathen und helfen
kann, so ist's der Herr von Salza". Und der thut's,
wenn er es kann. Ich aber habe mir vorgenommen,
weil ich früher manchmal lose Schwänke getrieben, nun
mir der liebe Himmelsherr durch ein Wunder die
Heimkehr aus Heiden=Ketten nach Boblingen geschenkt
und durch noch viel stärkre Wunderkraft meine Ehe=
frau gesänftigt hat, — so will ich in meinen noch
übrigen Jahren so viele gute Werke thun, als ich
vermag. Deßhalb wollte ich schon, zu Gotzen um=
kehrend auf meinem Wege, Herrn Walther Frau Wulf=
heid zu Hilfe rufen. Und deßhalb komme ich nun
zu Euch: denn Euch jetzt zu Herrn Friedmuth senden,
— das mein' ich, ist ein gutes Werk."

„Das ist es wahrlich!" sprach dieser gerührt,
„Dank dem Schwaben."

Und nun, nachdem sie in der Burghalle ange=
langt waren, wollte Friedmuth dem Ankömmling be=
richten, was geschehen.

Allein da eilte eine Magd mit verstörten Zügen in die Halle, warf einen scheuen Blick auf die beiden Gäste und bat dann ihren Herren, ihr rasch zu folgen.

„Erzähle du ihm, Walther, was er wissen muß," bat Friedmuth, „aber," flüsterte er ihm beim Heraus= gehen zu, „schone Frau Wulfheid."

Kaum hatte der Erzähler, ohne diesen Auftrag allzu genau zu befolgen, seinen Bericht beendet, als Friedmuth in die Halle stürmte, einen Streifen Per= gament in der Hand; er war sehr bleich.

„Lest!" rief er. „Lest! Frau Wulfheid ist ver= schwunden, ist entflohen. Die Mägde suchten nach ihr, wie täglich am frühesten Morgen die Tages= arbeit zugetheilt zu empfangen. — Ihre Kemenate war leer. — Sie war nirgends in der Burg zu finden: — ihre Schatztruhe aber war geöffnet. — Der Deckel lehnte aufgeschlagen an der Wand: — ihr Erb= Schmuck, auch die wichtigsten Pergamente über die Rechte der Burg und der Vogtei sind herausgenommen,

— in der Truhe fand ich diesen Zettel: „Ich wollte nur mein Recht. Ich will nichts von Eurer Gnade. Versuchet nicht, meine Spur zu finden. Zehnmal zurückgebracht, würde ich zehnmal entfliehen."

„Sie kann noch nicht weit sein," meinte Walther, „zum Burgthor hinaus — dann durch das Mauerthor!" —

„Nein! Sie floh durch den geheimen Gang, der nur ihr und mir bekannt. Ich eilte sofort hin: die Eisenpforte war gesperrt, der Schlüssel steckte von außen im Schloß. Der Gang mündet unten an der Straße neben der Etsch. Ich werde mit den Knechten zu Roß auf diese Straße eilen und sie flußaufwärts und flußabwärts suchen und suchen lassen."

Er wandte sich gegen die Thür.

Aber da legte sich eine feste Hand auf seine Schulter: — er blieb stehen und wandte sich: es war Herr Hermann, der ihn hielt.

„Das wirst du nicht thun, Friedmuth! Ihr wildes Herz hat dieses Mal das Richtige gefühlt.

— Laß sie! Wie immer sonst das Los von euch drei Schwerverstrickten sich wende: — ihr beide könnt — nach dieser Nacht — nicht mehr beisammen bleiben: — jetzt nicht zum mindesten! Und ruhiger mögen wir, von jener Zorngemuthen nicht verstört, erwägen, was — das kleinste Übel! Denn sonder Übel geht es hier nicht ab," seufzte er. — "Nun aber will ich die arme, edle Fremde sehn. — Führt mich zu ihr. Ich will ihr danken, daß sie mir den Freund, daß sie dem Kaiser und dem Reich der Allerbesten Einen gerettet hat."

"Sobeide!" rief Friedmuth mit sanfter, mit kosender Stimme. "Meine holde Demuth: — mein Freund, ein Freund des Kaisers kommt, dich zu begrüßen."

"Laßt sie ruhn! Sie schläft wohl!" meinte der Hochmeister.

"Schwerlich," erwiderte Walther kopfschüttelnd und schob den Vorhang etwas zur Seite: da stieß Friedmuth einen gellenden Schrei aus und sprang, beide Hände vorstreckend, durch den Vorhang in die Kapelle: die Gäste folgten hastig.

„Todt ist sie," klagte ihnen Friedmuth laut rufend entgegen. „Todt! — Für mich — um mich — durch meine Schuld gestorben!"

Und in heißem Schmerz warf er sich über die schweigend ruhende Gestalt.

Vierzehntes Capitel.

Sie lag ausgestreckt auf dem Pfühl, von dem reichen Haare, das Schultern und Busen bedeckte, umfluthet, die Arme über der Brust gekreuzt. Die Rosen — Friedmuths letzte Gabe — waren hie und da vom Haupt bis zu den Füßen über sie hin zerstreut: die schönste, eine weiße, hielt die geschlossene rechte Hand. Mit dem hellblauen faltigen Mantel hatte sie wie mit einer Decke die Füße verhüllt. Das weiße, goldgestickte Oberkleid hatte sie abgelegt: so war nur das Seidenhemd sichtbar, das die schlanke Gestalt wie die eines schlummernden Kindes erscheinen ließ. Auf dem linnenbedeckten Schemel neben ihrem Haupte lag ein Ring mit einer kleinen Kapsel: — der Kapseldeckel war geöffnet: ein zäher, brauner Tropfe war herausgesickert — auf das weiße Tuch). Neben dem Ring lag ein schmales Schiefertäfelchen, in Silber gefaßt, der Griffel war im Schreiben gebrochen: aber deutlich lesbar waren in ruhigen, festen Zügen die Worte: „Nicht leben, aber sterben durfte ich für dich. Fluch und Schmach sind nun von dir gewandt. Ich segne dein geliebtes Haupt."

Walther las es laut mit zitternder Stimme. Er sank auf's Knie, dem Pfühl zu Häupten: langsam, langsam rannen ihm zwei große Thränen in den grauen Bart.

Herr Hermann beugte sacht das hohe Haupt über die Todte, deren holdes Antlitz noch edler, weihevoller schön war als im Leben. Kein Schmerz, keine Spur des Ringens mit dem Tode verzerrte diese Züge; die Augen waren halb geschlossen: um den lieblichen, leise geöffneten Mund schwebte ein Lächeln der Erlösung, des Friedens.

„Gnäd'ger Gott im hohen Himmel," betete der Hochmeister, „ich bitte dich für dieses Kind. Ich bin

ein sünd'ger Mensch: ich wage nicht, sie schuldig zu
nennen. Ist sie aber dennoch durch diese That schuldig
geworden vor dir, du Ewigheiliger, — so bitt' ich
dich: vergieb ihr ihre Schuld: — denn sie that's
aus Liebe."

„Sie — schuldig?" rief Friedmuth, und richtete
sich auf. — Er hatte mit beiden Armen die rührende
Gestalt umfaßt gehalten und sein Haupt auf ihre Brust
gedrückt: — nun schaute er auf das wunderholde
Antlitz nieder. — „O Hermann! Schau hierher,
auf diese Züge, diese Engels=Reine, Engels=Güte,
und schilt sie schuldig, wenn du kannst! O Sobeide,
— Demuth, — mein Kind! — Mein Weib So=
beide! —" rief er laut, in wilder Leidenschaft des
Weh's, — „o höre mich! — O nur noch einmal
schlage sie auf, — diese sanften Augen! O du mein
Glück, — mein Alles, — du meiner Seele Seele,
— o wach auf! Wir wollen fliehen, — weit, —
weit hinweg, — wo uns niemand kennt, in's Elend,
— in der höchsten Berge Einsamkeit, — o lebe

nur, — lebe! O, es stößt mir das Herz ab! O
Sobeide!"

Und abermals warf er sich, laut aufschreiend vor
heißem Schmerz, auf beide Kniee und umschlang die
zarte Gestalt und küßte ihre Hände und weinte,
weinte, der feste ruhige Mann, laut schluchzend, und
schüttelte das Haupt in wildem Jammer hin und her.

Walther erhob sich nun: er warf einen besorgten
Blick, fragend, auf den Hochmeister.

„Laß ihn," flüsterte dieser, — „laß ihn gewähren! Das thut ihm gut. Das rettet ihn."

„O meine Freunde," rief der Klagende und
sprang wieder auf. „Ihr — die Fremden! — ihr
selber weint um sie! Auch du, Hermann, — der
du sie nie gesehn, — hast eine Zähre in dem Auge.
O, was wißt ihr, — was weißt auch du, Freund
Walther, — von ihrer Seele! Sie war ja so scheu,
so herzverschämt! Kaum mir konnte die Zarte voll sich
offenbaren. Sie erzitterte oft plötzlich: — mitten in
dem Hauchen süßer Worte brach sie ab und erschrak

im tiefsten Grund der Seele und barg das Köpflein
scheu vor mir und vor sich selbst an meinem Halse.

O sie war ein Kind, — ein hilflos, rathlos,
ahnungsloses Kind, und zugleich ein muthig Helden=
weib der Liebe. Als ich in der Burg ihres Vaters
allmälig die holde Wärme in der Brust empfand,
diesen heiß aufsteigenden, süßen, aber fast schmerzenden
Schreck im Herzen, wann sie eintrat, als ich empfand,
was ich nie, ach nie gefühlt, — da hab' ich viele
Monde lang nicht ahnen können, so undurchdringbar
schloß sich diese Knospe in sich zusammen, — daß
mehr als Mitleid für mich in ihr lebe. Und doch,
— nach der Flucht gestand sie mir: gleich zuerst
schon, da sie mich als einen Sterbenden unter jener
Palme liegen sah, hat sie mich geliebt. Erst, als
sie mich zu retten Alles geopfert, erst da errieth ich
ihr Herz. O du mein Glück! — O du mein Augen=
licht! Wie soll ich leben ohne dich? — Und um
mich bist du gestorben!" —

Verstummend vor Weh sank er auf das Lager

nieder, nur noch das Eine hauchte er: „O hättest du mich nie gesehn." Die Thränen versiegten ihm nun.

„Nein, Friedmuth," sprach Herr Walther fest. „Das ist nicht gewünscht im Sinne dieser Todten. Ich weiß es, — und du weißt es auch: ihr gab echte Liebe so hohes Glück, — sie tauschte nicht ihr Los mit hellerem! Ja, Kind Demuth, hättest du auf's neue zu wählen: du wähltest abermals, statt jedes andern Schicksals: Friedmuth und den Tod."

„O Dank, mein Walther, für dies Wort!" rief er, und wieder quollen wohlthätig ihm die Thränen. „Ja, — du sprachst wahr: — so war ihr Sinn, dieser holden Heiligen der Minne. O, sie war so gut! so herzrührend gut!" und laut aufschluchzte er wieder, tief erleichtert durch die Thränen.

„Nun, kommt. Jetzt lassen wir ihn allein mit ihr," flüsterte Walther dem Hochmeister zu.

Herr Hermann wandte sich zum Gehen: — da bemerkte er in Friedmuths Gürtel dessen Dolch: er hielt inne: schweigend wies er Walther mit dem Finger darauf hin und sah ihn fragend an.

Einen Augenblick stutzte auch dieser zweifelnd, sah dann auf den Trauernden, der nun, still weinend, das Haupt auf die Schulter der Todten gelegt hatte: da schüttelte Walther das Haupt.

Der Hochmeister nickte beipflichtend, und beide glitten geräuschlos aus der Kapelle.

Fünfzehntes Capitel.

Lange, lange, mehrere Stunden weilte Friedmuth ungestört in dem Gemache bei der Todten.

Die beiden Freunde ließen durch die voll gewaffneten Reisigen des Hochmeisters, geleitet durch die Knechte der Fragsburg, die waffenlosen Gefangenen einzeln aus dem Burgkeller heraufholen und geboten ihnen, abzuziehen und die Leiche des Greifensteiners mit fort zu tragen, nachdem Walther vor allen Männern in der Burg den Vorgang erzählt, der zu dessen Tödtung geführt hatte.

Alsdann machten sie, nachdem sie die Ausführung ihrer Befehle überwacht, gar manchen Rundgang durch Hof und Garten und beriethen in vertrautem Gespräch, wie sie am zartesten dem schwer leidenden Freund über die nächsten Stunden und Tage hinweghelfen möchten.

Walther wies dabei in dem wunderbar schön gelegenen Schloßgarten eine stille, ganz von Rosen überhüllte Ecke seinem Begleiter, dieser nickte.

Aber auch an die Zukunft, an die Gestaltung des ganzen Lebens des Vereinsamten dachten beide — ohne davon zu sprechen.

Als, nach längerem Schweigen, Walther endlich anhob: „Hier, auf Frau Wulfheids Erbe, kann er nicht bleiben," erwiderte rasch einfallend der Herr von Salza: „Und soll es nicht! Kommt mit in die Burghalle, Walther! Dort sollt Ihr erfahren, was ich jetzt als das einzig Richtige für ihn, als das des tapfern, reinen Mannes Würdigste gefunden habe. Es ist sehr ernst: — das Ernsteste und Schwerste. — Und gerade deßhalb ist's das Rechte für ihn. Denn unser Freund Friedmuth, der da oben um ein junges Weib so schluchzend weinte, wie sonst nur ein Knabe weinen kann, dieser unser Friedmuth ist —"

„Ein Held! Ein Held von Gottesgnaden."

„Und ein Christ," sprach Hermann. „Er siegt: er überwindet. Drum hab' ich auch von seinem Dolche nichts besorgt."

„Gewiß! Man müßte ihm nur etwas zeigen können, ein Ziel, einen Siegespreis, groß, edel, hoch genug, dafür zu leben, zu kämpfen und zu sterben."

„Ja: eine große Pflicht! Kommt mit hinauf. Ich spreche dort zu Euch: — und spreche so, daß er es hören kann: und hören soll."

Da leuchteten Walthers Augen auf: „Ich ahne. — Ach, es ist aber sehr hart! — Fast allzu hart! — Doch nein! — Ihr habt Recht: — es ist die schönste Lösung." —

„Nach solchem Geschicke giebt's nur Einen Trost: das Heldenthum der Entsagung!" —

Aber plötzlich blieb Walther stehen. „Jedoch: wir haben noch von Frau Wulfheid das Letzte, fürcht' ich, nicht gehört."

„Gewiß nicht. Sie klagt bei ihrem Ohm, dem

Bischof. Ich weiß, wo dieser jetzt weilt. Doch laßt nur erst hier — in Friedmuths Seele — die Entscheidung abgeschlossen sein: — diese wird uns — sorget nicht! — auch gegen jene grimme Frau ein fester Schild. Kommt hinauf! — Aber sagt: Eines wäre gut: — Ihr wißt, wie mächtig auf unsern Freund das Lied — Euer Lied vor Allem! — wirkt. Habt Ihr wohl das Gedicht fertig, um das ich Euch — einen alten Wunsch erneuend: gedenkt Ihr noch unserer Unterredung in dem Zelte Friedilo's, dort in der Wüste? — neulich in Venedig bat?"

„Ich habe mich gleich daran gemacht: es ließ mich nicht mehr los. Es ist lange fertig."

„Kennt er es?"

„O nein! Wir hatten beide in diesen Tagen nur den Einen Gedanken, den uns jeder Blick auf jenes holde Geschöpf immer wieder aufzwang. Er weiß nichts davon."

„Das ist gut! Er soll erst — ganz nüchtern — ohne Zauber und Berückung des Gesanges — hören, was gewaltig Großes sich ihm darbietet: hat er dann, mit ruhiger Erwägung, die Entscheidung allmälig gefunden, — dann soll das Lied die reife Frucht geschwind vom Aste rütteln!"

Sechszehntes Capitel.

Unter solchen Gesprächen schritten die Freunde aus dem Schloßgarten hinauf in die Burghalle. Es war nun Mittag geworden. Heiß brannte die Sommersonne aus dunkelblauem Himmel auf die schmalen Wege des Gartens, welche mit dunkelbraunem, fast violettem, grobkörnigem Sande bestreut waren, — dem zermürbten Porphyr- und Jaspis-Gestein dieser Berge.

Um die Rosen und die Lilien, zumal aber um die nun stark duftenden Geißblatt-Blüthen flogen nicht nur die heiteren, hellfarbigen Tagfalter, — der schöne atlasweiße Bergschmetterling mit den rothen Augen, der Apollo heißt, der Segelvogel und der Schillerfalter, — auch die dunkelfarbigen Schwärmer und der

Taubenhals und der Wespenvogel schwebten über den
Kelchen der Lilien und den Glocken des Agelei, und
saugten den Honig mit ihrem langen gewundenen
Rüssel. Die Eidechsen sonnten sich auf dem breiten
Mauergesimse: — es war hier Alles voll hellen,
heißen, üppig strotzenden, heiter strahlenden Lebens.

Den beiden Männern war es, sie beträten eine
Gruft, als sie in das in ernster Trauer schweigende
leere und kühle Haus zurückkehrten. Alles war still.
Die Mägde huschten, verstört, ohne zu reden, ohne
zu fragen, was nun werden solle, durch Gänge und
Kammern. Und Aller Gedanken waren oben in der
Kapelle, bei dem Manne, welcher, ein verödetes
Leben vor sich, neben dem stummen, jungen Weibe
saß. —

Doch mußte er einmal das Gemach verlassen
haben: Oswin öffnete den Gästen den Vorhang der
Burghalle und wies auf einen Tisch, von welchem
die Waffen hinweggeräumt waren, und der auf
weißem Linnen mit buntgestickten Rändern einen

hohen Kristallkrug voll rothen Weines, zwei Becher
und einen einfachen Imbiß von kalten Speisen trug.
„Befehl des Herrn," flüsterte der Burgwart, und
schloß, sie allein lassend, den Vorhang.

„Keine Pflicht, — auch die geringste nicht! —
vergißt er," sprach der Hochmeister.

„Mitten in solchem Weh," fügte Walther bei.

Er ging mit leisen Schritten bis an den Vorhang der Kapelle und sprach: „Friedmuth, — Lieber:
— stört es dich, wenn wir hier weilen und sprechen?
Herr Hermann will mir etwas Wichtiges berichten.
Sollen wir in ein ander Gemach gehen?"

„Nein! Sprecht nur!" erscholl die ruhige Antwort. „Der Klang eurer Stimmen thut mir wohl."

Da schoben sie den Tisch und die beiden daran
gestellten Stühle näher an den Vorhang der Kapelle
und ließen sich nieder; doch blieben Speis und Trank
unberührt.

„Wie lang ist's her," fragte nun mit lauter Stimme
Walther, „daß es im Gang ist, dieses große Werk?"

„Die Borerwägung, die Vorbereitungen gehen viele Jahre zurück. Schon im gelobten Lande, — vielleicht gedenkt Ihr noch, wie wir in unsres armen Freundes Zelt davon sprachen?" —

„Ja wohl gedenk' ich's! Und wie eifrig er Eure Gedanken aufnahm. Was Ihr mit dem Orteisen der Schwertscheide in den Sand der Wüste zeichnetet, — er ließ sich's deutlich weisen."

„Schon damals hatte ich den Plan gefaßt, durfte ihn aber niemandem mittheilen, — auch euch nicht, — bis Kaiser und Papst ihn gut geheißen: und beide mußten erst versöhnt sein."

„Ihr habt sie versöhnt?

„Ja, mit schwerer Mühe! Schon zwischen Hammer und Amboß ist schwer Friede machen, — zwischen zwei hauenden Hämmern noch schwerer.

Walther blickte mit Staunen auf den Hoch= meister.

„Herr Hermann," sprach er, „viel, wahrlich, trau' ich Euch zu, Eures Willens Kraft und Eures Geistes

Tiefe. Wie Ihr aber das zuwege schafft, daß Ihr diesen Staufer, diesen gewaltigen, feuerherzigen, immer wieder zum Frieden leitet mit der Kirche, mit dem Herrn Papst, der ihm doch so oft und so bitter Weh und Unrecht angethan, — das kann ich nicht begreifen."

„Will's Euch sagen, Freund Walther, wie ich's mache: ich sag' ihm die Wahrheit. Ja, ja, staunt nur. Seht, wir Alle, die wir den Herrlichen kennen und lieben, — wir begehen den großen Fehler, immer nur seiner glänzenden,. ja blendenden Gaben und all' gewinnenden, begeisternden Vorzüge zu gedenken; auch ich im stillen Herzensgrunde, aber die Andern gar laut — und nicht am wenigsten laut Ihr, wackrer Walther! — Wenn wir von ihm reden, lobpreisen wir ihn: wenn wir dann zu ihm reden, machen wir's auch nicht viel anders. Er hat aber doch wahrlich nicht blos Vorzüge: — er hat auch, untrennbar von ihnen, recht viele und recht arge Fehler."

„Ist wahr," sagte Walther kleinlaut und betrübt, und schmiegte die Wange in die Hand, wie er pflegte,

wann er über etwas bedächtig „sinnirte". „Aber verzeih
mir's der milde Gott: — mir sind meines Kaisers
Fehler viel lieber als des Herrn Papstes beste Tu=
genden."

Der ernste Hochmeister lächelte ein wenig: „Das
ist des warmen Herzens holde Thorheit; und Keinen
geht es an, ob ich's im Stillen nicht ebenso halte.
Pflicht aber ist, in Worten und Urtheil gerecht, ja
streng zu sein gegen den so heiß geliebten Herrn.
Und so groß geartet ist dieser wahrhaft kaiserliche Geist,
daß er das gern erträgt, ja selbst verlangt. Manch=
mal wird ihm des Lobes allzuviel, das nicht aus
Schmeichelei, — denn die durchschaut er und ver=
achtet er sofort, — aus wahrer Abgötterei alle
Männer und, noch heißer fast, alle Frauen um ihn
her ihm spenden. — Er ist ja auch —" und des
weisen Mannes Auge leuchtete.

„Er ist ein Wunder, ist des Wunsches Sohn!"
rief der Sänger mit nicht mehr zu verhaltender Be=
geisterung.

„Wird's ihm manchmal zu schwül, vor lauter
Ruhm und Lob, dann — ruft er mich zur Zwiesprach.
„Komm, mein Gewissen," schrieb er mir einmal, „schilt
mich, spiegle mich, mein Spiegel." Und wenn ich
ihm dann sage, wie an seinem Hof oft eine wahre
Heidenwirthschaft übermüthiger Frauen und Trouba-
doure wuchert, — ohne ein Wort der Abwehr,
schweigend, mit mächtigen Schritten, wie ein Löwe,
schreitet er dann durch's Gemach auf und nieder.
— Zuerst zuckte er lächelnd die Achseln und meinte,
die alten Heiden waren gar nicht dumm! — Allein
es ergriff ihn zuletzt doch die Scham! — Wenn ich
ihm dann vorhalte, wie seine ungestüme Hitze, seine
Leidenschaft in Stolz und Zorn und loderndem Haß
ihm oft seine weisesten Pläne verdirbt, wie er, in
Worten und Werken, das Maß unzähligemal verletzt,
wie er durch hastige That, auch wohl durch arge List,
die seinem Heißblut nicht immer glückt, sich mindestens
eben so oft in's volle Unrecht setzt, gegen die Fürsten,
die Lombarden, die Pfaffen, den Papst selbst, —

ja, ja, Herr Walther: schüttelt nicht das Haupt! als diese fehlen wider ihn, — dann bleibt er plötzlich vor mir stehen, schaut mir adlerscharf in's Auge und sagt wohl: „Ja, bei meinem Stern, 's ist Alles so, 's ist wahr. Sage nun, Hermann, wie mach' ich's gut, wie sühn' ich's? — Leg mir was Schweres, was recht Schweres auf — weißt du? — was mich am meisten Selbstbezwingung kostet', — dann — dann, Freund Walther, — ist der Augenblick, da dies unbiegsame, unbrechbare, dies herrliche staufische Metall in der Gluth edelster Begeisterung so weich geschmolzen ist, daß er mir freiwillig gelobt, was ihm sonst die Hölle, was ihm — leider! — auch der Himmel nicht abringen könnte. Dann leit' ich ihn, so weit ich es verstehe, zum Guten, zur Versöhnung."

Walther strich sich rasch mit der Hand über die Augen: „Gott erhalte Euch, Herr Hermann, dem Kaiser und dem Reich, — Ihr seid des großen Staufers guter Geist."

Siebzehntes Capitel.

„Euch beiden," fuhr der Hochmeister fort, „be=
stätigte ich damals nur, was ihr euch beide schon selbst
gesagt: daß in dem Morgenland, in der Wüste Alles
vergeudet und verloren ist, — für's Reich und Volk,
— was von deutschem Blut, von deutscher Arbeit
dort aufgewendet wird."

Walther nickte und summte vor sich hin:

„Nicht fürder mehr im Wüstensande. . . ."

„Franzosen, Italiener sind — aus gar manchen
Gründen — dort in der Vorhand. Ihre Mutter=
länder liegen viel näher, wir Deutschen werden nie=
mals das Mittelmeer mit unsern Schiffen beherrschen.
Schon Luft und Leben in der Levante ertragen wir
Nordländer viel schlechter.

Unser deutscher Orden kann da drüben auf die
Dauer nicht das Feld behaupten wider die Templer.
Nicht, weil sie uns an Reichthum, an Gold, Land und
Menschen und durch zahllose Privilegien der Päpste
überlegen, — sind sie doch stärker, als gar manches
Königreich! — sondern weil wir es an Ruchlosig=
keit mit ihnen nicht aufnehmen können: — und
sollen. Aber diese Frevel stecken an. Mir bangt oft
um meine Ritter: sie verwildern und verderben dort
leicht: die deutschen Tugenden verlieren sie, die Laster
der Pullanen, — der entarteten Mischlinge, —
nehmen sie an.

Deßhalb suchte ich schon lange unsere Burgen
und Casalien im Morgenlande zu verkaufen und für
den Erlös im deutschen Reich Gebiete zu erwerben."

„Also deßhalb! Mit Staunen fand ich auf
meinen Fahrten im Reich, wie ihr nicht nur an
Donau und Etsch und Rhein und Main und Lahn,
auch an Pegnitz, Saale und Elbe wachsend Land und
Leute gewonnen habt in diesen Jahren."

„Und damals schon hatt' ich erkannt, daß ganz wo anders als am Jordan für uns ein weites Land liegt, in welchem wir Dauerndes schaffen können. Damals aber dachte ich nur daran, durch eine deutsche Mark in jenen Landen die Wenden in später Zukunft einmal zu verdrängen. Jetzt aber ruft uns ein dringender Hilfeschrei zur Abwehr — sofort, soll dort nicht alles verloren sein. —"

„Wie das?" fragte Walther erstaunt.

„Jene Pruzzen und Samaiten, ehedem gar fried= lich und ungefährlich, haben jetzt, gereizt durch blut'ge Thaten der Christen, das heißt der Polaben und der Pommern, Thaten, die ich — bei Gott! — nicht loben will, furchtbare Vergeltung geübt, und drohen nun, angreifend, in wilder Wuth Alles zu zerstören, was von Christenthum, von milder Sitte, von deut= schem Fleiß in ihren Nachbarlanden mühsam empor gebaut wurde seit Jahrhunderten.

Erhoben haben sich die Heidenstämme in allen Landschaften des Preußenlandes. — Nicht alle Namen hab' ich im Gedächtniß: — Nadrauen und Schalauen, Galinden und Barten, Samland, Warmien, Pogesanien. — Vernichtet haben sie alles Christenthum im Culmer= und Dobrinerland, in Lubovien und Lansanien, Masovien und Cujavien sind verheert. Der wildeste Hause, geführt von einem Rückfälligen, Warputus, —"

„Den Namen," meinte Walther nachsinnend, „hab' ich schon einmal im Leben gehört, — aber wann und wo?"

„Ist über die Wyssel gedrungen, weit über das geplünderte Danzig hinaus, und hat den Bischof des christlich gewordenen Preußenlandes, Herrn Christian, und viele Mönche gefangen fortgeschleppt. Der Cistercienser waldumrauschten Sitz, Kloster Oliva, haben sie verbrannt, ja das deutsche Reichsland Pommern furchtbar heimgesucht. Deutsche Mädchen haben sie, zum Hohne mit Blüthen bekränzt, in den Schauern ihrer Eichwälder zu Romowe im fernsten Nadrauen, unter den Schlägen des weißen Zauberstabes ihres

Oberpriesters, des Kriwe, in den Opferbränden ihrer Holz-Götzen, zu Tode gequält.

Verzweiflungsvoll strecken Herzog Konrad von Masovien, Bischof Günther von Ploczk, die schwerbedrängten Ritterbrüder von Dobrin, —"

„Ah, die mit dem rothen Schwert und Stern auf weißem Mantel?" rief Walther.

„Sie sind nur noch Ein einziger Convict."

„Was? Nur zwölf Ritter noch und ein Comthur!"

„Von der Heidenfluth ringsher umbrandet, darin gar bald ihr Stern versinken kann: — sie alle strecken am Rande des Unterganges die Arme flehend nach uns aus.

Da hab' ich ihn denn endlich durchgesetzt bei Kaiser und Papst, meinen Plan, den ich lange vergebens bei beiden betrieben: — erst die Noth hat sie zu meinem Willen gezwungen. Denn des Papstes, wie des Kaisers Aufruf an alle Christenheit, den Bedrängten zu helfen, — sie verhallten fast ungehört.

Geduld genug hat es gekostet. Klugheit, ja, wenn ich mich selbst so rühmen darf, Weisheit! bis ich alle die vielen Häupter, die da das Recht hatten, nein zu sagen, oder doch die Macht, mich schwer zu stören, bis ich sie alle, die unter einander Hadernden, unter den Einen Zwang meines starken Willens gebracht hatte. Jetzt aber stelle ich nicht nur meine Kraft — das wäre wenig! — stelle ich die ganze Heldenschaft der Meinen in den Dienst dieses großen Werkes. Schon hab' ich Herrn Hermann Balka, den tapfern Niedersachsen, vorausgesandt: der Orden der deutschen Herrn, — er siedelt über nach Preußenland. Der Kaiser hat uns alles Land, das wir dort erobern, als ein Fürstenthum, als Reichslehen verliehen. Gerade von hier, von der Fragsburg aus, zieh' ich gen Preußen."

Da rauschte es ganz leise in dem Vorhang der Kapelle.

Die beiden bemerkten es wohl, und Hermann fuhr fort: „Aber nicht wie die Hetzpfaffen meine

ich diesen Krieg! Nicht, um alle Heiden mit Gewalt
zu taufen. Wir haben's erfahren im Morgenland:
es giebt gar wackre Herzen unter den Heiden. Wahr=
lich — was brauchen wir weiter Zeugniß? da drinnen
— jenseit des Vorhanges — liegt eine stumme
Zeugin: — eine unvergleichliche! Sobeide schon, nicht
erst Frau Demuth, hat viel mehr als ihr Leben
daran gesetzt, den Unschuldigen vom Qualentod zu
retten."

Da zuckte tiefste Rührung über des Lauschenden
Antlitz; die Falten des Vorhangs fielen zu.

„Wohl predigen wir auch das Kreuz und die
Erlösung: aber nicht um deßwillen vertausche ich
den Jordan mit der Wyssel.

Wir schützen mit den Waffen deutschen Besitz
und Christenglauben: und wir erobern soviel jenes
Landes, als nöthig ist, für immerdar jenen Besitz
zu wahren. Nicht Mörder und glaubenstolle Pfaffen,
— Ritter und Helden führ' ich in jenes Land zu einem
Kampf, der wahrlich ein heil'ger ist. Denn es gilt,

wie Christus dem Herrn, so der deutschen Macht, es
gilt dem Reich, und seiner Hut und Ehre.“

Er hielt inne. Schweigen entstand: — ein tiefer,
starker Athemzug aus voller Brust drang aus der Kapelle.

„Aber,“ wandte Walther nach einer Weile ein,
„du wirst auch mit der bisherigen Macht deines Ordens
nicht viel ausrichten.“

„Leider,“ seufzte der Hochmeister. „Auch die
Schwertbrüder an der Düna, in Livland, Esthland
und Curland, fühlen es, daß sie viel zu schwach
Auch sie rufen um Hilfe. Als Wahrzeichen bitterster,
blutigster Drangsal sandten Herr Albert von Bux=
höoden, der Hochmeister, und Herr Volkwin, der Land=
meister jenes Ordens, mir ihre beiden weißen, zer=
hackten und zerschossenen Mäntel: o heilige Jungfrau!
Sie waren so getränkt von Blute, daß das rothe
Schwert und das rothe Kreuz auf beiden nicht mehr
kenntlich waren! Beredter als laute Zeugen sprachen
diese stummen Boten! Deßhalb drängt mich harte
Noth, neue, frische Kräfte zu werben! Wird es aber erst

ruchtbar, welche Gefahren, welche Entbehrungen, —
welche Schreckniſſe jenes Land birgt, — ſo kommt
uns vollends niemand mehr. In's märchenhafte, reiche
Morgenland, über's blaue Mittelmeer, zieht es die
Abenteuer immer noch: aber nach Preußenland!"

„Ja, ja," meinte Walther, ſeufzend und unwill=
fürlich einen ſchmerzlichen Blick nach der Kapelle
werfend. „Ein Jugendgenoß von mir — dorthin
verſchlagen — Herr Ralf vom Rhein — der hat es
ſchon geſagt: ‚Wer ſtill, wer einſam ſterben will, der
zieht gen Preußenland.'"

Achtzehntes Capitel.

„Ja, wahrlich," fuhr der von Salza fort, „wen nicht ein tief heiliger Drang, ein zwingender Ernst der Seele dahin lädt — der folge mir nicht. — Das Land ist heute noch das ärmste, elendeste, ödeste, das man im Abendlande kennt. Undurchdringbare Wälder, mit Bär und Wolf und reißendem Gethier und dem gewaltigen Elch, dem Roßhirsch mit den Schaufelhörnern, und alle Schreckniffe des Urwaldes drohen. — Noch trostloser ist der unermeßliche Sumpf, das tückische Moor, das meilenweit sich dehnt, oft unter dünner Schicht von Heide-Sand versteckt, und unerbittlich Roß und Mann verschlingt. Ja, dort giebt es Strecken, die, wechselnd, bald Meer, bald Moor, bald Sand, bald Sumpfland und bald Heide sind. Durch Mark und Bein bohrt der grimmige Ostnordost, der aus den

eisbedeckten Wüsteneien eines unerforschten Steppen-
lands der Sarmaten braust. Furchtbar kracht es durch
die stille Nacht des öden Landes, meilenweit vernehmbar, wann das manchen Fuß dicke Eis der Wyssel
oder der Nogat sich im mächtigen Eisgang über einander thürmt und splitternd bricht. Acht Monde Eis
und Schnee, oder — schlimmer als beide — schnee-
kaltes Wasser, das Alles überzieht: eine flüssige Decke
von Eis-Mus, zu dünn, den Schlitten oder auch nur
den Menschentritt zu tragen, zu dick, vom Schiff
durchfurcht zu werden!

Und vertheidigt wird diese Wüste des Sumpfes
und des Waldgestrüpps von einem tapfern, aber unaussprechlich rohen Volk, das in dem Deutschen seinen
Todfeind sieht und so stumpf ist, — ärger als das
Vieh. Sie bringen alle Töchter in jedem Hause um
bis auf Eine. Der Christen Zahl aber ist so kläglich
schwach, daß je ein Ritter mit ein par Knechten, in
einem schmalen, nur von Holz gebauten Thurm hausend,
oft viele hundert Stunden keinen befreundeten Speer

nahe hat und gegen Hunderte, ja Tausende von Feinden
ausdauern muß, viele Tage lang, Wochen lang —
wie der einsame Wanderer im winterlichen Föhrenforst,
umheult von Rudeln hungertoller Wölfe, — bis —
vielleicht! — Entsatz ihn rettet: oder bis er, preisge-
geben, vergessen von allen Glücklichen, den wüthenden
Wölfen verfällt.

Die „Reisen" aber, wie sie's nennen, die Kriegs-
züge in das Innere, sind nur möglich in der allerstreng-
sten Winterzeit. Denn nur dann gefrieren die unzäh-
ligen Seen und Sümpfe, in denen die Eingebornen sich
verstecken, zu jeder andern Jahreszeit so unerreichbar für
den fremden Feind, als das Sumpfhuhn, das nur außer
Pfeilschußweite im Schilf des Moores nistet. Man
sagt, dort zu Lande kann man den Krieg suchen, ohne
ihn zu finden, weil er in den Sumpf entschlüpft.

Nur wenige schmale Furten, die blos der Sohn
des Landes kennt, sind zwischen Seen, Teichen und
Sümpfen zu beschreiten. Ein Schritt daneben ist
der sichere Tod. Und wer bei solcher Fahrt auf dem

Heimweg ermattet zurückbleibt, von allbezwingender
Müdigkeit herabgezogen in den weichen Schnee: —
ein Glück für ihn, wenn ihn die Wölfe vor den
Preußen finden."

„Und Ihr glaubt, — all' diese Opfer sind nicht
umsonst gebracht?"

„Wahrlich nein! Sonst wär' es Frevel, sie zu
fordern. Nicht auf meine Weisheit hin würd' ich's
wagen: aber der gewaltige Kaiser Friedrich ist ein
Mann, der denkt auf viele Geschlechter der Men=
schen hinaus über das Wohl und Wehe der Staten.
Und mein großer Kaiser war es, der, nachdem er
sich lange gesträubt, endlich mir auf die Schulter
schlug und rief: ‚Ich hatte Unrecht! Eigensucht, Eitel=
keit hatte meine Blicke geblendet: — ich wollte euch
im Morgenlande festhalten für mein zweites Kaiser=
reich, — du, Hermann, hast ein großes Werk erdacht!
Wer mit dir geht, der baut da, wo's am schwersten
— und zugleich am nöthigsten, — am Reich.'"

Da trat Friedmuth ganz in den Eingang des

Gemaches, kaum hielt er sich noch zurück: — sein Antlitz war ruhig, fest, von edelstem Entschlusse verklärt.

„In Anagni nahm ich Urlaub vom Kaiser, nachdem ich ihn mit dem Papst ausgesöhnt: — ich allein ward von beiden zu ihrer Unterredung und dann zur Tafel gezogen. Schon hatte ich Verona erreicht, da traf mich ein Bote, der mir dies Schwert als Geschenk des Kaisers zum Angedenken an sein Abschiedswort überreichte."

Der Hochmeister erhob sich und holte aus dem Waffengestell an der Wand die edle Waffe, sammt der Scheide und der darüber gewundenen Schwertfessel sie auf den Tisch legend.

„Eia, welch' reiche Scheide! Und erst die breite, schöne Klinge: bester Stahl von Biscaya und Arbeit von Toledo. Und wie lautet hier das Schwert=Mal?"

> „Mit diesem Grabscheit scharf und stark
> Stich ab dem Reich die neue Mark.
> Mit diesem Hammer sollst du hau'n,
> Da, wo's am schwersten ist, zu bau'n."

„Darum," fuhr der Hochmeister fort, „soll mir nur folgen, wer jeder Lust des Lebens, jedem Genuß der heitern Stunde entsagt, wer auf Weib und Kind und Heimat und Besitz und Alles sonst verzichtet, was beglückt. Wer mein Genosse werden will, der darf nur der Pflicht, der allerschwersten Pflicht des Ritters, des Deutschen, des Christen leben. Nur wer ganz entsagt, für Andere lebend, nicht für sich, getreu bis in den Tod, nur solche Männer kann ich brauchen."

Friedmuth trat unhörbar über die Schwelle.

„O Hochmeister," rief Walther, „wie ist das schön! Gerne zög' ich selber mit."

„Bleibt Ihr in Euren grauen Haaren in wohlverdienter Ruh'. Ihr habt dem Reich genug gedient."

„Wie ist das heldenhaft! Viel schöner als mein armes Lied."

„Sagt mir dies Lied, ich bitte, Herr Walther."

Und der Sänger sprach mit starker, lauter Stimme:

„Nicht fürder fern im Palmenlande
   Verschwendet edle, deutsche Kraft,
Wo in der Wüste Wirbel=Sande
   Nicht Schwert, nicht Pflug sich Heimat schafft.

Lang hielten Wacht wir träumend weiland
   Am heil'gen Grab mit treuem Speer: —
Wir fanden's endlich aus: der Heiland
   Braucht keinen Schutz: sein Grab ist leer! —

Nein, wer begehrt nach Heiden=Streichen,
   Wer nach des Pfluges edlerm Streit:
Ein Schlacht= und Brach=Feld ohne Gleichen
   Liegt nah' der Heimat ihm bereit.

Wo jetzt die Nogat und der Pregel
   Durch herrenlose Sümpfe schleicht,
Wo kaum im Haff, vor selt'nem Segel,
   Der Möven zahllos Volk entweicht,

Wo des Perkunos Steine ragen,
   Von Urwald=Fichten schwarz umsäumt,
Wo wilde Steppenhengste jagen
   Und im Gestrüpp der Rohr=Wolf heult,

Dort, statt am Jordan zu vergeuden
  Des Ritters Muth, des Bauers Kraft,
Dort sollt ihr fechten, bau'n und reuden
  Mit Axt und Grabscheit, Schwert und Schaft.

Auf! rasche Franken, zähe Sachsen,
  Ihr Schwaben klug, ihr Baiern stark:
Gen Preußenland! — Aus Sumpf erwachsen
  Soll Deutschland eine neue Mark.

Gen Preußenland! — Brecht, stät im Siegen,
  Mit Schwert und Pflug die Wege klar
Und hoch ob euren Häuptern fliegen,
  Weissagend, soll des Reiches Aar."

Da, mit dem letzten Worte des Sängers, trat
Friedmuth dicht an Herrn Hermann heran, bog das
Knie, drückte die Linke, welche eine weiße Rose ge=
faßt hielt, auf die Brust, streckte die Rechte gegen
den Freund empor und sprach feierlich, mit weicher
Stimme:

„Hochmeister Hermann, — nimm mich auf in
deine heilige Schar: — gieb mir das schwarze Kreuz.
— Ich ziehe mit dir gen Preußenland. Darf ich?"

Die beiden Männer sprangen auf: Herr Hermann öffnete die Arme und zog den Knieenden an seine Brust: „Mein Friedmuth — ja! — Gewiß, ich hab's ja gewollt! — Du darfst: — du sollst."

Neunzehntes Capitel.

Als sich der Tiefbewegte aus des Freundes Armen gelöst hatte, wankte er auf den Füßen und griff nach dem Tische, sich zu stützen.

Flugs schob ihm Walther seinen Stuhl zurecht, und drückte ihn mit sanfter Gewalt darauf nieder. Besorgt füllte der Hochmeister einen der beiden Becher mit Wein, hielt ihn Friedmuth hin und sprach: „Trink! Trink und lebe! Du darfst mir nicht erliegen — vor der Zeit! Jetzt bist du mein!" Friedmuth trank durstig den Becher leer.

„Thut feierlich Bescheid, Herr Hochmeister!" rief Walther, beide Becher wieder füllend, „Der jüngste Deutsch-Ritter!"

Walther holte einen dritten Stuhl herbei und

Friedmuth begann: „Habt Dank, ihr Vielgetreuen.
Ich hab' es bald erkannt: mir galt euer Gespräch.
Habt Dank auch dafür, daß ihr das so gerichtet und
gefügt. Ich hätte Trost, — wie man's wohl nennt
— auch Rathschlag nicht ertragen. Ich mußte es
selber finden, wenn auch ihr mir's in den Weg ge=
legt. Es ist das Rechte: ich fühl' es an dem Frieden,
der mir die Brust erfüllt, seit ich's erwählt.

Diese Lösung, ihr botet sie mir dar.

Aber daß ich mich aus tiefstem Jammer wieder
heben mochte, daß ich sie fassen konnte, die rettende
Hand, das dank' ich — nach des lieben Himmels=
gottes Fügung! — meiner seligen Mutter und einem
frommen Spruch, den sie mich als Kind gelehrt, den
ich treulich im Herzen behalten und mir vorgesprochen
habe in mancher Fährlichkeit im Abend= und im
Morgen=Land.

Heute hatt' ich ihn vergessen! Ach, lange fand
ich die Kraft nicht wieder. Immer wieder sagt' ich
mir: öd' ist dein Leben, da liegt dein Glück, todt und

verstummt! — Und immer fester klammerte ich die
Hand um diesen Dolch. Und siedheiß, bitter schmerzend,
schoß mir durch mein arm Gehirn, das solcher Fragen
ungewohnt: Warum? Warum das Alles? Warum
muß Frau Wulfheid, völlig schuldlos, dies erleben?
Und warum müssen wir beiden uns ahnungslos so
unrettbar verstricken, das es diese holde Heilige in den
Tod treibt, und jene Heißherzige in die Flucht und
mich in's Elend des Herzens? Warum hat dies der
Himmelsherr verhängt? Oder ist vielleicht gar keiner,
wie in Akkon einmal ein gar witziger Templer uns be-
weisen wollte? Und alles ist blinder Zufall?"

Da schlugen die beiden Hörer voll Entsetzen ein
Kreuz: Friedmuth that deßgleichen und fuhr rasch
fort:

„Erschrecket nicht vor mir. Verabscheuet mich
nicht! — Denn kaum hatte ich das gedacht, da erschrak
mein Herz und ich brach in die Knice und gedachte,
wie die liebe Mutter so oft gerade zu dieser Stunde,
wann die Abendglocken von Meran heraufklangen

nach Schänna, mit mir gekniet und gebetet, und wie
sie mir einmal den ersten aufsteigenden Stern im
Westen wies und sprach: „Das ist das Auge Gottes.‟
Und ich erbebte über den Frevel, den ich gedacht, und
schaute unwillkürlich empor in den Himmel, den ich
gelästert hatte. Da fiel mein Auge auf den Spruch,
den ich vergessen: aber die Mutter hatte ihn, als ich
diese Burg bezog, mit rother Farbe anmalen lassen,
dort, über dem Fensterbogen der Kapelle, und ich las:

> Wer Unrecht nimmer thut,
> Der steht in Gottes Hut:
> Den darf an Leib und Ehren
> Nicht Leid noch Übel sehren.
>
> Doch trag Du in Geduld,
> Auch Leiden ohne Schuld:
> Auch sie schickt Gottes Huld,
> Im Himmel sie zu lohnen
> Mit sel'gen Martyr=Kronen.

Das rührte mich tief in der Seele: mir war,
ich hörte der Mutter liebe Stimme diese Worte leise
zu mir sprechen. Und ich betete ein Vaterunser. Und

wie ich an die Bitte kam: „vergieb uns unf're Schuld,
wie wir vergeben unsern Schuldigern" — da fügt' ich
bei: ‚Strenger Himmelskönig — ich weiß zwar nicht,
was Demuth und was ich verschuldet haben. Wir
wollten nichts Böses. Strafst du aber auch schuldlose
Schuld, — o vergieb sie uns jetzt, und vergieb ihr
auch, daß sie aus allzugroßer Liebe für mich starb. Und
hör' es: aus tiefstem Herzensgrund verzeih' ich, was
Frau Wulfheid etwa gegen sie und mich in dieser
Nacht gefehlt.' Und da ich dieses Wort gesprochen
hatte, da kam ein großer stiller Friede über mich;
und ohne Groll konnt' ich der harten Frau gedenken,
deren wilde Drohung Kind Demuth in den Tod getrieben hat. Und nun sprach ich zu meinem Herzen·
‚Dies holde Geschöpf ist in den Tod gegangen, auf
daß ich ohne Schmach und Vorwurf leben kann: —
wohlan, ich will leben. Aber wofür? Das Glück
ist todt — da liegt's! Was soll ich thun? Wo soll
ich leben? Hier, in Wulfheids Haus, in Müßiggang?
Niemals! Ein Kloster-Mönch? Ich bin so jung, ach

gar so jung. Mein Arm ist stark, — ich bin zum
Kampf geboren: — nicht für mich mehr will ich
kämpfen, aber wofür soll ich leben?·

Rathlos saß ich an der Leiche.

Da kamet ihr und euer Gespräch hob an und
der Meister sprach: ‚Wer mir nachfolgt und unter
mir kämpft, der lebt und kämpft nicht mehr für
sich — nur für Andre: für Christus und das
Reich.‘ — Da sprang ich auf, als sei ein Erzengel
vom Himmel mir herab geflogen und habe mit dem
Flammenschwert gewinkt: ‚Friedmuth, gen Preußenland!‘·

So hat mich Gott der Herr gerettet: durch der
Mutter Spruch und durch dich, mein Hochmeister.“

Zwanzigstes Capitel.

Den Rest des Tages verbrachten die drei Freunde in der Berathung wichtiger Beschlüsse.

Besorgt hatte Walther eingewandt: „nur Einer könnte diesen Entschluß hemmen: — der Reichsministerial darf das schwarze Kreuz nicht nehmen ohne des deutschen Königs, des Kaisers Verstattung".

Da streifte Friedmuth einen Ring vom Finger, mit einem schönen Amethyst, und sprach: „O Hochmeister, ich bitte, schreibe dem Kaiser und schick' ihm seinen Ring zurück. Er ward mir dereinst gegeben, allerlei Güter und Ehren von ihm damit zu erbitten: — jetzt erbitt' ich kraft des Ringes nur die eine Gunst, — allen irdischen Gütern und Ehren entsagen zu dürfen."

„Er wird sich nicht weigern," sprach Herr Her-

mann, und nahm den Ring an sich). „Ich stehe da=
für ein."

Der Hochmeister schrieb nun Briefe — zwei —
in der Bücherei des Schlosses. Am Abend noch sandte
er gut berittene Boten mit dem einen Schreiben aus.
Am andern Morgen schickte er das zweite, einen
Bericht der Vorgänge, in welchen die beiden Ritter
den Tod gefunden, und des ganzen Schicksals Fried=
muths an den Kaiser.

Während er so ämsig arbeitete, schritten Walther
und Friedmuth, Arm in Arm verschränkt, durch den
Schloßgarten.

„Freund Walther," sprach der Fragsburger, „schilt
nicht den Deutsch=Herrn=Ritter, daß mich noch eine
Sorge, eine bange Frage hier festhält."

„Du bist's noch nicht: erst morgen sollst du das
Gelübde leisten und den Mantel anthun."

„Ja morgen! Dann — ich habe mir's schon
so ausgedacht! — Aber die holde Demuth da oben
kann ich nicht in der Burggruft bergen."

„Nein, nicht neben Frau Wulfheids Gesippen wahrlich."

„Dank dir, daß du das einsiehst, gleich mir. — Glaubst du, Walther, — du bist so viel älter, weiser, als ich, — es schadet ihrem Seelenheil, — wenn sie nicht in geweihter Erde ruht?"

Da blieb der Sänger stehn, legte dem Freunde beide Hände auf die Schultern und sprach: „Die Erde, darin sie ruht, ist geweiht! Sie starb als eine Siegesheldin der Liebe. Wie Viele liegen auf dem Schlachtfeld eingescharrt, auf dem sie fielen, und nur die Treue hat ihnen das blut'ge Feld geweiht! — Ich hab' es schon bedacht," fuhr er fort, den Freund leise weiter ziehend, — „als ich mit dem Hochmeister im Garten wandelte. — Sieh dort in jener Ecke — unter den Rosen: — sie waren deine letzten Grüße. Dort ist's so schön, wie nirgends sonst im Garten! Ein Vögelein sang heute früh noch in dem blühenden Busch: — wohl ist die Sommersonnwende schon vorbei: aber sie nehmen's nicht so streng mit dem

Ablauf der Zeit, in der der liebe Gott sie zu singen verpflichtet hat: — sie singen ihm gern darüber hinaus was vor. — Ein Rothkehlchen war's: — die sind die sinnigsten von allen, sind eigentlich gar keine Vögel: gute Holdchen sind's. — Und da stehen, dicht daneben, weiße Lilien: — hier, Friedmuth, wollen wir das Kind begraben."

Und so geschah's.

Noch am Abend dieses Tages waren Hezilo, der Innerhofer und seine Tochter auf die Burg gerufen worden, das Geschehene und den Beschluß des Vogtes zu vernehmen.

Wohl zuckte der treue Hezilo zusammen: „Nach Preußenland!" stammelte er. „Das ist der Tod! Das ist das Grab. Sie sagen, Keiner kehrt von daher zurück."

„Ich gewiß nicht, mein lieber Bub'," sprach Friedmuth. „Nein — Katharina, erschrick nicht! Er darf nicht mit: — ich nähm' ihn nicht, — auch wenn er wollte. Auch Oswin nehme ich nicht mit,

der darum bat. Ich geh' allein. — Für euch ist
gut gesorgt."

„Wer wird nun Vogt?" fragte der Innerhofer
bekümmert.

„Sei ohne Bangen: der Größte, Herrlichste im
Reich. Du Katharina, komm: dir hab' ich ein hoch
Geschäft bestimmt! Du sollst mit deiner kundigen
Hand mir das Leichentuch fertigen, in dem wir Frau
Demuth zum Grabe tragen."

„O, wie gerne," rief das Mädchen mit feuchten
Augen. „Hezilo hat mir von ihr erzählt: — wie schön
sie war, — wie sie Euch gerettet hat, — wie gut sie war."

„Ja, sie war gut," sprach Friedmuth. „Du aber
sollst ihr die letzten Ehren von Frauenhand erweisen;
du bist es werth: dein Hezilo hat mir berichtet, wie
du gern entsagt hättest, gern ihn einer Andern gegönnt, um ihn zu retten. Wie du aber das Leichentuch fertigen sollst, — das sag' ich dir. Ich gebe dir
auch den Stoff dazu: — in solchem ward noch nie
ein Weib. zu Grab getragen."

Die Nacht über brannte eine Ampel, mildes Licht verbreitend, in der kleinen Kapelle.

An der Leiche wachte und betete still Fried= muth. Manchmal richtete er das Auge von dem edeln bleichen Antlitz hinweg durch das Fenster in den nächtigen Himmel, der voll von Sternen stand: er suchte mit seinen Gedanken, mit seinem Sehnen auf einem dieser Sterne ihre Seele.

Einmal kam, von dem Lichte gelockt, wohl auch vom Duft der vielen Blumen, mit denen Katharina das ganze Todtenlager überschüttet hatte, durch das offene Bogenfenster ein großer, dunkelfarbiger Nacht= schmetterling geflogen. Er schwebte über der weißen Stirn, die von Rosen dicht umrankt war, ließ sich, nur einen Augenblick, darauf nieder, und flog leise, leise wieder hinaus: träumerisch schaute der Trauernde seinem Fluge nach, bis der im Dunkel verschwand.

Am frühen Morgen aber — hell glitzerte der Thau auf dem Gras und den Büschen des Gartens

— trugen sie die holde Todte hinab aus dem Schloße, das sie nur betreten hatte, darin zu sterben. Der Reiz des Lieblichen auf diesen sanften Zügen war nicht gewichen: aber der feierliche Ernst und die Marmorbläße des Todes hatten sie wunderbar geweiht, veredelt und verklärt: sie glich einer todten Königin, einer Martyrin, die im Siege starb.

Weiß war das seltsam lange, breite und schwere Grab-Tuch, in welchem, statt auf einer Tragbahre, die leichte Last geführt wurde. Friedmuth hatte das Haupt und die Schultern gefaßt, seine beiden Freunde die Füße. So schritten sie langsam die Treppe der Burg hinab in den Hof. Hier schloßen sich die Leute von Goyen, die Knechte und die Mägde des Hauses, die Reisigen des Hochmeisters an: aber blos bis zu der schmalen Thüre des Schloßgartens. Durch diese traten nur die drei Träger, gefolgt von Hezilo, Katharina und deren Vater. Bald standen sie an dem Grabe, das Friedmuth ganz allein am Abend des vorigen Tages aus dem Moosrasen ausgehoben und

geschaufelt hatte. Keine Glocke klang: aber die Lerchen
stiegen, ihre hellen Lieder schmetternd, vom Thalgrund
bis zu der Höhe der Burg hinauf und sangen ganz
nah' über dem Grabe.

Neben dem offnen Grabe stand der schlichte Sarg,
welchen die Burgleute auf Walthers Anordnung schon
am Nachmittag vorher gezimmert hatten.

Vorsichtig ward die schmale Gestalt in den Sarg
gelegt, indem Friedmuth das lange weiße Wolltuch,
auf welchem die Todte getragen worden war, nun unter
ihr hervorzog: er breitete es über den nächsten Strauch.
Von diesem überhangenden Rosenstrauch streifte der
Frühwind einzelne Blätter ab und streute sie über
die Leiche, welche Katharina ganz in weiße Leinen-
tücher geschlagen hatte: noch einmal küßte er die edle
Stirn. Nun führte ihn der Hochmeister sacht einen
Schritt zur Seite. Er sollte nicht sehen, wie Walther
und die Männer von Goyen den gewölbten Deckel
mit den vier hölzernen Zapfen über der Gestalt
schlossen.

Als dies geschehen war, senkten sie leise, schauernd, das leichte Gezimmer in die schwarze Tiefe. Nur noch einmal, als der Sarg dumpf anstieß auf den Boden der schwarzen Höhlung, und ein par gelöste Erdschollen dumpfen Tones darauf nieder rollten, schrie Friedmuth laut auf in wildem, heißem Weh und warf sich leidenschaftlich auf die Kniee, mit beiden Händen in die Tiefe langend.

Aber sofort faßte er sich wieder.

Er sprang auf und schritt zu dem Strauch, über welchen er das weiße Leichentuch gespreitet hatte: mit rascher Bewegung warf er es um die Schultern: — da zeigte sich ein schwarzes Kreuz auf der linken Seite: das Leichentuch war ein Mantel.

Er wickelte den ganzen Leib fest in die starken Falten, bog das Knie vor Herrn Hermann und sprach: „An diesem Grab sag' ich der Welt für immer ab. In diesem Mantel will ich einst begraben sein: mein Meister, nimm mich hin."

Und Herr Hermann legte ihm beide Hände auf

die Schultern, beugte sich über ihn, küßte ihn auf die Stirn und sprach:

„Friedmuth von Fragsburg, ich nehme dich als Bruder auf. — Nun schwöre mir zu: willst du dem Orden treu sein?"

„Ich schwör's. Bis in den Tod!" sprach Friedmuth.

Einundzwanzigstes Capitel.

Friedlich sank die Abendsonne in dem Vigil-Thal, das den Eingang in das Enneberger Thal bildet, südwestlich von Bruneck, und grüßte mit warmem Lichte die ernsten Mauern des Klosters Sonnenburg.

Heute liegen sie zerfallen; nur ein halb zerbrochener, muschelförmiger Weihkessel von schöner Steinarbeit im Vorhof und ein zierliches romanisches Fenster-Säulchen im ersten Stock erinnern jetzt noch an die alte Bestimmung und die alte Pracht dieser Stätte.

Damals aber ragten die stolzen Mauern stattlich, beherrschend empor.

Vom fernen Hintergrunde des Thales her schauten die hohen Häupter der dunkel bewaldeten Berge feierlich herüber: die Rienz und der von Süden her

eilende Gaderbach schienen Blut und Feuer dahin zu
wälzen; bald flammend, bald tief dunkelroth färbte
beide Gewässer die Spiegelung des erglühenden
Himmels.

Das Gastgemach für Fürstinnen, andere hohe
weibliche Gäste, und für den Bischof, den einzigen
Mann, welcher, außer dem Beichtvater, das Innere
des Klosters betreten durfte, war ein mit düsterer,
feierlicher Pracht ausgestattetes, hochgewölbtes Gelaß.

Den Mittelgrund des Gemaches krönte ein thron=
ähnlicher Stuhl, auf zwei Stufen, ähnlich dem „Dais",
von welchem herab die Lehen vergeben wurden, in
starkgezogenen, geradlinigen Formen. Eine in Wälsch=
land erworbene eherne Taube mit versilberten Flügeln,
einem Schnabel von Gold, und mit Augen von Ru=
binen, schwebte an dünner, goldgeflochtener Kette hoch
vom Gebälk über dem Stuhl, und drehte sich manch=
mal leise, bei dem Schalle lauter Stimmen, — wie
beschwichtend, mahnend. Die steil aufragende gepol=
sterte Rückwand des Thrones war von schmalen

Säulen aus geschwärztem Eschenholz eingerahmt welche die Gestalten der Apostel Petrus und Paulus trugen: zwei wagrechte, ebenfalls schwarze Rund= Hölzer bildeten die Armlehnen.

In dem Stuhle saß in dunkelveilchenfarbenem Ge= wand ein hoher Greis; ein gleichfarbig Seidenkäpp= lein bedeckte das Haupt, von schneeweißem, dünnem Haar wie von einem Kranz umsäumt: weiß waren sogar die Brauen, unter welchen mächtige Augen her= vorschauten, Augen, gewohnt seit mehr als vier Jahr= zehnten Seelen zu durchdringen und zu beherrschen.

Auf dem großen viereckigen Eichentisch in der Mitte des Sales lag verstreut allerlei kostbarer Frauen= schmuck und daneben eine starke Rolle von Gold= blech, von der Art derer, in welchen man Urkunden auf= zubewahren pflegte. Neben dem Tisch aber, die Rechte darauf gestemmt, und zu dem gewaltigen Greis empor blickend, stand Frau Wulfheid, mächtig erregt.

Denn sie hatte soeben ihren Bericht, ihre Er= zählung geschlossen. Ihre Wangen brannten, ihr graues Auge loderte und lebhaft wogte ihre Brust: ungeduldig erwartete sie des Bischofs Antwort.

Dieser aber, mit halbgeschlossenen Augen das Haupt zurücklegend an die Lehne des Stuhles fragte:

„Ist das Alles?"

„Ja, und ich denke es ist genug."

„Hast du nichts verschwiegen, nichts übertrieben?"

„Ihr solltet wissen, daß ich niemals lüge gegen meine Feinde. Ich bin viel zu stolz dazu."

„Ich meine: nichts, was zu deinen Gunsten spricht, Tochter?"

Hoch erstaunt sah Frau Wulfheid auf: „Noch mehr zu meinen Gunsten?"

Sie schwieg.

Nach einer Weile sprach der Greis, mit leisem Kopfschütteln:

„Ich muß Herrn Friedmuth schelten."

Befriedigter nickte sie mit dem Haupt: er aber fuhr fort:

„Denn er hat dich schlecht gezogen. Gehorsam, Ehrfurcht hast du nicht gelernt vor deinen Obern; nach weltlichem Recht: vor deinem Eheherrn, und nach geistlichem: vor deinem Bischof.“

„Ich werde Zeit genug haben, die zweite Tugend zu lernen — im Nonnenschleier. Aber vorher will ich Antwort. Ist es wirklich so, wie er und der Vogelweider sprachen? Können wirklich Mitpathen nicht heirathen nach Gottes Willen?“

„So ist es. Die großen Päpste Alexander und Innocenz haben diese Satzung festgestellt.“

„Warum hast du — mein Ohm — mich nicht dessen gemahnt?“

„Wie thörig! Ich war Jahrzehnte fern in Wälschland. Wie sollte ich wissen, daß ihr einmal vor Jahren mit einander Pathen gewesen, bei irgend einer Taufe?“

„Wohlan, so bleibt es dabei. Von seiner Gnade leb’ ich nicht. Wie qualvoll hat mich’s umgetrieben all’ diese Tage — auf dem Wege von meinem Hause

nach Brixen, und dann hieher, bis ich Euch endlich
fand, — ob es eitel Lüge und Erfindung sei. Nun
kehre ich nie zu ihm zurück."

„Gewiß nicht. Als dein Bischof würde ich es,
nachdem ich um jenes Hinderniß weiß, nicht dulden
dürfen, wenn du es noch so heiß verlangtest: und
ob du zehnmal darum sterben müßtest."

„Aber Ihr werdet auch nicht dulden, daß
er — auf meiner Burg! — mit jener Hexe
lebt: Ihr werdet solches Aergerniß nicht verstatten!
Denn ich klage sie an auf Zauberei! — Hört
Ihr?"

„Verlaß dich darauf: die Kirche duldet kein Aergerniß und straft die Zauberei. Und ganz besonders mich
hat der heilige Vater auserkoren, die in diesen Bergen
leider nicht seltnen Werke der Magier und mit den
Dämonen buhlenden Weiber auszutilgen: — muß es
sein: auszubrennen."

Sie athmete hoch auf: „Ich will mein Recht!
Hört Ihr's?"

„Zweifle nicht, dein Recht, — dein volles, — soll dir werden."

„So will ich denn in dieses Kloster treten, wie Ihr mir wiederholt in diesem Jahr angeboten."

„Als du Wittwe schienst und schwer bedrängt warst."

„Und zwar — wie Ihr das angedeutet — als Äbtissin. Der Platz ist ja frei, Ihr schriebt es. Denn zu dienen hab' ich nicht gelernt. Wo ich lebe, da will ich, nein: da muß ich gebieten. Ihr zögert! Wie? Nicht nur meinen Erbschmuck dort, — nicht nur mein vorbehalten Frauengut, — die ganze Fragsburg selbst mit allen Zubehörden von Wunn und Weide, von Vogteiherren-Rechten und von andern — so lang ich lebe wenigstens — bring' ich dem Kloster zu. Ich denke, ich kaufe mich mit all' dem Sach nicht billig ein in jene Würde. — Ihr überlegt? — Es wird darüber vielleicht zum Rechtsstreit kommen, aber wir werden, wir müssen obsiegen! Denn meine beiden Vettern liegen todt und der Herr von Schänna hat Aurecht auf die Fragsburg nur, so lang' ich seine Gattin."

„Es kommt nicht zum Streit darüber."

„Nun! Was bedenkt Ihr dann noch?"

„Ich überlegte, ob ich dir ohne Zustimmung Herrn Friedmuths den Schleier geben darf. Ich darf es: er ist nicht dein Eheherr, wie nun zu voller Kenntniß der Kirche gelangt ist. Und da er nicht dein ehelicher Muntwalt ist, bin ich, dein nächster Schwertmag, deines Vaters Bruder, selbst dein Muntwalt. — Ich glaube selbst, — ja, ich bin ernst davon durchdrungen, — 's ist für dein Seelenheil das Beste."

„Jedoch" — und sie furchte finster die buschigen Brauen, — „noch Eins! Ich kann nicht Nonne werden, wenn Vorbedingung ist, daß ich Herrn Friedmuth und — ihr — seiner Zauberin vergebe: ich kann nicht verzeihen, — ich werde nicht vergeben."

„Das? — Das ist kein Hinderniß. — Jedoch, bedenk' es wohl: unwiderruflich ist das Gelübde. Von den Fristen, von der Überlegungszeit kann der Bischof entbinden: — soll ich's thun?"

„Ich bitt' Euch drum, ich will, ich fordere es.

Meine Entschlüsse sind von Eisen: ich nehme sie nie
zurück."

„Wohlan! So lege hier in meine Hand das
Gelübde ab, — der Armuth, der Keuschheit und des
Gehorsams für immerdar."

Frau Wulfheid warf noch einen kurzen Blick
auf die Urkundenrolle. — „Ja, ich will's," sprach sie
dann herb.

„So kniee nieder! — Nein, auf beide Kniee.
Ich nehme vorläufig nur dein Handgelübde, aber es
gilt an Eidesstatt: — die feierliche Form folgt bei
der Einkleidung."

Sie gehorchte und sprach ihm die Formel nach.
Dann erhob sie sich rasch.

„Hier," sprach sie, auf den Schmuck weisend,
„schon jenes Halsband würde genügen, den Mantel der
Abtissin reich zu bezahlen."

„Abtissin," sprach der Alte ruhig, „wirst du nicht."

Zweiundzwanzigstes Capitel.

„Wie?" rief sie heftig, zornerglühend, „Ihr habt mir's selber angetragen!"

„Ich hatte dich lange Jahre nicht mehr gesehen. Und vor Allem — du hattest noch nicht gethan, was du mir jetzt berichtet hast."

„Was soll das? Was hab' ich gethan?"

„Schweres, sehr schweres Unrecht."

„Ich? Ha, jene beiden —"

„Thaten dir kein Unrecht. Du selbst bezweifelst nicht: sie handelten in gutem Glauben. Ob Gott dadurch gekränkt ist und sein heilig Sacrament, das muß der Ewige selbst entscheiden, — der dies so gefügt oder doch so zugelassen hat. Du aber konntest, was du jetzt bist, Nonne werden, ohne zu vergeben.

Denn du, Schwester, du hast nichts zu vergeben.
Du hast vielmehr an jenem Tag, in jener Nacht —"

„Mein Recht hab' ich gefordert! — Und da es
mir nicht in Güte ward, hab' ich's erzwingen wollen:
ist das Unrecht?"

„Du hast nicht nur dein Recht, — Rache, wilde
heiße Rache hast du gesucht mit Mordgedanken. Nein!
Nicht blos mit Mordgedanken: — mit versuchter That
des Mordes! Du hast — mehr als einmal — die
Waffe gezückt gegen die Fremde."

„Gottes Fluch schlage den Klimprer, der diese
Waffe zweimal von ihr gewehrt!"

„Mit solchen Flüchen wird man nicht Äbtissin.
Bereue deine Sünden, Schwester!"

„Ich thät's nochmal!" sprach sie heiser.

„So bleibst du so lang' in harter Klosterzucht,
als dienende Schwester, bis du bereuest. Und zwar
theil' ich dich zu besonderm Dienst einer Schwester
zu, von der du jede Tugend lernen magst: zumal die,
welche dir zumeist gebricht: die Demuth."

Wulfheid zuckte bei diesem Wort: „Und wer ist diese tugendreiche Schwester?"

„Eine Frau, welche, seit zwei Jahren hier im Kloster lebend, Alle, Alle in jedem Vorzug der Nonne nicht nur, nein des Weibes, überstrahlt. Und blos deßhalb hab' ich so rasch dich, obzwar du noch so völlig unvorbereitet, aufgenommen als dieses Hauses unwürdige Genossin. Denn die Einzige, der ich es zutraue, daß sie vielleicht — im Lauf der zermürbenden Jahre — dein hartes Herz erweichen und Christi würdig machen kann, lebt unter diesem Dach. Ein Weib, das vor vielen Tausenden gesegnet war durch Alles, was in der Welt draußen ein Frauenleben schmücken, beseligen und krönen mag. — Ich kenne jede Falte ihres Herzens — und jeden Schmerz ihres schmerzenreichen Lebens! Sie hat sich bisher beharrlich geweigert, die Würde der Äbtissin anzunehmen. Jetzt werd' ich ihr befehlen, zu gehorchen. Ihr wirst du dienen: — ihr eifre nach."

„Wer ist die Hochgepriesene?"

„Schwester Irene hab' ich sie hier genannt: in
der Welt hieß sie Gioconda von Paluzzo." — Er
griff nach einer rothen Schnur, die von der Decke
herab hing, und zog leise.

Hell klang draußen vor der Thür eine Glocke.
Herein trat eine hohe Frauengestalt, in der Tracht
der grauen Schwestern von Sonnenburg, tief das
schöne Haupt vor dem Bischof beugend.

„Schwester Irene," sprach dieser, „Ihr seid Äb=
tissin. — Still: — ich gebiet' es. Und ich übergeb'
Euch diese neue Schwester. ‚Submissa‘ soll ihr
Klostername sein. Sie bittet Euch demüthig, ihre
Dienste anzunehmen. Sie ist es, von der ich gestern
mit Euch sprach."

Da richtete Schwester Irene die ernsten, traurigen,
wunderschönen Augen auf Frau Wulfheid: sie schwieg:
niemand hörte den leisen Seufzer ihrer kaum geöffne=
ten Lippen.

„Wie? Gestern schon, bevor ich kam?" fragte
Wulfheid, erstaunt sich zu dem Bischof wendend.

„Ja, denn schon vorgestern erhielt ich Botschaft von dem Geschehenen."

„Durch — ihn?"

„Nein! Durch den ruhmeswürdigen Hochmeister der deutschen Herrn, Hermann von Salza."

„Seinen Freund!" rief Wulfheid stirnrunzelnd. „Er ist mein Feind."

„Nein, wahrlich nicht! Er kam gleich nach deiner Flucht auf die Fragsburg. Er schrieb mir Alles, was gescheh'n. In Einem Stück muß ich dich loben, Schwester Submissa: du hast nichts verschwiegen, du hast dich nicht beschönigt. Viel günstiger für dich, als du selbst, hat er, der maßvollste der Männer, über dich berichtet."

Heftig auffahrend wollte Wulfheid erwidern: aber da legte Schwester Irene mahnend einen Finger an den Mund und sah sie mit großen Augen tief ernst, doch gütig an: da schwieg Frau Wulfheid. Ehrfurcht faßte sie vor dieser Frau.

„Die Frau Äbtissin weiß von Allem. Du aber

14*

höre nun: du kaufst dich nicht durch Simonie in's Kloster ein. Die Fragsburg fällt als erledigt Lehen an das Reich. Kaiser Friedrich selber wird dort Vogt. Denn der Herr von Fragsburg ward Bruder der deutschen Herren und zieht gen Preußenland."

Wulfheid wankte. „Und?" — Sie konnte nicht sprechen.

„Und seine Ehefrau ,Demuth· ist plötzlich gestorben."

„Ha! Sie hat sich selbst gemordet!" brach es nun heiß aus ihr hervor. „Sie ist in Ewigkeit verdammt," jubelte sie.

„Nein! Denn sie that's in äußerster Verwirrung des Herzens. Ich bin gewiß, daß ihr der Herr verzeiht. — Weh aber jenem sündhaften Sinn, der sie mit wilder Wuth in die Verzweiflung trieb! — — Ihr seid entlassen, beide: doch noch Eins. Der heilige Vater hat geboten, daß in allen Klöstern das letzte laute Gebet nach der Abend-Cena gesprochen werde für den deutschen Orden, der bald schwer bedrängt im

Preußenlande ringen wird: ein Jahr lang vorläufig. Sorgt, Frau Äbtissin, daß dies streng befolgt wird. Und außerdem betet — so gebiet' ich — dies Kloster — einen Monat lang — für jene arme Seele, die in Verzweiflung starb. Morgen, Frau Äbtissin, haltet Euch bereit, den Mantel fürstlicher Würde zu empfangen, und feierlich Schwester Submissa einzukleiden. Dies ist mein letzt' Geschäft im Kloster. Von hier geh' ich auf die Fragsburg und weihe ein einsam Grab."

—

Dreiundzwanzigstes Capitel.

Im alten Preußenlande, hinter dem kurischen Haff, im Osten, und dem frischen Haff und der Danziger Bucht, im Westen, „wandert" die Düne: heute noch wie vor sechs Jahrhunderten, ja vor Jahrtausenden.

Der uralte Sand der See bildet die Grundlage des Festlandes viele, viele Meilen weit nach innen. Wohl ist diese thurmhohe Sandschicht vielfach überkrustet von einer dünnen Heide-Narbe. Aber auch diese reißt gar oft die rasende, bohrende Gewalt des Sturmes auf und sie wühlt dann tiefe Furchen in den Sand, so daß man hier von Sand-Schluchten, wie in den Alpen von Felsen-Schluchten, sprechen mag.

Andere Striche sind Sumpf, sumpfige Wiesen, mit einzelnen Eichenbeständen, während aus dem

Heidesand die magere Föhre, die verkrüppelte Kiefer zäh empor ringt: freudlos, traurig, in schwerem, hoffnungsarmem Kampfe mit den erbarmungslosen Stürmen. Bei Elbing stehen die letzten Buchen; nur Menschenhand kann sie bewegen, weiter östlich sich zu wagen.

Mag es Sand-Heide sein oder Moor-Erde, — „Unland" bleibt es immer: so nennt treffend es der Ackersmann, welcher der einförmigen, unfruchtbaren Öde nichts abzuringen vermag.

Das Gras ist so sauer, daß selbst die Ziegen es verschmähen. Das dürre Heidekraut dient nur zum Verbrennen. In dem Wachholder = Gestrüpp, dem „Kaddig", singt die Drossel nicht. Alles ist hier todtenstill, unbelebt. Nur nach dem Wasser hin streicht mit trägem Flügelschlag eine Schar der immer hungrigen Kormorane — oder die heiser kräch= zende Nebelkrähe mit grauem Leib, schwarzen Flügeln und schwarzem Kopf. Die schmalen Rinnsale gelb= brauner Quellen gelangen selten in die See: sie versickern in den versumpfenden Teichen, voll gelben, giftiggrauen Schlammes und schwarzgrüner Binsen; oder sie verschwinden, aufgesogen in dem vertorf= ten Moor.

Nun fehlt es ja heutzutage — nachdem deutscher Arbeitsfleiß seit sechs Jahrhunderten daran geschafft — nicht an fruchtbarstem, herrlichsten Lande, das reichlich Getreide trägt. Aber sehr vieler Boden ist doch auch heute noch: „Unland".

So niedrig liegt meist das Land, daß das Haff oder die See, stiegen sie nur um wenige Fuß, die ganze Ebne überfluthen würden.

Und über all' dies eintönige, zum Sterben traurige Ödland hin „wandert" weit, weit in das Innere hinein die Düne.

Alles überfluthet, Alles begräbt sie, vom Winde fortgetragen, in ihrem grobkörnigen Sande. Das raschelnde, trockne Dünengras vermag sie nicht zu binden. Sie steigt über Mauern, über Kirchen und Kirchthürme: leise, langsam, kaum merklich, aber unabläſſig, unaufhaltbar, Alles unter ſich bergend, ganze Dörfer, ja ſogar Wälder. Auf der friſchen Nehrung ſtanden die Dörfer Narmel und Narmedien: wo ſind ſie hingeſchwunden?

Auf der kuriſchen Nehrung verſchüttet bei Sturm in einer Stunde der Triebſand, der Flugſand Reiter, Roß und Wagen. Thurmhoch ſteigen die Dünen auf, achtzig Fuß hoch), weiß oder gelbweiß im blenden= den Sonnenſchein, dunkelveilchenblau, drohend, im Schatten der Wolken: — ſtreift dann ein Möven= ſchwarm darüber hin und geräth er in den Bereich des Lichtes, ſo glitzert die Luft wie blitzender Schnee.

Die meiſten Dünen haben keinen Namen, — denn ſie wechſeln und wandern.

Am zäheſten leiſten noch die Wälder Wider= ſtand: aber der glasharte Quarzſand zerfrißt die Rinde, den Splint: — Alles vertrocknet, auch die Zweige, auch die Wipfel, welche noch nicht ver= ſchüttet ſind.

Nach Jahrhunderten weicht die Düne weiter:

dann ragen die todten Bäume aus dem Boden: Fuß
tief im Innern voll von Moder.

Dann stehen auch, nach Jahrhunderten, die be=
graben gelegenen Dörfer und Einzelhöfe wieder auf,
— der Dünenwall ist weiter und weiter gezogen.

Der Wind spielt nun mit den Trümmern, mit
dem Wenigen, was die Menschen bei ihrem flüchtenden
Davonziehen vor dem Alles bewältigenden Sande
zurückgelassen hatten in den niedern, stets nur ein=
stöckigen Hütten.

Aber der Wind, der nun freien Zugang hat,
deckt jetzt auch auf dem Kirchhof die Gräber auf.
Er wühlt die deckende Sandschicht hinweg und rollt
die Schädel, die verstreuten Knochen der Todten vor
sich her, bis sie der Regen, der Schnee, das Eis, der
Wind selber zerfressen, verschneit, verblasen hat.

Nur schwere Grabsteine schützen die ihnen anver=
trauten Todten vor solchem Geschick.

Inschriften auf solchem Gestein werden vortreff=
lich erhalten unter dem Schutze des trockenen Sandes,

der Wasser und Luft und jeden Ansatz verwittern=
den Anwuchses viele, viele Fuß hoch fern von
ihnen hält.

Was im Großen von den ungeheuren Dünen=
Wällen gilt, die Kirchthürme und hohe Föhren über=
sanden, das zeigt sich auch sonst in diesem Küsten=
lande manchmal im Kleinen, wenn mäßige Sandhügel,
flacheren Dünen vergleichbar, niedrige Bauten der
Vorzeit lange vergraben halten und allmählig wieder
freigeben.

So ist vor Kurzem westlich von Elbing eine
wenig beträchtliche Sanddecke verschwunden.

In jener Gegend lag, nach allen Berichten der
Vorzeit, nie eine Siedelung der Menschen. Vielmehr
wird dorthin durch die Sage verlegt die Stätte einer
alten, viel umstrittnen, kaum mannsbreiten Furt,
welche in der Zeit der deutschen Herren allein hier
durch all' umgebende, Roß und Mann verschlingende
Sümpfe führte.

Da fand man, nachdem Menschenhand den Rest

der Sandwelle völlig hinweg geschaufelt, ein seltsam
Bauwerk.

Eine kleine, niedrige Betkapelle schien es, deren
altargleichen Mittelpunkt eine mächtige Steinplatte
über einer Gruft bildete. Im Osten der Elbe kom=
men solche Bauten sonst fast nirgends vor. Im Süden
Deutschlands, soweit der Strom italienischer Kultur
drang, begegnen sie häufiger: denn die Heimat dieser
Todten=Kapellen, Todten=Oratorien ist Italien.

Das Dach fehlte: der Sturm mochte es fortge=
rissen, die mannshohen Schneelasten des endlosen
preußischen Winters mochten es eingedrückt oder be=
nachbarte Bauern die Steine und Balken davon=
getragen haben, schon lange bevor der Sand es begrub.
Ebenso war das Gemäuer der Vorderseite, welche die
einzige schmale Eingangspforte enthalten hatte, ver=
schwunden. Aufrecht stand die Hinterwand: nur war
sie an beiden Ecken, wo die Seitenwände in rechtem
Winkel anstießen, zertrümmert.

Gut erhalten aber war der mächtige, Mannes=

wuchs weit überragende Grabstein, welcher fast die ganze Länge der nur vier Schritte in der Tiefe, zwei Schritte in der Breite messenden Grab=Kapelle bedeckte.

Wer hatte diesen Stein hierher bringen lassen? So weit her!

Denn rother Porphyr war es: wie er in den Alpen, am schönsten in dem Etschthal, vorkommt. Nur wenig war der harte und edle Stein an den Kanten verwittert, abgebröckelt. So an dem obern Ende das Wappenschild: es waren wohl drei Sterne gewesen.

Die lange lateinische Inschrift aber, die ihm ein=gegraben, war zum größten Theil noch lesbar: die Reste besagten — in deutscher Übertragung — etwa Folgendes:

„. . . nach des Herrn Geburt im Jahre ein=tausendzweihundertsiebenunddreißig, nachdem die junge Burg Elbing von den Heiden überfallen und verbrannt . . . den Rückzug des hart be=

drängten Ordensheeres, zumal das heilige Sacrament, zu retten vor der grimmen Heiden Überzahl, erbot sich freiwillig, allein hier auszuhal-
ten, die schmale Furt des Moors vertheidigend,
der ehrenreiche und edle Comthur der Werderburg
von Sanct Marien, Ritter Friedmuth . . . .
ihm danken das Leben der Landmeister selbst, mehr
als zwanzig Ritter und zweihundert Knappen . . .
sogar die Heiden ehrten den Todten durch Bestattung
seiner Leiche, in seinem Panzer und seinem Mantel,
den fünf Pfeile durchbohrt, an diesem Orte seines
Heldentodes . . . . Jahre später haben zu
seinem Andenken hier dies Bethaus erbaut drei
Männer und zwei fromme Frauen: der Hochmeister
Herr Hermann von . . . . ., der dankbare Landmeister Herr Hermann Balka, Herr Waltharius .
. . . . . ., die Äbtissin Irene und deren Freundin,
die Priorin Submissa, beide des Klosters . . . .
Diese beiden Frauen haben den Stein, aus des
Ritters Heimat an der Athesis, gestiftet. Die

Äbtissin hat ihn selbst hieher gebracht. Erkrankt von der Mühsal der weiten Reise, starb Frau Irene, einsam im Gebet an diesem Steine knieend. —

Herr Friedimuth war Allen im Orden sehr theuer gewesen: nun lohnt der reiche Gott im Himmel ihm ewig seine Treue."